U0919876

Die
Henkerstochter

刽子手的女儿

[德国] 奥利弗 · 珀奇 著　程丽琴 译

译林出版社

图书在版编目(CIP)数据

剑子手的女儿 / (德) 珀奇著, 程丽琴译. —南京: 译林出版社, 2013.8
(剑子手的女儿系列)
ISBN 978-7-5447-3770-8

Ⅰ. ①剑… Ⅱ. ①珀… ②程… Ⅲ. ①长篇小说-德国-现代 Ⅳ. ①I516.45

中国版本图书馆CIP数据核字(2013)第073902号

Die Henkerstochter by Oliver Pötzsch

Published in 2008 by Ullstein Taschenbuch Verlag
through Andrew Nurnberg Associates International Limited

著作权合同登记号 图字: 10-2011-318号

书　　名 剑子手的女儿
作　　者 [德国] 奥利弗·珀奇
译　　者 程丽琴
责任编辑 杨雅婷
原文出版 Ullstein
出版发行 凤凰出版传媒股份有限公司
　　　　 译林出版社
出版社地址 南京市湖南路1号A楼, 邮编: 210009
电子邮箱 yilin@yilin.com
出版社网址 http://www.yilin.com
经　　销 凤凰出版传媒股份有限公司
印　　刷 江苏凤凰扬州鑫华印刷有限公司
开　　本 880毫米×1230毫米 1/32
印　　张 11.75
插　　页 2
字　　数 281千
版　　次 2013年8月第1版 2013年8月第1次印刷
书　　号 ISBN 978-7-5447-3770-8
定　　价 36.00元
译林版图书若有印装错误可向出版社调换
(电话: 025-83658316)

深深地怀念弗里茨·奎瑟
献给这股线终端的尼克拉斯和莉莉

雄高城市图

铜版画，安东·威廉·厄尔特绘，1690年

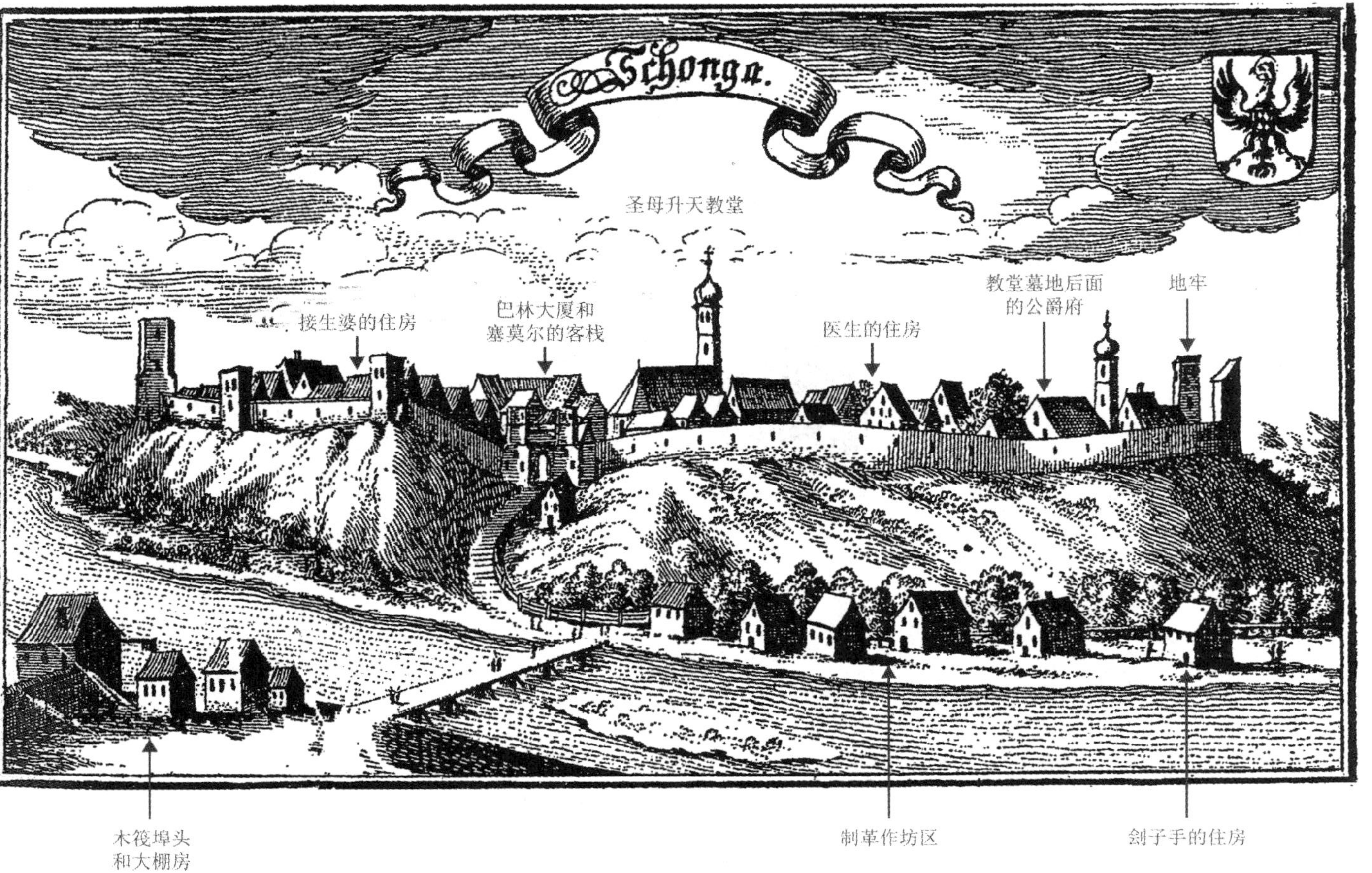

人物表

雅各布·奎瑟，雄高的刽子手

西蒙·福荣威泽，市医的儿子

玛格达莱娜·奎瑟，刽子手的女儿

安娜·玛丽亚·奎瑟，刽子手的妻子

乔治和芭芭拉，奎瑟的双胞胎

伯尼法茨·福荣威泽，城市医生

玛尔塔·史泰茜琳，接生婆

约瑟夫·格里默尔，运输工

乔治·里格，运输工

康拉德·韦伯，城市神甫

卡塔琳娜·道本拜尔格，派廷的接生婆

蕾舍儿，金星客栈的女佣

马丁·许贝尔，奥格斯堡的运输工

弗朗兹·施特拉塞尔，阿尔滕施塔特酒馆的主人

克莱门斯·克拉茨，杂货商
阿加特·克拉茨，杂货商的太太
玛丽亚·施雷佛阁，市议员的太太
格拉夫·沃尔夫·迪特里希·冯·桑迪策尔，巴伐利亚选帝侯的公使

议员
约翰·莱希纳，法院记录官
卡尔·塞莫尔，第一市长，金星客栈的店主
马蒂亚斯·奥古斯丁，政议院议员
马蒂亚斯·霍尔茨侯伏，市长
约翰·皮需纳，市长
威廉·哈登贝格，圣灵救济院的院长
雅各布·施雷佛阁，陶瓷匠，案件证人
米夏埃尔·贝希托尔德，面包师，案件证人
乔治·奥古斯丁，运输业主，案件证人

小孩
索菲·丹格勒，麻纺工安德烈亚斯·丹格勒的养女
安东·克拉茨，杂货商克莱门斯·克拉茨的养子
克拉拉·施雷佛阁，议员雅各布·施雷佛阁的养女
约翰内斯·施特拉塞尔，阿尔滕施塔特店主弗朗兹·施特拉塞尔的养子
彼得·格里默尔，约瑟夫·格里默尔之子，半个孤儿

雇佣兵
克里斯蒂安·布劳恩施魏格，安德烈·皮克霍费尔，汉斯·霍恩莱特纳，克里斯托夫·霍尔茨阿普费尔

目 录

序幕

雄高

1624年10月12日

10月12日是一个杀人的好日子。整个星期都一直在下雨，教会奉献节后的这个星期五，仁慈的上帝终于有所显示。虽然已是初秋，阳光普照的普法芬温克尔地区仍然是暖融融的。位于山上的城区里一片喧闹，鼓声、锣声掺杂着三弦琴声，处处可闻。油炸糕和烤肉的气味一直飘到下面臭气熏天的制革作坊区。这将是一个很好的执行死刑的日子。

雅各布·奎瑟站在明亮的房间里，想办法把他父亲摇醒。差役已经来过了两次。这次不能那么容易把他打发走了。雄高市刽子手的头倒在桌子上，几绺长发浸在桌上的啤酒和白酒里。他鼾声如雷，还偶尔在睡梦中抽动几下身子。

雅各布弯下腰，凑近他父亲的耳边。他闻到一股酒精和汗的混合味。是冷汗的味道。在行刑之前，他父亲闻起来总是这个味儿。最晚在死刑判决公布后，这个酒量一般的人就开始酗酒。他不吃东西，沉默无言。他在夜里经常会大喊大叫地醒来，浑身冒冷汗。在过去的两天里，几乎就无法和他讲话。他的妻子卡塔琳娜很了解他，所以经常带着孩子去她嫂子那里待上一段时间。只是雅各布必须留下来。谁让他是长子呢，他自然而然就成了父亲的仆人。

“我们必须走了！差役等着呢！”

雅各布先是对他父亲耳语，然后大声喊，最后变成吼叫。那个鼾声不止的巨人终于抬起了身子。

约翰内斯·奎瑟望着他儿子，两眼充满血丝。他的脸色看上去和一块停放了很久的、变干了的面团一样，成绺的黑胡子上还挂着几颗昨晚吃的大麦粥粒儿。他用长长的、如同兽爪一样弯曲的手指抹了一下脸，然后伸直近乎六英尺长的身躯。他魁梧强壮的身体摇晃了一会儿，好像想要向前倒下去一样。最后约翰内斯·奎瑟还是稳住了重心。他站了起来。

雅各布先把那条脏围裙递给父亲，然后递上两只皮护肩和一副手套。这位巨人慢慢地穿着这些行头。穿完，他把额前的头发拨开，沉默地迈开大步向房间的后墙走去。在后墙，在破旧的板凳和挂有十字架、插着干玫瑰花的家庭祭坛之间立着那把断头剑。它有两臂长，剑柄的护手很短，无尖，但是剑刃却很锋利，可以在空中将一根头发砍断。他父亲经常把剑磨得闪闪发光，就如同昨天刚刚打出来的一样。没人知道这把剑有多少年头了。在约翰内斯·奎瑟之前，这把剑属于他的老丈人。再往前，属于他老丈人的父亲及祖父。有一天这把剑会传给雅各布。

差役等在门前，这位瘦小的男人不时地转头朝城墙看。他们已经晚了，城墙上的第一拨人可能已经失去了耐心。

“雅各布，把车备好！”

他父亲的声音听上去平稳而低沉，好像遭了魔法，昨夜的喊叫和哭泣留下的迹象已经消失得无影无踪了。

当约翰内斯·奎瑟的魁梧身躯挤出低矮的小木门时，差役不情愿地向旁边挪了一步，并且马上在胸前画了个十字。在这里，人们是不愿看见刽子手的。他的住房并非偶然地建在了城边的制革作坊区。在酒馆里，人们专门为他准备了桌子，让这个巨人默默地坐在那里喝酒。在路上，人们会避开他的目光。因为他会带来不幸，尤其是在执行死刑的日子里。他今天戴的皮手套在行刑完后要被烧掉。

刽子手坐在房前的板凳上，享受着午间太阳的温暖。现在看到他的人根本不会相信，他一小时前还处于神志不清的胡言乱语状态。约翰内斯·奎瑟是被公认的优秀刽子手，快捷、强大、果断。但是除了家里人外，没有人知道，在行刑前他给自己灌了多少东西。现在他闭上眼睛，像是在倾听远处传来的音乐。他能听到城里的喧哗。音乐，喧嚣，就在附近的什么地方，还有一只乌鸫在啾啾地唱着歌。宝剑像一根散步用的拐杖，立在了板凳旁边。

“别忘了绳索！”刽子手闭着眼睛向他儿子喊道。

雅各布在依房而建的马棚里把那匹摇摇晃晃的老白马备好，系在车前。昨天他用了半天的时间把那辆车刷了又刷。没办法，污痕和血迹已经渗到木纹里，怎么都刷不掉。雅各布往特别脏的地方扔了点儿干草。这辆车就为这个不寻常的日子备好了。

尽管刽子手的儿子才十二岁，但是他已经在近处观摩了几次死刑——两次绞刑，还有一次是对一个判了三回的女贼施行溺刑。第一次经历绞刑时他才六岁。雅各布仍能清晰地记得，那个强盗在绞刑套中跳动了足足有一刻钟。人群沸腾狂呼。那天晚上，他父亲带了一块特别大的羊肉回到家里。每次执行完死刑，奎瑟一家总会过上一段好日子。

雅各布从马棚后面的箱子里拿出几根绳子，又把那只上了锈的钳子带上，和几块用来擦血的麻布一起放在装铁链的麻袋里。然后他把那只麻袋扔到车上，把那匹拉着车的老白马赶到了房前。他父亲爬上车，盘腿坐在车板上，并把宝剑横放在自己粗壮的大腿上。差役急急忙忙往前赶路。

终于远离了刽子手，他为此特别高兴。

约翰内斯·奎瑟高喊了一声："上路！"

雅各布拉紧缰绳，马车便咯吱咯吱出发了。

马车行驶在宽大的公路上，老白马慢悠悠地踱着步朝城里走，雅各布不时地回头看看父亲。雅各布对他家的职业怀有一种尊敬的感情。尽管人们把这种职业看成是可耻的工作，但是他并没有感到如何丢脸。浓妆艳抹的妓女、变戏法的骗子才是可耻之徒。他父亲干的是体面的正当职业，而且需要有很多经验。雅各布跟他学的是一门很难的杀人技艺。

如果他有福气，而且选帝侯[①]也同意的话，过几年他就会通过毕业考试——一场恰到好处、手艺精湛的斩首刑，并且得到证书。雅各布还从来没有经历过斩首刑呢。所以今天特别重要，他必须要好好地看着。

此时，马车已经通过一条狭窄而又陡峭的小路进入城内，到了市场广场。在达官显贵们的住房前，到处都搭满了卖货的摊位和小棚子。穿着脏衣服的村姑们在卖着炒果仁儿和小甜面包。一群杂耍艺人占据了市场的一角，变着花样玩杂耍球，唱着讥讽女囚犯的歌曲。一年一次的年市[②]要到十月底才举行，但是斩首刑的消息已经在附近的几个村子传开了，人们一边聊着天，一边吃着东西，顺便再买一些小吃带回家，总之，都想把这个血腥的场面当作高潮来庆祝。

雅各布坐在车夫的座位上，朝下望着人群。看到刽子手的车经过时，有的人张着嘴笑，有的人吃惊地凝视。市场广场上人已经不是那么多了，也不是很热闹了。大多数的雄高人都奔向了城墙外的斩首台，想早早地抢到一个好位子。午时钟鸣过后就开始行刑，距眼下还不到半个钟头。

---

① 选帝侯是德国历史上的特殊现象。1356年，《金玺诏书》规定神圣罗马帝国的皇帝以选举产生，帝国境内有七位选帝侯享有此权。日后选帝侯的数量与成员发生过变化，但这种制度一直持续到1806年。

② 现在德国许多城市仍然保留着这个习俗，一年举行一次年市，一般是三天到七天。各种流动商贩聚集在城里，年市附近还设有临时游乐场。

当马车带着刽子手从铺了石砖的广场驶过时，音乐戛然停止。有人喊道："刽子手，你磨剑了吗？你是不是要娶她呀？"人群中呼声四起。在雄高也有这个习俗：如果刽子手与女囚犯结婚，就可免其死罪。可是约翰内斯·奎瑟已经有了妻子。卡塔琳娜·奎瑟并不是一个温顺的女人。身为臭名昭著的刽子手约克·阿普利尔的女儿，她常被人们称为"血的女儿，撒旦的女人"。

马车穿过了广场，驶过存放亚麻和其他商品的巴林大厦，一直驶向城墙，最后在一座高高耸立的三层塔楼前停了下来。塔楼的外墙黑黢黢的，上了铁栏的窗户像射枪孔一样小。刽子手把剑挂在肩上，下了车。父子二人一起走过一道石门，进到阴冷的监狱里面。狭窄、破旧的台阶直通下面的地牢。在一条走廊的两边，是一扇扇重铁门，人头高的地方装了铁栏。从右边的铁栏里传来了孩子一样的呜咽声和神甫的低语。零星的拉丁文传入雅各布的耳中。

差役打开了门，马上飘来一股臭味，屎、尿和汗味混在一起。刽子手的儿子不由得屏住了呼吸。

里面女人的呜咽声停了一下，转而变成了高声的哀号。杀了小孩的女囚犯意识到了自己的末日。神甫的祷告声也高了起来。祈祷声和哀号声混合在一起，变成了一种地狱里特有的噪声。

"耶和华是我的牧者，我必不至缺乏……"

又有几名差役赶了下来，把这个骨瘦如柴的女人带出了地牢。

伊丽莎白·克莱门特本来是一个很漂亮的女人，有一头披肩的金发、一双笑眼和一张看上去总带有一点讥讽微笑的小尖嘴。雅各布以前经常看到她和其他的姑娘们在莱希河边洗衣服。现在差役把她的头发剪短了，她脸色苍白、面颊塌陷。她穿了一件很脏的灰色囚服，肩胛骨支得很高，看上去随时都会把衣服戳破。她那么瘦，显然，三天来，那几顿由塞莫尔店主捐赠的死刑大餐她连碰都没碰一下。

伊丽莎白是养马农民的女仆，因为长得漂亮，深受长工们的喜爱。他们整天像飞蛾围灯一样不离她的左右，经常送给她一点儿小礼物，或把她截在门口。马农骂长工，但是又有什么用呢？不是经常听说，她和这个或者那个家伙躲在草垛里不见了吗？

另外一个女仆在仓房后面的一个土坑里发现了那个死婴，上面的土还是新挖的呢。刚开始审讯的时候，伊丽莎白就完全崩溃了。但是和谁生的孩子，她不能或者不愿意说出来。城里的女人们都交头接耳地议论，扯了不少闲话。伊丽莎白的美貌造就了她的厄运，这可以让那些长得很丑的市民太太们安心睡觉了。世界又恢复了正常。

现在，伊丽莎白把她的恐惧喊向世界。三个差役用力把她从牢房拽出来，她疯狂地挥舞着胳膊，乱打一气。差役们设法用绳子把她绑住，但是，她每次都像泥鳅一样从绳套中滑出来。

突然发生了一件很奇怪的事：刽子手走上前，双手按住她的肩。这位高大的男人近乎温柔地弯下身，朝着这位弱不禁风的女孩耳语了几句。雅各布只因为站得很近，所以才能听清他说了什么。

“丽莎，不会疼的，我向你保证，不会疼的。”

女孩停止了喊叫。尽管浑身仍然在颤抖，但是她已经束手就缚，不再反抗了。差役们用半是敬仰、半是恐惧的目光望着刽子手。在他们看来，约翰内斯·奎瑟好像在女孩的耳边讲了一串咒语。

最后他们来到了外面。很多雄高人都满心期待地等着看这位可怜的女罪人。人们交头接耳，有些人还在胸前画十字，嘴里默念着祷词。教堂尖顶的钟敲响了，洪亮的钟声随着风飘向城市的上空。人们不再嘲笑讥讽，除了钟声，一片寂静。伊丽莎白·克莱门特原是他们中的一员，现在人们盯着她，就像观看一只被关在笼子里的野兽。

约翰内斯·奎瑟把浑身发抖的女孩抱起来，放到车上，又在她耳边低语了几声。他掏出一只小瓶送到她面前。见伊丽莎白犹豫不决，他猛然抓住了她的头，往后一拉，把小瓶中的液体滴入她的嘴里。一切发生得那么快，只有几个站在旁边的人才注意到。伊丽莎白的眼睛变得透明起来。她爬到车板的一角，躺下去，便不再动弹了。她呼吸缓慢，不再颤抖。奎瑟的药水在雄高很有名。但是他不会把这种恩惠施给所有判了死刑的犯人。十年前那个偷教堂募捐箱的窃贼——杀人犯彼得·豪斯迈尔感受到了奎瑟每打一棍造成的骨折和疼痛。他被绑在一只大轮子上，不停地喊叫，直到刽子手一刀砍断他的脖颈为止。

通常，判了死刑的囚犯要自己走上斩首台，或被裹在一张兽皮里由马拖上去。凭以往的经验，刽子手知道，因残杀小孩而判死刑的女囚犯们此时都不能自己行走。为了使她们在行刑那天变得安静些，让她们先喝上三升葡萄酒，喝了酒，一切就好办了。大多数情况下，那些女人就像被赶向屠宰场的羊羔，摇摇晃晃地挪着步，几乎要被人抬着才行。所以约翰内斯·奎瑟总会带上一辆车。马车也能阻挡一些人殴打女囚犯，以免她的阴间之行又加快一步。

刽子手现在自己赶着车，他儿子雅各布走在车旁。很多人挤在车旁观看，所以他们只能慢慢前行。又有一个方济各会修士赶来了，在她旁边拨着念珠为她祈祷。车慢慢地绕过了巴林大厦，最后停在大厦的北面。雅各布认出了住在母鸡胡同的铁匠，他正带着火盆等在那里。铁匠用那双强壮的大手卖力地拉着风箱，往火盆里吹着气，盆里的铁钳闪着鲜血一样的红光。

伊丽莎白被两个差役像木偶一样拉了起来。她目光空洞，漫无目标。当刽子手用钳子在她右臂上烙印的时候，她只尖叫了一声，然后又好像进入了另外一个世界。钳子烫在肉上吱吱地响，冒着烟。一股烧焦了肉的味道钻进了雅各布的鼻子。尽管他父亲讲过这个程序，但是他仍然强忍着才没有呕吐出来。

还有三次。马车在巴林大厦的东面、南面和西面又停了下来，重复了上面的程序。伊丽莎白的左臂、左胸、右胸都被烙了一下。幸亏喝了药，这一切对她来说变得不是那么疼了。

伊丽莎白开始哼唱一首很简单的儿歌，同时用手抚摸着自己的肚子。“睡吧，宝宝，睡吧，宝宝……”

他们穿过城门离开了雄高，上了阿尔滕施塔特公路。从很远就能看见刑场。那是一片用土块堆成的、长满草的高地，位于农田和森林之间。雄高城的市民和附近村子的人都汇集到这里，还特意为市议员们带来了椅子。老百姓们站在后排，一边聊天，一边吃着小吃打发时间。中间高耸的斩首台是一个用砖砌成的平台，有七英尺高，要通过一个木台阶才能上去。

“让她站起来，站起来，让她起来！刽子手，你要让我们看见她！”

人群显然有些愤怒。许多人一大早就来这里等着了，现在连看一眼女囚犯都不能。有些市民开始扔石头和烂水果了。方济各会修士躲来躲去，想保护他穿着的棕色法衣，可是仍然有几个烂苹果打到了他背上。差役把聚在车边的人群往后面赶，人群有如一个巨人，想把车和车上的东西一起吞掉。

约翰内斯·奎瑟冷静地把车赶到平台。市议员们和选帝侯公使米夏埃尔·赫尔斯曼已经等在那里了。作为当届的选帝侯公使，赫尔斯曼两星期前亲自宣判了死刑。现在他又一次深深地望了一眼面前的女孩。老公使在她小时候就认识她。

“唉，丽莎，你干了什么？”

“什么都没干。阁下，我什么都没干。”伊丽莎白·克莱门特用她那双无神的眼睛看着公使，继续用手抚摸着自己的肚子。

“只有上帝才知道。”赫尔斯曼喃喃自语道。

公使点了点头，让刽子手把女囚犯带到八级台阶上面的斩首台。雅各布跟在后方。伊丽莎白跌倒了两次，最终到了上面。另一个方济各会修士和传令官早已在平台上等候。雅各布望了一眼下面的草地，看到的是几百张张着嘴、瞪大眼睛的紧张面孔。市议员们已经坐了下来。从城里又传来了钟声。所有人都在等着。

刽子手轻轻地按了一下伊丽莎白，让她跪下。然后他用带来的一块亚麻布把她的眼睛蒙住。她轻微地抖了一下身体，然后便喃喃地祈祷起来。

“万福马利亚，主与你同在，你在妇女中受赞颂……”

传令官清了清嗓子，开始宣读判决书。传令官的声音在雅各布的耳中有如远方传来的噪声。

“……为了使你现在全心全意地归向上帝，使你有一个虔诚的、幸福的死亡归属……”

他父亲在旁边推了推他。

“你要帮我扶住她。”父亲小声地对他说，以免影响传令官的讲话。

“什么？”

“你要扶住她的肩，把她的头抬起来，以便我一刀到位。否则的话，丽莎会倾倒。”

死囚的上身确实在慢慢地向前倾斜。雅各布有些困惑。至今为止，他一直以为，他在行刑时只需在旁边看着就可以了。他父亲从没讲过他要帮忙干什么。但是现在没有时间彷徨了。雅各布抓住伊丽莎白·克莱门特的短发，把她的头竖起来。她呜咽着。刽子手的儿子感到自己的手指在冒汗，他伸直胳膊，以便父亲有足够的空间来舞剑。精湛的技艺在于双手握剑，仅仅通过一击，就能砍断颈椎。一眨眼、一呼吸的工夫就完事了。当然，每一个步骤都要做到天衣无缝。

“上帝怜悯你可怜的灵魂……”

传令官宣读完毕。他在伊丽莎白·克莱门特的头上举起了一根黑色的细木条，然后一折两段。整个广场都可以听到木条折断的声音。

选帝侯公使朝约翰内斯·奎瑟点头示意。刽子手举起剑，在空中挥舞了一下。

此时雅各布感到，女孩的短发在他汗淋淋的手指中慢慢滑脱。刚才他还高高地抓着伊丽莎白•克莱门特的头，可这会儿，她就像一袋面粉一样向前倒了下去。与此同时，他看到父亲的剑落了下来。剑刃本应落在脖子上，可却砍在了耳朵的位置。伊丽莎白•克莱门特趴到了地上。她发疯般地尖叫起来，在她的太阳穴上露出一个很深的伤口。雅各布看到半只耳朵躺在一摊血中。蒙眼睛的布从她的脸上滑了下来。她惊恐地朝上看着举剑的刽子手。人群齐声呻吟起来。雅各布感到一阵窒息感从咽喉处爬上来。

他父亲一把把他推到一边，又挥了一剑。但是伊丽莎白•克莱门特看到剑下来时，立即滚到旁边。这次剑落在了她的肩上，剑刃深深陷进她的脖子窝。鲜血从伤口忽地冒了出来，溅到了刽子手、差役和那位大惊失色的方济各会修士的身上。

伊丽莎白•克莱门特爬到斩首台的边上。大多数的雄高人都被这场景惊得目瞪口呆，但是也有人在狂呼。有人开始朝刽子手扔石头。众人不愿意看到这个人搞砸了工作。

约翰内斯•奎瑟想结束这一切。他站到呻吟着的女人旁边，再次举起了剑。这次他正好砍在了第三和第四节颈椎之间。呻吟戛然而止。但是脑袋并不愿意分身，还挂在筋肉上。刽子手又砍了一剑，最后总算人头落地。

头颅滚下了木平台，在雅各布的脚前停下，不动了。刽子手的儿子眼前一黑，他的胃翻腾不止。他跪在地上，吐出了早上吃的麦片稀粥和淡啤酒。他不停地呕着，直到吐出了绿色的胆汁。就像隔着一堵墙，他听到了人们的喊叫、市议员们的怒骂以及站在他身边的父亲的喘息。

睡吧，宝宝，睡吧……

在雅各布昏厥之前，他立下了一个志愿。他将永远不追随父亲的足迹，永远不当刽子手。

然后他一头栽到那摊血里。

第一章

雄高

1659年4月24日早晨

三十五年后

玛格达莱娜·奎瑟坐在刽子手家小矮房前的一把木椅上，紧紧地按住夹在两腿间的铜罐，很有节奏地把麝香草、石松、拉维纪草碾成绿色的细粉末。一股浓浓的草药味钻进她的鼻子里，让人感到夏天正姗姗而来。太阳照在她棕色的脸上，她不得不眨一下眼睛，汗珠已经流到脑门上了。这是今年以来最热的一天。

在花园里，她的弟弟妹妹正在玩耍，他们是双胞胎，名叫乔治和芭芭拉，今年六岁。两人在已经结了很多花蕾的接骨木树丛中跑来跑去。每当接骨木的长长树枝像手指一样拂过他们的脸颊时，他们就会高兴地大喊起来。玛格达莱娜忍不住笑了。她想起，几年前她父亲也同样在花园的小树丛中和她追来追去地玩耍。她仍然记忆犹新，一个强壮的高大身躯像熊一样，举着爪子，威胁地号叫着在她后面追跑。她父亲曾是一个很好的玩耍伙伴。最初她不理解，为什么城里人见到他时，会马上走到马路另一边去或默默地祈祷。在七八岁的时候，她终于得知，父亲那双爪子一样的大手不仅仅能玩。那是在绞刑架上，雅各布·奎瑟把一条粗绳子套在了一个窃贼的脖子上，然后紧紧地拉了一下。

尽管如此，玛格达莱娜很为她的家族自豪。她的曾外祖父约克·阿普利尔、她的祖父约翰内斯·奎瑟都曾是刽子手。玛格达莱娜的父亲雅各布是她祖父的学徒，就像她的小弟弟乔治几年后也将是她父亲的学徒一样。在她很小的时候，母亲曾在睡觉前跟她讲过，父亲并不是一开始就当刽子手的；在那场战争中她父亲也去打仗了，最后他又回到了雄高。小玛格达莱娜想知道，他在战争中都干了什么，也想知道，他如今为什么愿意砍人的头，而不愿意驰骋在远方的疆场，身着盔甲、挥舞战刀。她母亲沉默不语，把手指放在她的嘴唇上，示意她不要再问了。

草药碾好了。玛格达莱娜把绿色的粉末倒在一只瓦罐里，然后非常仔细地把罐封好。把药粉熬成膏后，散发着香味的药膏会帮助女人恢复暂停的月经。这是一剂很有名的药，用来阻止生下一个不该生的小孩。每找两个花园就能寻到麝香草和石松，但是只有她父亲知道在哪里能采到极其少见的拉维纪草。就连附近村子的接生婆都到他这里来讨这剂药粉。他把这剂药粉叫作爱女粉，并用它额外地挣一两枚银币。

玛格达莱娜把落下来的一绺鬈发向后拽了拽。她继承了她父亲那头很难理顺的头发。她黑亮的大眼睛看上去总是眼波流转，上面生着浓密的眉毛。她今年二十岁，是刽子手家的长女。继她之后她母亲又生了两个死胎和三个婴儿。那三个婴儿因为体弱，都没有活过一岁便死了。然后又有了如今的双胞胎。这两个顽童是她父亲的骄傲，有时候玛格达莱娜还真有点嫉妒他们。乔治是唯一的儿子，将继承他父亲的职业。还是小女孩的芭芭拉做着世界上各种各样的梦。相反，玛格达莱娜则是一个无人敢碰的、受人们背后风言风语、被嘲笑的“刽子手的女儿”，是“血的女孩”。她叹了口气。看来，她的一生现在就已经定型了。她将嫁给一个其他城市的刽子手。刽子手家族一般都是自成一体。可是城里就有她喜欢的男人呀，尤其是……

“你碾完爱女粉后，到屋里去弄一下衣服。它们自己不会变干净的。”

母亲的声音把玛格达莱娜从梦幻中唤醒。安娜·玛丽亚·奎瑟警告地看着女儿。她的手因为在花园里干活而沾满了泥土，她用手擦了一下额上的汗珠。

“我看得出，你又在想那个小伙子了。你趁早把他忘掉吧，已经是满城闲话了。”

尽管她笑着说这些，但是刽子手的女儿知道，她母亲是在很严肃地讲话。她是一个很讲实际、很直爽的女人。她不怎么看好女儿的梦想，而且认为当父亲的教女儿看书识字也没有什么用。男人们常斜眼看一个把鼻子插在书本里的女人。如果她还是一个刽子手的女儿，并给年轻小伙子暗送秋波，这样下去，离戴耻辱面具和颈手枷就不远了。作为刽子手的妻子，她已经多次给她男人描述各种各样的可怕情形：总不至于有一天，他给自己的女儿戴上耻辱面具，赶着她在城里游街示众吧。

“好吧，母亲①。”玛格达莱娜一边把铜罐放到椅子上，一边对母亲说，“我马上到河边去洗衣服。”

她拿起装着脏衣服和被单的箩筐，在母亲沉思的目光下穿过了花园，向莱希河走去。

在房后就有一条小道，它绕过几座花园、仓房和漂亮的房子，直通莱希河岸，通向河水冲出来的一个平浅的河湾。玛格达莱娜望着河中泛起的旋涡急流。现在是春天，河水涨得很高，已经淹没了白桦树的根部，裹挟着树枝和整株的树木。有那么片刻，玛格达莱娜以为在棕色的急流中看见

① 在德国的巴伐利亚地区至今仍然保持这种习惯，孩子在家里称呼父母为父亲和母亲，以表示尊敬。

了一块亚麻布或类似的什么东西，等她再仔细看看，原来只不过是一些树枝和树叶之类的东西。

她弯下身，从箩筐里拿出衣服，在潮湿的碎石上洗起来。她一边洗着，一边回想着三星期前的圣保罗节市和舞会。特别是她和他一起跳了舞。直到上星期天她才在教堂的弥撒上又见到了他。当她低头在教堂后面坐下来时，他刚好站起来去取《圣经》。他特意向她挤了挤眼。她忍不住咯咯地笑了起来，其他女孩都恶狠狠地朝她这边看。

玛格达莱娜一边哼着歌，一边随着节奏在碎石上敲打着湿衣服。

“金龟子飞，父亲去打仗……”

她深陷在自己的沉思中，所以她开始还以为喊声来自她的幻觉。过了好一会儿，她才意识到那声尖利的哀号是从河的上游传来的。

一个雄高的伐木工最先在上游的陡岸看到了那个男孩。小男孩紧紧抱着一根树干，像小树叶一样在翻腾的河水里打着转。伐木工最初还不能确认，在脚下咆哮的深渊中，那个像小包裹的东西是不是一个人。当那个东西开始手脚乱划、在水里挣扎时，他马上呼喊，向晨雾中正在去奥格斯堡的第一班撑筏工求救。在雄高以北，大约四英里远的金绍附近，河岸才变得平缓，莱希河的流速减慢，这时那些撑筏工才敢向小孩靠近。他们试着用手里的船篙把小孩捞上来，但是，每次小孩都像泥鳅一样又滑了下去。他一会儿沉到水底，好长时间不见踪影，一会儿又像漂浮的瓶塞一样，从另外一个地方冒出来。

小男孩再次冒出了水面，抱着一根光滑的树干，往上伸着头喘气。他伸出右手，想抓住船篙，但是他的手指抓空了。咣当一声，他抱着的树干撞到木筏埠头的一堆树干上。这一撞使小男孩失去了平衡，从树干上滑了下去，落在十多根漂来的巨大树干之中。

此时，撑筏工们已经靠近了金绍的木板桥，他们急忙把木筏停泊好，小心地踏上了由堆放在那里的树干构成的摇晃不稳的陆地。在光滑的树干上行走，对有经验的撑筏工来说，也是一件很难的事情。在上面人很容易失去平衡，如果跌下去，就会被榉木、松木挤得粉碎。好在这里河水浅，流得缓慢。

不一会儿两个撑筏工就靠近了小男孩的树干。他们用船篙撑在树干间的空隙处，希望能碰到柔软的阻力。但是他们脚下的树干开始摇晃滚动。两人必须不时找回平衡，光着脚在滑溜溜的树干上滑来滑去。

“我抓到他了！”一个较强壮的撑筏工突然喊了起来。他用强壮的胳膊把船篙和小男孩从水里举起来，像扔一条上了钩的鱼一样，把小男孩扔上了岸。

撑筏工的喊叫也引起了其他人的注意。金绍附近的洗衣妇和一些车夫也急忙向河边赶来。大家都围在摇晃的木板桥边，朝着脚下那个湿乎乎的东西看。

那个强壮的撑筏工把小男孩脸上的头发拨到了一边。人群顿时一片惊讶。

男孩的脸呈青色，肿了起来，脑后有一处陷了下去，好像是被人用木棍重重地打过一样。小男孩呻吟着。鲜血透过湿衣服渗到栈桥上，又滴入莱希河。小男孩不是意外掉到水里的，而是被人推下水的，事先还重重地挨了一击。

“这是约瑟夫·格里默尔的小孩，他是雄高的运输工！”一个站在旁边的赶牛车的男人说，“我认识这孩子！他常和他父亲到木筏埠头。快，把他抱上车，我把他送到雄高去。”

“快先派人去告诉格里默尔，他的小孩快不行了！”有个洗衣妇喊道，“噢，上帝啊，他已经死掉了那么多的孩子……”

“最好马上告诉他，”那个彪悍的撑筏工粗声地说，“孩子马上就要死了。”他还给了站在旁边的几个小男孩每人一巴掌，说：“快跑！别忘了也叫上那个理发师[1]，医生也行！”

男孩们朝雄高跑去了。地上躺着的小男孩的呻吟渐渐地变小。他全身抖个不停，嘴里好像还在说着什么，也许是在做最后的祷告。他大约十二岁，看上去和其他同龄孩子一样瘦弱苍白。几星期前他才好好地吃过一顿饱饭，昨天吃的大麦稀粥和淡啤酒早已耗尽，他的肚子瘪瘪的。

小男孩的右手不停地在空中抓着什么，他的喃喃声就像身下流过的莱希河一样，时高时低。一个撑筏工跪下来，俯身想听听他在讲什么。但是喃喃自语已经变成了吐气泡。鲜红的血和唾液混在一起，从嘴角流了出来。人们把奄奄一息的男孩抱上了车，车夫抽响鞭子，车便上了从金绍通往雄高的大路。在两个多小时的路程中，越来越多的人跟随在车后，如游行一般。当牛车终于到了雄高城附近的木筏埠头时，已有二十多个看热闹的人尾随在车后了：小孩，农民，哀号的洗衣妇。狗也汪汪地叫着，在牛车前后窜来窜去，有人还一边走，一边向圣母马利亚祷告。车夫把车停在堤坝上的库房边。两个撑筏工把小男孩从车上抬了下来，轻轻放在河边的干草垛上，莱希河哗哗地从堤坝流过，不时翻起的浪花猛烈地撞击着河里的木桩。

栈桥上传来了咚咚的脚步声，议论纷纷的人群戛然停止了讲话。小男孩的父亲在旁边稍微等了一下，他好像很怕看到小孩咽气的最后一刻。然后他脸色苍白地推开了人群。

约瑟夫·格里默尔一共有过八个孩子，但是都早早地就死掉了，要么是死于瘟疫、痢疾、高烧，要么就是上帝的意愿吧。六岁的汉斯在玩耍时掉进莱希河淹死了，三岁的玛丽被喝醉酒的雇佣兵的马踩死在小路上。最小的孩子死在月子里，同时还把他妻子带走了。小彼得是老格里默尔剩下的唯一一个孩子。现在看着孩子躺在地上，他知道，上帝也将会把这个孩

① 在中世纪，理发师理发、修面的同时也为人治病，进行放血、灌肠、拔牙和一些简单的外科手术。

子带走。他跪了下来，轻柔地把孩子脸上的头发拨开。小孩的眼睛已经闭上了，但是他的胸脯还在一起一伏地动着。几分钟后，弱小的身躯动了最后一下，一切便停止了。

约瑟夫·格里默尔抱起小孩的头，就像洗衣妇一样朝着莱希河尖声地号哭起来。

喊声和急促的敲门声同时传到了西蒙·福荣威泽的耳中。医生的房子位于母鸡胡同，离河边只有几步远。之前他就不时从书中抬起头，向外观看，因为撑筏工的喊叫使他不得安心看书。当胡同里也传来了喊声时，他意识到，一定是发生了什么事情。敲门声越来越响。他叹着气把那本关于解剖学的大厚书合上。这本书也只是很肤浅地解释了人体的表面现象。人体的构成，用放血的方法医治百病……西蒙已经读过很多类似的长篇大论，但是关于人体的内部结构他仍然一无所知，今天也是如此。除了敲门声，他还听到人喊："大夫，大夫！您快来呀！在下面的木筏埠头，格里默尔的儿子躺在血里，太可怕了！"

西蒙马上穿上他那件黑上衣，上面的铜纽扣擦得锃亮。他理了一下长发，并在书房里的小镜子前顺了顺胡子。过肩的长发和重新流行起来的短尖髯让他看上去比他才二十五岁的年龄老了一些。在一些雄高人的眼里西蒙是个花花公子，但是这对他来说无所谓。他知道，女孩们有着完全相反的看法。西蒙长着一双温柔的黑眼睛、一只看上去非常谐和的高鼻子，体型瘦瘦的，在雄高的女人世界中颇受青睐。而且，他每天都把自己打扮得整整齐齐。他牙齿齐全，经常洗澡，还特意用他那点微薄的薪水让人从奥格斯堡买来一瓶昂贵的玫瑰味香水。唯一让他犯愁的是他的身高。仅有五英尺高的他不仅要抬头仰望多数的男人，即使和一些女人讲话时，他也要抬头看着她们。幸好世上有那种高跟长靴。

砰砰的敲门声变得急促起来，像雨点一样打在门上。西蒙急忙下楼把门拉开。门前站着一个在河边干活的制革匠，西蒙想起他的名字叫加布里尔。他曾给他治过病。去年西蒙给他的胳膊上了夹板，因为他在犹大节市上与人打架，把胳膊扭了。西蒙知道自己在所从事的行业里缺什么，所以表情马上严肃起来。

“什么事？”

制革匠怀疑地看着西蒙问：“您父亲在吗？下面莱希河边出大事了。”

“我父亲在医院。如果急的话，你就得让我或理发师来看了。”

“理发师自己还病着呢……”

西蒙皱皱眉。他自己在这里仅被看作市医的儿子，尽管他在英格尔施塔特上过大学，学过医，而且七年来一直帮他父亲看各种大病小病。近几年，他还独力治好了许多病。最近就有一个很难治的高烧病例。他一连几天给制桶匠的小女儿做冷敷、上药膏，还给她服用了一种从西印度进口来的新药——一种从金鸡纳树皮中提取的、被称为“耶稣会粉”的药。高烧最后退了，制桶匠给了他两个金古尔登，这不只是对他表示感谢，同时也表示了对他的认可。但是当地人仍然不信任他。

西蒙挑战地看着眼前的这个男人。制革匠耸耸肩，转身要走，最后还是鄙视地瞟了医生一眼，说：“那你就快来吧，反正怎么都来不及了。”

西蒙紧紧地跟在那个男人的后面，和他一起拐入硬币街。今天是圣乔治日后的第一天，大多数位于楼下的手工匠店铺都已经开门营业了。雄高及周围大庄园的长工、女佣们每年在圣乔治日正式开工，所以今天街上人特别多。街道的左边传来铁匠叮叮当当的打铁声，他刚刚给一位市议员的老马换了新马掌。旁边的屠夫在门前杀了一头猪。猪血流满了石砖地，医生不得不大步绕行，生怕把自己的新皮靴弄脏了。再往前一点儿，面包师在卖刚出炉的面包。西蒙知道，肯定是那种带有很多麸皮、嚼起来咯吱咯吱响的面包。目前只有市议员们才能买得起真正的白面包，而且也只是在过节的时候而已。

按理说，雄高人还是应该庆幸的，大战[1]过后的第十一年，人们仍然有东西吃。在过去的四年中，有两年的收成因为冰雹灾害彻底被毁了。去年五月的一场暴雨不仅让莱希河水猛烈上涨，还把城里的米磨冲走了。从那以后，雄高人必须到阿尔滕施塔特或更远的地方去磨米，这自然而然要多付很多钱。许多农田都闲着，农房也空着，没人住在里面。近十年来，三分之一的人死于瘟疫和饥荒。谁有条件的话，在家里自己养上几头牲畜，靠自家花园的白菜和萝卜为生。

他们穿过市场广场时，西蒙朝巴林大厦望了一眼。市议会就在这个作为库房的大厦顶层。巴林大厦曾是雄高人的骄傲。以前雄高很富有、和奥格斯堡平起平坐时，全国的大商户都在这儿进进出出。这座位于莱希河边的小城市是古老商路的枢纽，是各种商品的重要集散地之一。巴林大厦在慢慢地倒塌，墙上的涂料有些已脱落，大门也歪斜不正了。

雄高在那些屠杀掠夺的战争年代里变穷了。一个从前在巴伐利亚普法芬温克尔地区有名的、富裕而美丽的城市，变成了无业雇佣军和无家可归之人的中转站。战争结束后，饥荒、疾病、牲畜瘟疫和冰雹灾害接连不断。城市已经面临崩溃。西蒙不知道，这座城市是否还会重新发展起来。人们还没有完全失去信心。在穿过莱希城门通往河边的路上，西蒙看到下面一派热闹景象。车夫们正费力地赶着牛车走上通向市场广场的陡坡。对面制革区的烟筒冒着烟，下面河边的洗衣妇们提着水桶把脏水倒进奔流的莱希河。雄高城犹如一顶皇冠，高高地扣在河水和森林之上的山顶，也像一个骄傲的水手，正在眺望奥格斯堡——一座比它还老、还强大的姐妹城。不会的，这个城市不会那么容易就崩溃。尽管存在死亡，可是生命还在继续。

---

① 指三十年战争（1618年—1648年）。

在木筏埠头聚集了很多人。

西蒙听到，喧嚷的人群中不时传来一个男人的哀号。他过了桥，直奔右边紧靠堤坝的库房。他很艰难地在人群中挤出了一条道，终于来到了围观的中心。

运输工格里默尔跪在湿乎乎的栈桥上，怀里抱着一团血迹斑斑的东西。他宽大的肩膀挡住了西蒙的视线。西蒙把手放在格里默尔的肩上，这个男人在发抖。过了很长时间，他才注意到身后的西蒙。他泪流满面、脸色惨白。

他极其愤怒地冲着西蒙劈头盖脸地骂了起来："是他们害了我儿子！他们像杀猪一样把他杀了，我要杀他们，把他们全杀了！"

"谁？"西蒙轻声地问道。然而运输工又把注意力转向了儿子。

"他说的是奥格斯堡的运输工。"旁边一个男人解释说。西蒙认出来，他也是个运输工。

那人继续解释道："最近和他们常有纠纷，因为他们不得不把押运货物的任务让给我们。他们还说他们将会劫走一部分货。约瑟夫还为此和他们在金星客栈打了一架。"

西蒙点点头。客栈打架之后他还治疗了好几个血鼻子呢。那些人虽然被罚了款以示警告，但是雄高和奥格斯堡运输工之间的仇恨却越来越深。按照以往公爵的法令，奥格斯堡人只能把从威尼斯和佛罗伦萨运来的货物运到雄高，剩下的路程由雄高人来负责。这种运输垄断地位早就成了奥格斯堡人的眼中钉。

西蒙果断地推开了哭泣的父亲，他那些也是运输工的朋友马上凑上去安慰他。西蒙弯下腰仔细地察看男孩。

至此，还没有人想到把男孩身上的湿衣服解开。西蒙撕开小孩的湿衣服，坑坑洼洼的刀刺痕迹露了出来。显然是有人用刀疯狂地把小孩乱刺了一气。小孩的脑后有一个仍然渗着血的大伤口。西蒙猜测是小男孩掉在水里的大树干中间造成的。他的脸青一块紫一块，这也有可能是大树干撞挤造成的。那些巨大的树干在水里会产生一种强大的力量，会把人像一只烂水果一样碾得粉碎。

西蒙听了听小孩的心跳。然后他拿出一面小镜子放到小孩已被打断了的鼻子底下。看不到一点呼吸的迹象。瞳孔也扩散得很大。彼得•格里默尔已经死了。

西蒙朝着默默围观的人群说："拿块湿布来。"

一个女人递给他一块亚麻布。西蒙在河里把布浸湿，开始擦洗小男孩的胸脯。把血迹擦掉后，他在心脏周围一共数出了七道刺痕。尽管有那么多的刺伤，小孩并没有立即死掉。制革匠加布里尔在路上对西蒙讲过，小男孩刚才还在喃喃地讲着什么呢。

西蒙把小孩翻过来，并用力把衣服撕开。人群一齐呻吟起来。

在小孩的肩胛骨下面有一个手掌大的标记，西蒙还从没见过这样的标记。紫色的圆圈已经模糊不清，在圆圈下面画了个十字。

一瞬间，栈桥上变得悄然无声。突然有人高声喊道："巫术，这是巫术！"又有人喊："巫婆们又回雄高来了，她们来夺我们的孩子了！"

西蒙用手指抹了抹那个标记，抹不掉。他觉得见过这个标记，但是又一时想不起来是什么。它配上暗沉沉的颜色，看上去就像是魔鬼留下的记号。

约瑟夫•格里默尔一直都被几个朋友搀扶着，这时他也颤巍巍地走了过来。他仔细地看了一会儿这个标记，然后冲着人群说："这是史泰茜琳画的！这个接生婆，是这个女巫婆干的，是她杀了我的孩子！"

西蒙想起来，在最近的一段时间里他确实经常看到小男孩在接生婆那儿。玛尔塔·史泰茜琳住在离格里默尔家不远的牛门附近。自从阿格妮丝·格里默尔在月子里死了以后，小男孩经常到她那里寻找安慰。他父亲却永远不原谅接生婆没能止住流血。他认为她对他老婆的死负有责任。

“安静！这并不能说……”西蒙大声喊道。他想用自己的呐喊镇住愤怒尖叫的雄高人，但是失败了。史泰茜琳的名字就像蹿起来的火苗，马上覆盖了栈桥。立刻就有人高喊着跑上了桥，跑进城。“史泰茜琳！是史泰茜琳干的！快去通报差役把她抓起来！”

一眨眼的工夫，栈桥上便空无一人，仅剩下西蒙和那个刚死去的小男孩。就连约瑟夫·格里默尔也怒火冲天地跟着人们一起跑向城里。只有咆哮的河水在哗哗地流淌。

西蒙叹着气，用洗衣妇在匆忙中丢下的被单把小孩裹起来，然后把这个大包袱扛在肩上。他喘着气、弯着腰，艰难地朝着上面的莱希门走去。他知道，现在只有一个人能帮他。

第二章

星期二

1659年4月24日

上午九点

玛尔塔·史泰茜琳站在她的小屋子里，把沾满鲜血的两只手伸到热水盆里。她的头发也沾了血，眼窝下出现了黑圈，她几乎有三十个小时没有睡觉了。在克林根施泰纳家的接生可以说是她近年来最难的一个。胎位不正。史泰茜琳的双手涂满鹅油，伸到母体内，想把胎儿倒过来，但是每次胎儿都滑脱了。

玛丽亚·约瑟法·克林根施泰纳今年四十岁，已经生过十二个孩子了，但是只有九个是活着来到这个世上的，其中五个婴儿还没活到第一个春天就死掉了，只剩下四个女儿，她男人总是希望有一个传宗接代的男孩。在把手伸进母体的时候，接生婆已经感觉出这次是个男孩，而且好像还活着。但是每拖延一小时，就意味着母亲和孩子的危险越大，这如同一场生与死的决斗。

玛丽亚·约瑟法声嘶力竭地喊着，愤怒地骂着，哭着。她诅咒她那个男人，每次她生完孩子后他就像发情的公牛一样，又爬到她身上；她诅咒这个孩子；她诅咒仁慈的上帝。当天色渐亮时，接生婆确信小孩已死。为了应对这种情况，她备有一只旧鞋钩，必要时她会把死孩子从母体里像一块肉一样钩出来，有时候还会一块一块地钩出来。屋子被关得严严实实的，闷热得让人喘不过气来。屋里的其他女人——婶子、侄女、表姐妹等等——已经派人去叫神甫了；为紧急洗礼而准备的圣水已放在了壁炉上。就在克林根施泰纳最后一次喊叫的时候，接生婆抓住了小孩的脚。就像刚出生的小马驹一样，小孩一下子就滑了出来。他还活着。

这是一个很强壮的婴儿。玛尔塔·史泰茜琳看着玛丽亚·约瑟法惨白的脸、虚弱的身体，心里暗想，这个孩子也很可能是他母亲的凶手。铁匠的妻子流了很多血，地上的干草被染得红红的、油腻腻的。她的眼睛已经像死人一样塌陷了下去。至少她的男人现在有了一个继承人。

整整折腾了一夜。玛尔塔·史泰茜琳在早上特意用葡萄酒、大蒜和茴香熬了一剂补药，让产妇喝下去，好让她尽快恢复体力。她还把产妇浑身都擦洗了一遍，然后才回到了家。现在，她坐在自己小屋里的桌子旁休息，想把一夜的疲劳都从眼睛里抹掉。中午的时候，那些孩子会像往常一样来她这里。她自己不能生孩子，尽管她把那么多的孩子接生到世上。所以对接生婆来说，索菲、小彼得和其他几个孩子经常来看她并在这里玩耍，是一件很高兴的事。她自己有时候也会问，这些孩子怎么会对她这样一个成天摆弄药膏、坩埚和药粉的四十岁的接生婆感兴趣。

玛尔塔·史泰茜琳听到自己的肚子在咕咕地叫。这时她才想起，自己已经有两天没有吃东西了。她从炉火上面的锅里盛了一些剩下的冷麦粥，吃了几勺后，她想把房间彻底地整理一下。有一件东西不见了，而这件东西不能落在坏人手里。也许是她放错了地方……

从市场广场那边传来了喊叫声。开始很弱，和各种杂音混在一起，声音虽然低，但充满威胁，就像一群愤怒的大马蜂在叫。

玛尔塔把头抬起来。外面肯定发生了什么事，但是她太累了，懒得起身向窗外看看。

然后喊声越来越近，还能听到脚步声，人们在市场广场的石砖地上跑着，跑过了金星客栈，进入小巷直奔牛门。玛尔塔·史泰茜琳现在还能从混杂的人声中听出一个名字来。

是她的名字。

"史泰茜琳，女巫婆！要烧死她，烧死！快出来，史泰茜琳！"

接生婆从一扇开着的窗户向外看，想弄清到底是怎么回事，一块石头啪地飞了进来，正打在她的脑门上。玛尔塔·史泰茜琳两眼一黑，倒在了地上。当她再次苏醒过来时，她透过眼前的一道血帘，看到人们正用力撞她的房门。如鬼使神差一样，她跳了起来，用力抵抗。无数的腿想从门缝里挤进来。门终于被关上了。外面响起愤怒的喊叫。

玛尔塔在裙子里寻找钥匙。钥匙在哪呢？又有人撞门了。那儿，在桌子上，紧挨着苹果有个亮闪闪的东西。她一边用身子用力抵着门，一边像盲人一样用手够着桌上的钥匙，因为汗水和血流到了眼睛里，她根本看不清东西。终于拿到了，她马上把钥匙插到锁头上，咔嗒一声把门锁上了。

外面的撞门声突然停了一下，几秒钟后又震天骇地地响了起来。显然，外面的男人们现在换了一个更大的木桩来撞门。不一会儿，门板就被撞开了一条裂缝，一只毛茸茸的胳膊伸了进来，四下抓她。

"史泰茜琳，女巫婆，快出来，不然我们把你的房子烧了！"

接生婆透过裂缝可以看到外面的人。他们是撑筏工和运输工。很多人她都能叫上名来。大多数人都是那些由她接生下来的孩子们的父亲。此时，这些人眼里闪着凶猛的兽光，大汗淋漓地高声怒吼着，不停地敲打着她的门和墙。玛尔塔·史泰茜琳像一只被追赶的野兽一样，惊恐地四下望着。

窗户板被砸裂了。她的邻居格里默尔的大脑袋伸了进来。玛尔塔知道，他始终因为老婆的死对她耿耿于怀。难道这一切都是因为这个吗？格里默尔手里晃着一根插了很多铁钉的木棍向她打来。

“我要杀了你，史泰茜琳！在他们把你烧死之前，我要先把你杀了！”

玛尔塔跑出后门，直奔与城墙相邻的一个药草园。到了园子后她才意识到，她跑进了一个死胡同。左右两边是城墙高的房子。城墙本身到城垛有十英尺那么高，太高了，她无法爬上去。

紧靠着墙边长着一棵苹果树。玛尔塔•史泰茜琳急忙跑了过去，爬到了树上。从树上面也许能跳到墙垛上。

从接生婆的房里又传来了砸碎玻璃的声音，不一会儿，后门也被撞开了。格里默尔站在门前，呼呼地喘着气，手里仍然握着那插着铁钉的木棍。他身后的运输工们也一窝蜂地拥进了花园。

玛尔塔•史泰茜琳像一只猫一样，不停地往树上爬，越爬越高，直到上面的树枝只有小孩手指那么粗的时候才停下。她抓住墙檐，试着爬到墙垛上。

咔嚓一声，树枝断了。

接生婆从墙上滑了下来，跌倒在下面的菜地里，十指被墙磨出了血。约瑟夫•格里默尔冲向她，举起木棍，准备一棍把她打死。

“我可不会这么做。”

运输工朝着声音传来的方位向上望去。在墙垛上，就在他头上，站着一个彪形大汉。他身上穿着一件大衣，上面有很多小洞洞眼儿；头上戴着一顶大檐帽，上面还插了几根破损的羽毛。帽子下面是黑色的、没有梳理过的长发和连鬓胡子。在墙垛投下的阴影中，除了一只醒目的大鹰钩鼻子和一只长杆的烟斗外，很难看清这个人的面孔。

刚才讲话时，这个人嘴里还叼着烟斗，现在他把烟斗拿在手里，指着倒在墙根儿、气喘吁吁的接生婆说：“即使你现在把玛尔塔打死，你老婆也不会复活。不要把自己搞得不幸！”

“闭上你的狗嘴，奎瑟！这个跟你无关！”

约瑟夫·格里默尔又镇静下来。和其他人一样，他起初有些困惑不解，上面的那个人是怎么在无人注意的情况下靠近的。但是几秒钟后他又怒不可遏。他要报仇，没有人能拦住他。他手里拿着木棍，慢慢走向接生婆。

“这是谋杀，格里默尔，”抽烟斗的人又说话了，“如果你现在打下去，我将会很高兴地给你戴上绞刑套。而且我向你保证，套的时间不会很短。”

约瑟夫·格里默尔停了下来，迟疑地望着他的同伴们，显然这些人现在也和他一样犹豫不决。

“她的良心对不起我儿子，奎瑟，”格里默尔说道，“你自己可以去莱希河边看。她给他施了魔法，然后用刀刺死了。她还在他身上画了个撒旦的标记。”

“如果是这样，那你为什么不待在你儿子身边，叫差役来抓玛尔塔？”

格里默尔猛地想了起来，他那个死儿子还搁在下面的莱希河边呢。他竟然在愤恨中把儿子扔在那儿，跟着这群人跑到了这里。他马上又泪流满面。

简直不可思议，嘴里叼着烟斗的男人敏捷地越过墙垛的栏杆，一下子跳到药草园。他比在场的人要高出一头多。这个彪形大汉弯下腰，靠近玛尔塔·史泰茜琳。现在离得近，她可以很清楚地看到这个人的脸、鹰钩鼻子、深深的皱纹、浓密的眉毛，还有深陷的棕色眼睛。一双刽子手的眼睛。

“你要跟我走，”雅各布·奎瑟低声说道，“我们去到法院记录官那里，他会把你关起来。眼下这对你来说是最安全的。你明白吗？”

玛尔塔点点头。刽子手的声音柔软悠扬，让她感到很安慰。

接生婆很了解刽子手。他的孩子，活着的、死了的，都是由她接生下来的……多数时候这个刽子手也在场帮忙。她时常在他那儿买点药水、药膏什么的，来治疗月经失调，或打掉一个不想要的孩子。她知道他是一个忠实的、关心备至的好父亲，尤其是对他那两个小孩子，他太为他们着迷了。她也看过他给那些男人女人戴上绞刑套，然后把梯子搬开。*现在他要把我吊起来了*，她暗自想着，*但是他先救我的命*。

雅各布·奎瑟把她扶起来，然后满怀期待地看了一下周围说："我现在把玛尔塔送到监狱去。如果她真和格里默尔儿子的死有关系的话，她会受到应有的惩罚，这个我可以向你们保证。但是在那之前，你们不要惹她。"

说完，刽子手抓住了玛尔塔·史泰茜琳的脖子，推着她从那些沉默的撑筏工和运输工中走出来。接生婆很清楚，他会兑现自己的威胁。

西蒙·福荣威泽艰难地喘着气，诅咒着。他觉得自己的背已经湿透了。他能感到，那不是汗，而是血，是从被单里渗出来的血。事后他要让人翻新大衣；即使是黑色的布料，沾上血迹后也能看得很清晰。他肩上扛着的包袱变得越来越沉。

西蒙扛着笨重的包袱过了莱希河桥，向右转入制革区。西蒙进入小巷时，马上闻到那种粪尿混合的刺鼻臭味。他屏住呼吸，沿着一人多高的木桩走，木桩间晾晒着一张张兽皮。即使在凉台的栏杆上也晾晒着半鞣的皮革，散发出一种腐臭味。几个制革学徒工好奇地看着西蒙和他的血包袱。在他们眼里，西蒙好像正扛着一头刚宰的羊去刽子手家。

他终于走出了小巷，踏上了左面一条通往坡上鸭子河塘的小路。刽子手的住房紧靠着两棵大橡树，加上一座马棚、一座大花园和一间放马车的库房，这是一座相当可观的大宅院。医生很羡慕地看着这一切。刽子手虽然被看作是一种可耻的职业，但是也可以创出一番家业来。

西蒙推开新粉刷过的门，走进了花园。虽然是四月，花却已经开了，到处都是散发香味的药草。艾蒿，薄荷，香蜂草，芸香，麝香草，鼠尾草……雄高的刽子手因为他的药草园远近闻名。

“西蒙叔叔，西蒙叔叔！”

那对双胞胎——乔治和芭芭拉从橡树上爬下来，欢叫着朝西蒙跑来。他们跟他很熟，知道他随时都会和他们玩耍、打闹。

安娜•玛丽亚•奎瑟听到外面的喊声，不知发生了什么，惊奇地打开房门。西蒙看见她，很不自然地笑了一笑，两个孩子在他身边不停地跳着，想去摸他肩上的那个包袱。刽子手的妻子虽然已年近四十，但是看上去仍然很吸引人，她也长着墨黑的头发、浓密的眉毛，和刽子手看上去就像姐弟一样。西蒙常常自问，她是否拐弯抹角地和雅各布•奎瑟有血缘关系。因为刽子手被看作是一种可耻的职业，只有在极其特殊的情况下才允许和公民[①]结婚，所以刽子手们互相联姻。几百年的时间里，他们建立了一个真正的刽子手王朝。奎瑟家族是巴伐利亚地区最大的刽子手世家。

安娜•玛丽亚•奎瑟笑着向医生走来，当她看见他背上的包袱、他警告的目光和自卫式的手势时，她严厉地向两个孩子喊道：“乔治，芭芭拉！到房后玩去。西蒙叔叔要和我商量事。”

两个孩子嘟囔着，不情愿地跑开了。西蒙终于可以进到屋里，把肩上的尸体放到厨房的板凳上。裹尸布散开了。安娜•玛丽亚看到小男孩时，不由得低声叫了起来。

“噢，上帝，这不是格里默尔的儿子吗？！这世上发生了什么事？”

西蒙坐到旁边的一把椅子上，给她讲事情的经过。安娜•玛丽亚从一只陶罐里给他倒了一杯加水的葡萄酒。西蒙一口气就给喝光了。

---

① 在中世纪，被封为城市的地区有权办市场、有权自治、有权收取关税，有的还有权打造自己城市的钱币。住在城里的市民只有在符合一定的条件时才能成为公民，公民在自己的城市享有一定的特殊地位。

等西蒙讲完了，安娜·玛丽亚一边摇着头看着男孩的尸体，一边问："那，现在你需要我男人帮忙，让他给你讲讲这一切是怎么发生的，是吗？"

西蒙抹了一下嘴说："对，他在哪儿？"

安娜·玛丽亚耸耸肩说："这个我不知道。他上城里铁匠那儿买钉子去了。你知道我们需要一只新衣柜，现在的柜子已经塞得满满的了。"

她的目光又转向了那个放在板凳上的包袱。作为刽子手的妻子，她已经习惯了看到死人，但是一个孩子的死，还是让她于心不忍。她摇着头说："可怜的孩子……"

然后她又振作了起来。生活还要继续下去，外面那对双胞胎正在吵吵闹闹，小芭芭拉大声地抱怨着什么。"你最好在这里等他，"她一边从椅子上站起来，一边对西蒙说，"你可以一边看书一边等着。"

刽子手的妻子微笑地看着他。她知道，西蒙来这里经常是为了在她男人的那些破烂的厚书中翻看。有时候这个医生还会特意找一个明显的借口，就是为了到刽子手这里来查询什么。安娜·玛丽亚再次同情地看了一眼那个死去的男孩。然后她从柜子里拿出了一条毛毯，轻轻地盖在尸体上，这样双胞胎即使突然闯进来，也不会看到尸体。最后她走向门口说："我要到外面看看两个孩子在做什么。如果你喜欢喝酒的话，你自己可以再倒点儿，不要客气。"

门关上了，西蒙一人坐在刽子手的屋子里。房间很大，几乎占据了整幢房子的一层。在墙角有一个在走廊里加火的壁炉。壁炉旁是吃饭的桌子，桌子上方的墙上挂着那把断头剑。一道较陡的楼梯通向上面的房间，那是刽子手夫妇和三个孩子睡觉的地方。在壁炉旁边还有一扇小窄门，通到另一个房间。西蒙把这扇门打开，低头走了进去，一下子进入一个神圣的世界。

在房间的左边有两只横柜，里面储存着雅各布·奎瑟用来执行死刑和酷刑的工具、绳子、铁链、手套什么的，也有拇指夹和钳子之类的东西。其他的刑具归市政府所有，存放在城墙塔楼下的地牢里。横柜边上立着那架上绞刑架的梯子。

但是西蒙的兴趣不在这些东西。对面的一只高达房顶的大橱柜占据了整面墙。大橱柜有好多门，医生打开了一扇门，看着里面的瓶瓶罐罐、小皮袋、试管等。柜子里挂满了待干的药草，散发着夏天的香味。西蒙认出了迷迭香、山羊豆、瑞香。在第二扇门的后面又有很多小抽屉，上面标着炼金术的符号。西蒙的目光转向第三扇门。里面陈列了许多沾满灰尘的大厚书、破损的羊皮纸卷，还有一些手抄本和印刷装订好的书。刽子手的藏书，是通过好几代人的收集留下来的。那些古老的知识与英格尔施塔特大学传授给西蒙的那种枯燥知识有着明显的区别。

西蒙拿起一本特别厚的大书，他曾多次读过这本书。他一边用手摸着，一边默念着书名：“《关于动物心脏与血液运动的解剖研究》。”一本很有争议的书。它提出，体内的血液是无休止循环流动圈的一部分，心脏是这个循环流动圈的动力。这种理论经常被西蒙的英格尔施塔特大学的教授们耻笑，就连他父亲也声称这理论是错误的。

西蒙继续浏览着。有一本手写的、装订得很差的书叫《药书》。书里面列出了好多治疗各种病的配方。西蒙的目光停在了一页上，那是一个用干蟾蜍治疗瘟疫的配方。紧挨着的书架上有一本刽子手最近刚得到的书：《治伤》，由乌尔姆的市医约翰内斯·斯库尔特图斯所著。书很新，他猜想，英格尔施塔特的大学教授们可能连见都没见过。西蒙非常敬畏地用手翻着这本装订成册的外科经典著作。

“可惜，你眼里只有书。”

西蒙抬起头。玛格达莱娜靠在门框上，略带挑战地看着他。年轻的医生不由自主地把话咽了下去。正值二十岁妙龄的玛格达莱娜·奎瑟很清楚她对男人的魅力。西蒙每次见到她，都会突然感到口干，脑袋空空的。

最近的几星期以来更糟糕，他经常想着她。有时候在入睡前，他会想着她圆润的嘴唇、她脸上的酒窝和她那双微笑的眼睛。如果医生有一点迷信的话，他肯定相信刽子手的女儿对他施了魔法。

“我……等你父亲……”他结结巴巴地说，眼光始终没有离开她。她微笑着向他走来，似乎没有看到板凳上那个男孩的死尸。西蒙根本不想把这件事讲给她。他们两人在一起的短暂时间太宝贵了，他可不想再让它充满死亡和痛苦。

他耸耸肩，把书放回书架。

“你父亲在咱们这个地区有最全的医学藏书。如果我不利用，简直太傻了。”他小声地说道，同时用眼睛很快地瞄了一眼她那洁白的乳沟，两只形状完美的乳房轮廓清晰可见。很快，他又把眼光转向别处。

“你父亲可不这么看。”玛格达莱娜一边说着，一边慢慢地靠近他。

西蒙知道，自己的父亲把刽子手的书看作恶魔的作品，而且还常警告他要防备玛格达莱娜。那是一个魔鬼婆娘，他曾说过。如果谁和刽子手的女儿有瓜葛，那他永远不会成为一个德高望重的医生。

西蒙知道，跟玛格达莱娜结婚是不可能的事。她“可耻”，和她父亲一样。尽管如此，他仍然无法把她从脑海里赶走。就在几星期前，他们还在圣保罗节市上一起跳了舞。那可是轰动全城的新闻，人们好多天都对此事议论不休。父亲威胁他，如果再见到他和玛格达莱娜在一起，他要以棍棒惩罚他。刽子手的女儿嫁给刽子手的儿子，这是不成文的法律。这些西蒙也知道。

玛格达莱娜现在就站在他眼前，她用手摸了一下他的脸颊。她虽然微笑着，可眼里却有着一种忧伤。

“你愿意明天和我一起去草甸吗？”她问西蒙，“我父亲要槲寄生和圣诞玫瑰……”

西蒙听着，就像听到了一个低声的祈求。

“玛格达莱娜，我……”此时他身后发出沙沙的响声。

“你还是乖乖地自己去吧。西蒙要和我商量重要的事。快走吧。”

西蒙转过身，刽子手已经悄然无声地走进这个小房间。玛格达莱娜深情地看了一眼年轻的医生，转身跑向花园。

雅各布·奎瑟严肃地审视着西蒙，有那么一会儿，好像要把他赶出去似的。而后他从嘴里拿下烟斗，笑着对西蒙说：“我很高兴，你喜欢我女儿。但是不要让你父亲知道。”

西蒙点点头。他经常为来刽子手家的事跟他父亲吵架。伯尼法茨·福荣威泽认为刽子手是个庸医。但是他不仅不能阻止自己的儿子拜访刽子手，而且半个雄高城的人有一点儿小病就去找刽子手看。雅各布·奎瑟仅有一小部分的收入来自上绞刑架和行酷刑，大部分的收入来源于行医。他卖一些治痛风和痢疾的药水、治牙痛的烟草，接骨折的腿，给脱了臼的肩膀复位等等。他的学识很传奇，尽管他一天大学也没上过。西蒙知道，自己的父亲应该很恨刽子手。不管怎么说，这个人是他的强硬对手。而且原本也是更好的医生……

此时，雅各布·奎瑟又回到了宽敞的前屋。西蒙跟在他身后。屋里马上充满了烟雾。刽子手只有一个爱好，而且还培养得很彻底。他嘴里叼着烟斗，径直走到板凳前，把死孩子抬到桌子上，掀掉毯子和被单，并从牙缝里挤出一声口哨。

“你在哪儿发现的？”刽子手一边问，一边打满一瓷盆水，然后开始擦洗小男孩的脸和胸脯。他看了一下小孩的指甲。指甲下面沾满了红色的泥土，好像小彼得用手在地上挖了什么似的。

“在下面的木筏埠头。”西蒙回答说。他讲述了刚才发生的事，一直讲到人们跑进城里去抓接生婆。刽子手点点头。

“玛尔塔还活着，”他边说边继续擦洗小孩的脸，“我亲自把她送到监狱去的。她在那里至少安全些。以后怎么样还要看看再说。”

剑子手的冷静曾多次给西蒙留下深刻的印象。和其他的奎瑟一样，他话很少，但是只要一说话，便说到点子上。

现在刽子手把尸体洗完了。他们一起看着小孩伤痕累累的身体。鼻子断了，脸青一块紫一块的。在胸脯共有七处刀痕。

雅各布·奎瑟从大衣里抽出了一把刀，放在伤口上比一比，左右都多出一指宽。

“肯定要比这把刀大得多。”他低声地说道。

“一把剑吗？”西蒙问。

奎瑟耸耸肩说：“更像一把军刀或一把戟。”

“谁会这么干呢？”西蒙边摇头边问。

刽子手把小孩翻个身。肩上的标记又呈现出来，虽然一路上被被单擦掉了一些，但是仍然清晰可见。一个紫色的圆圈下面画了一个十字。

“这是什么？”西蒙问。

雅各布·奎瑟又向小孩弯了弯身。然后他用舌头舔了一下自己的食指，轻轻地在记号上画了一遍，之后又把食指放到嘴里，很有滋味地咂着嘴。

“接骨木果汁，”他说，“而且很不错。”他把手伸给西蒙看。

“什么？我想这可能是……”

“血？”刽子手耸耸肩问，“如果是血的话早就被洗掉了。只有接骨木果的汁儿才会留这么久。你只需问一下我女人。如果小孩子用这个果汁乱涂乱抹的，她每次都会大骂一通。不过……”他又开始刮那个记号。

“什么？”

“有一部分颜色是在皮肤下面。一定是有人用针或刀把颜色刻进去的。”

西蒙点点头。他曾经在卡斯蒂利亚和法国的雇佣兵身上见过类似的“艺术”。他们把十字架或者圣母文在上臂。

“可是这个标记代表什么？”

“这个问题提得好。”奎瑟深深地吸了一口烟斗，把烟吐出来，沉默了好一会儿，然后才回答说：“这是金星符号。”

“什么符号？”西蒙仔细地向下看着那个标记。他突然想起自己在哪里见过这个标记——在一本关于占星术的书里。

“金星符号。”刽子手到小房间去了，回来时，手里拿着一本很脏的皮面大厚书。他翻了翻，找到了想找的那一页。

“这儿。”他一边指给西蒙看，一边说。正是这个符号。旁边还有一个符号——圆圈上面带着一个指向右上方的箭头。

“金星，爱情、春天和生长的女神，”雅各布·奎瑟高声地念道，“是火星——战神符号的对应。”

“但是这个符号怎么会到小孩的身上？”西蒙不解地问道。

“这个符号很老，很古老。”刽子手回答说，同时又深深地吸了一口烟。

“那这意味着什么呢？”

“它有很多意义。它代表女人作为男人的对应，象征生活，也象征死后的生命存在。”

西蒙感到有些喘不上气了。

“可是……那这样说是异端了。”西蒙小声地说。

刽子手扬了一下浓眉，看着西蒙的眼睛说：“正是这个问题，金星符号是女巫的标记。”

说完，他便把一口烟吹到西蒙的脸上。

雄高沐浴在苍白的月光下。乌云不时地遮住月亮，把莱希河和城市笼罩在一片黑暗中。在城下的莱希河边站着一个男人，他沉思地看着奔腾的河水。这个男人把毛皮大衣的领子翻上来，转过身朝城里的灯光走去。城门早就关上了，但是像他这样的人总能找到一个漏洞进去。只要认识合适的人，再加上一点小钱。对这个人来说两者都不算什么问题。

尽管如此，他还是开始颤抖起来。虽然已是四月，从山上刮来的风仍然很冷。恐惧趴在这个男人的头皮上。他紧张地朝四处望着，除了像一条黑色缎带的莱希河和岸边的几株小树外，什么都看不见。

过了很长时间他才听到身后传来沙沙的响声。紧接着他感到一支剑尖透过毛皮大衣、天鹅绒上衣和马甲刺到他的背上。

“你一个人吗？”

声音紧靠在他的右耳。他闻到一股烧酒和烂肉味。

男人点点头，显然对他身后的人来说不够。

“就你一个人吗，他妈的？”

“是，就我一个！”

背上的疼痛减轻了，剑尖收了回去。

“转过身来！”那个人嘶声叫道。

男人按命令转过身，冲着对面的人恐惧地点点头。陌生人穿着一件黑色的羊毛大衣，插着羽毛的宽边帽子拉得很低，盖住了脸，看上去他就像刚从地下冒出来一样。

“你为什把我叫到这儿来？”他边问边把宝剑插进剑鞘。

男人咽了口唾液，然后又找回平时百攻不破的自信。他先站直了腰，接着开始了惩罚性的布道演讲：“我为什么叫你来这儿？你们坏事了，这个你很清楚！”

陌生人耸耸肩说道：“那个小男孩死了，你还要什么？”

城里的男人对此并不满意。他一边愤怒地摇着头，一边伸着干瘦的右手上上下下地比画着。“其他的孩子呢？”他严厉地说，“一共是五个！三个男孩，两个女孩。你怎么处理他们？”

陌生人做了一个蔑视的手势。

“我们不会放过那些孩子的。”说完，陌生人便转身准备走。

男人赶紧追了上去。

“他妈的！像这样来了结不行！”他喊道，同时用力抓住陌生人的肩膀——一个让他片刻后感到后悔的举动。一只强壮的手像一只钳子似的紧紧地扣住了他的咽喉。陌生人的脸上突然露出白牙，他在笑。狼一样的笑。

“你害怕了吗？”他低声地问。

男人咽了一下唾液，感到呼吸有些困难。就在他眼睛开始发黑时，陌生人松开了手，像扔一只讨厌的动物一样把他扔出很远。

“你害怕了，”他重复着刚才的话说，“你们都一样，你们这些钻钱眼儿的人。”

男人喘着气，向后退了几步。他整理了一下衣服，然后又有能力说话了。

“赶紧把事情结了，”他低声说道，“这些小孩不许说话。”

对方又露出了牙齿。

“这可要再花费你一笔钱。”

雄高城的男人耸耸肩说：“对我来说无所谓。赶快把事结了。”

陌生人好像思考了一阵儿，最后他点点头低声说：“那把小孩的名字告诉我。你认识他们，他们都叫什么？”

男人又咽了一口唾液。他只是看过一眼这几个孩子。尽管如此，他仍能对上谁是谁。有一瞬间他感到自己踩在一道门槛上。他还能退回来……

还不等他继续思考下去，小孩们的名字就一个一个地从嘴里冒了出来。

陌生人点点头，然后转身走掉了。几秒钟后他就融入了黑暗之中。

# 第三章

星期三

1659年4月25日

早上七点

雅各布•奎瑟把大衣紧紧地裹在身上，急匆匆地走在硬币胡同，十分小心地避免踩到各家门前的粪便和尿水上。清晨，大街小巷都被罩在雾气里，空气又湿又冷。他头上的一扇窗户打开了，有人把夜壶里的尿一下子倒了下来。奎瑟一面骂着，一面急忙地躲闪开，看着尿水倾泻到地上。

作为雄高城的刽子手，雅各布•奎瑟也负责清理街上的粪便。这是他每星期都要做的活儿。不久他就要推着小推车，拿着铁锹走街串巷了。可是今天他没有时间。刚敲过六点的钟声，一个差役就跑来告诉他，约翰•莱希纳马上要见他。奎瑟知道法院记录官找他干什么。昨天，城里人一整天都在议论男孩的谋杀案。关于巫术和魔鬼崇拜仪式的谣言在雄高这样的小城很快地传开了，比小巷里的尿味散得还快。莱希纳做事果断，即便在微妙复杂的事情上也是如此。另外，今天市议员要开会，那些要员们当然想知道谣言是真是假。

刽子手感觉头很沉。昨晚，约瑟夫·格里默尔来到他家，取走了儿子的尸体。他跟几小时前想把接生婆一棒打死的那个格里默尔已经截然不同。他像小孩子一样，不停地哭着号着，奎瑟拿出了自己酿的烧酒给他喝，才算把他安抚下来。刽子手自己也跟着喝了几杯……

雅各布转进了左边的一条小巷，朝着公爵府走去。尽管头很痛，他还是忍不住笑了起来。在他眼里公爵府看上去就像一座残破的宽大堡垒。就连最老的雄高人都记不起这里什么时候住过一个公爵。即使是选帝侯的城市代理选帝侯公使，也很少来这里，公使通常住在自己远离雄高的提尔郝普腾庄园里。在其余的时间，这座破旧的建筑被当作兵营来用，里面住着二十几个士兵，法院记录官的办公室也设在里面。在公使不在的时候，法院记录官代表选帝侯斐迪南·玛里亚[①]在雄高处理一切事务。

约翰·莱希纳拥有很大的权力。他原本只处理与选帝侯有关的事宜，经过多年的努力，他达到了一个特殊地位，可以影响雄高市的事务。不论是一份文件、一条法律，还是一则小通告，雄高城大大小小的事情都绕不过约翰·莱希纳。雅各布·奎瑟敢肯定，法院记录官已经有好几个小时在仔细研读雄高的文件了。

刽子手穿过石门洞，两扇门板歪歪斜斜地挂在门轴上。雅各布·奎瑟在狭窄的院子里朝四周看了一下。自从瑞典人十几年前在这里进行大抢劫以后，公爵府变得越发残破。右面的瞭望塔仅剩下一堆黑色的废墟立在那儿。马棚和打谷仓的房顶上长满了青苔，而且有的地方还漏了。从裂开的木板墙可以看到后面堆放的破马车和其他各种各样的破旧物品。

奎瑟走上磨得很旧的通往宫殿的台阶，穿过一条漆黑的走廊，在一扇低矮的门前停下。他刚想敲门，里面就传出了一个声音。

“进来。”

---

① 斐迪南·玛里亚（1636—1679），出身于维特尔斯巴赫家族，1651年—1679年为巴伐利亚选帝侯。

记录官肯定有一双猞猁耳朵。

刽子手开门，进到了一个小房间里。约翰·莱希纳坐在写字台前，犹如被埋在一堆堆的书和书卷里一样，一边拿着羽毛笔用右手在记事簿上写着，一边伸出左手示意刽子手坐下。虽然早上的阳光已经照到窗上，但是屋里仍然很暗淡。几支鱼油蜡烛一闪一闪地发着光。他等着记录官从那一堆文件中把头抬起来。

“你知道我为什么叫你来吗？”

约翰·莱希纳盯着刽子手。法院记录官继承了他父亲的黑色连鬓胡子。他父亲也曾在雄高当法院记录官。同样的白脸，同样的炯炯逼人的黑眼睛。莱希纳家在雄高是很有威望的家族，约翰·莱希纳总能让对方感觉到自己的威望。

奎瑟点点头，开始掏出烟斗装烟。

“不要装了，”记录官说，“你知道我不喜欢烟味。”

刽子手把烟斗放了回去，略有挑战地看着莱希纳，停了一会儿才说话：“我想是因为史泰茜琳的事。”

莱希纳点点头说：“很辣手，现在就很麻烦了。这事昨天才发生嘛。可是人们讲……”

“这和我有什么关系？”

莱希纳向桌前弯弯腰，勉强地挤出点微笑。

“你认识她。你们经常有往来。你的孩子都是她接生的。我要你和她谈谈。”

“我要和她谈什么呢？”

“让她招供，承认。”

“让她什么？”

莱希纳又把上身往前倾了一下。现在，他们两个人的脸之间的距离只有一只手宽。

“你没听明白我的话。让她承认。”

“但是这一切还没有得到证实呢。目前只有几个婆娘在瞎扯。那个小男孩曾去过她那儿几次，仅此而已。”

莱希纳又坐回他的椅子上，一边说着话，一边用手指敲着椅子的扶手。

“我们必须把这件事从这个世界上除掉。人们的议论已经太多了。如果我们把它拖延下去，又会像你外祖父那个时候。到时你可就忙不过来了。”

刽子手点了一下头。他很清楚莱希纳在讲什么。大约七十年前，在雄高著名的女巫案件中有几十个女人被烧死了。先是自然灾害，再加上几个不知是何原因而死的人，最后人们都变得歇斯底里，互相揭发。那时他外祖父约克·阿普利尔至少砍了六十个女人的头，然后用火焚烧了她们的尸体。约克师傅也因此变得富裕起来，而且名声大震。当时人们在几个可疑的女人身上发现了女巫标记，实际上是一种痣，这种痣的形状决定了那些可怜女人的命运。这次很明显是一个异教的符号，即使奎瑟也不能完全否认与巫术有关。法院记录官说得有道理。人们会继续寻找符号。即使近期不会再死人，怀疑也不会消失。这就像一场野火一样，最后会把雄高烧成灰烬。除非有人承认此事，并且承揽一切责任。

玛尔塔·史泰茜琳……

雅各布·奎瑟耸耸肩说：“我不相信史泰茜琳与谋杀案有关。任何人都有可能，外地人也会。小男孩是从河里捞上来的。鬼知道他是在哪儿被刺伤的。也许是正在掠夺的士兵干的。”

“那他背上的符号呢？小孩的父亲给我描述了那个符号。不是这个吗？”约翰·莱希纳说着把一张纸递给他。纸上画着一个圆圈，下面带着一个十字。“你知道这个符号代表什么——巫术。”

刽子手点点头说：“但是，这远远不能说是史泰茜琳干的……”

“接生婆们精通这些东西。”莱希纳用比平时高了很多的声音说，“我早就警告过，最好不要让这样的人住到城里。她们都有些深不可测的秘密，而且她们会腐蚀我们的女人和孩子！最近不是经常有小孩在她那儿吗？彼得也在里面。现在倒好，人们在河里发现了他的死尸！”

雅各布·奎瑟很想抽一口烟。他希望用烟把这个房间里的邪恶念头冲散。他太清楚市议员们对接生婆的保留意见了。玛尔塔·史泰茜琳是雄高市正式聘用的第一个接生婆。男人们对接生婆们所知道的女人秘密总是持有怀疑态度。她们知道各种药水和药草，她们可以摸女人见不得人的地方，而且她们知道如何把体内的胎儿——这个上帝的礼物——打掉。曾有那么多的接生婆被男人们当作巫婆给烧死了。

雅各布·奎瑟也了解很多药水和药草，所以人们也怀疑他是巫师。但是他是个男人，而且还是个刽子手。

“我想让你去史泰茜琳那儿，想法让她承认下来。”约翰·莱希纳说完又把注意力转向记事簿，开始写起来。他的目光集中在文件上。对他来说事情已经办完了。

“如果她不承认呢？”奎瑟问道。

“那就拿刑具给她看看。只要看一眼拇指夹她就会软下来。”

“这需要市议会来决定。”刽子手小声地说，“我一个人无法决定，您也不能。”

莱希纳笑了笑说：“你知道，今天市议会开会。我敢肯定，市长和那些议员大人们会同意我的提议。”

雅各布·奎瑟沉思了一会儿。如果市议员们真的决定今天就开始行酷刑的话，整个案件就会像一只上了油的钟表一样走起来。最后是酷刑拷问，很有可能还要判决为火刑。这两件事都由刽子手负责。

“你告诉她，我们明天开始审问。”跟刽子手说完话，莱希纳又继续在桌上的文件上写起来，“这样她还有时间考虑一下。如果她顽固不化的话……那我们就需要你来帮忙了。”

羽毛笔在纸上不停地写着。从市场广场传来了八下教堂的钟声。约翰·莱希纳抬头看了看说：“就这些，你可以走了。”

刽子手站起来，向门口走去。就在他按下门把手，准备开门时，背后又传来了记录官的声音。

“嗯，奎瑟。”他转过身。记录官低着头说道：“我知道你和她很熟。尽量让她供出来。她和你都会少遭罪。”

雅各布·奎瑟摇摇头说：“不是她干的，您要相信我。”

这时，约翰·莱希纳抬起了头，目光炯炯地望着刽子手的眼睛。

“我也不相信是她干的。可是对雄高市来说这是最好的方法。你也要相信我。”

刽子手没有回答。他低下头，走出了低矮的门框，让身后的门自己扣上了门锁。

当刽子手的脚步声在外面完全消失后，记录官才又转向他的文件。他努力把注意力集中在眼前的纸上。眼前放着奥格斯堡城的正式申诉。雄高的撑筏师傅托马斯·普凡策尔特为奥格斯堡的商人运了一大卷棉布。他的木筏上同时还运了一块沉重的磨石。因为重量太沉，木筏和货物一起翻到了莱希河里。现在奥格斯堡人要求赔偿损失。莱希纳叹口气。雄高人和奥格斯堡人的长久争斗让他非常伤神。尤其是今天，他更没有心思来处理这种芝麻大的小事。他自己的城市万分火急！约翰·莱希纳可以预见，恐惧和仇恨会从城边侵蚀到市中心。昨天晚上人们已经在金星客栈和阳光啤酒屋议论纷纷了，话题集中在崇拜魔鬼撒旦、女巫狂欢、献祭杀人等等。

经历了瘟疫、长年战争和自然灾害后，人们的情绪非常亢奋。雄高城就像坐在火药桶上，玛尔塔·史泰茜琳很可能成为火药爆炸的导火线。莱希纳紧张地在两指间转着羽毛笔。在酿成大事故之前，应该先把导火线切断……

记录官很看重雅各布·奎瑟，认为他是一个聪明、谨慎的人。但是这一切并不在于史泰茜琳是否有罪，城市的安稳最重要。如果把这起案件很快地了结了，人们多年梦寐以求的和平就会重新步入正常轨道。

约翰·莱希纳把羊皮纸卷卷了起来，把它放回到靠在墙边的书架上，然后起身向巴林大厦走去。半小时后要召开全体议员会议，之前他还要处理好多事情。他让城市传令官再次请所有的议员来开会。政议院和参议院的议员，还有六个普通的公民代表都要出席。莱希纳想把事情做得滴水不漏。

穿过此时热闹非凡的市场广场后，记录官走进了巴林大厦。九英尺高的大厅里堆满了箱子和包袋，准备运往其他的城市和国家。在大厅的一角堆着大块的砂石和凝灰岩，空气中充斥着肉桂和香菜的香味。莱希纳走上木楼梯，来到了楼上。按道理，作为选帝侯的副代理，他根本没有理由走进市议会的大厅。然而自从那场大战以来，达官显贵们已经习惯了有一只强大的手来服民理政，所以没人阻拦记录官。由记录官主持议员大会，几乎成了一件很自然的事。约翰·莱希纳是一个有权势的人，他不想让人把权力夺走。

议会大厅的门敞开着。记录官很惊奇，往常总是他第一个到，而今天市长卡尔·塞莫尔和议员雅各布·施雷佛阁已经比他先到了。他们俩正激烈地讨论着什么。

“我跟您说，奥格斯堡将会新修一条路，那我们就像干河里的鱼一样，在那儿翻白眼吧。”塞莫尔跟他对面的人说，后者不停地在摇头否认。年轻的施雷佛阁半年前才接替了他死去的父亲的位子，进了市议会。这身材高大的绅士已经多次和市长因意见不同而发生冲突。他父亲和塞莫尔及其他几位老议员关系很好，与他父亲相反，这位年轻人总是有自己的观点。即使现在卡尔·塞莫尔也不能把他吓倒。

“他们知道，这么做是不允许的。他们不是曾经试过嘛，最后被选帝侯禁止了。”

但是塞莫尔并不让步。“这是战争前的事。选帝侯现在在为别的事情操心呢！相信一个老剑客的话，奥格斯堡会修一条自己的路。先不说这桩可怕的谋杀案，如果我们城门前有那些该死的麻风病人，商人们也会像躲瘟疫一样躲着我们！”

约翰·莱希纳清清嗓子，然后走向大厅中间的U字形的橡木桌子。桌子很大，占据了整个空间。塞莫尔市长急忙朝他走过来。

“太好了，您已经到了，莱希纳！我又在劝说年轻的施雷佛阁不要建麻风院。尤其是在这个时候！如果人们再到处传说在我们的城门前建麻风院，奥格斯堡的商人也会把我们的水挖走……”

莱希纳耸耸肩说：“麻风院是教会的事。您要和神甫谈。不过我不相信您会取胜。对不起，现在失陪了。”

记录官从肥胖的市长身边走了过去，打开了进后屋的门。在这间屋子里，墙边立着一只高达屋顶的大橱柜，上面有很多抽屉和架子，塞满了各样的书卷。约翰·莱希纳蹬上一只板凳，从柜架上拿出今天要用的文件。他的目光也同时落在建麻风院的文件上。教会早在去年就决定，在城外通往霍恩富希的路边建一座专给麻风病人住的房子。那座老麻风院几十年前就倒塌了，但是麻风病并没有从此减少。

在想到这种阴险可怕的疾病时，莱希纳不由得打了个冷战。麻风病和瘟疫是两种最可怕的疾病灾害。谁如果传染上这个病，全身会活活地烂掉，鼻子、耳朵和手指会像烂水果一样从身上掉下来。到了晚期，病人的脸简直就不可想象，与人脸没有一点相像之处。这种病传染性很大，那些可怜的病人常被逐出城，或者被迫带上铃铛或响板，以便人们远远地躲开他们。为了表示仁慈，同时也是为了防止疾病扩散，许多城市都在城墙外设立了麻风病人区，住在那里的病人在冷漠中等待着死亡的降临。雄高也计划建这样一座麻风院。半年前在通往霍恩富希的路旁开始施工，现在建设施工已全面展开了，但是市议员们仍然为此决定争论不休。

当约翰·莱希纳再次回到议会大厅时，大多数议员都来了，三五成群地站在大厅里。所有人都听说了小孩谋杀案。约翰·莱希纳摇晃了几下铃铛，用了好长时间，大家才一一地坐了下来。按照老传统，第一市长和记录官坐在中间。在他们的右边是政议院的议员，这些人来自雄高最有威望的六个家族。政议院任命四位市长，三个月轮换一次。那些古老家族几百年来一直共享市长的职位。正式地来讲，市长是由议员们选举出来的，但是这里存在着一个永久不变的规则：影响力大的家族也同时提供市长人选。

左边坐着参议院的六个议员，他们也是来自有威望的绅士家族。在墙边排列着为普通公民代表准备的座椅。

记录官向四下看了一眼。雄高城的权威都聚集到这里了。赶车人、商人、酿酒者、蜂蜜商、皮货商、磨坊主、制革匠、陶瓷匠、纺织工……塞莫尔、施雷佛阁、奥古斯丁、哈登贝格，几百年来这个城市的命运都是由这些家族来决定的。这些表情严肃、身着黑装的男人们，戴着圆形的衣领，蓄着短尖髯，面颊丰润，挂满金链的马甲紧紧地绷在圆鼓鼓的肚子上，看上去他们就像是另外一个时代的人。战争使德国陷入了灾难，但是在这些男人身上看不到丝毫迹象。莱希纳不由自主地笑了一下。*肥油总是漂在上面。*

所有的人都很激动。他们很清楚，小孩的死会影响到自己的生意。他们这个小城的和平岌岌可危。在这个木质结构的议会大厅里，这些人的耳语使记录官不由得想起一群嗡嗡叫的蜜蜂。

“安静！请安静！”

莱希纳又摇了一下铃铛，然后他用手掌狠狠地拍了一下桌子，大家终于安静了下来。记录官拿起羽毛笔，想把这次会议记录下来。市长卡尔·塞莫尔忧虑地看了一下在座的人，然后开始对所有的议员讲话。

“你们大家都听说了昨天发生的可怕事件，是个非常可怕的罪案，必须尽快查清。我已经和法院记录官商量过了，把这件事作为今天会议的第一议题来讨论。其他的事情可以等一等。我希望这也是大家的意见。”

议员们装模作样地点头表示同意。这件事越早解决，他们就能越早安心做自己的生意。

塞莫尔市长继续说：“幸运的是，凶手好像已经被我们抓到。接生婆史泰茜琳已经被关在牢里。刽子手不久就要去看她，她要招供的。”

“为什么怀疑是她干的？”

所有的议员都不解地把头转向年轻的施雷佛阁。这么早就打断第一市长的讲话，这是很不寻常的事，就一个前不久才坐在市议会厅的人而言尤其如此。雅各布·施雷佛阁的父亲费迪南德在议会曾是个很有势力的议员。他儿子先要得到大家的认可才行。与其他议员相反，这位年轻的绅士没有戴白色的圆衣领。他的发型也很新潮，是一头长长的披肩鬈发。他的外表形象对那些老议员们来说简直就是一种侮辱。

“为什么怀疑她？这件事很简单，很简单……”市长卡尔·塞莫尔被这个提问打断了思路，他拿出手绢擦了擦头上的汗珠。他的头发不是很多，已开始秃顶，宽阔的胸腹在挂满金链的马甲下一起一伏地动着。身为啤酒酿酒师和广场第一家客栈的店主，他很不习惯被人反驳。他求救似的看着坐在左边的记录官。约翰·莱希纳当然很愿意帮这个忙。

“在谋杀案前人们经常看到她和小男孩在一起。此外，几个女人能证明她和彼得，还有几个孩子一起在她的屋子里庆祝女巫安息日。”

“谁能证明这件事？”

年轻的施雷佛阁紧追不舍地问。事实上莱希纳此时连一个女证人的名字都没有。但是小巷的哨兵们向他报告说，在饭店、酒馆里人们都声称曾有此事。而且他知道谁可以出来作证。找个证人是一件很容易的事。

“等开始审理案件时再说，我不想先张扬出去。”他回答说。

“如果她知道谁告她的话，史泰茜琳也许会把这个证人咒死。”一个议员插话说。是面包师米夏埃尔·贝希托尔德，他是参议院的议员。对莱希纳来说，正是他这样的人传播了类似的谣言。其他的议员都点头称是，他们都听说过这类事情。

“唉，这些都是胡说！这些都是幻想。那个史泰茜琳仅仅是个接生婆而已！”雅各布·施雷佛阁跳起来说，“想一想七十年前发生了什么。有一半的城里人被控告成巫婆，流了那么多的血。你们难道都想再重复此事吗？”

几个普通的公民代表开始交头接耳。当时主要涉及那些不太富裕的公民，有农民、女佣、长工等等；但是其中也有像店主的太太、法官的太太这样的人。在酷刑下，那些被怀疑的人都承认自己用魔法招来冰雹、亵渎了圣体，还有的竟然把自己的亲孙子给杀了。这种恐惧还深深地留在人们的记忆中。约翰·莱希纳还记得他父亲以前经常提起此事。雄高的耻辱，将永远记录在历史书上……

“我不相信你能记得七十年前的事。小施雷佛阁，你先坐下。”一个低沉而逼人的声音说道。从声音就可以听出来，它的主人经常发布命令，而且不愿意让一个毛头小伙子牵着鼻子走。

马蒂亚斯·奥古斯丁是最老的议员，有八十一岁了。几十年来雄高的运输工都在他的管辖之下。虽然他的眼睛已经看不清东西了，但是他的话在城里仍然有分量。他和塞莫尔、皮需纳、霍尔茨侯伏及施雷佛阁这些家族一起，掌握着最重要的权力。

这位老人的眼睛看着远方，好像又回到了过去。

“我能记得。”他继续说。整个大厅变得死一般地寂静。“我那时还是个孩子。但是我知道，火是怎么烧起来的。我仍然能闻到人肉味。在这个不幸的巫婆案中几十个人被烧死了，也有无辜的人在内。人们互相怀疑。相信我，我不想再次经历这样的事。所以史泰茜琳必须承认。”

年轻的施雷佛阁又坐到了位子上。在听到奥古斯丁的最后一句话时，他不由得从牙缝倒吸了一口冷气。

“她必须承认，”奥古斯丁继续说着，“因为谣言就像一股烟，扩散得很快，能钻进门缝和关着的窗户里，到最后整个城市都能闻到它的气味。让我们尽快了结这件事。”

市长塞莫尔点着头，政议院的其他议员也低声地表示同意。

“他的话很有道理。”约翰·皮需纳接过话题。他的磨坊都被瑞典人毁了，前不久才重新建好。他靠在椅背上说：“我们要让百姓放心。我昨晚又去了木筏埠头。那里的人可真是各个情绪高涨。”

“这个我同意。昨晚我也和我的人谈话了。”马蒂亚斯·霍尔茨侯伏也是一个有权势的商人，按他的指令木筏可以把货物运到黑海。他一边说着，一边摆弄着马甲的袖扣。“那儿的人怀疑是奥格斯堡的撑筏工干的。老格里默尔不是经常因为大小事和他们吵架嘛。也许他们想危害我们，让人们害怕，这样就不会有人在雄高停靠木筏了。”说完他便沉默不语。

“如果真是这样，史泰茜琳与此事根本无关，让你们的计划见鬼去吧。”雅各布·施雷佛阁插话说，两只胳膊交叉地放在了胸前。

坐在墙边的普通公民代表中有一个人清了清嗓子。在议会上，普通公民代表一般很少讲话。那人是由杂货商公会派来的老波克纳，他喃喃地说：“格里默尔和奥格斯堡的几个运输工确实有些恩怨。事发那天我本人就在金星客栈。”

身为金星客栈的店主，市长卡尔·塞莫尔觉得自己的名誉受到损害，马上提出反驳：“在我的客栈没有打架的事。最多只是吵两句嘴。”

“只是吵两句嘴？”波克纳现在来了精神，“您可以问您的蕾舍儿，她当时在。他们可是狠狠地往鼻子上打的，血就像小溪一样流到了桌上。而且有一个奥格斯堡人被格里默尔打得到现在还不能好好地走路。他在往外走的时候还狠狠地诅咒了格里默尔。我想他们是想报仇！”

“胡扯！”半瞎的马蒂亚斯·奥古斯丁摇着头说，“可以指责奥格斯堡人做了很多坏事，但是说他们谋杀人……我不相信他们敢这么干。你们还是要看着史泰茜琳，而且要在谣言传播之前，尽快了结这件事。”

“我已经下命令了，明天开始审问，”莱希纳说，“刽子手将让接生婆看看刑具的厉害。最迟一个星期这件事就会过去了。”说完他向上看了看松木雕花的屋顶。上面雕刻的书卷作证，这里是制定法律的地方。

“难道我们不需要征求一下选帝侯公使的意见吗？”雅各布·施雷佛阁问，“这是个谋杀案！我们是不能独立判决这种案件的！”

约翰·莱希纳微笑了一下。确实，事关生死的法院判决需要由选帝侯公使来决定。但是沃尔夫·迪特里希·冯·桑迪策尔一直待在他在提尔郝普腾的庄园，离雄高很远很远。在他到来之前，莱希纳就是他在四面城墙之内的唯一代理。

“我已经派信使通知桑迪策尔了，并请求他最晚在一星期内赶到这里，来领导我们处理这个案件，”他解释说，“我在信里告诉他，在他到来时，我们应该已经找到了凶手。如果不是的话，选帝侯公使和他的一行人就要在雄高城多待几天……”记录官又详细地补充了几句。

议员们都在心里叹着气。一个选帝侯公使和他的一行人马！马，仆人，士兵……这意味着一大笔开支。他们偷偷地算着每一个达官贵人的吃喝要花费的古尔登和芬尼。一天又一天，直到公布判决。所以在公使到来之前就要找到凶手，这是一件多么重要的事呀。这样也许能减少一半的开销。

“我同意，”塞莫尔市长一边说，一边擦着半秃顶的头上的汗珠，“明天就开始审讯。”

“好。”约翰·莱希纳打开记事簿说，“现在我们开始讨论第二个议题。今天的事情很多。”

第四章

星期三

1659年4月25日

上午九点

雅各布·奎瑟沿着城墙边的小巷直接向城南走去。这里的房子刚刚粉刷过，房顶上的红色砖瓦在早上的阳光下闪着红光。花园里的水仙和黄水仙都已经开放了。公爵府周围被称为侯府区，是较好的住宅区，那些富裕的工匠都住在这里。刽子手在路上赶走了一群呱呱叫的鸭子和咕咕叫的母鸡。一个细木工坐在工房外面的凳子上，拿着刨子、锤子和凿子，正在给一张桌面抛光。他看到刽子手走来时，马上把头低了下去。不能和刽子手打招呼，这会带来不幸。

雅各布·奎瑟终于走到了小巷的尽头。在小巷的最外边，监狱紧靠着城墙，它是一座用大石块建成的、非常结实的三层高的塔楼。塔楼的平顶配有墙垛。几百年来，这座塔楼一直用作地牢和刑房。

一个差役靠在上了铁铰链的木门上，让春天暖融融的太阳直接照在脸上。在他的腰带上，除了手指长的门钥匙外，还挂了一根木棍。没有必要带太多的武器，毕竟，嫌疑犯已被套上了铁链。差役的脖子上挂着一条细皮带，上面系着一个小木十字架和圣母马利亚护身符，以防各种各样的诅咒。

“早上好，安德烈亚斯！”雅各布·奎瑟向他打招呼问好，“你家小孩都好吗？小安娜的病好了吧？”

“孩子都好。谢谢你，雅各布师傅。药很管用。”

说话时，差役偷偷地看了一下四周，看是否有人见到他和刽子手讲话。人们都避免和这个人接触，但是，如果谁难以忍受痛风的疼痛，谁的手指断了，都要去找这个人。也有像差役安德烈亚斯这样的情况——他女儿得了严重的百日咳。一般的平民百姓有什么病都愿意去找刽子手看，而不是去找理发师或市医。大多数情况下他们都是病着去，好着回来，而且在他那儿看病很便宜。

“你让我和史泰茜琳单独谈谈，怎么样？”奎瑟一边往烟斗里装着烟，一边问，同时还让差役拿了些烟叶去。安德烈亚斯偷偷地把烟叶放到腰间的口袋里。

“我不知道。莱希纳不允许这样做。我必须在场。”

“你说说，你家的安娜不是由史泰茜琳接生的吗？还有你家的托马斯？”

“是她接生的。可是……”

“你看，我的小孩也是由她接生的。你真的相信她是个巫婆吗？”

“其实我不相信，可是其他人……”

“其他人，其他人……安德烈亚斯，你要自己动动脑筋！现在让我进去。明天你可以去我那儿，给你小孩的咳嗽药已经配好了。如果我不在的话，你就自己拿好了。我把药放在厨房的桌子上。”

说到这儿，他把手伸了出来。差役把钥匙递给他，刽子手走进了监狱。

两间牢房占据了房间的后半部。在左边牢房里，玛尔塔·史泰茜琳一动不动地躺在地上一捆很脏的干草上，里面散发着强烈的尿味和腐烂的白菜味。阳光透过一扇上了铁栏的小窗户照进前面的房间，一道狭窄的楼梯通向下面的刑房。雅各布·奎瑟很熟悉那里。那里存放着拷问时所用的刑具。

首先他只是给史泰茜琳看一下那些刑具。火钳，生了锈的拇指夹，每转一圈，疼痛就加深一层。他还要给她解释一下，如果给她拴上沉重的大石头，再把她往长里抻，直到骨头咯咯响、脱了臼，是什么滋味。被审讯的人往往是看了刑具后，就会驯服。但是刽子手可不敢肯定，这个对史泰茜琳是否也有效。

接生婆看上去好像睡着了。当雅各布·奎瑟走到铁栏时，她抬眼向上看了一下。叮当一声，系在她手腕上的生了锈的铁链滑到墙面的铁环上。玛尔塔·史泰茜琳努力地笑了笑。

“他们把我像疯狗一样绑了起来。”她一边指着铁链一边说，“而且饭也总是一个样。”

奎瑟微笑着回答说：“这里也不比你在家差多少。”

玛尔塔·史泰茜琳的脸色暗了下来。“我的家现在怎么样？他们把东西都砸坏了，是吗？”

“我一会儿去你家看看。你现在有更大的麻烦。他们认为是你干的。明天我就要和记录官、市长来给你看刑具。”

“明天就要来了？”

“玛尔塔，告诉我实话，是你干的吗？”

“我对圣母马利亚发誓，我没有干。我永远不会伤害这个孩子的一根汗毛。”

“但是他在你那里待过，是吧？在他被害的头天晚上也在你那儿，对不对？”

接生婆感到很冷。在从格里默尔和那些男人的包围中逃跑时，她只穿了一件很薄的亚麻衬衣。现在她冷得浑身直哆嗦。雅各布·奎瑟把自己的破大衣递给她。她默默无言地从铁栏缝接过来，披在肩上。然后她才又开始讲话。

"不只是彼得一个人在我那儿。其他几个孩子也在，他们都没有母亲。"

"还有哪些孩子？"

"都是些孤儿。索菲，克拉拉，安东，约翰内斯……我叫不上所有的名字。他们来看我，有时候一星期来好几次。他们在我的花园里玩，我给他们煮粥吃。他们都无依无靠。"

雅各布·奎瑟想起来了。他偶尔也看见过孩子在接生婆的花园里玩耍，但是他从没注意到这些都是孤儿。

刽子手认识这些街头孩子。他们经常待在一起，远离其他的孩子。有好几次，他正赶上其他的孩子殴打这些孤儿，不得不干涉。他们就像脑门上都画了记号一样，总会受其他孩子的欺负。他想起了自己的童年。他虽然是一个肮脏的、无耻的刽子手的儿子，但是他至少父母双全。现在，只有很少的孩子才有这种幸福。那场大战夺走了很多人的父母。市政府给这些孤儿找了监护人，多数是在市政府做事的公民或手工匠，这些人同时也接收了孤儿父母遗留下的全部家产。在那些本来人口就很多的大家庭里，这些孩子是家庭链条上的最后一环。他们只是被忍受、被虐待，很少被爱护。又多了一张吃饭的嘴，每家都需要钱。雅各布·奎瑟可以想象，这些孩子在善良的玛尔塔·史泰茜琳这里又感受到了母爱。

"他们最后到你那儿是什么时候？"他问接生婆。

"前天。"

"那么是在谋杀那晚的前一天。彼得也在吗？"

"在，当然在。他是一个非常细心的男孩……"

眼泪流到了接生婆血迹斑斑的脸上。“他已经没有妈妈了。他妈妈咽气的时候我也在。彼得和索菲什么事都问得很清楚：当接生婆都干什么呀，我用什么草药呀。他们每次很用心地看我研药。索菲还说她以后也要当接生婆。”

“他们在你那儿待了多长时间？”

“待到天快黑时。是我让他们回家的，正好克林根施泰纳家的人来叫我。我在那里一直待到昨天凌晨。向上帝发誓，有人为我作证。”

刽子手摇摇头说：“这对你也没用。我昨晚还和格里默尔聊起这事。小彼得可能根本就没有回家。格里默尔在酒馆待到宵禁才回家。第二天早上他去叫儿子起床时，才发现床是空的。”

“这么说，我是见到他的最后一个人……”

“就是这样，玛尔塔。这看起来不妙。在外面，人们已经开始风言风语了。”

接生婆用大衣紧紧地把自己裹起来。她的嘴唇抿成了一条线。

“你什么时候用火钳和拇指夹？”她接着问。

“如果按照莱希纳的意见，马上就要用的。”

“我要承认吗？”

雅各布·奎瑟犹豫了一下。这个女人把他的孩子接生到世上，他还没有回报。再有，他无论如何不能想象，她会对彼得下这样的毒手。

“不能承认，”他最后说，“不能承认，把这事能往后拖就拖。我尽量下手轻一些，我向你保证。”

“如果最后没办法了呢？”

奎瑟吸了一口已经灭了的烟斗，然后用烟嘴指向玛尔塔说：“我会找到那个混账东西。我向你保证。你要挺住，挺到我找到那个混账。”

说完，他立刻转身向门口走去。

“奎瑟！”

刽子手停下脚步，又回头望了一眼接生婆。她的声音低得就像耳语一般。

“还有一件事，也许最好也让你知道……”

“什么事？”

“在我的衣柜里有一只风茄……”

“一只风……你知道那些大人物把这看成是魔鬼的东西。”

“我知道。不管怎样，这个东西不见了。”

“不见了？”

“对，不见了。从昨天开始不见了。”

“还有别的东西也不见了吗？”

“这个我不知道。格里默尔和他的人来之前我才发现的。”

雅各布·奎瑟站在门前，沉思地吸着烟嘴。

“很奇怪，”他低声自语道，“前天晚上不是满月吗？”

不等回答他已经走到了外面，他身后的大门咣当一声锁上了。玛尔塔·史泰茜琳又用大衣把自己裹紧，躺到地上的干草上，无声地哭泣起来。

刽子手抄近路赶往史泰茜琳的住房，脚步声回响在小巷里。一群背着箩筐和麻袋的农妇惊奇地看着这个从她们身边疾步走过的魁梧大汉。每个人都在胸前画了个十字，然后又继续交头接耳，议论起小格里默尔的惨死和他的父亲——那个鳏夫和酒鬼。

雅各布·奎瑟一边走着，一边想着接生婆最后对他说的话。风茄是曼德拉草的根。曼德拉草会结出黄绿色的果实，吃了以后会产生麻醉效果。草根看上去像一个干瘪的小男人，所以常在念咒语时使用。把它研碎后可以制成臭名昭著的飞行软膏，女巫们用这种软膏来擦她们的扫帚。据说风茄在绞刑架下长得最茂盛，而且能吸取被吊死的人的精液和尿，但是雅各布·奎瑟在绞刑架下还从没见过曼德拉草。可信的是，它在麻醉和打胎方面确实有一定的功效。如果有人在史泰茜琳那儿发现风茄，就等于给她判了死刑。

谁会偷接生婆的植物呢？难道有人想陷害她吗？

有人想让大家怀疑她在行巫术吗？

也许接生婆忘记自己把那只禁果放到哪里去了。雅各布·奎瑟快步地走着。

不一会儿，他便到了接生婆的房前。当他看到被砸碎的木窗和被踢坏的门时，他不再指望在这里找到什么重要物品。

刽子手推开门。门板咯吱一声从合叶上掉了下来，一下子落在屋里的地上。屋子看上去就像史泰茜琳用黑火药做实验爆炸了一样。满地都是陶罐的碎片，上面画着炼金术的符号和公式。屋里有一股浓重的薄荷和苦蒿的气味。

桌子、椅子和床都被砸碎了，桌腿、床腿被扔得到处都是。装着凉麦片粥的锅滚到了墙角，粥撒了一地，像一个小河塘。从这儿可以看见走向后花园的脚印。在地上的药膏和药粉里也能看到杂乱的脚印，看上去就像半个雄高城的人都来过史泰茜琳的房子。他想起来，有十多个男人和格里默尔一起攻破了接生婆的房子。

当刽子手仔细察看地上的脚印时，他不由得起了疑心。在那些大脚印之间还有些小脚印。虽然有些模糊，但是仍然清晰可见，这是小孩的脚印。

他在房间里四下察看着。墙角的锅，被砸碎的桌子，地上的脚印，破碎的陶罐。他心里有一种感觉，但是他说不清是什么。*有一件东西吸引了他的注意力……*

刽子手咬着已经熄了火的烟斗，沉思着走到了外面。

西蒙·福荣威泽坐在楼下客厅里的火旁，看着咖啡沸腾起来。他闭着眼睛深深地吸了一下这股奇怪的、带有刺激性的香味。西蒙很爱闻这种富有异国情调的粉末的气味，也喜欢品尝它的味道。他简直有些上瘾。在半年前，一个奥格斯堡的商人带来了一小袋小硬豆。那个商人把它称赞为东方神药。土耳其人为了喝这个连命都不惜。据说在床上这种东西也有其神奇的功效。西蒙虽然不敢肯定这些传说的真假，但是有一点他可以肯定：他爱喝咖啡，而且每次品尝了咖啡之后，他能连续几个小时仔细研读书本而不知疲倦。

棕色的液体在锅里噗噗地冒着泡。西蒙把锅里的咖啡倒在一只陶瓷杯里。也许它的功效能帮他揭开格里默尔孩子之死的谜底。自从他昨天离开刽子手家后，这桩可怕的惨案一直在他的脑海里转个不停。谁会干这种事呢？还有那个标记……

咣当一声，门被推开了。他父亲走了进来。西蒙知道马上要有麻烦事了。

“你昨天又去了刽子手家，让那个庸医看了小格里默尔的尸体，你说，对不对！制革匠汉内斯告诉我的。还有，你又和那个玛格达莱娜打情骂俏了！”

西蒙闭上眼睛。确实，他昨天又和玛格达莱娜在河边约会了。他们一起散步。他的举止如同傻瓜一样，连正眼看她一下都不敢，不停地向莱希河里扔石头。他还把自己的想法都告诉了她，说他如何看待小格里默尔的死。他不相信史泰茜琳跟这件事有关，他担心再次发生类似七十年前的那种巫婆案件……他就像六岁的孩子一样胡说了一气，其实他只想告诉她一句话：他喜欢她。肯定有人看到他们了。在这个该死的城市里，人永远不能单独待着。

“有可能，你为什么关心这事？”西蒙一边倒着咖啡，一边问，同时试图避开他父亲的目光。

“我为什么关心这件事？你真是疯了！”伯尼法茨·福荣威泽和他儿子

一样，是一个身材矮小的男人。但是和许多矮小的男人一样，他也会暴怒。他的眼珠向外冒着，灰色的胡尖不停地颤动。

“我还是你的父亲！”他大声地喊起来，“你难道没看见你都干了些什么？这么多年我一直努力在这里立住脚。你可以很容易地得到这一切！你可以成为这个城市第一个正式的医生！可你在糟蹋这一切，你和刽子手的婊子约会不说，还在她父亲那儿进进出出的！人们都在议论，难道你还没有注意到吗？”

西蒙眼睛朝上望着屋顶，耐心地听着他父亲的痛骂。他已经能背下来了。他父亲曾作为战地医生，经历了战争的枪林弹雨，也是在战争中认识了西蒙的母亲——一个头脑很简单的随军小贩。西蒙的母亲死于瘟疫，当时他才七岁。父子俩随军行医好几年，用滚烫的热油把伤口封死，用骨锯截肢。战争结束后，他们来到农村，想找一个落脚的地方，最后在雄高定居下来。在过去的几年里，父亲凭着勤奋和进取心先干到了理发师这一级，然后升到类似市医的地位。但是，他没有上过大学。市议会允许他从事医生的工作，主要是因为现在任职的理发师不管用了，如果从远方的慕尼黑或者奥格斯堡聘请一个医生来的话，又太贵了。

伯尼法茨•福荣威泽把儿子送到英格尔施塔特读大学学医。可是钱不够了，西蒙必须辍学，又回到了雄高。当父亲的又开始一文一文地攒钱，同时他也持怀疑态度看着儿子，在他眼里这个儿子是挥霍无度的花花公子。

“……别人都用眼睛盯着那些正派的姑娘，比如约瑟夫向霍尔茨侯伏的女儿求亲。这是一门好亲！这个小伙子有出息。可你!……”他父亲停下来不说了。西蒙早就不再听他父亲讲什么了。他一边喝着咖啡，一边想着玛格达莱娜。她那双黑眼睛，看上去总是在微笑；她丰润的嘴唇，昨天因为在河边喝了她用小皮壶带来的红葡萄酒而变得湿润。一滴酒掉到了她的束身衣上，他把自己的手绢给了她。

“我和你讲话时，你要看着我！”他父亲狠狠地给了他一记响亮的耳光，杯子里的咖啡溅出了好远。西蒙用手摸着脸。瘦弱的父亲站在他面前，气得浑身发抖。咖啡也溅到了他自己身上已经很脏的短上衣上。他知道自己太过火了。他儿子不再是十二岁的男孩，可仍然是他的儿子，他们一起渡过了那么多的难关，他不都是为了他好吗？……

"我现在就去刽子手那儿，"西蒙小声地说，"如果你想阻拦我的话，就用你的解剖刀捅我的肚子好了。"说完他收起了桌上的书，甩手关上了房门。

"去找奎瑟吧！"他父亲在后面喊着，"看你能得到什么好处！"

伯尼法茨·福荣威泽弯下腰，捡起地上摔碎的杯子，大声咒骂着从窗口把它扔向儿子。

由于愤怒，西蒙盲目地在小巷中疾步而行。他父亲是如此地顽固！他也可以理解老头，这毕竟关系到他儿子的前途，上大学、娶个好媳妇、生儿育女。可是对西蒙来说，大学本身就不对。那些陈腐的、背出来的知识，好多还是以古希腊和罗马人的学说为基础。其实，他父亲给人治病时，从没超越这几种方法：清洗内脏、上绷带和放血。在刽子手那儿完全不同，有好多新思想和新方法。雅各布·奎瑟有帕拉切尔苏斯[①]的《奇迹医术》和《奇迹医粮》，都是藏书中的难得之宝。刽子手允许西蒙偶尔借去读一读。

他拐入莱希门街时，和街上围成一圈的一群孩子撞在了一起。有人在圆圈里大声地喊叫。西蒙踮起了脚尖往里看，看见一个身材强壮的高大男孩坐在一个女孩的身上，用膝盖把她紧紧地压在地上，不停地用拳头打她。女孩的嘴角流出了血，右眼已经肿了起来。每打下一拳，这群大大小小的孩子就欢叫一声。西蒙推开了欢叫的人群，揪住那个男孩的头发，把他一下子从女孩的身上拽下来。"熊包！"他喊道，"打女孩算什么英雄！"

① 帕拉切尔苏斯（1493—1541），瑞士医师、炼金术士，促成了医疗化学的发展。

人群不情愿地往边上移了移。女孩从地上坐了起来，用手把遮挡在脸上的、沾满粪便的头发理到后面。她警觉地四下望着，好像是想在孩子中找个缺口跑掉。

那个高大的男孩在西蒙面前站直身。他大概有十五岁，比西蒙高出半头。西蒙认出他。他叫汉内斯，是住在葡萄酒街上的面包师贝希托尔德的儿子。

“您不要管闲事，医生，”他威胁地说，“这是我们的事。”

“如果你们把小女孩的牙打掉了，也是我的事，”西蒙接着他的话说，“像你说的，最后还要我这个医生给你算算，你的事花多少钱。”

“我花多少钱？”汉内斯皱皱眉。他反应有些迟钝。

“对呀，如果你把这个女孩打伤了，当然也由你来给她花钱看病了。有这么多人可以作证。”

汉内斯疑惑不解地看着周围的伙伴。有几个人已经躲开了。

“索菲是个巫婆！”一个男孩喊道，“她长着红头发，她还常跟史泰茜琳在一起，和彼得一样，现在他死了！”其他孩子也都嘟囔着表示赞同。

西蒙的心抽动了一下。现在就已经开始了。不久雄高就只有女巫和揭发女巫的人了。

“胡说，”西蒙喊道，“如果她是女巫的话，为什么还会挨你们的打？她早就骑着扫帚飞走了。现在你们都走开！”

孩子们不情愿地转身离开了，有几个还恶狠狠地向西蒙投来威胁的目光。当他们走出一箭之遥时，西蒙听到有人喊：“他和女刽子手一起上床！”

“但愿也在他脖子上套个绞刑套！”

“再给他截去一段太难了，他本身就已经够短的了！”

西蒙叹了口气。他和玛格达莱娜的微妙关系已经不是什么秘密了。他父亲说得对，人们都在议论此事。

他弯下腰，把女孩扶起来。

“你经常和彼得在史泰茜琳那里，是吗？”他问她。

索菲擦了一下嘴唇上的血。她那长长的红发因为灰尘而变得生硬，不再柔顺。西蒙猜测她的年纪在十二岁左右。虽然她脸上沾满了灰尘，但是一双眼睛很机灵地望着西蒙。他想起来了，她是莱希河边制革匠家的孩子。她父母死于瘟疫，一个麻纺工收留了她。

小女孩沉默不语。西蒙按住她的肩又问一遍：“我想知道你是不是和彼得一起在史泰茜琳那儿待过。这个很重要！”

“有可能。”她低声地说。

“你在晚上又看到彼得了吗？”

“史泰茜琳和这件事无关，上帝帮我作证。”

“那是谁干的？”

“这……彼得后来一个人到下面的河边去了……”

“为什么？”

索菲咬紧嘴唇，避开了西蒙的目光。

“为什么，告诉我！”

“他说这是个秘密。他……他去见了一个人。”

“什么人，噢，上帝！”

“他没说是谁。”

西蒙摇晃着索菲。他感到这个小女孩没有讲出全部真相。突然，她挣开西蒙的手，跑到了另一条小巷。

“等一下！”

西蒙紧追在后面。索菲光着脚，飞快地跑在已经踩硬了的黏土地上。她很快就到了争吵巷，然后混入几个从市场归来、提着箩筐的女佣间。西蒙从她们身边跑过时，被一个箩筐挂住了。箩筐从女佣的手里滑了下来，萝卜、白菜和胡萝卜滚了满地。西蒙听到身后有人在愤怒地叫骂，但是他顾不上这些，小女孩眼看就要跑掉了。索菲跑得很快，在下一个拐弯处就不见了。这条街上的人不是很多。西蒙用一只手按住帽子，继续寻找着索菲。左边有两座房檐紧挨的房子，房子中间有一条一肩宽的小道直通城墙，地上堆满砖瓦碎片和垃圾。西蒙在小道的尽头看到一个小身影在跑。西蒙一边骂着，一边暗暗地和自己打过牛油的皮靴告别，然后跃身跳过了第一座垃圾山。他直接落在一摊污物中，脚底一滑，砰的一声坐在了垃圾堆上。到处都是砖瓦片、烂菜叶，还有一只摔碎了的夜壶。远处回响着脚步声。楼上的窗户打开了，几张困惑的面孔望着西蒙的惨状。西蒙呻吟着站起来，艰难地捡掉大衣上的菜叶。

"先管好你们自己的事！"他朝上面的人喊完，便蹒跚地向莱希门的方向走去。

刽子手透过玻璃看着那堆黄色的小星星，它们在油蜡烛的火光下闪闪发光，就像晶莹的雪花，每一个形状都是那么完美无缺。雅各布•奎瑟微笑着。每次，当他沉浸在自然科学的秘密中时，他都对上帝的存在确信不疑。如果没有上帝，谁又能造出这么美的艺术品呢？人类自己的发明只是模仿他的造物主而已。然而同一个上帝又让人像苍蝇一样地死去，被战争和瘟疫带走。在这种艰难时期人们很难相信上帝的存在，但是雅各布•奎瑟在大自然的美丽中发现了上帝。

正在他用小镊子把这些晶体分摊在一张纸上的时候，有人敲门。还没等他说什么，书房的门就被推开了一条缝。一股风吹了进来，把纸吹到了桌边。他高声地骂了一句，赶紧抓住纸，它才没被吹到地上。有一部分晶体掉进了桌子缝里。

"以三鬼的名义发誓，是谁来了？"

"是西蒙，"刚刚推开门的妻子安慰他说，"他想把借的书还给你，还有急事要和你商量。不要那么大声叫骂，孩子们都睡了。"

“让他进来。”奎瑟生气地说。

他抬头看向西蒙·福荣威泽时，看到的是一张惊恐的面孔。这时刽子手才意识到他眼睛上还戴着单片眼镜，医生的儿子看到的是一个金币一样大的瞳孔。

“只是一个玩具，”奎瑟嘟囔着，同时把镶有黄铜框的镜片从脸上拿下来，“但是有时候很管用。”

“您在哪儿弄到了这个东西？”西蒙问道，“这得花一大笔钱！”

“这么说吧，我帮了一个议员的忙，他以物来回报。”雅各布·奎瑟闻一闻，然后说：“你很臭。”

“我……我在来的路上出了点事。”

刽子手挥了一下手，示意他不要再说。然后他把单片眼镜递给西蒙，指着纸上的那一小堆黄东西。

“你也可以看看。你认为这是什么？”

西蒙戴着单片眼镜俯身看着微小的颗粒。

“这……这太玄了！我还从没用过这么清晰的镜片……”

“我想知道，这些颗粒是什么。”

“嗯，闻上去应该是硫磺。”

“是我在小格里默尔的口袋里发现的。”

西蒙马上把单片眼镜摘下来，双眼望着刽子手。

“在彼得那儿？硫磺怎么会到他的兜里？”

“这个我也想知道。”

雅各布·奎瑟拿起烟斗，开始装起烟来。西蒙一边不停地在小屋里踱着步，一边讲述他碰见索菲的事。奎瑟除了偶尔哼两声外，一直忙着装烟、点烟。当西蒙讲完话后，刽子手已经被笼罩在一片烟雾中了。

“我去见了史泰茜琳，”最后他说，“这些孩子确实去过她那儿。除此之外，她还丢了一只风茄。”

“一只风茄？”

“是一种魔草。”

雅各布·奎瑟简单地讲了他和接生婆会面的情况以及她家里的混乱。他不时地停下来，长长地吸口烟。西蒙坐在一只板凳上，不安地蹭来蹭去。

“我不明白这一切，”年轻的医生最后说，“我们有一个死孩子，他肩上有个巫术标记，兜里装着硫磺。我们的主要怀疑对象是接生婆，而又有人偷了她的风茄。还有，我们有一群孤儿，他们知道很多事情却不讲出来。这一切都毫无关联！”

“我们主要是没有时间，”刽子手嘟囔着说，“过几天选帝侯公使就要到了。在这之前我必须让史泰茜琳承认是她干的，否则的话，市议会就要扒了我的皮。”

“如果您拒绝这么做呢？”西蒙问道，“没有人会强求您……”

奎瑟摇摇头说：“那他们会派另外的人来，我只能重新找活干。不行，必须这么做。我们要找出真正的凶手，而且要很快找到。”

“我们？”

刽子手点点头。“对！我需要你帮忙。没人愿意和我讲话。那些大人们老远见到我，就把鼻子翘得高高的。不过……”他微笑地接着说，“如果他们现在见到你的话，也会把鼻子翘起来。”

西蒙低头看看自己又脏又臭的短上衣。衣服上满是棕色的污垢，左裤腿刮了一条长至膝盖的大口子。一片枯萎的菜叶挂在他的帽子上，更不用说干血迹了……他需要一身新衣裳，但是他不知道去哪儿弄这笔钱。也许市议会在抓凶手这件事上会出一分半文？

西蒙考虑了一下刽子手的建议。他还会失去什么呢？他的名誉早就失去了。如果他将来还想和玛格达莱娜见面的话，和她父亲好好相处只会带来好处。此外还有那些书。现在桌上就放着一本有些破旧的书，是耶稣会士阿塔纳修斯·基歇尔[①]写的，和血液里的微小蠕虫有关。这个教士用了一个所谓的显微镜，可以把蠕虫放大许多倍。躺在床上，喝着热咖啡看这本书……

西蒙点点头说："好吧，我可以帮您。另外桌上那本书……"

医生还没把他的愿望讲完，门就被撞开了，差役安德烈亚斯踉跄地走进来，不停地喘着气。

"对不起，打搅了，"他气喘吁吁地说，"但是是急事。别人告诉我在这里可以找到福荣威泽。您父亲需要帮手！"

安德烈亚斯的脸像奶酪一样白，看上去就如同他亲眼见到鬼一样。

"什么天大的事这么急？"西蒙问，同时暗自思索着谁看见他进了刽子手的家门。看来在这座城市里他的一举一动都被人观察着。

"杂货商克拉茨的儿子，快死了！"安德烈亚斯用最后的力气说道。他的手一直攥着脖子上挂的小木十字架。

雅各布·奎瑟原本默不作声地听着，此时也变得不耐烦了。他用力拍了一下摇摇晃晃的桌子，单片眼镜和阿塔纳修斯的书一下蹦起很高。"是意外事故？快说！"

"到处都是血！噢，上帝保佑我们，他也有那个标记，和格里默尔的一样！"

西蒙一下子从板凳上跳起来。他感到了自己内心的恐惧。

奎瑟在一片烟雾中目光炯炯地看着医生说："你先去看看，我去看一下史泰茜琳，很难说她在牢房里是否还安全。"

西蒙抓起帽子跑了出去。从眼角他刚好看到玛格达莱娜睡眼蒙眬地从顶楼窗户朝他招着手。他有种感觉，他们今后在一起的时间不会太多了。

---

① 阿塔纳修斯·基歇尔（1602—1680），德国耶稣会士、学者，著有地理学、医药学、东方学等多方面著作。

男人站在窗前，脸紧贴着厚厚的窗帘。外面，天已经渐渐地暗了下来，其实这对他来说无所谓。即使是在阳光充足的白天，这间屋子也总是处于沉闷而灰暗的微光中。在内心的眼睛里，这个男人能看到太阳的升起和降落，它照射在城市的上空，不可阻挡地循环着。这个男人也是不可阻挡的，虽然目前有些停滞不前。这个停滞不前让他气愤……他迅速转过身。

“你真是个饭桶！没用的东西！为什么你就不能把一件事有条有理地从头干到尾？”

“我会把这件事干到尾。”

在暗淡的光线中能看到屋里还有一个人。他坐在桌旁，手里拿着一把刀，不停地在桌上的馅饼上捅来捅去，就像是在捅刚刚宰完的猪肚子一样。

窗户边的男人把窗帘又紧紧地拉了一下。他的手指攥住窗帘，一股疼痛涌了上来。他的时间不多了。

“小孩的事本来像甲状腺肿一样，不痛不痒！现在可好，人们开始议论纷纷了。”

“没人说这件事，你可以相信我。”

“有些人已经起了疑心。我们只能希望接生婆承认是她干的。刽子手已经开始提一些讨厌的问题了。”

坐在桌旁的那个人继续把馅饼切成肉块和面团。他用刀狂乱地上下捅个不停。

“呸，这个刽子手！谁又会相信一个刽子手呢？”

“你可不要轻视奎瑟。他像狐狸一样狡猾……”

“那么就让这只小狐狸跑到陷阱里……”

窗前的男人快步走到桌前，用手狠狠地在桌子上拍了一掌。另一个男人用手捂了一下脸颊，然后惊恐地看着眼前这个气势汹汹的人。他注意到，眼前的人用手按着肚子，被疼痛折腾得呼呼直喘气。

他的脸露出了一丝微笑。不久问题就自己解决了。

“你现在不要再做这种浑事。”上了年纪的男人嘟囔着说。因为疼痛，他的脸抽搐得很难看。一阵刺痛传遍了他的腹腔。他弯下腰趴在桌上。

“你不要再插手了，我现在要自己来管这件事。”

“不行。”

“为什么不行？……”

“我把这事交给别人办了。他不让我再掺和进去。”

“叫他回来。已经够了。只要史泰茜琳承认，我们就能得到我们的钱。”

上了年纪的人不得已坐直了身子，歇了一小会儿。他讲话很费力。这该死的身体！他还需要它呢。时间不用太长，等他得到那笔钱就行了。这样他才能安心地死去。他一生的心血都处在危险中，这没用的东西把一切都给毁了。但是只要他还有一口气，他就要挽救。只要他还有一口气……

“馅饼很好吃，你也要尝尝吗？”

桌边的男人一边说着，一边用刀把摊在桌上的肉块串在一起，开始有滋有味地吃了起来。

上了年纪的男人用尽最后的一点力气摇摇头。他对面的人微笑着。

“别着急，一切会好的。”

他擦了一下胡子上的肉汁，拿起剑，匆匆向门口走去。

西蒙没有等差役，一个人赶到了克拉茨家。杂货商的家位于莱希门区的一条小巷里。克莱门斯和阿加特·克拉茨都是非常勤奋的人，通过多年的劳作，已经挣到一小笔财富。他们的五个孩子都上当地的文法学校，而且他们对自己的四个孩子和养子安东一视同仁。安东是在父母死后由市政府派给克拉茨家的。

父亲克莱门斯·克拉茨瘫坐在柜台旁。他用右手僵硬地抚摸着妻子的肩，她靠在他身上不停地抽泣着。安东的尸体停放在他们面前的柜台上。西蒙不用花什么时间就能断定死因。有人用非常利索的刀法切断了安东的咽喉。凝固了的血把亚麻布衫染成了红色。年仅十岁的男孩目光直直地望着屋顶。

一个小时前，当人们发现他的时候，他还喘着气，但是几分钟之内，气便离开了他的身躯。市医伯尼法茨·福荣威泽除了确定死亡外，无能为力。当西蒙赶到时，事情都做完了。他父亲只是把他从上到下打量了一番，然后装上自己的器具，连招呼都没打一声就走了。临走时他向克拉茨夫妇表示了同情和哀悼。

伯尼法茨·福荣威泽走了以后，西蒙沉默地靠着尸体的头部坐下来，仔细地观察着安东白色的面孔。两天之内死了两个孩子……小孩认识凶犯吗？

最后西蒙转向孩子的父亲克拉茨。

"你们在什么地方发现他的？"

没有回答。克拉茨夫妇陷入了一个充满悲伤和痛苦的世界，此时人的声音很难传到里面。

"对不起，你们是在哪里发现他的？"西蒙又重复了一遍。

这时克莱门斯·克拉茨才抬起头。这位父亲的声音已经因哭泣而变得沙哑。"就在外面门口。他想去他的……朋友那儿。他很长时间没有回来，我们想出去找他，打开门，他已倒在那儿，在一摊血里……"

母亲克拉茨又开始嘤嘤地哭起来。在屋后的墙角，克拉茨的其他四个孩子坐在木凳上，瞪着哭红了的恐惧的眼睛。最小的女儿手里拿着一个由剩布料做的娃娃，并把它紧紧地贴在胸前。

西蒙走过去问孩子："你们知道你们的兄弟要去哪里吗？"

"他不是我们的兄弟。"克拉茨大儿子的声音虽然带着恐惧，但听上去仍然很强硬且带着挑衅，"他是个寄生虫。"

这个你们肯定让他经常感受到了，西蒙心里想着。他叹了口气，又接着问：“那么你们知道他想去哪里吗？”

“又去找那些人嘛。”男孩望着西蒙的脸说。

“哪些人？”

“就是那些寄生虫嘛。他们经常在莱希门那儿见面。他又想去那里。敲四点钟的时候我还看见他和红头发索菲在一起呢。他们有什么重要的事，头挨着头，就像牛一样。”

西蒙又想起那个小女孩。几小时前西蒙把她从其他孩子的殴打中解救了出来。红头发，挑衅的眼睛。索菲虽然只有十二岁，但看上去已经有了很多敌人。

“对，是这样，”这时父亲克拉茨也插话说，“他们真的是经常在一起，在史泰茜琳那儿。索菲和史泰茜琳都是女巫的根儿。她们俩都与这件事有关！她们也给他画了一个魔鬼标记。肯定是她们干的！”

母亲克拉茨再次哭了起来，她丈夫又赶紧安慰她。

西蒙走到尸体旁，小心地把尸体转个身，让男孩背朝上。在右肩膀上确确实实有一个和格里默尔一样的标记，只是没有那么清晰。有人曾试着把标记抹掉，但是颜色已经渗到皮肤下面，标记仍然很明显地呈现在小男孩的肩上。

西蒙察觉到克莱门斯·克拉茨从身后走过来。这位父亲充满愤恨地看着这个标记。

“这是史泰茜琳给他画上去的，还有索菲，”他声嘶力竭地说，“肯定是她们干的。一定要把她们烧死，两个都烧死！”

西蒙试图让他安静下来。“史泰茜琳还在地牢里，这不可能是她干的。索菲还是个孩子。你真的相信一个孩子……”

“魔鬼附在了这个孩子的身上！”身后传来母亲克拉茨的喊叫。她的眼睛充满血丝，已经哭得红肿。“魔鬼就在雄高！他还会来抓其他的孩子！”

西蒙又看了一眼小孩背上的标记。毫无疑问，有人试图把这个标记擦掉，但是没有成功。

“你们有谁试着把这个擦掉吗？”西蒙看着周围的人问。

父亲克拉茨马上在胸前画了个十字。

“我们没有碰这个魔鬼标记，上帝为此作证！”其他的家人也都摇着头，画着十字。

西蒙在心里叹着气。在这儿仅靠讲道理是不够的。他与克拉茨一家告别，走进夜幕。他仍然能听到母亲克拉茨嘤嘤地哭泣，老杂货商低声嘟囔着祈祷。

突然传来一声口哨。西蒙站住了脚，顺着口哨声望去，目光停在一条小巷里。一个小身影站在墙角向他招着手。

是索菲。

西蒙四下望了望，然后走进小巷，弯下腰，低声地说：“你上次从我手里跑掉了。”

“这次我也能从你手里跑掉，”索菲回答说，“但是现在你要听我说。有个男人在安东被杀之前打听过他。”

“一个男人？你从哪儿知道的？”

索菲耸耸肩，嘴角浮起微笑。有那么片刻，西蒙想了一下她五年后应该是什么样。

“我们孤儿到处都有眼睛。这让我们少挨了好多打。”

“那这个男人长得什么样？”

“很高。穿一件大衣，戴一顶大檐帽，帽子上插了一根羽毛。脸上有一长条伤疤。”

“就这些？”

“他有一只骨头手。”

“不要跟我说谎！”

“他在河边向几个撑筏工问克拉茨的家在哪儿。我藏到了大树后面。他的左手一直藏在大衣里，可是有一次露了出来，白白的，在太阳下闪着光。一只骨头手。”

西蒙又向下弯了弯腰，把一只手放在索菲的肩上。

“索菲，我不信你的话。你最好现在跟我……”

索菲挣脱他的手，眼里充满愤怒的泪水。

“没人相信我，可这是真的！是那个带骨头手的男人把安东杀了。安东想和我们在下面的莱希门见面，可他现在死了……”小女孩的声音变成了呜咽的哭泣。

“索菲，我们可以……”

小女孩猛一转身，挣脱了西蒙的手，跑进了小巷，不一会儿便消失在黑暗中。他想追上去的时候，发现系在腰带上的钱袋不见了，那是他用来买新衣服的钱。

“这个该死的……”

他看看小巷里的一堆堆屎尿和垃圾，决定这次不再追索菲了。他要回家，好好地睡一觉。

第五章

星期四

1659年4月26日

早上七点

玛格达莱娜沉思地走在去派廷的泥泞小道上。她斜背在肩上的布袋里除了一些干草药以外，还装了一些她昨天刚研好的爱女粉。几天前她就答应过老道本拜尔格，亲自把药粉给她送去。老接生婆七十多岁了，已经不便于走路了。尽管如此，她仍是派廷和周边村子的接生婆，碰到难产时，都要叫她去。卡塔琳娜•道本拜尔格接生过几百个孩子。她的手很有名，即使是最倔强的小孩子也能被她的手拽出来。她是被公认的智慧女人，她能给人治病，虽然受到神甫和医生的蔑视，但是她的诊断和治疗方法在大多数情况下都是正确的。玛格达莱娜的父亲曾多次向她求教。他只想用爱女粉向她表示一点谢意，谁知道什么时候他又要向她讨药草了呢。

当玛格达莱娜穿过了派廷最前面的几排房子后，她注意到那些农民一边朝她看着，一边嘀咕着什么，有几个还在胸前画了十字。村里的人害怕她这个刽子手的女儿。有些人还猜测她和魔王有关系。他们还听说，她的美貌不过是与地狱的一笔交易而已，她把自己不朽的灵魂卖给了魔王。她让人们相信这些。这至少能保护她不受那些行为不轨的男人欺负。

她对那些农民视而不见，直接拐入了右边的小巷，不久就到了接生婆那座很小的、已经被风吹歪了的房子前。

她马上看出有些不对。尽管早上阳光四射，窗户的遮板还都关着。门前小花园里的花草都被踩倒了。玛格达莱娜走到门前，敲了敲门。门被锁上了。

这个时候她已经知道，肯定是发生了什么事。道本拜尔格是有名的热心人，玛格达莱娜还从没见过她的门上锁。村里所有的女人随时都可以找老接生婆帮忙。

她用力地敲着沉重的木门。

“道本拜尔格，你在吗？”她大声地喊着，“雄高的玛格达莱娜来了！我给你送爱女粉来了！”

过了好长时间，山墙上才打开了一扇窗户。卡塔琳娜•道本拜尔格怀疑地从上往下看。老人看上去很焦虑，脸上的皱纹也比平时多了一些。她面色苍白，很疲惫。当她认出是玛格达莱娜时，她马上露出笑容。

“啊，是你呀，玛格达莱娜！”她惊讶地喊道，“你来了，我很高兴。就你一个人吗？”

玛格达莱娜点点头。接生婆小心地望望四周，然后消失在窗口。楼梯上传来了脚步声，门闩被拉开。门终于打开了。道本拜尔格急忙挥手示意她进屋。

“发生了什么事？”玛格达莱娜进屋后马上问，“你把市长毒死了吗？”

“还能发生什么，小蠢鸡！”接生婆一边续着火一边回答说，“他们观察了我一夜，村里的小伙子们。他们要烧我的房子。幸好富农克斯尔•米夏埃尔来得及时，把他们都撵回去了。否则的话我早就吹灯拔蜡，没气儿啦！”

“是因为史泰茜琳吗？”玛格达莱娜问道，同时在火炉旁一把摇摇晃晃的椅子上坐下来。她的脚因走了很长的路而有些痛。卡塔琳娜•道本拜尔格点点头。

“现在所有的接生婆又都是巫婆了，”她低声说，“奶奶那辈子就这样。世上的事就是这样，永远不变。”

她坐到玛格达莱娜身旁，为她倒了一杯深色的、清香扑鼻的茶。

“来，喝这个，”她说，“蜂蜜水加啤酒和水麻黄。”

“水什么？”

“就是麻黄精。这个会让你很快恢复体力。”

玛格达莱娜小口地喝着热茶，感觉很甜而且让人振奋。她真的感到腿上的力气又慢慢地回来了。

“你知道你们那儿到底发生了什么吗？”卡塔琳娜•道本拜尔格问。

玛格达莱娜简单地告诉了她自己所知道的情况。前天晚上她和西蒙在河边散步时，西蒙讲起了男孩的死和他身上的标记。昨晚她父亲和西蒙谈话时，她也隔着书房的薄墙偷听到了一些。

“现在很可能又有一个男孩遭难了，而且肩上也有那个标记，”她最后讲道，“西蒙昨夜就赶了去，从此再没有听到他的任何消息。”

“你说是文进去的接骨木果汁？”道本拜尔格沉思地问道，“这很奇怪。一般来讲魔鬼会用血，是不是？可是另一方面……”

“是什么？”玛格达莱娜着急地问。

“嗯，小孩兜里的硫磺粉，还有这个标记……”

“真是一个巫婆标记吗？”玛格达莱娜问。

“这么说吧，是一个智慧女人的标记。是一个很古老的标记。据我所知，这代表一只手镜，一个古老而有权威的女神的手镜。”

老接生婆站起来，走向炉灶，又加了一块木头。

“无论如何，这样下去会给我们带来很多麻烦。我打算去派森贝格的儿媳妇那儿待一段时间，等这件事消停了再回来。”

突然，她停止了讲话，一动不动地站在那里，眼睛望着壁炉台上那张破烂的日历。

“当然了，”她小声地念叨着，“我怎么会把这个忘了！”

“你说什么？”玛格达莱娜一边问，一边向她走过去。接生婆此时已把日历拿在手里，急匆匆地翻着。

“这儿。”她一边说，一边指给玛格达莱娜看。日历上画了一个女修道院院长，她手里拿着一本书和一只大水杯。“圣沃尔布加，病人和产妇的保护者。下星期是她的节日。”

“那又怎么样呢？”

玛格达莱娜不明白接生婆的意思。她不知所措地看着那张弄得很脏的画页。画页的一角有点烧焦了。画上的女人头上有光环，目光谦逊地向下望着。

“嗯，是这样，”道本拜尔格回答说，“五月一日是圣沃尔布加节，所以这个节的前一天晚上也叫沃尔布加之夜……”

“女巫之夜。”玛格达莱娜倒吸了口气说。

接生婆点点头，然后继续说：“如果相信派廷农民的话，在这个夜晚，巫婆们聚在霍恩富希山上的森林里，争宠于魔鬼撒旦。这个标记正好在这时候出现，也许只是一个偶然，但是多少有些奇怪。”

“你是说……”

卡塔琳娜·道本拜尔格耸耸肩说：“我什么都没说。离沃尔布加之夜还有一个星期。你们昨天晚上不是又发现一个死男孩也带有这个标记吗？”她急忙走进旁边的屋子里。玛格达莱娜也随后跟进去，看见接生婆正匆匆忙忙地往一个袋子里装衣服和被子。

“你要干什么？”玛格达莱娜惊奇地问。

“我还能干什么？”老人气喘吁吁地回答说，“我在装行李。我要去派森贝格的儿媳妇那儿。如果再发生谋杀，我可不想在跟前。最晚在沃尔布加之夜，那些年轻人就会把火神爷给我送进门来。如果真有女巫在这一带作怪的话，我可不想让他们把我当作女巫来对待。如果没有女巫的话，那些人最终也要找一个替罪羊。”

她无可奈何地看着玛格达莱娜。

“现在，你该走了。你最好消失得无影无踪。在那些人的眼里，你是刽子手的女儿，和巫婆一样罪恶滔天。”

玛格达莱娜没有回答，便径直走出了房门。在走向莱希河的路上，路过谷仓和农房时，她感到好像每扇窗户的后面都有一双怀疑的眼睛在注视着她。

上午十点左右，西蒙坐在金星客栈里，心不在焉地一勺一勺吃着羊肉萝卜汤。他昨晚什么都没吃，而且现在也没有什么胃口。一想起昨晚小克拉茨的样子、他父母的哭声以及邻居们的激动情绪，他就感到有一个东西塞在胃里，什么都咽不下去。在金星客栈，他至少能安静地坐下来，重新思考一下昨天发生的事情。

西蒙用眼睛扫了一遍酒吧。在雄高有十多家客栈，但是金星是最好的一家。橡木桌子刨得干净光滑，屋顶吊着的灯台上插着整根的蜡烛。几个女佣正忙前忙后地照顾着几位富有的客人，不停地用玻璃酒瓶为客人们斟酒。

在这个时间，店里只坐着几个奥格斯堡的运输工，他们一大早便把货物送到了巴林大厦。离开雄高后，他们还要去施泰因加登、菲森，最后翻越阿尔卑斯山到威尼斯。

运输工们抽着烟袋，已经喝了一定量的酒。大笑声不时传到西蒙的耳边。

西蒙看了一眼运输工们，不由想起在莱希河边撑筏工向他提到的殴斗。约瑟夫·格里默尔跟几个奥格斯堡人干仗。他的儿子是因为这个才被害死的吗？但是另一个男孩又是因为什么呢？索菲跟他讲的那个骨头手男人又是怎么回事？

西蒙啜饮了一口杯里的淡啤酒，开始思考起来。奥格斯堡人很早就计划沿着莱希河斯瓦比亚人住的地区建一条商路，以改变雄高的运输垄断地位，但是一直没能征得公爵的同意。无疑，眼下发生的事情对他们来说是很有利的。如果人们因为恶魔作怪而避开雄高的话，会有更多的商人赞成开辟一条新商路。此外，雄高打算给麻风病人建麻风院，很多议员认为，这将会吓跑很多商人。

那个骨头手男人是由奥格斯堡专门派来制造恐惧和骚乱的吗？

"这杯是店里送的。"

西蒙猛地从深思中惊醒，抬头看了一眼说话的人。市长卡尔·塞莫尔站在他面前，亲自端来一大瓷杯浓啤酒，重重地放到了桌子上，啤酒沫随之溅了出来。西蒙打量了一眼面前的店主。很少见到雄高的第一市长亲自在店里忙活。西蒙不记得他什么时候主动和自己搭过话，除了有一次，塞莫尔的儿子因为发高烧病在床上。但是这位市长居高临下，把他当作一个外来的理发师，最后不情愿地用几个铜钱便把他打发走了。现在他冲着自己微笑，还非常友好地在桌前坐了下来。他用油腻的戴满戒指的手向女佣示意，让她再端来一杯啤酒。然后他主动和西蒙碰杯。

"我已经听说了小克拉茨的死，真是很惨。看来史泰茜琳在城里可能还有一个帮手。这个人我们也能很快找出来。今天我们就给她看刑具。"

"您怎么就能肯定是史泰茜琳干的呢？"西蒙反问，但是没有和他碰杯。

塞莫尔喝了一大口浓啤酒，然后用手擦擦胡子。

"我们有证人看到她和小孩们一起举行魔鬼撒旦的仪式。再者，我相信最晚在拷问台上，她就会承认自己的罪过。”

“我听说，曾经有人在您的店里和奥格斯堡人打过架，”西蒙应道，“据说老格里默尔和几个奥格斯堡人都伤得不轻……”

卡尔·塞莫尔刹时有些恼怒，然后轻蔑地哼了一声。

“没什么大不了的，打架的事经常发生。你可以问一下蕾舍儿。她那天正好当班。”

他向桌边的女孩招招手。蕾舍儿二十岁左右，上帝没有赠她美貌，而是给了她一双牛眼睛、一只歪鼻子。她满脸羞涩地低着头。西蒙知道，她经常充满幻想地望着自己。在女孩子那里，他始终是城里最受欢迎的男人之一。而且，他还没有结婚。

卡尔·塞莫尔请女孩到他们桌前坐下，并且说：“蕾舍儿，你给他讲讲几天前和奥格斯堡人打架的事。”

女孩耸耸肩，然后侧眼看着西蒙，微微一笑。“就是几个奥格斯堡来的人。他们喝多了，抱怨我们的撑筏工没把东西放好，有些损失；还抱怨他们在途中喝大酒，格里默尔就把一木筏的货都喝进莱希河了。”

“那格里默尔说什么了吗？”西蒙问道。

“他愤怒地大叫，狠狠地扇了一个奥格斯堡人的嘴巴，顿时东西乱飞。长工们把这些人都赶出门后，店里才又安静下来。”

卡尔·塞莫尔微笑地看着西蒙，又喝了一大口啤酒。

“你看，没什么大不了的吧。”

突然西蒙有了一个主意。

“蕾舍儿，你那天白天有没有看到一个大个子男人，帽子上插了一根羽毛，脸上有一道伤疤？”

出乎意料的是，蕾舍儿马上点点头。

“是有这么一个人。他坐在后面的角落里，还有两个人在旁边，脸色阴沉沉的，我想他们是士兵。他们都带着军刀，那个大高个儿脸上有一道长长的伤疤，还有点儿瘸。他看上去就像是魔鬼派来的一样……”

“他们也跟着打架了吗？”

女孩摇摇头说：“没有，他们只是在旁边观看。但是打完架后他们就走了。他们……”

“够了，蕾舍儿，你现在可以去干活了。”市长突然插话说。

女孩走后，店主愤怒地看着西蒙。

“这都是些什么问题？问这些干什么？是史泰茜琳干的，一切问题都解决了。我们的城市需要重新获得平静。你的问话会引发人们的焦虑。不要管闲事了，福荣威泽，这只会带来更多的混乱。”

“但是，还没有确定……”

“我跟你说了，不要管闲事！”卡尔·塞莫尔用他油腻的食指点着西蒙的胸脯说，“你和刽子手，你们俩的问话只会让人不安。不要管了，明白吗？”

说完，他便站起身，对人不理不睬地向楼上的房间走去。西蒙喝完啤酒后也转身离开了客栈。

就在他迈步出门时，有人扯了一下他的衣服。是女佣蕾舍儿。她不安地向后面看看是否有人观察她，然后低声地说：“我还有话跟您说。那三个人……”

“怎么样？”

“他们没有离开。他们上楼去了。他们在上面又见了什么人。”

西蒙点点头。在雄高如果有人商量事，就去金星。如果他不想被人看见，就在楼上订一个房间；专门有一扇侧门通往楼上，不需要通过酒吧。这三个人在楼上和谁见面了呢？

“谢谢你，蕾舍儿。”

“还有一件事……”女佣又偷偷地四下望了望。她再度开口讲话时，声音小得几乎听不见，她的嘴唇差点儿碰到西蒙的耳朵。

“不管您信不信，那个带伤疤的大高个儿付酒钱时，我看到了他的左手。噢，上帝作证，我向您发誓，那只手是骨头做的。魔鬼在雄高，我看到了他……”

屋里有人叫她的名字，这一喊把女佣吓得魂飞魄散。吧台那里要她快去。她含情脉脉地又看了西蒙一眼，才转身离去。

女孩走了以后，西蒙抬头望着客栈宏伟的门面、上满了玻璃的窗户、刷了涂料的墙壁。那三个人在这里和谁会面了呢？

西蒙不由自主地发抖。看来索菲的话是真的。也许魔鬼真的已经来到了雄高。

“玛尔塔，时间到了，你要站起来。”

刽子手悄悄地走进了小牢房，他拽了拽接生婆盖在身上的大衣。玛尔塔·史泰茜琳闭着眼睛，静静地呼吸着。她的嘴上泛着一丝微笑。她好像处在一个没有痛苦和恐惧的世界。现在要把她唤回到现实中，雅各布·奎瑟感到很内疚。马上就会有痛苦。她必须保持坚强。

“玛尔塔，议员们马上就到了。”

这次他用手摇晃着她。接生婆睁开了眼睛，困惑地向四周望了一会儿，然后找回了记忆。她把因灰尘而黏成一绺的头发掖在耳后，像一只惊恐的动物，四下望着。

“噢，上帝，现在就开始了……”她哭了起来。

“你不要害怕，玛尔塔。我今天只是给你看刑具。你要坚强。我们会找到凶手的，然后……”

咯吱一声，门开了，午后的阳光透过门照进了地牢里。四个差役走了进来，站在墙边。他们身后跟着议员代表和法院记录官约翰·莱希纳。

奎瑟看到那三位议员代表时，有些吃惊。今天本来只打算给犯人看刑具。给犯人用刑必须通过慕尼黑的同意，而且要有选帝侯公使在场。难道法院记录官敢自作主张开始审讯不成？

约翰·莱希纳好像看出刽子手的迟疑，马上向他点头，用带着鼓励的语气说：“一切都符合程序。三位议员代表将作为证人。这件事越早处理掉，和平就越早回到城里。桑迪策尔伯爵也会因此感激我们。”

“但是……”雅各布·奎瑟刚想说下去，可是记录官的眼睛告诉他，反驳没有任何意义。他现在该怎么做？如果不发生意外，他今天必须对史泰茜琳用刑。除非……

除非证人们完全持另一种看法。

奎瑟凭以往的经验知道，被邀请来的议员代表在审讯时，常常会主动干涉。有时候，他们如果感到通过酷刑拷问也无法取得结果，会提前中断用刑。

他打量了一下这三位议员。他认识面包师米夏埃尔·贝希托尔德和年轻的施雷佛阁，但是第三位……

记录官约翰·莱希纳一直在追寻刽子手的目光。“作为第三位代表的马蒂亚斯·奥古斯丁议员生病了，”他很随便地解释说，“他派来了他的儿子乔治。”

奎瑟一边点头，一边仔细地打量这三位证人。

米夏埃尔·贝希托尔德是一个上帝面前的痞子，他将兴奋地观看史泰茜琳受折磨，而且确信她是一个巫婆，必须用火烧死。现在他就充满恶意地盯着她，同时深怀恐惧，好像接生婆隔着这么远也能把他变成一只耗子似的。刽子手看着他的样子，不由得偷偷暗笑。这个干瘦的矮小男人，因为烧酒喝得太多，两眼带有红圈，身上穿着一件灰色的大衣，蓬乱的头上戴了一顶裘皮帽，还真有些像他面包房里那些夜晚到处乱窜的老鼠。

面包师后面的施雷佛阁被公认有资格继承他父亲在议会的席位，虽然他的脾气有时有点暴躁。奎瑟从其他议员那儿听说，他不相信史泰茜琳有罪。

一个对我们有利的因素……

雅各布·奎瑟仔细地打量着雄高城最有威望的陶瓷匠家族的后代。略微弯曲的鼻梁、宽大的额头、白皮肤，他看起来正是刽子手所想象的绅士的模样。陶瓷匠制作餐具和壁炉。施雷佛阁家族在本地拥有一座小工厂，雇了七个熟练工制作陶罐、盘子和瓷砖。老费迪南德·施雷佛阁是从底层一步步干上来的，一直被人们当作奇迹称赞不绝。他针对教会、议会和富农的瓷砖漫画很有名。

去年他去世后，他的儿子看来没有坐吃山空，而是用遗产进行了有目的的投资。上个星期他刚刚雇了一个新人。年轻的施雷佛阁很不情愿地接受了这个事实：他父亲把霍恩富希山坡下的那块地捐给了教会。那里要建一座麻风院。

陶瓷匠的儿子也像城里为数不多的人一样，偶尔会和刽子手说上几句话。现在他也向他点头示意，同时露出了鼓励的微笑。

刽子手很难估量第三个证人乔治·奥古斯丁。年轻的奥古斯丁被看作花花公子，以前一直在遥远的奥格斯堡和慕尼黑做事，按他父亲的话说是和选帝侯府做生意。奥古斯丁家族是雄高有权势的运输世家，这也能在乔治的身上显示出来。他的打扮就像一个时装模特，穿戴着羽毛帽子、灯笼裤、翻口长靴。他的目光越过刽子手，很感兴趣地看着接生婆。她紧裹在大衣里，蹲在那儿不停地发抖，同时用手揉搓着自己冻得发青的脚趾。地牢里的石头墙即使在四月份也是寒冷如冰。

“我们现在就开始。”法院记录官的声音打破了眼下的寂静，“我们去地下室吧。”

差役打开了地上的活板门。几级台阶通向下面的由方形大石块砌成的黑屋子。左边一个角落里放着一个又脏又旧的拷问台，头的部位有一只木轮子。旁边是一只火盆，里面有几把大大小小的生了锈的钳子。地上还躺着几块装了铁环的大石头。屋顶上吊了一个带铁链的挂钩。昨天就有差役把拇指夹和夹钳从巴林大厦取来了，随便地堆放在地上。在另一个角落里放着一堆破烂椅子。整个刑房看上去荒僻凌乱。

约翰·莱希纳用火把在屋里照了一圈，然后用谴责的目光看着刽子手。

“你事先完全可以收拾一下嘛。”

雅各布·奎瑟耸耸肩说：“是你们着急嘛。”然后他便自顾自地开始摆椅子。

“距上次审讯已有一段时间了。”

刽子手对此仍记忆犹新。那是四年前的事。他把伪造货币的彼得·莱特纳的双手捆好，吊在屋顶的挂钩上。他们还在他的腿上挂了四十磅的大石头，直到他的胳膊被抻断了，他才呜咽着承认了自己的罪行。在这之前奎瑟已经给他上过拇指夹，还用火钳烫过他。刽子手从一开始就对他的罪行确信无疑，就像现在他坚信史泰茜琳无罪一样。

“他妈的，快一点儿！我们不能把一整天的时间都搭上！”

记录官在一把椅子上坐下来，等着刽子手为其余的人也备好椅子。刽子手用两只大手用力地搬起一张沉重的橡木桌子，然后重重地放到莱希纳面前。记录官不满地看了他一眼，拿出了墨水瓶，把羊皮纸卷展开。

“我们现在就开始。”

证人们都已经入座。玛尔塔·史泰茜琳紧紧地贴在对面的墙上，好像她想找到一个耗子洞钻进去。

“让她把衣服脱掉。”约翰·莱希纳说。

雅各布·奎瑟不解地看着他。

“您不是说先……”

“我说，让她把衣服脱掉。我们要察看她是否有女巫标记。如果我们找到女巫标记，就能证明她的罪过，审讯会进行得更快些。”

两个差役走向缩在墙角的接生婆。面包师米夏埃尔·贝希托尔德舔着薄薄的嘴唇。他今天将会如愿地看到一场好戏。

雅各布•奎瑟在心里暗暗地咒骂着。他没想到会是这样。查找女巫标记是一个常用的方法，用来确定一个人是否是女巫。如果在嫌疑人的身上发现了异形痣，它就被认为是魔鬼的记号。很多情况下刽子手还要做一个针刺测试。他拿针刺一下那颗可疑的痣，如果没有血，这个人肯定是女巫。奎瑟从他外祖父那里知道，在针刺的时候如何制止流血。这样就可以把审讯时间缩短，刽子手能很快地拿到钱……

布料撕破的声音让刽子手从沉思中醒过来。一个差役把史泰茜琳的脏衣服从身上撕了下来。接生婆的身体惨白而瘦弱，胳膊和大腿上青一块紫一块，是昨天早上和格里默尔格斗时留下的。她试着用双手盖住自己的乳房和阴部，身子紧紧地贴在地下室的墙根处。

差役揪着她的头发把她拽起来，她痛得大叫。雅各布•奎瑟看到面包师米夏埃尔•贝希托尔德的那双小红眼睛在接生婆的身体上不停地转着，就像是在用手一点一点地摸。

“为什么这样粗暴？最起码要给她拿把椅子吧！”

雅各布•施雷佛阁站了起来，想阻拦差役。记录官伸手把他拽回到了位子上。

“我们想找出真相，所以这也是必要的。我看，没有什么不可，给史泰茜琳拿把椅子来！”

差役不情愿地把一把椅子放到屋子中间，然后把接生婆用力按到上面。她的眼睛不安地在记录官和刽子手之间转来转去。

“把她的头发剪掉，”莱希纳说，“我们也要在头上找女巫标记。”

当差役拿着一把刀过来时，奎瑟马上把刀夺过来。

“我来剪。”

他小心地割断接生婆黏在一起的鬈发。一绺一绺的头发围着椅子掉在了地上。玛尔塔•史泰茜琳无声地哭着。

“不要害怕，玛尔塔，”他小声地在她耳边说，“我不会让你受苦。今天还不会。”

约翰·莱希纳清了清嗓子说：“刽子手，我希望你在这个女人身上查找一下女巫标记，全身都要查。”

面包师贝希托尔德把身子凑到记录官面前。

“您不会相信这个人能找到什么东西吧，他和史泰茜琳穿的是一条裤子。我亲眼看到他从她那儿拿什么草啊药的。科伊施林家的女佣告诉我……”

“贝希托尔德师傅，我们现在真的没有时间听您详述。”约翰·莱希纳反感地把脸转向一边，以躲开面包师嘴里呼出的臭气。他认为贝希托尔德是个喜欢吹牛的酒鬼，可至少在眼下这件事情上他敢信任后者。但是在第二个证人身上他还不太肯定……所以他又转向贝希托尔德。

“如果调查需要的话，我会再找您的。”他用鼓励的口气说，“奥古斯丁师傅，劳您大驾，能否帮刽子手一下？”

面包师满意地靠回座椅，继续打量着眼前的女犯人。那位有权有势的运输世家的公子已经耸着肩，大摇大摆地走向接生婆。他的脸白皙而光滑，好像很少见太阳一样，冰蓝色的眼睛炯炯有神。乔治·奥古斯丁的目光几乎是毫无兴趣地从史泰茜琳身上掠过，然后他用食指尖在她的身上仔细查找起来，在她的乳房周围画着圆圈，最后手指停留在了她的肚脐眼上。

“转过身去。”他轻声命令道。

接生婆颤巍巍地转过身。奥古斯丁的手指继续从她的脖子搜寻到肩膀。他的手在右肩膀上停了下来，指着一颗痣，这颗痣比其他的都大。

“您看这个怎样？”奥古斯丁望着一直跟在身边的刽子手问。

雅各布·奎瑟耸耸肩回答说：“是一颗痣嘛，我还能怎么看？”

奥古斯丁并不放弃。奎瑟觉得在他的嘴角看到了满意的微笑。“那两个死去的男孩不是在肩上也有这个标记吗？”

记录官和面包师马上蹿了过来，就连年轻的施雷佛阁也好奇地走过来看这颗痣。

雅各布·奎瑟眨眨眼，仔细地观看。这个棕色的斑点确实比一般的痣大好多，上面长着几根黑毛。痣的下面很窄，呈线状。

男人们围成一圈看着史泰茜琳。接生婆已经听天由命，让自己像一只被宰杀的小牛犊一样，随便由人看，只是偶尔会发出几声呜咽。

记录官弯着身子，仔细地打量着这颗痣说：“这和那个魔鬼标记确实很像……”面包师贝希托尔德不断地点头称是，同时在胸前画了一个十字。只有施雷佛阁在摇头。

“如果这个是女巫标记的话，那你们就把我和她一起烧死吧。”

年轻的绅士一面说着，一面解开了自己的上衣，指着长在他毛茸茸的胸脯上面的一颗痣。这颗痣的形状确实也很奇怪。“我生下来那天就长着这颗痣，可是没有人把我看成魔鬼。”

记录官摇摇头，目光从接生婆身上移开。“照这样下去，不会有什么结果。奎瑟，你给她看刑具。如果她不承认，你要告诉她我们的打算。”

雅各布·奎瑟深深地望了一眼玛尔塔·史泰茜琳，然后他从火盆里抽出钳子，走向她。奇迹没有发生，他就要开始行刑了。

就在这时外面响起了警钟。

第六章

星期四

1659年4月26日

下午四点

西蒙深深地吸了一口春天的香气。多少天来他第一次感到自己真正自由了。远处的河水在哗哗地流淌，草地带着饱满的绿色，雪花莲盛开在已经抽了条的白桦树和榉木之间。只有在树木的阴影地带偶尔还能见到点雪。

他和玛格达莱娜漫步在莱希河上游的山坳里，路很窄，他们会不时不自觉地碰到一起。她已经有两次差点跌倒，每次她都紧紧地抓住他，而且久久地不放手。

在金星说完话后，他急急忙忙地来到莱希河边。他需要一个人安安静静地思考。其实他应该给他父亲配制药水，不过这件事放到明天也来得及。至少现在他还不想见他父亲。在可怜的小克拉茨的死尸面前，他们一句话都没有说。他摔门而去后，直接跑到了刽子手的家，老头至今仍然没有原谅这一点。西蒙知道，他的恼怒有一天会消失的。但是在这之前，最好不要和他相见。西蒙叹口气。他父亲是另外一个世界的人。在这个世界里解剖人的尸体是对神灵的一种亵渎，治疗病人仅限于清肠胃、拔火罐、捻臭药丸。他想起他父亲在一个瘟疫病人的葬礼上曾说过：上帝决定我们的寿命。我们不应该干涉上帝的旨意。

西蒙却不想这样。他非要违抗上帝的旨意。

在莱希门前，他遇到了被母亲派到山坳采熊葱的玛格达莱娜。她又向他投来了媚笑，他就乖乖地跟着她走了。他们在莱希桥边遇到了几个洗衣妇；走出了很远，他仍能感到身后注视的目光。但是这对他来说无所谓。

整个下午他们都穿梭在山坳的林子里。此时，她的手又放在了他的手上，西蒙感到浑身发热。他的头皮也开始跳起来。这个女孩有什么魔力使他如此神魂颠倒？他很清楚，在像个闷窝的雄高，他和玛格达莱娜永远不能成为一对儿——在这里只要一个小小的怀疑就可以把女人送上火刑堆。西蒙皱了皱眉头，不祥的预感像乌云一样笼罩在他的心里。

“你怎么了？”玛格达莱娜停下来看着他问。她能感到他的不安。

“没……没什么。”

“告诉我，要不然咱们马上转回去，我将永远不看你一眼。”

西蒙不由得笑了起来。“这个威胁很可怕。即便我相信，你也不一定会兑现。”

“你看着办吧。告诉我，有什么事？”

“主要……因为那两个男孩。”

玛格达莱娜叹口气。“我已经猜到了。”她把他推到路边一棵被狂风吹倒的橡树旁，和他并肩坐下来。她的目光看着远方。过了好一会儿，她才开口说话。

“是件很可怕的事。我也不时在想这两个男孩——彼得和安东。我在市场上经常看到他们，特别是安东。他什么人都没有了。作为养子，和刽子手的孩子一样，什么地位都没有。”

玛格达莱娜紧紧地咬住自己丰润的嘴唇，嘴唇变得像一条红线那样细。西蒙把手搭在她的肩上，他们又沉默了好长时间。

最后西蒙打破沉默问：“你知道吗，那些孤儿经常到史泰茜琳那儿相聚？”

玛格达莱娜摇摇头。

“在那儿一定发生了什么事。”西蒙看着远方的树林。他可以很清楚地看到远处山上高耸的雄高城墙。

过了一会儿他又说：“索菲说，在谋杀案的前一天晚上她也在史泰茜琳那儿。后来她们都直接回家了，只有彼得没有，他到河边去了，想要见什么人。他要见谁呢？他的凶手？或者是索菲在说谎？”

“那安东·克拉茨呢？他也在史泰茜琳那儿吗？”玛格达莱娜现在靠在了他的肩上，并把她的手放在他的大腿上。但是西蒙的心思完全在别的事情上。

“安东也在那儿了，”他若有所思地回答说，“两个人的肩上都有这个奇怪的标记，是用接骨木果汁刻到皮肤里的。安东身上的标记已经不是那么明显，好像是有人试着把它清洗掉。”

“他自己吗？”玛格达莱娜把头向他靠近了一点。

西蒙仍是目不转睛地望着远方。“还有，你父亲在彼得的兜里发现了硫磺粉，”他小声地说，“接生婆那里丢了一只风茄。”玛格达莱娜一下子站了起来。作为刽子手的女儿，她很了解这些神奇的配料。

“一只风茄？你敢肯定吗？”她不安地问道。

西蒙也从树干上跳了起来。

“女巫标记，硫磺粉，风茄……你不认为这一切太巧合了吗？好像有人非要让我们相信这些闹鬼的事不可。”

“也许这些鬼事都是真的。”玛格达莱娜小声地说。一片乌云遮住了春天的太阳。她把毛围巾披在肩上。

“我今天早上去道本拜尔格那儿了，”她有些犹豫地说，“她跟我讲起了圣沃尔布加。”

她向西蒙讲述了接生婆的猜测，这两起谋杀可能和下星期的沃尔布加之夜有关。等她说完，西蒙摇摇头。

“我不相信什么妖魔鬼怪。这些孩子被杀死，里面肯定有原因。”

突然他想起了那个骨头手男人。索菲和金星的女佣都提到了这个人。他真的向人打听过格里默尔的儿子吗？也许是索菲在胡说八道？一想到这个女孩偷了他一大笔钱，他就感到心烦意乱。这个孩子真的可信吗？

他叹了口气，又挨着玛格达莱娜坐到了树干上。他同样感到很冷。刽子手的女儿见他冷得直打哆嗦，便把毛围巾展开，也披到他的肩上。她找到了他的手，一下子抓住，然后把他的手慢慢地引向自己的束身衣。

西蒙仍然想着那个骨头手男人。如果确实有这个人，而且是他把孩子杀死了，那么他为什么要杀他们呢？除了那天晚上都在史泰茜琳那儿，这两个孩子之间还有什么联系呢？

最主要的是……

还有谁在史泰茜琳那儿？

玛格达莱娜从侧面看着医生。他一整天都是这样默默无语。她就是要知道她在他心中的地位。

“西蒙，我……”她开始说。

就在这时，风中传来了尖厉的警钟声。在远离城市的山坳中，钟声听上去就像是小孩子尖声的抱怨。一定发生了什么事情！西蒙感到自己的胸口在缩紧。他立即跳了起来，往雄高城跑去。跑出了几英尺远后，他才意识到玛格达莱娜没有跟上来。

“快跑，快！”他冲着她喊，“你要向上帝祈祷不要再有一具死尸漂在河面上。”

玛格达莱娜叹了口气，然后站起来，也跟着西蒙往城里跑。

剑子手三步并作两步地从地牢跑到了上面。他听到身后记录官和其他人在喊叫，知道他们也在往外走。尖厉的钟声响彻城市的上空。

瞭望台上的警钟只有在紧急情况下才会敲响，要么有敌人攻城，要么发生了火灾。奎瑟排除了敌人攻城的可能。已有十多年没有打仗了。虽然有一些抢劫的雇佣兵藏在森林里，时不时地掠夺一些偏僻、零散的农庄，但是雄高太大了，几个破衣烂衫的雇佣兵根本不敢攻城。只能是火灾了……

雄高城里的房屋多数是木制的，房顶上铺着干草。如果风向不利，一个很小的闷燃就能把全城烧成灰烬。人们非常惧怕火，刽子手也为他的家人担心。

当雅各布•奎瑟来到地牢的门口时，他马上看到，雄高城还不存在太大的危险。一缕青烟直上云霄，但烟是从城墙外冒上来的。刽子手猜测是下面的木筏埠头着火了。

他没有等其他的人，马上从硬币街跑到巴林大厦，然后朝左拐向莱希门，想看看究竟发生了什么。家家户户都把朝向莱希河、原本已经关上了的楼上窗户打开了，大家都好奇地观望着河边的混乱场面。

雅各布•奎瑟疾走如飞地穿过莱希门。他看到，是木筏埠头下面的大棚房着火了。巨大的货栈的房顶火焰冲天！六七个撑筏工正一个传一个地提水灭火。有些人匆忙地把箱子和木桶从大棚房里往外搬。烈火中不断地发出吱吱、咔咔的爆裂声。刽子手感到大棚房已是不可救了，但是他仍然跑到桥上去帮忙。他知道每烧掉一只箱子就是毁灭了一笔可观的财产。毛料，丝绸，酒，佐料……在巴林大厦装不下的、不久就要装船运走的东西，都存放在大棚房里。

奎瑟出了城门后，骤然止步。从这里他能把木筏埠头尽收眼底。在下面木筏靠岸的地方，有一小堆人正疯狂地厮打在一起，拳打脚踢。有几个男人已经倒在了地上，其余的人手里拿着长篙，挥舞对打。刽子手认出了几个运输工和撑筏工，但是也有不认识的外地人在里面。

傍晚的太阳已经落到了森林后面，把人们和烈火笼罩在虚幻的光影中。雅各布·奎瑟简直不敢相信，不远处的大棚房正熊熊燃烧，而这些男人们还在互相殴打！

“你们都疯了吗？！”他一边大声地喊着，一边从桥上跑下来，“不要打了，大棚房着火了！”

那些男人像是没有看见他一样。他们继续在地上滚打，有的人脑门上流着血，有的人脸上挂着伤。刽子手用力从人堆里抓起两个像斗鸡一样打得正欢的男人，把他们分开。奎瑟认识那个上衣已被撕破的男人，他常在市场后面的酒馆里豪饮。他叫乔治·里格，是雄高的运输工。他是一个讨厌的痞子，但在他的人中却有着极好的名声。另一人看上去是外地人，他的嘴唇流着血，右眉上有一道深深的伤口。

“住手！”奎瑟用力地摇着他们俩，直到他们意识到他的存在，“快去帮忙救火！”

“是奥格斯堡人放的火，让他们灭火！”乔治·里格说着，把一口痰吐在对面人的脸上。

奎瑟先把两人的头使劲地对撞了一下，然后问：“你说什么？”

“他在胡说八道！”另一人带着奥格斯堡的口音。他疯了似的指着着火的大棚房说：“你们的哨兵没看好，现在让我们来赔。不可能！你们要为这个损失出大血！”

雅各布·奎瑟感到身后有动静。他转过身，从眼角看到一支长篙打过来。他凭本能松开手里的两个痞子，同时抓住了长篙。他用力一推，长篙另一端的人大喊一声，掉进了莱希河。左边又上来了一个攻击者，是一个强壮的撑筏工，奎瑟认出他也是奥格斯堡那边的。撑筏工大喊着向他扑来。奎瑟在最后一刻躲过了他，并在他的颈后重重地打了一拳。奥格斯堡人呻吟着倒在了地上，但是几秒钟后他又站了起来，开始还击。第一拳打过来，落空了。第二拳被刽子手用右手截住。他的右手慢慢地攥成拳头，直到对方的手指头咯咯作响。他一点儿一点儿地把奥格斯堡人推到堤坝边上，最后把他推到了水里，然后才松开手。这个人扑通一声掉进了奔腾的河流里，好一会儿才扑腾着从木筏埠头的另一边冒出来，伸着手，企图抓住一根木桩。

“住手！我以雄高市的名义命令你们住手！”

此时，约翰·莱希纳和差役们也赶到了木筏埠头。四个哨兵和几个雄高人努力地把斗鸡一样的男人们分开。

“你们，都去大棚房那边！拿着桶！”尽管已经晚了，法院记录官仍然用简短的话组织人们救火。房顶已经塌下来了，一根燃烧的房梁挡住了所有能进到里面的路。没有抢救出来的东西早晚都会烧成灰烬。上百个古尔登都无法挽回地丢掉了。在烧毁的大棚房旁边堆着烧黑的木箱和成捆成捆的大包，有些仍然闪着火星。空气中散发着一股烧肉桂的香味。

差役们把所有参加殴斗的人赶到木筏埠头边上，并把这些人分成两组，雄高人一组，奥格斯堡人一组。两边的人都充满仇恨地对看着，但各个都已经精疲力竭，无法继续谩骂和殴打。

雅各布·奎瑟在雄高人中也见到了约瑟夫·贝希托尔德——面包师的哥哥。弟弟一面把一块湿布放在他哥哥被打肿了的左眼上，一面疯狂地骂着奥格斯堡人。在地牢里陪审的另外两个证人已经消失在人群中。

在这期间，西蒙的父亲伯尼法茨·福荣威泽也接到了记录官的指令，来到了现场。他开始用水和布为受伤严重的人包扎伤口。一个雄高运输工的胳膊上被刺了一刀，一个奥格斯堡人大腿受了伤，流血不止。

奎瑟听到记录官的喊声后，马上从斗殴者中退了出来。现在他坐在堤坝的一根木桩上，吸着烟斗，从远处观望着栈桥上喧哗的场面。

看上去好像全雄高的人都跑到河边来看热闹了。到处都站满了人，一直排到城门，他们在观望变成了废墟的大棚房。仍然有房梁不时地掉到火中，传出噼里啪啦的响声。烈火就像圣约翰节的篝火，照亮了后面渐渐没入暮色的森林。

记录官莱希纳已经找到了看守木筏埠头的哨兵。哨兵畏惧地蜷缩在他面前，不停地证明自己无罪。

“相信我，大人，”他低声地哀求着，“我们真的不知道怎么就会着起火来。我刚才还坐在这儿和贝内迪克特、约翰内斯一起玩骰子呢，等我转身的时候，大棚房已经着起来了！肯定是有人放火，要不，不会着得这么快。”

“我知道是谁放的火，”站在雄高一组的乔治·里格喊道，“是奥格斯堡人点的火！他们先杀了我们的孩子，现在又烧了我们的大棚房，这样就不会有人在我们这里靠岸，人们都会害怕到雄高来，都会绕着我们走。一群杂种，混账！”

有几个雄高的运输工开始反抗，又是扔石头，又是高声叫骂。差役们费了很大的劲才把两边的人分开。

“我们会点火烧自己的东西吗？！”奥格斯堡一组里有人大声说道。

雄高人又开始大吵大嚷地骂起来：“是你们没弄好，现在又加罪于我们。每一分钱你们都要赔！”

“嘿，你们看，这是什么？”乔治·里格指着大棚房前堆放的木桶和箱子说，“你们自己的东西事先都好好地搬了出来。”

“胡说！”奥格斯堡人义愤填膺，怒不可遏，“我们是在着火后把东西抬出来的。你们只是在那儿傻站着，发牢骚。”

“他妈的，都给我安静！”

记录官的声音不是很高，但是听上去仍然让人感到畏惧，所有的人都立即闭上嘴，不再说话了。约翰·莱希纳把两组人都扫视了一遍，最后把目光停在奥格斯堡人身上。

“谁是你们的头儿？”

刚才被雅各布·奎瑟推到水里的大个子站了出来。显然，他又从水里爬上了岸。他的头发滴着水，贴在脸上，裤子和衣服也紧紧地贴在身上。尽管如此，他看上去并不畏惧雄高的法院记录官。这个巨人愤怒地看着莱希纳的脸说："我是。"

莱希纳把他从上到下地打量一番，然后问："你叫什么名字？"

"马丁·许贝尔。是富格尔家族的运输工。"

有几个人低声地吹了吹口哨。富格尔家族虽然不像大战以前那么有权势了，但是名气仍然很大。为这个家族干活的人，当然也可以当强大的头领。

如果说莱希纳将这个因素纳入到了考虑范围之内，那他也做得不动声色。他点了一下头，然后说："马丁·许贝尔，在这件事查清楚之前，你是我们的客人，而且你不可以离开雄高城。"

许贝尔的脸红了起来。"您不能这样做。我归奥格斯堡的法院管。"

"我当然可以。"莱希纳的声音虽然不高，但很逼人，"你在我们这里打架，有人可以作证。所以你也可以在我们这里服刑、喝水。"

雄高人里传出了欢呼声和幸灾乐祸的嘲笑。记录官转身面对他们。

"有什么好高兴的？没有任何理由！乔治·里格，你带领这些暴民闹事，也要关到地牢里，和那个懒惰的桥头哨兵作伴。然后我们才能知道谁笑到最后。"

乔治·里格、桥头哨兵以及奥格斯堡的马丁·许贝尔在一片抗议声中被带走了。走到了桥上，运输工又转过身朝着雄高人喊："你们要受惩罚的！明天富格尔的人就会知道这里发生的事。祈求上帝对你们发慈悲吧。你们要赔偿我们的每一捆货，每一捆货！"

莱希纳叹了口气。然后他转向站在旁边的、脸色苍白的市长。

"诅咒落在了我们的城市。自从女巫杀了那个孩子以后，这一切接踵而来。"他说。

塞莫尔市长疑惑不解地看着他。

“您是说，史泰茜琳也把大棚房……”

莱希纳耸耸肩，最后他微微一笑。

“有可能。我们要确保她承认，这样才能把事情处理干净，让大家都满意。”

市长安心地点点头。然后这两位议员大人大摇大摆地回城了。

小女孩把一只木头娃娃紧紧地抱在胸前。她每喘一口气都会发出咯咯的响声。她的脸苍白、消瘦，眼窝深陷，两眼周围有黑圈。她不得已又咳嗽起来，吃力而痛苦，连嗓子也跟着疼起来。她听到远处莱希河边人们在吵嚷，一定发生了什么事。她艰难地站起来，想从床上往窗外看。但是她只能看到天空、云彩和一道烟柱。她父亲对她说，一切都好，她不该激动，要好好地待在床上。稍后医生要来给她看病。小女孩微笑着。希望来的是那个年轻的，而不是老医生。她喜欢那个年轻医生，有一次在市场上他还给了她一个苹果，并问她身体好不好。没有多少人询问她的情况，其实根本就没有人问她过得怎么样。

克拉拉五岁的时候失去了父母。先是母亲，在生小弟弟之后她就再没有醒过来。克拉拉还记得母亲的笑声和那双友善的大眼睛，她还记得睡觉前母亲经常给她唱歌。母亲被抬进木棺材时，克拉拉还以为她只是去睡觉，不久就会醒来回家。父亲紧紧地拉着她的手。当出殡的人们到了圣塞巴斯蒂安教堂，把棺材埋到墓地的时候，他把她的手攥得那么紧，她疼得叫了起来。女人们还以为她是为母亲而哭呢，都过来安抚她。

从此以后，父亲的身体也越来越不好。他开始咳嗽，就像她现在一样，是很顽固的干咳。不久他就开始吐血，邻居们都同情地看着她，并不住地摇头。晚上她经常坐在父亲的床边，给他唱母亲以前唱的歌。他就她这么一个人，她也只有他一个。他的兄弟姐妹都搬到外地去了，因为雄高有很多编筐的人；或者他们也都死了——像小弟弟一样，因为没有母亲的奶，哭喊了三天便悄然无息了。

父亲死在一个潮湿阴冷的秋天，人们把他送到母亲所在的墓地。母亲的坟还很新，很容易一锹挖下去。

接下来的几星期，克拉拉是和六七个孩子一起在一个女邻居那儿度过的。在饭桌上大家为了唯一的一盆大麦粥互相打来打去。她反正也不饿，一个人躲在壁炉的凳子下面哭。她总是一个人待着。女邻居偶尔偷偷地塞给她的一点儿小甜点，马上就被其他的孩子抢走了。她唯一的伙伴就是这只木头娃娃，是她父亲活着的时候给她做的。无论是白天还是黑夜，她从不离开这只娃娃，这是她父母留给她的唯一纪念。

一个月后，来了一个友好的年轻人。他摸了摸她的头，然后对她说，她从今以后叫克拉拉•施雷佛阁。他把她带到一幢两层楼的大房子，那里紧靠着市场。房子里有一道宽敞的楼梯，还有很多挂着锦缎窗帘的房间。施雷佛阁家已经有了五个孩子，玛丽亚•施雷佛阁不能再生孩子了。他们对待她就像待自己的孩子一样。开始的时候，他们的孩子总是在她身后嘀嘀咕咕的，而且还会向她说一些脏话。每次她的养父都会用榛子树条做的鞭子抽他们的屁股，让他们三天都不能坐下来。克拉拉和他们吃同样的美味佳肴，和他们穿同样的亚麻布衣服，可是她仍能感到和他们不同。她是一个由人喂食的寄生虫养女。在家里的节庆日，过复活节或者圣尼古拉斯日的晚上，她明显地感到，她和施雷佛阁的家人之间存在着一道看不见的墙。她看到其他人之间深情的目光和拥抱，他们之间不需用举止言谈就表达出的默契。在这种情况下，她总是跑回自己的房间，一个人无声地哭，以免被别人发现。

她现在可以听到窗外的喊叫和谩骂。克拉拉在床上待不住了。她坐了起来，把沉重的羽绒被推到了一边，慢慢地从床上滑到冰凉的木地板上。她马上觉得两眼发花。她正在发烧，她的腿就像一摊湿泥。但是她仍然拖着脚步走到了窗前，把窗户打开向外看。

莱希河边的大棚房着火了！火舌直往天上冲，全雄高的人都到了木筏埠头。克拉拉的养父母、兄弟姐妹、奶妈肯定也在里面看热闹。只有她这个生病的养女被人们丢在了家里。三天前，她在疯狂逃命的时候掉进了莱希河，幸好她及时地抓住了河里的芦苇，否则她早被急流卷走了。她拽着树又爬上了岸，穿过沼泽地和灌木丛跑回了家。途中她不时地四处寻找那些男人，但是他们消失得无影无踪了。其他的孩子也都不见了。到了牛门附近的大橡树下，她才又见到了安东和索菲。安东瞪着惊恐的大眼睛看着她，不时地叫着他看见鬼了，直到索菲给了他一记耳光后，他才安静下来。现在他已经死了，克拉拉知道他为什么死。她虽然只有十岁，但是她能分辨出个所以然来。克拉拉非常害怕。

就在这时，她听到楼下的房门咯吱一声开了。应该是养父母回来了。一开始她想喊他们，但她还是屏住了呼吸。如果施雷佛阁家的人回来，声音总是很大，房门会重重地关上，还有姐妹们的笑声、嗵嗵的上楼声。即便是奶妈从市场回来，也会传来叮叮咚咚的钥匙串响和菜篮子放在地上的声音。但是这次却是死一般的安静，就好像是有人特意轻轻地把门打开，只是那咯吱一声才让人有所察觉。克拉拉听到楼梯上吱吱响。她凭着本能离开了窗户，走回床边，并爬到了床下面。床下的灰尘钻进了她的鼻子，她强忍着才没有打出喷嚏。她从躲藏的地方看到她房间的门被慢慢地推开了。两只沾满烂泥的皮靴站在门槛上。克拉拉屏住了呼吸。很明显这不是她养父的皮靴，因为养父非常重视仪表。她不知道这是谁的皮靴，但是她认识靴子上的烂泥。克拉拉的鞋三天前看上去也是这个样子。这是她逃跑途中的那片沼泽地的烂泥。

那些男人又回来了，至少其中的一个回来了。

灰尘钻进了她的鼻子，她的右手开始发痒。一只蜘蛛正爬到她的手指上，然后又消失在床底下的黑暗中。她忍着没有喊出声，继续观察着那双仍然站在门口的皮靴。她听到一个男人轻微的呼吸声，然后皮靴走开了。走廊里传来上楼梯的脚步声。克拉拉仔细地听着动静。脚步声与正常人的不同，一拖一拉，很有节奏地交替着。她想起她逃跑的那个晚上，追她的人中有一个跑起来总是奇怪地跳着。他……是个瘸子！克拉拉敢肯定，楼梯上的人就是这个瘸子。也许他现在也不是那么快？

克拉拉等了一会儿，然后从床底下爬出来，踮着脚跑到开着的门口。她朝上面看了看，但是楼梯上看不到什么人。陌生人肯定是进到上面的房间里了。她轻手轻脚地下了楼。

当到了下面的客厅时，她才发现自己把木娃娃忘在上面了。她紧紧地咬着嘴唇。面前的房门向外敞开，她能听到河边的嘈杂声。好像已有第一批市民在往城里走。

克拉拉闭上眼睛，几秒钟后睁开了，接着又赶紧上了楼，走进自己的房间。木娃娃还躺在床上，她立即拿起它。正在她准备下楼时，她听到楼上传来脚步声，急急的脚步声。

陌生人听见她了。

脚步越来越快，陌生人一步跨过几级台阶，跑了下来。克拉拉紧紧地抱着木娃娃，马上跑出房间，在门口，她快速地向上面看了一眼。一个黑影向她扑来。一个长满胡子、穿着披风的男人伸着右手要抓她。这是那个魔鬼，他有一只白色的骨头手。

克拉拉把她房间的门关上，并插上了门闩。外面的人用东西撞门，她还听到他低声地骂着什么。陌生人的力气很大，门框被撞得直颤。一下，两下……克拉拉跑到仍然开着的窗户前。她想喊人求救，但是由于恐惧，她的喉咙像被堵上了一样，除了嘶哑的喘气声，发不出任何响声。楼下的街上仍然看不到一个人影。她只看见远处有人群穿过莱希门，正慢慢地向城里走来。她想向人们招手，但是马上想到，这根本无济于事。很有可能人们只会友好地向她挥挥手而已。

她身后的门板开始崩裂了。克拉拉转过身，看见一把战刀的刀尖正在一点一点地削大门上的洞。她又看了看窗前的街道。她的房间位于一层，离地面约有十英尺高。紧挨着房门停放着一辆装满了干草的手推车。

克拉拉毫不犹豫地把木娃娃放在睡衣里，紧紧地贴在胸前。她先爬到窗台上，然后慢慢地往下滑，直到她能用双手吊在窗台上。她身后的响声越来越大，一只门闩已被推到了一边。克拉拉啊的一声松开了手，直接掉进了干草车里。她的右肩撞在车栏上，引起一阵钻心的疼痛。她顾不得这些，马上爬过栏杆，跳到了地上。她的头发和睡衣上都沾满了干草，她拼命地沿着街道跑。当她再次回头看时，魔鬼正好站在上面的窗户旁。他挥舞着那只骨头手，好像向她喊着什么。

再见，我们不久就会再见……

克拉拉听到正发烧的头颅里的各种声音。眼前的一切东西都模糊不清，她的腿机械地跑着。她踉跄地跑在无人的街道上，胸腔里发出一阵阵嘶嘶声。魔鬼就在身后紧追不舍，但是没有人来救她。

当西蒙和玛格达莱娜终于赶到木筏埠头时，大多数的雄高人已经回城里去了。有一队人正忙着用水浇还在燃烧的火堆，把冒着烟的房梁堆放在一起。除此之外，就只剩下几个看热闹的人。危险已经不存在了，火不会蔓延到哨所和埠头的木墩。

西蒙向几个男人打听发生了什么事，最后看到了坐在后面木桩上的刽子手。他正吸着烟斗，若有所思地看着大棚房的废墟。当西蒙和玛格达莱娜走到他跟前时，他才抬起头。

“怎么样？你们今天玩得很开心吧？”

西蒙感到自己的脸猛地红起来。玛格达莱娜谨慎地把目光转向别处。

“我……我们……我帮玛格达莱娜采熊葱去了，然后我们看到了烟。”

西蒙结结巴巴地解释着。他摇着头，看着大棚房的废墟说：“太可怕了。这烧掉了城市的一大笔财产！”

刽子手耸耸肩。

“如果是我们城里人干的……撑筏工们说，是奥格斯堡人放火烧大棚房，事前他们先把自己的东西都拿了出来。”

西蒙仔细地看了一下。在远离火堆的地方确实堆放着许多箱子、一捆一捆的货物和麻袋。几个脸色阴沉的奥格斯堡运输工站在旁边看守。

“你看呢？”他问刽子手，“你怎么认为？”

雅各布·奎瑟又深深地吸了一口烟，然后说：“不管怎么说，在我们的人和他们打架时，他们把自己的东西都搬到了安全的地方。”他站起来伸伸腿。

最后他又喃喃自语：“有一点是肯定的：有人故意放火。我自己点过几次火刑堆。想让火着起来可不是那么容易的，只靠扔掉的火把是不够的。”

“是故意纵火？”西蒙问道。

“就像在教堂里说阿门一样明白无误。”

“为什么？”

“我也不知道。但是我们能查出原因。”

刽子手起身向桥上走去，一边走一边摇着头说：“这场火烧得也有好处。”

西蒙追着他问：“什么好处？”

“如果他们审问与这件事有关的雄高人和奥格斯堡人的话，我们也许会为史泰茜琳赢得点儿时间。总之对今天来说是一件好事。”

雅各布·奎瑟迈着沉重的脚步上了木桥，突然他又转过身。

“啊，我差点儿忘了。你要去一下年轻的施雷佛阁那里。他让我转告你，他的克拉拉又病了。现在你把玛格达莱娜送回家，听明白了吗？”

西蒙转身看刽子手的女儿，她正在朝着自己微笑。

“我父亲喜欢你。”

西蒙皱皱眉头问：“你真的这样看吗？”

“当然了。要不然他早把你的命根子割下来，把你扔到莱希河里了。你连眨眼的工夫都没有。”

西蒙咧嘴笑了一笑。然后他想象着与刽子手为敌的情景。他希望玛格达莱娜是对的。

雅各布·奎瑟走在去地牢的路上。此时天色已经变黑。只有一个差役站在监狱的门前。他受命守在这里，其他人都跑到木筏埠头去了。有几个人带着乔治·里格和桥头哨兵回来过，二话没说把他们两人关进地牢里，然后又赶往埠头了。

年轻人看上去有些不安。他好像是城里唯一一个不知道发生了什么事的人。而且这个时候刽子手又一个人回来了。其他人都哪儿去了？记录官呢？证人呢？

“今天就这样吧，”刽子手一边瓮声瓮气地说，一边把差役推到旁边，“今天的事干完了。我要把刑具整理一下。你把史泰茜琳又关起来了吗？”

差役点点头。他刚满十八岁，满脸都是麻子坑。最后他实在忍不住了，好奇地问：“下面出了什么事？”

“大棚房着火了，”奎瑟回答，“你想去看吗？”

差役不安地望望身后的地牢。刽子手拍拍他的肩。

“女巫婆不会跑的，我看着她。快去吧。”

年轻人感激地点着头，然后把钥匙交给了奎瑟。几秒钟后他就消失在不远的房子拐角处了。

雅各布·奎瑟走进地牢。他马上感到周围石头墙的冰冷。空气中散发出一股尿和湿草混合的霉味。在左边的牢房里坐着乔治·里格和桥头哨兵。为了不要太刺激有权有势的邻邦，奥格斯堡的运输工被关在了巴林大厦里一间比较舒适的小房间。

两个雄高人看上去暂时听天由命，坐在角落里打着盹。运输工看到刽子手时马上跳了起来，摇晃着狱门的铁栏喊叫。

“奎瑟，你看看！他们把我们和女巫婆关在一起了。你快想想办法，别让她给我们施了魔法。”

“闭上你的狗嘴！”

刽子手连看都不看他一眼，径直走到旁边的牢房。

差役又把史泰茜琳关了起来，而且很仁慈地把衣服还给了她。她蜷缩在墙角，用双手盖着剃光了的头。奎瑟走进铁栏时，一只老鼠嗖地从他的两脚间窜了过去。

“玛尔塔，这事很重要，”他对她说，“你抬起头。”

接生婆眨了眨眼睛，望着他。

“告诉我那些孩子的名字。”他小声地对她说。

“哪些孩子的名字？”

刽子手用一根手指竖在嘴前，指一指旁边的牢房，然后又轻声地说：“谋杀案头天晚上去你那里的孩子的姓名。每个孩子的名字都要告诉我。如果我们想救你出去，我必须知道到底发生了什么事。”

玛尔塔·史泰茜琳告诉了他每个孩子的名字。一共五个孩子。除了彼得·格里默尔外，其他的都是孤儿。其中两个孩子已经死了。

雅各布·奎瑟心不在焉地敲打着门栏杆。这些孩子肯定知道什么秘密。他麻木地一脚把一只老鼠踢到墙角，老鼠吱吱地叫了一声，便咽了气儿。

“明天见，玛尔塔，”他大声地说，“明天可能会让你疼些。但是你一定要坚强地挺着。”

“哈，女巫要喊叫了！就在我们眼皮底下，就在我们跟前！”

乔治·里格的声音又从隔壁传了过来。运输工一边摇晃着门栏杆，一边用脚踢正在打盹的哨兵，哨兵一下子跳了起来，惊恐地看着他。

“不要闹，里格，”哨兵低声地说，“你应该高兴才是，我们不用自己折磨自己。”

刽子手走出地牢，进入了夜色。但是在一个拐角处，他像被钉住了一样，站着不动了。

从市场方向拥过来一群举着火把的人。

当西蒙·福荣威泽赶到施雷佛阁的家时，马上觉得有什么不对。门前站着十几个人，有几个人还因为天黑点着灯笼。一闪一闪的火光把巨大的身影投到了墙壁上，把人们好奇的脸融入柔和的红色光线中。大家都在嘀嘀咕咕地说着什么，还有人不时地指着二楼的窗户。西蒙听到有人说：“他是从窗户飞出去把她带走的。确确实实是个魔鬼，就像我现在站在这里一样真实！”还有人咒骂着史泰茜琳，想今天晚上就看到她被烧死。

西蒙头上一扇窗户的遮窗板大敞着，右边的遮窗板斜挂在窗户的合叶上，好像是被一个很重的人紧紧抓过一样。满地都是摔碎了的厚玻璃片。楼上的房间里一个女人在哭泣，接着又传出了一声尖叫，西蒙生怕其他的窗玻璃也要被震裂。

西蒙穿过人群，径直走上铺着厚地毯的楼梯，来到了楼上。哭喊声来自左边的房间。一个女佣和一个男仆脸色惨白地站在门前。女佣低声祈祷着，同时不停地用手拨着念珠。西蒙打量着破损的门。门中间的薄木板被挖了出来，地毯上满是碎木条。透过肩头高的窟窿，西蒙看到玛丽亚·施雷佛阁趴在床上，手抓着羽绒被，把头埋在了枕头里面。雅各布·施雷佛阁挨着她坐在床边，一边低声安慰着太太，一边用手理着她的头发。屋里的两把椅子都被摔倒了，地上还有一张圣母马利亚的画像，画框被摔得粉碎。在马利亚慈祥微笑的脸上印着一只皮靴印。

雅各布·施雷佛阁看到站在门口的医生时，向他点头示意，请他进屋。“如果您是来给我们的克拉拉看病的话，您已经来晚了。”施雷佛阁小声对西蒙说。西蒙看到他也哭过。这位年轻议员的脸看上去比平时还要白。在满含泪水的眼睛下，那只隆起的大鼻子显得更加突出，平时梳理得整整齐齐的金发也蓬乱地搭在前额上。

“发生了什么事？”西蒙问。

玛丽亚·施雷佛阁又开始哭喊起来：“魔鬼把她抓走了！他飞到屋子里把我们的小克拉拉抓走了……”还没说完，玛丽亚·施雷佛阁又泣不成声了。

雅各布·施雷佛阁在旁边摇着头。

“我们不知道到底发生了什么，肯定是什么人把她……劫走了。虽然下面的门是锁上的，可是有人把它打开了。而且他还到了楼上，把门踹开，劫走了克拉拉，很显然他们是一起从窗户跳下去的。”

“从窗户？”西蒙皱皱眉问道，然后他走到窗户前往下看。在下面正好停放着一辆干草车。

西蒙点点头。胆子大的是可以从这儿跳下去，不会摔成骨折。

“街上的人说，是一个男人或者怪物和小克拉拉一起飞走了，”西蒙一边看着下面嗡嗡响的人群，一边说，“有证人吗？”

“安东·施特歇尔说，是他亲眼看见的。”施雷佛阁回答，同时用手安抚着仍然哭泣的太太。他一边摇着头，一边说：“我一直以为小孩的事和谋杀案各有其自然的原因，可是现在……”施雷佛阁的声音颤抖了一下。他转过头看着西蒙问：“您信吗？”

西蒙耸耸肩回答说：“没有亲眼看到的我都不信。我这里看见的是门被撬开了，孩子不见了。”

“但是下面的门是锁上的。”

“有经验的人用一把万能钥匙，太容易了。”

施雷佛阁点点头说：“我明白了。那么是安东·施特歇尔在说谎了。”

“这也不见得。”西蒙回答道。他指着窗户下面的干草车说：“我想事情是这样的。一个男人用一把万能钥匙打开了下面的房门。克拉拉听见了他的动静，然后把自己房间的门锁上了。这个人把门撬开了，肯定还和克拉拉搏斗了一阵。最后他和克拉拉一起从窗户跳了下去，直接跳到干草车上。然后他带着克拉拉跑掉了。”

施雷佛阁皱着眉头问：“他为什么要和孩子跳窗户呢？他完全可以再从门出去啊？”

西蒙一时找不到答案。他反问道：“克拉拉是个孤儿，对吗？”

施雷佛阁点点头说：“她父母五年前死了。市政府把她派给我们做养女。但是我们对她同对待自己的孩子一样啊，尤其是我太太对她更加偏爱……”

说着他的眼泪便涌了上来，他赶紧抹去泪水。他的太太仍然在呜咽，她已经背朝男人，自顾自地趴在枕头里哭着。窗外的人越来越多，喧哗声越来越大。西蒙向外看了一眼。新来的人都带了火把，好像在下面商量着什么。

西蒙沉思了一会儿。安东·克拉茨也是孤儿，彼得·格里默尔是个没妈的孩子。两人都在谋杀案的头天晚上去过史泰茜琳那儿……

“您的克拉拉经常去接生婆玛尔塔·史泰茜琳那儿吗？”他朝着施雷佛阁问。雅各布·施雷佛阁耸耸肩。

“我不知道她都到哪里去玩。有可能吧……”

“她是经常去接生婆那儿。”他太太打断他的话。玛丽亚·施雷佛阁的声音听上去很坚定。“她自己跟我讲的，他们在她那儿见面。我没有想得太多……”

“两天前的早上，”西蒙追问道，“小格里默尔死的那天，你们发现克拉拉有什么不对劲吗？”

雅各布•施雷佛阁想了一会儿，然后点头说：“她看上去脸色惨白，不想吃早饭。我们想这可能是发烧的前兆，一天后她就病了。她听说了小彼得的事，就上楼到自己的房间去了，一直待到吃晚饭才出来。我们想，先让她自己待一会儿，彼得毕竟是她的伙伴。”

“她也有过那个标记。”

“什么？”西蒙猛地打个激灵。

玛丽亚•施雷佛阁抬起头，目光发直。然后她又重复一下刚才的话：“她也有过那个标记。”

雅各布•施雷佛阁不敢相信地看着他太太问：“你说什么？”

玛丽亚•施雷佛阁继续看着面前的墙壁说：“我在那天晚上给她在桶里洗了澡。我想一个热水草药澡肯定能帮助退烧。她虽然反抗，但是最后我还是把她的衣服脱了下来。一开始她想方设法把肩膀藏在水里，可我看见了。和大家现在讲的是一样的标记。虽然被洗掉了一些，但是仍能辨认出来。”

西蒙一下子惊得目瞪口呆，过了好一会儿他才悄声问：“一个圆圈下面画了个十字？”

玛丽亚•施雷佛阁点点头。

屋里的人沉默了很长时间，能听到的只有外面人群愤怒的喊叫。最后雅各布•施雷佛阁跳了起来。他的脸红得像煮熟了的螃蟹一样。

“你为什么一字都不提？真该死！”他冲着自己的太太喊。

他太太又开始哭了起来。“我……我……不想把这个当真。我想，如果我不想它，它就会消失……”

“你这头笨牛！我们本来也许还能救她！我们还能问她，这个标记是什么意思。现在已经晚了！”

雅各布•施雷佛阁急匆匆地走出房间，重重摔上门，进了隔壁的房间。

西蒙跟在他后面。当他站在楼梯上的时候，听到下面有人大喊："出发！我们去抓她！"

西蒙马上改变计划。他急忙跑下楼梯，赶到外面；眼前是一群手里举着火把、拿着镰刀和矛枪的暴民，他们正迈步走向硬币胡同。几个差役也混在里面。法院记录官和其他议员却一个都不见。

"你们要干什么？"西蒙跟在人群后大声喊道。

一个带头的人转过身。他是那个告诉西蒙小格里默尔出事的制革匠加布里尔。"我们去抓女巫婆，免得她再把别的孩子抓走。"他回答说。他的脸在火把的照耀下显得奇形怪状，白色的牙齿在黑暗中泛着白光。

"但是史泰茜琳被关起来了，"西蒙试着安慰人群，"而且抓克拉拉走的是个男人。"

"那是个魔鬼！"又有一个人大喊道。西蒙认出他是安东•施特歇尔，自称亲眼看见克拉拉被人抓走的就是他。

"他有一只白骨头手，而且他能飞！是史泰茜琳给他施了魔法！"他一边喊着一边追赶前面的人群。

"这都是胡扯！"西蒙在黑暗中喊，但是没有人听他的话。突然，他听到身后传来了嗵嗵的脚步声。雅各布•施雷佛阁从楼梯上跑了下来，右手拿着一只灯笼，左手拿着剑。他看上去又恢复了原有的镇静。

"我们必须追上他们，要不然会血流成河。"他说，"这些人都失去了理智。"西蒙追上他的时候，他已经到了硬币胡同。

路上他问年轻的议员："您现在也不相信和巫术有关了？"

"我现在什么都不信了，"在他们拐入葡萄酒街的时候，施雷佛阁气喘吁吁地回答说，"既不相信魔鬼，也不相信仁慈的上帝。现在我们得快走，一定要在他们把监狱门砸开之前赶到！"

法院记录官想痛痛快快地洗个热水澡。他已经吩咐仆人生火，把热水炉烧开。此时房间里的大木桶已经装了一半的热水，毛巾也准备好了。莱希纳脱掉上衣和裤子，把它们整整齐齐地叠好，放在椅子上，慢慢地下到木桶里。从桶里顿时散发出百里香和薰衣草的香味。房间的地上已经铺好了干树枝和灯芯草。记录官此时非常需要这个热水澡，他要静下心来思考发生的一切。

一件件事情接踵而来。到现在已经有两个小孩死了，一座大棚房烧毁了。莱希纳还不能肯定这两件事情是否有关联。也有可能是奥格斯堡人烧了大棚房。雄高的运输垄断地位早成了他们的眼中钉、肉中刺。他们以前是否也干过这样的事呢？记录官决定要翻翻以前的档案看一下。他觉得，认为是奥格斯堡的运输工杀了雄高的小孩，未免有点太牵强附会了。但是另一方面……一座被烧毁的大棚房；骇人听闻的谋杀案；由于教会自作主张，不久就要盖好的遭人咒骂的麻风院——目前人们肯定有很多理由绕过雄高，走别的商路。这样看来奥格斯堡人最能从雄高的恐怖事件中受益。在当记录官的多年经验中，莱希纳学到了很多东西，其中最重要的是：如果你想知道某件事的主谋是谁时，首先要问问，谁会从中受益。

谁是受益人？……

莱希纳把头泡在热水里，舒舒服服地享受着周围的温暖和安静。终于可以安静地待上一会儿，没有拍马屁的，没有唠叨个不停、只为自己利益着想的议员，没有阴谋诡计。一分钟后，他憋不住气了，不得已又把头伸了出来。

不管火灾和谋杀案是否有关联，有一个办法保准能使城里恢复和平：史泰茜琳必须认罪。在熊熊的火焰中，一切问题都会随着灰烬而消失。虽然在收到慕尼黑的许可之前，这样做是违法的，但是明天他仍要继续拷问。

也许对雄高的爱打架斗殴的里格和那个恬不知耻的奥格斯堡人的审讯会不了了之。一个富格尔家族的运输工！好像这样在他莱希纳的面前能显多大威风似的！就为他那种傲慢劲，也要把他在巴林大厦多关押几天。

有人敲门，一个仆人走了进来，又送来了一桶热气腾腾的洗澡水。莱希纳满意地向他点点头，一股热水浇到了记录官的背上。仆人走了以后，莱希纳拿起一把板刷。又有人敲门。他不耐烦地把刷子放下。

“什么事？”他冲着门口喊。

仆人惊恐地回答说：“大人，对不起……”

“什么事，快说！”

“又出事了。据说是……魔鬼带着小克拉拉·施雷佛阁飞走了，现在全城的人都去了监狱，要烧死史泰茜琳。他们拿着刀枪，举着火把……”

记录官破口大骂，把刷子扔进了水桶里，然后抓起干毛巾。有一瞬间他想顺其自然。史泰茜琳早死一天，早安宁一天。但是他突然想起来，自己代表着雄高的法律。

他急忙穿好衣服。史泰茜琳是要被烧死，但是要由他来下命令烧才是。

剑子手看到人群，马上知道他们要去哪里。他转过身紧跑了几步，然后双腿叉开，站在了监狱的门前。这座结实的塔楼只有这么一个入口。谁想去史泰茜琳那儿，必须先通过他才行。他眯着眼睛站在那里，两只胳膊交叉地抱在胸前，等着那群人的到来；此时已有二十多人了。在火把的照映下，奎瑟认出了一些经常打架斗殴的人，面包师米夏埃尔·贝希托尔德走在最前面，其中也有几个议员大人们的儿子。他认出了塞莫尔市长的小儿子。许多人拿着长枪和镰刀。他们看见剑子手时，都站住了脚。人们开始嘀嘀咕咕议论起来。然后贝希托尔德面带挑衅，笑着向他喊：

“我们是来抓女巫婆的！奎瑟，把钥匙交出来，否则要发生不幸。”

人群中传出赞同的喊声，从暗中飞来了一块石头，打在他的胸脯上。剑子手没移动半步，反而用鄙夷的、冷峻的目光打量着贝希托尔德说：“说话的是今天早上那位让人尴尬的审讯证人呢，还是今晚就要被我在附近树上吊死的闹事头子？”

面包师脸上挑衅的笑容消失了。停了片刻，他又振作起来。

“奎瑟，你还没听说发生的事吗？”他对刽子手说，“史泰茜琳把魔鬼叫来了，他带着施雷佛阁的小女儿一起飞走了。”

他看了一下周围的人，继续说：“如果我们不快点行动，魔鬼还会和女巫婆一块飞走的。也许她现在已经跑掉了。”

人群又沸腾起来，拥向刽子手用自己的宽肩守卫着的监狱大铁门。

“我只知道，现在法律规定仍然有效，”雅各布·奎瑟不动声色地说，“不是几个手拿镰刀棍棒的愚蠢农民在城里乱窜，吓唬守法的公民。”

“奎瑟，你要小心点，”施特歇尔现在也插话说，“我们的人很多，你连根木棍都没有。你还没眨眼睛呢，就被我们打死了，到时候把你和女巫婆一起烧了！”

刽子手一边笑，一边举起胳膊说：“这就是我的木棍。有人想尝尝它的厉害吗？没有人？”

人们都沉默了。雅各布·奎瑟是有名的大力士。无论是谁，只要见过他把小偷举起来、吊在绞刑架上，或者见过他挥舞一人高的断头剑的话，都不想和他这个人较量。他十五年前才接替了他父亲的职位。据说在这之前他去参加大战了。在战争中，他杀死的人多得连雄高的老墓地都埋不下。人群往后退了一米远，然后变得鸦雀无声。刽子手像一棵松树一样站在那儿，一动不动。

安东·施特歇尔突然又闯到前面，手里拿着一只连枷在奎瑟面前晃来晃去，嘴上喊：“打倒女巫婆！”

刽子手稍微侧了一下肩，躲过了连枷，然后猛地抓住了连枷的把儿，一下子把施特歇尔拽到自己跟前，举起拳头，一拳打在对方的鼻子上，然后又像扔一条湿麻袋一样，把他扔回了人群。人们都躲到了一边，施特歇尔重重地摔在地上，一股鲜血在石砖上流开。施特歇尔呻吟着爬到了人群边上。

“还有人要试试吗？”奎瑟问道。

大家都不安地互相看着。事情发生得那么快，人们唧唧喳喳地议论着。在后面已经有人吹灭了灯笼，开始往家跑了。

突然，远处传来了很有节奏的响声。雅各布·奎瑟竖起耳朵听了一听，是从公爵府那边传来的跑步声。最后，记录官和第一市长出现在人们面前，后面跟着一队士兵。

与此同时，西蒙和施雷佛阁也从市场广场那边跑来了。年轻的议员见到法院记录官时，马上把剑放回剑鞘，气喘吁吁地说：“感谢上帝，还不是太晚。虽然莱希纳很多方面让人不是那么满意，但是他能控制住他的城市。”

西蒙注意到，士兵们举着长枪，一步步地逼近人群。几秒钟后带头闹事的人都放下了武器，恐惧地四下望着。

“没事了！”莱希纳喊着，“都回家去！谁现在走，谁就没事了。”

人们一个接一个地消失在大街小巷中。塞莫尔的小儿子跑到了父亲面前，他父亲弹了他一下脑门，便把他打发回家了。西蒙看着直摇头。这个小儿子差一点杀了人，而市长却让他回家吃饭……史泰茜琳的生命连一个铜板都不值。

直到现在，塞莫尔市长才看到仍然守在监狱门前的刽子手。“您做得很好！”他朝着奎瑟说。“我们的城市毕竟是由市议会来统治，而不是由街道。”他把头转向记录官继续说，“但是这些人也可以理解。两个男孩死了，一个女孩被劫走……大多数人都有家。不能再拖延了，我们必须了结此事。”

记录官点点头说：“明天，明天我们就会知道得多一些。”

魔鬼在街上一瘸一拐地跑着，不停地伸着鼻子在风中闻着，好像他能闻出自己的猎物似的。他在一个很暗的街角停了下来，静静地听着；他在每辆牛车的下面都要看一看，每个粪堆上都要捅一捅。她不会跑得太远。她就这样跑掉了，简直不可能。

吱的一声，他头上的窗户打开了。魔鬼紧紧地贴着墙站着。因为穿着黑大衣，在黑夜里人们几乎看不见他。一桶尿水哗地从他面前流到了街上，之后窗户又关上了。魔鬼用大衣把自己裹得紧紧的，又继续搜寻。

远处传来了人们的喊叫，但不是冲他喊的，是冲着被关起来的那个女人喊的。他已经听说了，人们认为他是那个女人施魔法唤来的。他不由得笑了起来，这种想象不错。那个女巫婆长得什么样？看来他不久就会看见她。现在他要保证他能得到他的钱。他在这里清理，但愿等在外面的人这时也立了功。他往地上吐了一口痰。他们这次把这种肮脏的活儿又留给了他。或许是他自己要这么做的？各种影子在他眼前闪现，血淋淋的鬼魂和画面……哭喊着的女人，本应长着乳房的地方却露着大窟窿；婴儿的肢体像被拆散的玩具一样，扔在烧毁的断墙边；掉了脑袋的神甫穿着血淋淋的大袍……他挥手把这些画面抹去，冰凉的骨头手放在前额上，让他感到很舒服。鬼魂们都散去了。魔鬼继续往前走。

在牛门，他看到上面的哨兵在打盹。哨兵靠着长枪，眼睛望着城外。随风传来轻微的鼾声。

离牛门不远有一座荒芜的花园。栅栏已经倒了，后面的房子是废墟，是上一次战争留下的遗迹。花园里的常春藤和春蓼爬上了城墙。在叶子间立着一架梯子。

魔鬼跳过栅栏，仔细地观察城墙下的地面。几天前刚好是满月，月光下他能辨认出地上的痕迹。小女孩的脚印。魔鬼弯下腰，深深地吸了一口泥土的芳香。

她把他甩掉了。

他马上像猫一样爬上了那架有点歪的梯子。墙上面有一臂宽的平台。他向左边望了一眼，那边仍然传来哨兵的鼾声。他转身向右，沿着平台跑起来，一个个垛口有规律地间隔着出现。跑了一百米后他突然停了下来，又往回走了几步。他没有搞错。

在一个垛口边上，有几块石头被搬开了，所以出现了一个比垛口大三倍的洞。洞大得足以钻进一个小孩。

墙的另一边是橡树的树枝。有几根树枝才被人折断。魔鬼把头伸进洞里，嗅着四月的冷空气。

他将去找她，而且会找到她。也许到时候那些画面就会消失了。

第七章

星期五

1659年4月27日

早上五点

这天早上很冷，城外的草地上结了一层薄霜。一团团浓雾从河谷升上来。从雄高市的圣母升天教堂传来叮咚叮咚的早钟声。虽然时间还早，但是在雄高远离河流的一边，呈菱形图案的棕色田野里已有农民在干活了。土壤还没全解冻，他们弯腰拉着犁和耙在耕地。他们每喘一口气，嘴边都会冒出一小团白雾。几个农民在车上套了牛，一边吆喝一边赶牛。赶早的商贩们已经拉着车向牛门和莱希门走来，车上的笼子里装着嘎嘎叫的鹅和鸭子，还有哼哼叫的小猪崽。疲劳的运输工们用绳套把木筏上的十几只大木桶系在桥下。现在是早上五点，城门又开了，整个城市醒过来，开始了一天的生活。

雅各布·奎瑟站在他位于城外的房子前，观看着早上的热闹景象。他的身体轻微地摇晃着，喉咙像着火了一样，干得难受。他又举起了缸子，放到发干的嘴边，只是想再次证明一下，缸子里已经没有东西了。他低声骂了一句，然后把缸子扔到了粪堆上，吓得周围的母鸡咯咯直叫，一下子全飞走了。刽子手迈着沉重的脚步走到了下面三十米远的小河塘。他在芦苇丛中脱掉了衣服和裤子，冻得浑身直发抖。他深深地吸了几口气，然后毫不犹豫地从木桥上跳到河塘里。

刺骨的寒冷像针一样扎在身上，有那么片刻，他似乎失去了知觉。但是这能帮他清醒地思考问题。他用力地游了几下，脑袋里麻木的感觉渐渐地消失了，而且他不再感到疲劳。他感到清醒而且精力旺盛。他知道这种感觉只是暂时的，过不了多久，铅一样沉重的疲劳感又会席卷而来，但是如果重新喝酒的话，他便能战胜它。

雅各布·奎瑟昨晚一夜都在喝酒。先喝葡萄酒和啤酒，今天凌晨开始喝烧酒。他的头不止一次地倒在桌子上，但是，每次他都重新坐直身子，又拿起缸子喝酒。安娜·玛丽亚·奎瑟虽然到乌烟瘴气的厨房看了他几次，但是她知道，她帮不了丈夫。这种过量的酗酒在家里时常发生。抱怨解决不了问题，只会使他更加愤怒，喝得更多。所以她由着他来，她知道，这只是暂时的。因为刽子手总是一个人酗酒，所以没有几个人知道他这种间歇性的狂饮症。但是安娜·玛丽亚·奎瑟能相当准确地算出来，他的狂饮症什么时候会发作。每次在行死刑或酷刑之前最严重。有时候，当他的脑海里充满噩梦时，他还会在谵妄中大喊大叫，用十个指甲嚓嚓地划桌面。

幸好雅各布·奎瑟身材高大，能承受相当大的酒量。但是这次酒精好像不想离开他的血管。他在河塘里又游了一圈，感到恐惧又回来了。他摇摇晃晃地上了木桥，快速地穿好衣服，然后朝家里走去。

在厨房里，他翻箱倒柜地寻找着可以喝的东西，但是什么都没找到，于是他快步走进旁边当作药房的房间。他在一人高的柜子左边的抽屉里找到了一个小瓶，里面的液体像毒蛇一般绿。奎瑟满意地笑了笑。他知道止咳糖浆的主要成分是酒精。配在里面的药草此时对他有益无害，特别是罂粟，它将会使他镇静下来。

刽子手仰起头，伸出舌头，然后把药液滴在上面。他要一滴一滴地品尝一下浓浓的药汁。

厨房的门吱的一声开了，他停了下来。他的妻子站在那里，半醒半睡地揉着眼睛。

“你又在喝了？你不想停下来吗？……”

“你别管我，老婆。我需要。”

说完，他又接着喝了起来，而且一口气把小瓶子喝干。然后他用手抹了一下嘴，走出药房，进了厨房。他拿起桌上的一块面包便往嘴里塞。从昨天下午到现在，他就没吃过任何东西。

“你还要去史泰茜琳那儿吗？”安娜·玛丽亚问他。她知道丈夫面临的任务有多么艰难。

刽子手一边摇摇头，一边吃着面包说：“不用马上去。今天下午。那些大人们先要商议一下怎么处理大棚房的事，现在还要审问其他人。”

“这些人也要……”

他干笑了两声说：“我不相信他们会让富格尔家族的运输工尝一下火钳的滋味。那个乔治·里格谁都认识，他有他的保护人。”

安娜·玛丽亚叹口气说：“唉，总是穷人遭殃。”

刽子手愤怒地一拳打在桌子上，震得上面的啤酒缸子和葡萄酒杯咣咣当当地直晃。“不是穷人，而是无罪的人遭殃，无罪的人！”

他妻子走到他身后，把双手放在他的肩上说：“雅各布，你不能改变这一切。听天由命吧。”

他不耐烦地推开了安娜·玛丽亚的手，然后在屋里来回地走起来。整个夜晚他都在绞尽脑汁地想怎样才能逃脱无法避免的事情。但是他连一个办法都没想出来。酒精使他的大脑变得迟钝。没办法，十二点的钟声敲响的时候，他就要对玛尔塔·史泰茜琳施酷刑。如果他不去，他就会被免职，他们全家就会被驱逐出城，他要么当到处流窜的理发师来挣钱吃饭，要么沿街乞讨。

但是……是玛尔塔·史泰茜琳把自己的孩子接生到这个世上来的，而且他坚信她的无辜。他怎能这样对待这个女人呢？

最后，他在药房的药柜前停住了。旁边存放重要书籍的柜子开着。在最顶上放着一本发黄的、有些破损的草药书，是一个名叫迪奥斯科里季斯[1]的古希腊医生写的，虽然已经很古老，但是里面的药方仍然管用。刽子手突发灵感，拿起这本书翻了起来。他经常惊叹这本书里的精确绘图和描述，上百种植物都描写得清清楚楚。每一片叶子，每一个梗都准确无误。

突然，他停止了翻书，用手顺着几行字低声地读了起来。最后，他脸上露出了惬意的笑容。他急忙跑出门外，顺便在过道里拿上了大衣、帽子和麻袋。

“你要去哪里？”他妻子在身后向他喊着，“你要带上一块面包才行！”

“现在不行！”他已经到了花园，头也不回地回答说，“没有时间了！你先生上火，我一会儿就回来了！”

“雅各布……”

与此同时，玛格达莱娜带着一对双胞胎从楼上下来了。芭芭拉和乔治不停地打着哈欠。父亲的喊叫和摔东西的声音把他们吵醒了。现在他们的肚子都饿得咕咕直叫。

“父亲想去哪里？”玛格达莱娜一边揉着睡眼，一边问。

安娜·玛丽亚·奎瑟摇着头回答说：“我不知道，真的一点都不知道。”她为两个小孩把牛奶倒进锅里，然后继续说：“他翻了一阵药草书，然后就跑了出去，像被马蜂蜇了似的。肯定和史泰茜琳的事有关。”

“和史泰茜琳有关？”

玛格达莱娜猛地清醒了。她望着父亲的背影，他正好消失在河塘边的

---

① 迪奥斯科里季斯（约公元40—90），古希腊医生、博物学家，著有《药物论》。

柳树林里。她不再多想，抓起桌上的最后一块面包，迅速地朝父亲追去。

“玛格达莱娜，你回来！”她母亲在后面喊着。

她看见女儿迈着大步走向河塘时，无可奈何地摇着头，转身进屋，照看两个小孩去了。

“和她父亲一样，”她嘟囔着说，“但愿不会带来横祸……”

西蒙被一阵敲门声吵醒了。在梦里他就听到有人敲门。现在他睁开眼睛，意识到这不是梦，而是真的。他朝窗外看了一眼，外面天刚蒙蒙亮。他揉了揉睡眼。他不习惯这么早就被叫醒，平时他至少要睡到八点钟。

“什么事？”他朝着门口问。

“是我，你父亲！快开门，我们必须谈谈！”

西蒙叹口气。如果他父亲脑子里装了什么事，就别想安宁。

“等一会儿！”他回答说。他一下子从床上坐起来，把脸上的黑头发往后面理了理，努力让自己回到现实中来。

昨晚驱散闹事者之后，他把雅各布·施雷佛阁送回了家。这位年轻的议员需要安慰，需要有人听他倾诉。一直到凌晨他都在讲克拉拉，说她是一个可爱的、细心的孩子，而且有时候要比她那些懒惰的兄弟姐妹更细心、好学。西蒙感到，似乎雅各布·施雷佛阁爱养女克拉拉胜于爱他自己的孩子。

玛丽亚·施雷佛阁吃了医生给她开的强效安眠药，并且喝了一大杯烧酒，不久便睡着了。西蒙本来还想安慰她，告诉她克拉拉不久就会找回来的，结果，剩下的烧酒都填进了西蒙和雅各布·施雷佛阁的肚子里。最后，议员还向西蒙讲了他自己的事，他为经常沉默寡言、胆小怕事的太太而烦恼，他还害怕自己不能把刚刚继承过来的父业打理好。老施雷佛阁是个有名的怪人，但是很节俭、很聪明；他能把手下的人都拢住。继承这样一个父亲的事业是件很不容易的事，对一个三十出头的人来说尤其如此。老施雷佛阁是从底层一步步干上来的。其他的陶瓷匠都嫉妒他的成就。大家都像老鹰一样用眼睛盯着他的一举一动，稍有失误，这些人就会像乌鸦一样向他袭来。

就在老头临死前（他死于高烧），雅各布•施雷佛阁和他父亲闹翻了。起因只是一件小事——一炉瓷砖被烧毁了；但是两人吵得很厉害，费迪南德•施雷佛阁一气之下更改了遗嘱。霍恩富希山坡下有一块地，雅各布早就打算在那儿再建一个窑炉，地却被老头赠给了教会。闭眼之前老头还想跟他说什么，但是话被一阵咳嗽给压了回去。是咳嗽还是笑？

雅各布•施雷佛阁到今天仍然不知道他父亲从这个世上带走了什么。

西蒙的脑袋里装的都是昨晚的事，因为喝酒过多，现在他的头开始一跳一跳地疼起来。能喝一杯咖啡该多好，而且是马上就喝一杯。问题是他父亲会不会给他这个时间。他刚刚又敲了一阵门。

"来了！"西蒙喊着，赶紧穿上裤子，系好上衣的扣子。去开门的时候他被地上的夜壶绊倒了，壶里的东西撒了一地板。他一边骂着，一边用沾湿了的大脚趾把门插关拨到一边，与此同时门也被撞开了，正好撞在他的脑门上。

"总算开了！你有什么好锁的？"他父亲问着，疾步走进西蒙的房间。他盯着写字台上的书。

"你从哪儿弄来的？"

西蒙摸着疼得厉害的脑袋，坐在床上，想把靴子穿上。他嘟囔着说："你才不想知道这个呢。"

他知道，父亲把他从刽子手那里借来的书都看成是魔鬼之书。即便桌上那本书的作者是一个耶稣会士也无济于事。伯尼法茨•福荣威泽既不知道谁是阿塔纳修斯•基歇尔，也不知道桑科托瑞斯[①]是谁，更不知道安布

① 桑科托瑞斯（1561—1636），意大利生理学家、医生。

鲁瓦兹•帕雷[1]。老头在雄高也像战地医生一样，他给病人治病时完全凭借治疗伤兵的经验。西蒙还清楚地记得，他父亲如何往枪伤上浇热油，用一瓶烧酒麻醉伤兵。伤兵的尖叫伴随着他的童年。第二天伯尼法茨•福荣威泽把僵尸拖出帐篷，撒上石灰粉便算完事了。

西蒙不再管他父亲，急忙下楼到厨房。他匆忙地拿起火炉边的一只锅，里面还有昨天剩的凉咖啡。喝下第一口后，他的魂又回到身上。西蒙不知道以前没有咖啡的时候是怎么过来的。真是神奇的汤剂，确实是一种魔鬼甘露，他心里想着。很苦，但是让人清醒。他听过往的人说，在阿尔卑斯山脉另一边的威尼斯和高贵的巴黎，已经有些客栈卖咖啡了。也许还要过上几百年，雄高才会卖咖啡。

他父亲也嗵嗵地从楼上下来。

“我们必须谈谈，”他喊道，“莱希纳昨天来了。”

“记录官？”

西蒙把瓷杯子放下来，好奇地看着他父亲。“他有什么事？”

“他听说了你见施雷佛阁的事，还有你插手与你不相关的事。他说，你最好不要管，没有用。”

“噢，噢。”西蒙继续喝着咖啡。

“莱希纳说，是史泰茜琳干的，这样就行了。”

老福荣威泽也挨着他坐在火炉边的凳子上。火炉里的灰已经凉了。西蒙闻到他父亲喘出的酸气。

“你听着，”伯尼法茨•福荣威泽说，“我要跟你说实话。你知道，我们在这个城市不是正式的公民。我们只是被允许住在这里，而且是因为上一个医生死于瘟疫，去了地狱，而那些上过大学的庸医们都想远远地待在慕尼黑或者奥格斯堡。莱希纳随时都可以把我们赶出城，他能这样做。他会这样做，除非你闭紧嘴。你和刽子手。你不要就为了那么一个女巫婆，把自

---

① 安布鲁瓦兹•帕雷（约1510—1590），法国外科医生，军事医学的先驱者。

己的生命放在刀刃上。”

他父亲把一只冰冷的、硬邦邦的手放在他的肩上。西蒙马上躲开，低声地说：“史泰茜琳不是巫婆。”

“那又怎么样，”他父亲说，“莱希纳想这么做，而且对雄高城也有好处。还有……”

伯尼法茨·福荣威泽一边微笑，一边充满父爱地拍着西蒙的肩膀。“刽子手、接生婆和我们都想靠治病吃饭，在这个地方未免也太多了。如果史泰茜琳不在了，我们的活就会多些。我们又多了一个营生——你可以帮人接生，这件事我让你一个人干。”

西蒙一下子跳了起来。杯子从桌上滚到火炉里，咖啡浇在灰烬上，发出嗤嗤的响声。

“这就是你最关心的吗？你的营生！”他大声地喊道，然后冲出了门。他父亲站起来。

“西蒙，我……”

“你们都是笨蛋吗，还是装糊涂？你们难道没看见凶手在外面干坏事？你们只想着你们的肚子，可外面有人在杀小孩！”

西蒙重重地把门摔上，然后跑到了街上。被喊声惊动的邻居们好奇地从窗户往外看。

西蒙愤怒地往上看着，大声地喊道：“管你们自己的破事吧！你们会看到的，史泰茜琳烧成灰后，事情才开始。然后再烧死一个，再烧死一个，还有一个！有一天就轮到你们自己了！”

他摇着头，踉跄地走到下面的制革区。邻居们都望着他的背影。人们说的一点都不假：自从西蒙和刽子手的女儿勾搭上后，他完全变成了另外一个人。也许她对他施了魔法，或者至少把他的脑筋转了个弯儿，其实都是一回事。也许雄高真的要烧死很多人以后才能平静下来。

邻居们关上窗户的挡板，把注意力又转向了早晨的麦片粥。

雅各布·奎瑟疾步走上房前的小路，直奔河岸，沿着上游的小路往前走，几分钟后便到了莱希桥边。大棚房那儿仍然烟雾腾腾，偶尔还会闪出火星。桥上的哨兵塞巴斯蒂安靠着战戟坐在桥墩上。他看见刽子手时，只向后者疲劳地点一下头，表示问候。这个长得矮小敦实的哨兵在冷天总是在怀里揣个大缸子。尤其是今天早上，塞巴斯蒂安特别需要喝上一杯。和他一起站岗的另一个哨兵现在被关在牢房里，所以他还要为他再站一班岗。一小时后才能换岗，而他在这里已经站了一夜了。他敢发誓，昨天夜里魔鬼与他几乎是擦肩而过。一个黑色的阴影，弓着腰，有点瘸。

“而且他还向我这边招手了呢，我看得很清楚，”塞巴斯蒂安低声告诉刽子手，并不断地吻着用一条皮绳挂在脖子上的十字架，“圣母马利亚，对我们发发慈悲吧！我告诉你，自从史泰茜琳在这儿兴妖作怪后，地狱里的魔鬼也出来了。”

雅各布·奎瑟仔细地听着，然后向他告别，过了桥，直奔派廷方向。

一条泥泞的乡间小路弯弯曲曲地穿进森林。他要经常绕开路上的水坑和洼地，过了一个冬天，这些洼地显得特别深。走了半英里后，他碰上了一辆陷进泥坑里的牛车。车主是一个派廷的农民，无论他怎么使劲推，陷在泥坑里的车轱辘就是一动不动。还没等人开口求助，奎瑟就停了下来，用自己强壮的身体顶住车，用力向前推。车晃动了一下，车轱辘从泥坑里滚了出来。

农民不但没有说一句感谢的话，反而低声祈祷了一番，尽量避开刽子手的目光。他急忙赶到车前，坐了上去，然后一挥鞭，又赶着牛车上路了。奎瑟一边骂着，一边向他扔了一块石头。

“快滚蛋，笨派廷佬！要不然我把你系到你的鞭子上！”

很多人看见刽子手都绕着走，他已经习惯了，但是每次都让他感到很痛苦。他没有期待任何感谢的话，但至少给他在车后面留个座位呀。没办法，他要继续走在泥泞的小路上，两边的橡树根本遮不住太阳。他时常不由自主地想到史泰茜琳，每敲一次钟，她就向酷刑和火钳走近一步。

今天下午就要开始了。也许我能再拖延一下……

当左边出现一条兽道后，他弯下腰从树枝下面钻进了林子。森林里的树木以其特殊的寂静欢迎他的到来，这种寂静会让他重新安静下来，就像上帝伸出了拯救世界的手。早晨的阳光透过树枝照进林子里，在松软的青苔上投下了光点。地上还堆着一些残雪。远处传来布谷鸟的叫声，蚊子、蜜蜂和昆虫的嗡嗡声混成一种特殊而永恒的音调。奎瑟向林子里的目标大步前行，脸不时被蜘蛛网挂住，就像戴了张面具似的。青苔吞没了他的脚步声。在林子里他感到如同在家里一样。只要有时间，他就到林子里采药草、根茎和蘑菇。人们都说，在雄高没有人能像刽子手那样，对各种植物了如指掌。

咔嚓一声，树枝断了，他停了下来。声音是从右边的小路传来的。又传来了一声响。有人在靠近他，而且这个人想悄然无声地靠近他，但是这个人看上去还不是那么伶俐。

雅各布·奎瑟向四周望了望，看到了头上的一根枞树枝，他抓住树枝爬到树上，躲在密密的树叶里。几分钟后，脚步声来到了近前，他静静地等正下方传来脚步声，然后一松手，从树上跳了下来。

玛格达莱娜在最后一秒钟才听到他的动静。她向前打了个滚儿，回过头，正好看见她父亲砰的一声掉到地上。就在他落地前的一刹那，他看清楚了树下的人，及时把身子向旁边滚了一下。现在他生气地站起来，拍打着衣服上的雪和枞叶。

“你疯了吗？”他厉声喊道，“你为什么像强盗似的跑到森林里来？你不是应该在家帮你母亲干活吗？你这个倔丫头！”

玛格达莱娜忍着没有马上说话。她知道父亲突然暴怒的坏脾气。她直视他的目光，回答说：“母亲说你是为史泰茜琳的事在这里。我想我可以帮你一下。”

雅各布•奎瑟大声地笑了起来。

“你帮我？还是帮你母亲吧，活儿够多的了。现在你赶紧给我走，不然我的手待不住了。”

玛格达莱娜把两只胳膊抱在胸前。

“我可不是那么容易让你像打发小孩似的打发走。你至少要告诉我你想干什么。不管怎么说，是玛尔塔把我接生到这个世上的。从我记事开始，我就每星期给她送一次药草和药膏。现在我能一点儿都不关心她的命运吗？”

刽子手叹了口气说：“玛格达莱娜，相信我，我是为你着想。你知道得越少，将来外面讲得也越少。你和年轻医生眉来眼去的，这已经闹得满城风雨了。”

玛格达莱娜像小女孩一样甜甜地笑着，以前她总能用这种笑从父亲那儿得块糖什么的。

“嗯，你也喜欢西蒙？”

“别扯了，”他嘟囔着说，“我喜不喜欢他又怎样呢。他是医生的儿子，你是刽子手的女儿。最好不要去招惹他。现在马上回家帮你母亲干活去。”

玛格达莱娜不想这么快就放弃。她一面想着如何说服她父亲，一面用目光在森林里搜索着。突然，她在一棵榛子树后看到了一个白色的东西。

难道是……

她快步走了过去，从地上挖出一朵星星状的小白花。她把还黏着泥土的花递给父亲。他惊奇地把小花放在自己的大手掌里。

“一棵圣诞玫瑰，”他一面把花放在鼻子底下闻着，一面说，“在这一带我好久没有看见圣诞玫瑰了。你知道，据说女巫婆能用这种植物制一种药膏，让她们在沃尔布加之夜飞起来。”

玛格达莱娜点点头说："派廷的道本拜尔格跟我讲过。她还觉得谋杀案和沃尔布加之夜有关。"

她父亲疑惑地看着她问："和沃尔布加之夜有关？"

玛格达莱娜肯定地说："她认为这不是偶然的。三天后就是女巫安息日，她们要在霍恩富希山上跳舞、狂飞……"

雅各布·奎瑟粗暴地打断她的话说："你竟然相信这些胡言乱语？回家洗衣服去，我这里不需要你帮忙。"

玛格达莱娜生气地看着他。"你自己刚才不也在说女巫和飞行药膏嘛！"她一面冲着父亲喊，一面用脚踢着一棵倒在旁边的白桦树，"有什么不对的吗？"

"我说的是有人这么讲，这完全是两回事。"奎瑟说道。他叹了口气，然后严肃地看着女儿，继续说："我相信有坏人。不管是女巫干的，还是我们普法芬温克尔人干的，对我来说都一样。不错，我相信有些药液和药膏让人们认为好像是女巫制的。有的药让人变坏，有的让人像猫一样翻滚。按我的想象，也有能让人飞的仙丹。"

玛格达莱娜点点头。"道本拜尔格知道飞行药膏的配方。"说完她开始数起来，"圣诞玫瑰，风茄，曼陀罗，天仙子，毒芹，颠茄……老太太在林子里给我看了好多药草。有一次我们还发现了类叶升麻呢。"

雅各布·奎瑟怀疑地望着女儿。

"类叶升麻？你敢肯定吗？我活到现在还没见过一枝呢。"

"我向圣母马利亚发誓，这是真的！父亲，要相信我，我认识咱们这里的每一棵草。你教了我很多，其他的都是道本拜尔格教我的！"

雅各布·奎瑟不相信地看着她，然后他开始考问她几种药草。她都知道，而且回答得让他非常满意。最后他说了一种草，问她是否知道在哪里能找到。玛格达莱娜思考了一会儿，点点头。

"带我去找，"刽子手说，"如果找到了，我再告诉你我要干什么。"

走了大约半小时的路，他们来到了要去的地方——林子里较阴暗的一块地，周围长满了芦苇。他们面前是一个干枯的池塘，里面杂草丛生。池塘的后面是一片潮湿的草地，有几处地方开着紫色的花。空气中散发着沼泽和泥炭的气味。雅各布·奎瑟闭上眼睛，深深地吸了一口森林的气息。在松枝的树脂和潮湿的沼泽味之间混杂着一种特殊的芳香。

她说得一点没错。

西蒙·福荣威泽的气慢慢地消了下来。和他父亲吵完架后，他红着脖子跑到了市场，在一个摊位上简单地吃了几个干苹果圈和一块面包。在他用力嚼着干硬的、甜甜的苹果圈时，他的气就已经散尽了。和他父亲生气本身就毫无意义。他们两人太不同了。更重要的是他现在要静下来思考问题。时间太紧迫了。西蒙皱着眉。

绅士雅各布·施雷佛阁告诉他，过几天选帝侯公使就要来雄高公布他的判决。到那时候，市议员们必须找出个罪人来，因为市议员们既没兴趣也没钱长时间供选帝侯公使和他的随从们白吃白喝。另外，法院记录官需要城市尽快恢复平静。如果在公使大人沃尔夫·迪特里希·冯·桑迪策尔到来之前，雄高市还没有平静下来的话，记录官的威望将会大大地减弱。他们还有三天，最多也就四天的时间。这也是公使和他所带的随从、士兵等一行人马从遥远的提尔郝普腾庄园来雄高所需的时间。一旦公使到了，无论是西蒙、刽子手，还是仁慈的上帝，都无法把史泰茜琳从大火里救出来。

西蒙把最后的一个苹果圈塞进嘴里后，便离开了熙熙攘攘的市场。他不时地要绕开摊位前为了肉、鸡蛋和胡萝卜而争抢的女佣和农妇们。常有女人向他投来渴望的目光。西蒙对这些毫不理会，直接拐进索菲的养父母所住的母鸡胡同。

这个红头发的小女孩让他不得安宁。他肯定，她知道更多的东西。不知为什么，他觉得她是破解这个谜团的钥匙，虽然他还不太清楚索菲在其中起的作用是什么。她的养父母住在一座小房子里，正好夹在两幢高大的木结构房屋之间。小房子很旧，应该粉刷一下了。等待西蒙的是一片失望。索菲已经两天没有回家了。她的养父母不知道她在哪里。

“这个没良心的想干什么就干什么。”麻纺工安德烈亚斯·丹格勒发牢骚说。索菲父母死后，他收养了小女孩。“她在的时候，吃得我们根毛不剩，等有活儿干的时候，她就跑到城里闲逛。我真后悔当初应了这笔生意。”

西蒙真想提醒丹格勒，他因为收养索菲，还从市政府得到了一笔丰厚的薪水呢。但是西蒙只是点着头，没有说话。

安德烈亚斯·丹格勒继续唠叨着：“如果她和女巫婆穿着一条裤子的话，我一点都不吃惊。”说完，他朝地上吐了一口痰。“她母亲——制革匠汉斯·赫尔曼的女人——也是这样。先施巫术把她男人送到坟里，然后自己也得肺结核死了。那孩子总是不听话，总想比别人高一等，不想和我们纺织工坐在一起吃饭。现在她总算得到了她的报应！”

他靠在门框上，嘴里嚼着一根木条。“要依着我的心思，她永远也别回到这里！她可能早跑掉了，害怕也会落到史泰茜琳的下场。”

在麻纺工发牢骚的时候，西蒙坐在了房子边上的一辆粪车上，深深地吸了口气。他感到自己马上就要爆炸了。他真想在唠唠叨叨的丹格勒的脸上狠狠地打一拳。最后他打断他的话问：“最近一段时间，你发现索菲有什么变化吗？有什么不同寻常的吗？”

安德烈亚斯·丹格勒把西蒙从上到下打量了一番。西蒙知道，在麻纺工的眼里他像一个花花公子。高筒皮靴、绿色的丝绒外套和理得时髦的短尖髯——这副打扮在普通的工匠眼里，就像奥格斯堡城里女人气十足的公民。他父亲说得有道理，他不是这儿的人，而且他也没必要非要像这儿的人那样去做。

“这关你什么事，半吊子郎中？”丹格勒问。

“我是史泰茜琳的陪审医生，”西蒙信口开河地说道，“我想事先对她做些调查。这样我就能知道，她到底有哪些巫术。现在告诉我，索菲提起过史泰茜琳吗？”

麻纺工耸耸肩说：“她只说过她将来也要当接生婆。我老婆生病的时候，她马上就拿来了对症的药。可能是史泰茜琳给她的。”

“还有呢？”

安德烈亚斯·丹格勒犹豫一下，好像又想起了什么。他马上挂上笑脸说：“有一次我看到她在院子里的沙子上画图案。见到我后，她马上又把图案抹掉了。”

西蒙竖起了耳朵。

“什么图案？”

麻纺工想了一会儿，然后从嘴里拿出木条，弯下身子，在地上画了起来。

“大概是这样吧。”他最后说。

西蒙努力地想在模糊不清的尘土里辨认出什么。看上去像一个三角形下面加了一道花边。

他好像想起了什么，但是，就在他想确定是什么的时候，又记不清了。他再次仔细地看了一下地上的图案，然后用脚把它抹掉，径直地朝下面的莱希河走去。他今天还有一个目标。

“嘿！”丹格勒在他身后喊道，“这个图案叫什么？她是个巫婆吗？”

西蒙越走越快。麻纺工的喊声不久就淹没在早上城市的喧闹中了。从远处传来了铁匠叮叮当当的打铁声，小孩子们赶着一群嘎嘎叫的鹅在路上跑。

几分钟后西蒙就到了紧挨着公爵府的侯府门。这里的房子都很豪华，全是用石头建的，而且路上很少有粪便之类的东西。体面的手工匠和撑筏工都住在侯府门这一带。谁事业有成，就搬到这一带来住，远远地离开位于河边的恶臭的制革区，或者主要住着染布工和木匠的城东屠宰区。西蒙向门前的哨兵打了个招呼，然后朝西北方向的、离雄高只有一英里远的阿尔滕施塔特走去。

现在只是四月，早上的阳光很温和，但是西蒙还是觉得很刺眼。他头疼，嗓子发干。昨天和雅各布·施雷佛阁喝得大醉，现在他仍能感到酒精的作用。在陡峭的路边有一条小溪，他弯下身，想喝点儿水。这时正好有一辆装满木桶的马车疾驰而来，西蒙灵机一动，跳到了后面，爬上了马车。他没有被赶车的人发现，很快就到了阿尔滕施塔特。

他要找的人是施特拉塞尔老板——位于村子中心的酒馆的主人。昨晚，在西蒙去施雷佛阁家之前，刽子手告诉了他五个人的名字，是那些经常去史泰茜琳那里玩的孩子的名字：格里默尔、克拉茨、施雷佛阁、丹格勒和施特拉塞尔。两个孩子死了，两个失踪了。只剩下了一个孤儿，就是阿尔滕施塔特酒馆主人的养子。

西蒙推开了酒馆低矮的木门，一股白菜、烟草、啤酒和尿混合的气味冲鼻而来。施特拉塞尔的店是村里唯一的一家酒馆。谁想找一家环境好一点的，就去雄高。来这里是为了喝酒，忘记烦恼。

西蒙坐在一只木凳上，旁边的桌子被人用刀刻得一塌糊涂。他叫了一杯啤酒。两个从早上就开始拿着大缸子喝啤酒的运输工满脸狐疑地朝他这边看着。店老板是一个结实的秃顶男人，系了一条皮围裙。他手里拿了一大杯冒着泡的啤酒，拖着脚步来到西蒙的桌前，一边嘟囔着“你要的啤酒来了”，一边把酒推给他，然后马上转身想回到吧台去。

“您坐下。”西蒙指着旁边的凳子对他说。

“现在不行，有客人，你都看到了。”店老板又转身想走，西蒙抓住他的胳膊，轻轻地拉他坐下。

“请您坐下，”西蒙又说了一遍，“我们必须谈谈，是关于您养子的事。”

施特拉塞尔老板紧张地看了一眼聊得正欢的运输工们，然后低声地说："约翰内斯？你们找到他了？"

"他不见了吗？"

弗朗兹·施特拉塞尔叹了口气，在医生旁边的凳子上坐下来。"昨天中午就不见了。他应该去马棚照料一下马的，可就没再回来。不知又跑到哪去了，这个狗东西。"

西蒙眨眨眼。酒馆的光线很弱。窗户的挡板都关着，阳光根本进不来。窗台上的木板泛着幽光。

"约翰内斯什么时候开始当您学徒的？"他问施特拉塞尔。

弗朗兹·施特拉塞尔想了想说："三年多了。他父母都是阿尔滕施塔特的人，都是好人，但是身体都不好。他母亲在月子里就死了。他父亲三个星期后也跟着进了坟墓。约翰内斯是最小的一个。我把他收养了过来。他生活得不错，上帝帮我作证！"

西蒙喝了一口啤酒。啤酒很淡而且不新鲜。

"我听说他经常去雄高，是吗？"西蒙又继续问。

施特拉塞尔点点头说："是，得空儿就往那边跑，鬼才知道他在那里干什么。"

"那么他能去哪里呢？您一点儿都想不出来吗？"

店老板耸耸肩，无可奈何地说："可能是在他的隐藏室。"

"隐藏室？"

"他还有好几次在那里过夜了呢，"施特拉塞尔说，"每次因为干坏事被我打了以后，他就跑到他的隐藏室去。我试着问过在哪里，他说，没人能找到，连魔鬼都找不到。"

西蒙心不在焉地喝着啤酒。啤酒的味道对他来说已不是那么重要了。

"还有人知道这个……隐藏室吗？"

弗朗兹·施特拉塞尔皱皱眉头说："可能吧。他也和其他孩子玩嘛。有一次他们在我这儿，把一排啤酒杯都打碎了。他们闯进了酒馆里，拿了一个大面包就走，往外跑的时候撞倒了啤酒杯，一群杂种！"

"都是些什么孩子？"

施特拉塞尔这时越说越气愤。

"都是些杂种！脑子里没装好东西，都是城里的孤儿。一群没良心的畜生。不但不感激有人收养他们，反而变得不要脸！"

西蒙深深地吸了一口气。头又疼起来了。

"我想知道，他们都长得什么样。"他低声地问。

店老板凝神想了一下，说："有一个红头发丫头，巫婆的头发……我告诉你，他们都是没用的东西。"

"您就一点都猜不出这个隐藏室在哪儿吗？"

弗朗兹·施特拉塞尔看上去有些疑惑不安。

"这个孩子干了什么？"他问西蒙，"他又干什么坏事了，所以你要急着找他？"

西蒙摇摇头。

"这个不重要。"他把一个铜板的啤酒钱给店老板放到了桌子上，然后起身离开了这座灰暗的小酒馆。

"狗杂种，该诅咒的东西！"他朝着医生的背影喊道，"如果你看见他，帮我抽他几个嘴巴！他该打！"

第八章

星期五

1659年4月27日

上午十点

记录官坐在市政厅的大会议桌旁，用手指在桌上敲着某首军队的进行曲，这首曲子一直萦绕在他的脑子里。他的目光掠过坐在眼前的那些男人的胖脸。红红的、向下耷拉着的脸，湿乎乎的眼睛，越来越少的头发……即便是剪裁得很时髦的长外套、精心浆洗过的白手绢也无法掩饰，这些人已经过了最旺盛的年龄。他们紧紧地抓着权力和钱不放，因为除此之外，他们一无所有，莱希纳心里这么想着。他们的目光孤独无助，这让他又感到有些怜悯。在他们的美丽的小城市里魔鬼闹翻了天，而他们却毫无对策。大棚房烧毁了，他们中很多人损失都很大，什么东西还把他们的孩子抓走了。女佣和长工、农民和普通的公民都期待着这些市政大人们尽快把事情弄清楚，处理好。但是他们所有的人都不知所措，连个主意都没有，所以他们都看着莱希纳，好像他一弹手指、用羽毛笔画几下就能把他们的灾祸全都赶走一样。莱希纳看不起他们，但是他从未表现出来。

不要打你屁股下的驴……

他摇了摇铃，宣布开会。

“我先感谢大家，这么快就能放下手里重要的事情，赶来参加这个临时召开的政议院会议，”他开始说道，“不过我想这个会非常有必要。”

六位议员马上点头称是。市长卡尔·塞莫尔用手绢擦着头上的汗。第二市长约翰·皮霈纳搓着手掌，嘴里嘟囔着赞同的话。屋里一片寂静。只有救济院的老院长威廉·哈登贝格动了动微薄的嘴唇，朝着房顶咒骂了几声。他在心里算计着大棚房的火给自己带来的损失有多少。桂皮、糖果、好几捆高级布料，所有的东西都烧成了灰。

“上帝在上，一定要惩罚这个人，一定要惩罚这个人！”

瞎眼的马蒂亚斯·奥古斯丁不耐烦地用拐杖敲着橡木地板说：“咒骂就能解决问题吗？让莱希纳讲话，我们要知道审讯运输工的结果怎样。”

法院记录官非常感激地看着他。除了他自己之外，至少还有一个人头脑清醒。他又接上前面的话说：“你们都知道了，昨天晚上小克拉拉·施雷佛阁被一个陌生人劫走了。她以前也和那两个死去的孩子一样，经常到史泰茜琳那里玩。有人声称在街上看见了魔鬼。”

大厅里马上传出叽叽咕咕的声音，有几个人还在胸前画着十字。约翰·莱希纳举手安抚大家说：“有些人能看到很多东西，没有的也能看见。我希望我们下午审完史泰茜琳后能多得到一些情况。”

“为什么到现在还没把那个巫婆放到拷问台上？”老奥古斯丁不满地嘟囔着，“你们一整夜都有时间。”

莱希纳点点头说：“如果按我的意见，我们现在早就有结论了。可是证人施雷佛阁请求往后推一下，他太太的状况不太好。而且，我们想先审问运输工放火的事。”

“怎么样？”救济院院长哈登贝格抬起眼睛看着莱希纳。他的眼睛闪着怒光。“是谁干的？哪个狗杂种？今天就要让他在绞绳套上跳舞！”

法院记录官耸耸肩说："我们还不知道是谁干的。桥头哨兵和乔治•里格都说火着得很快。只点一下火是不够的。而且没有人看见哪个奥格斯堡人干了这件事。他们是着了火以后才来的，来救他们的东西。"

"他们来得很快。"第三市长马蒂亚斯•霍尔茨侯伏插话说。他长得很胖，而且已经秃顶。他是靠圣诞节糕饼和糖果置的产业。"他们把自己的布一捆一捆地都搬了出来，几乎没受什么损失。他们倒是很得意。"

塞莫尔市长用手理了理稀少的头发说："有没有可能是这样：奥格斯堡的人先点了火，然后又迅速地把他们的东西搬出来？如果他们真的想建一条新商路的话，他们就会想方设法让人们不能在我们这里存放东西。现在他们的目的达到了。"

第二市长皮需纳摇着头说："我不这样看。风向稍微一变，或有一条燃烧的大梁，他们的东西也会很快烧成灰。"

"即便如此，"卡尔•塞莫尔接下话说，"几捆布和几只木桶对奥格斯堡人来说算什么？如果有商路通过奥格斯堡，到时候货物用金子都无法称。先是城外建麻风院，现在大棚房又烧毁了，他们把我们的水都挖走了！"

"至于麻风院……"法院记录官打断他的话说，"昨晚不仅大棚房被毁掉了，麻风院的工地也被人破坏得一塌糊涂。神甫告诉我，工地上的脚手架都被推翻了。有人把地基墙拆了，砂浆不见了，盖房子的木料被劈断了……干了几个星期的活儿都见鬼去了。"

塞莫尔市长肯定地点点头说："我早就说过，给麻风病人盖住宅区是件不受欢迎的事。人们害怕，如果我们直接在城门前盖麻风院，商人就不来了。还有，谁能保证这个病到了城外就不再发作了呢？瘟疫传播得很快。"

白头发的救济院院长威廉•哈登贝格马上表示赞同。"破坏工地是应该受到谴责的，但是另一方面……如果人们反抗也可以理解。没人愿意要这个麻风院，但是它仍然建了起来，这完全是出于对仁慈的错误理解！”

塞莫尔市长拿起了水晶杯，喝了一大口酒，然后说：“如果城市的利益受到损害，我们就不要再仁慈了。这是我的意见。”

瞎眼的奥古斯丁用拐杖使劲地敲着桌子。瓶子里昂贵的波特酒也随之猛烈摇晃，差点溅出来。

“都是废话！现在谁还关心麻风院！我们有更严重的问题。如果奥格斯堡那面得到风声，我们扣了他们的运输工，而且还是一个富格尔家族的……我的意见是，把运输工放了，把女巫婆放火烧了，雄高肯定会恢复它的平静！”

其他人也吵吵嚷嚷地议论起来。

法院记录官静静地听着人们的争吵，偶尔还用笔记录下来。现在他清了清嗓子，议员大人们马上满怀期望地望着他。他故意不马上回答。停了一会儿他才说：“我还不是百分之百地相信奥格斯堡人的无辜。我建议，我们今天给史泰茜琳上酷刑。如果她同时承认谋杀小孩和纵火烧大棚房的话，我们仍然可以把奥格斯堡的运输工放了。如果史泰茜琳不承认，我不怕去审讯他。”

“那富格尔那边怎么办？”塞莫尔市长问。

莱希纳笑着回答说：“富格尔在战争前是个大家族，现在连乌鸦都不在他们房顶叫了。再者，如果奥格斯堡的运输工真的在酷刑下承认与纵火案有关的话，对富格尔也不妙。”

他站起来，把刚刚写满的羊皮纸卷卷了起来，然后继续说：“这样我们也能握住奥格斯堡人的把柄了，不对吗？”

所有的议员大人都点头称是。有一个法院记录官就是好，尤其是一个像莱希纳这样的人。他让人感到，无论什么难题，他都有解决的办法。

魔鬼的那只白色的骨头手伸了过来，抓住小女孩，然后慢慢地收紧。

克拉拉感到她的呼吸越来越困难，她的舌头肿起来，卷成一个肉团，她的眼睛也突了出来，看着雾中一张模糊不清的脸。魔鬼像山羊一样浑身长满毛，头上长着两只弯曲的角，眼睛像炭火一样放着红光。现在脸又变了一个模样，是接生婆的变了形的脸，她用乞求原谅的目光看着她，伸手攥住她的脖子。她好像对她小声地说着什么，但是克拉拉听不明白话的意思。

像雪一样白，像血一样红……

脸的模样又变了。是她养父雅各布·施雷佛阁俯身看着她，咧着一张变了形的嘴，然后把全身的重量都压在她的身上，越来越沉。克拉拉感到自己的魂一点一点地从身体里飞走，她听到远处传来小孩子的声音，是小男孩的声音。她震惊地意识到这是她的伙伴彼得和安东呼救的声音。脸的模样又变了。这是索菲，疯了似的摇晃着她，不停地和她讲着什么。现在她举起手，狠狠地给了克拉拉一记耳光。

这个耳光把克拉拉又唤回到现实。

"克拉拉，醒一醒，克拉拉！"

克拉拉抖了抖身子，抬起头。她周围的世界清晰了很多。她看见索菲正弯着身子看着她；小姑娘用手抚摸着疼痛的脸颊。她周围潮湿的石头墙上画着各种灰色的图案，有十字、公式等等，让她顿时感到安全。这里很安静，也很冷。她能听到远处的大树被风吹得哗哗响。她的木娃娃也躺在她身边，虽然已经弄得很脏，而且有的地方坏了，但是她有了一种在家的感觉。克拉拉又放心地躺了下去。在这里魔鬼永远不会找到她。

"发……发生了什么事？"她小声地问。

"发生了什么事？"索菲现在又能笑了，"你做梦了，你的喊叫把我吓坏了。我正好在外面，突然听到你尖叫。我还以为他们找到了我们……"

克拉拉想站起来。当她的右脚落在地上时，一阵疼痛直钻到腰上。她又气喘吁吁地躺了下去，但是疼痛却没有减轻。索菲焦虑地朝下看。克拉拉跟着看过去，发现自己的右脚踝肿得像一个苹果。脚背上青一块紫一块的，脚上边的小腿看上去也肿了起来。她转身的时候，肩膀也疼得厉害。她在打哆嗦，高烧又开始发作了。

突然，她又想起了自己是在逃命：从窗户跳了下来，在街上拼命地奔跑，又从城墙边的大橡树跳到树丛里。她很快意识到自己跑错了方向，但是恐惧让她不停地跑，跑过了广阔的田野，跑进了森林里。树枝像手一样拍打着她的脸，有几次她还跌倒了，但是她又爬起来继续跑。最后她终于跑到了藏身之处。她像一袋面粉一样倒在地上，马上就睡着了。直到第二天早上索菲才把她喊醒。

红发女孩也像她一样，是从城里偷着跑出来的。克拉拉很高兴索菲在身边。她虽然只有十二岁，但是已近乎大人一样成熟；她们在外面的隐藏处玩的时候，索菲对她来说就像妈妈一样。总之，如果没有索菲的话，他们的小团体就不会存在，她也依然是孤独的养女，在养父母看不见的时候，承受兄弟姐妹的戏弄、殴打、扭掐和脚踢。

“现在不要出声。”

索菲从一只布袋里拿出抹了一层药膏的橡树皮和椴树叶，然后用它们把克拉拉的脚踝包起来，最后用树条扎紧。克拉拉感到脚上很凉爽，脚踝也不是那么疼了。就在克拉拉还在为她这个义姐的包扎惊叹不已的时候，索菲走到她身后。

“把这个喝了。我给你带来的。”索菲拿出了一只碗，一种灰色的液体在碗里晃荡着。

“这是什么？”

索菲咧着嘴笑了一下，说：“你别问，先喝吧。是……一种药。我在史泰茜琳那儿学来的。喝了以后，你就能安静地睡一觉。睡醒后你的脚也许会好一些。”

克拉拉怀疑地看着闻起来像荨麻和薄荷的灰色汤汁。索菲在接生婆那儿非常细心，每次玛尔塔·史泰茜琳讲女人的秘密时，她总是用自己敏锐的头脑一字不差地记下来。她还给她们讲毒药和治病的药水，而且警告她们，这两种东西的区别往往就在几滴之上。

最后克拉拉横下心来，一口气把碗里的药喝光。难喝死了，它就像热鼻涕一样流到了她的喉咙里。但是不久她就感到肚子里热了起来，而且舒服的感觉通过血管流遍全身。她靠在身后的石头墙上，突然感到一切都不是那么难了，好像所有的困难都能解决。

“你……你觉得会发生什么？他们能找到咱们吗？”她问索菲。索菲的周围突然环绕着温暖的光环。

索菲摇摇头说：“我想不会。我们离咱们的隐藏室太远了。但是他们可能会在附近寻找。不管怎样你都要待在里面。”

克拉拉的眼里充满了泪水，她哭着说：“人们把咱们当成巫婆了！他们发现了那个该死的标记，现在他们把咱们都当成巫婆了！如果回去的话，他们会把咱们烧死。如果咱们在这儿待着，那些男人会找到的！那……那个魔鬼追得很紧，他差点儿抓住我……”她说不下去了。索菲把她的头抱在怀里安慰她。

克拉拉一下子又感到疲劳无力。她的胳膊好像长出羽毛，不断地变大，最后变成翅膀，带她飞起来，飞出了苦海。飞到一个遥远的、温暖的地方……

她用尽最后的力气问：“真的是他们把彼得和安东杀死的吗？”

索菲点了一下头。她的神情看上去突然离这里很远很远。

“那约翰内斯呢？”克拉拉问。

“不知道，”索菲回答说，“等你睡着了，我去找他。”她理了理克拉拉的头发，又说：“不要想那么多，这里是安全的。”

克拉拉扇动着新长出来的翅膀，飞往天空。

“我……我不能回家，他们要把咱们烧死的。”她几乎已经睡着了，但仍然嘟囔着。

“没有人会烧死我们，”一个远方的声音在说，“有人帮我们，他会抓住魔鬼，然后一切又会和从前一样，我向你保证……”

“一个天使吗？”

“对，一个天使。一个天使带着一把长剑。一个复仇天使。”

克拉拉微微地笑了笑，小声地说了声“好”。翅膀就带着她飞走了。

上午十一点的时候，雅各布·奎瑟来到了监狱，咣咣地敲起门。从里面传来拧钥匙的声音，沉重的大门打开了。差役安德烈亚斯困惑地看着刽子手的脸。

“你，现在就来了？”他问道，“我是说，审问下午才开始……”

奎瑟点着头说：“你说得对，但是我还要准备一下。你知道……”他做了一个动作，好像他要把胳膊伸直一样。“今天要用火钳和拷问台，我要把火烧旺一点。绳子也都磨坏了。”

他把一捆新绳子伸到已被吓得脸色灰白的差役面前，然后指了指里边。

“该做的总得做。”安德烈亚斯小声地嘟囔着，让刽子手进去了。他用手按住了刽子手的肩。

“奎瑟？”

“什么？”

“你不能让她太疼，啊？手不要太重。是她把我的孩子接生到世上的。”

刽子手朝下看着这个比自己矮一头的年轻人，嘴角露出了一丝微笑。

“你说我在这里干什么？”他问道，“治病？正骨？我拆肢解体，你们不都是想要这么做吗？所以我马上就动手。”

他一下子推开了差役，迈步往监狱里面走去。

“我……我没想这么做，我没有！”安德烈亚斯在他身后大声地喊着。

乔治·里格被吵醒了，他站了起来。他因为在大棚房带头打架，仍然和桥头哨兵一起被关在左边的牢房里。

“嘿，我们现在有高官拜访！”他大喊道，“现在就开始了！喂，奎瑟，你要慢点儿，让我们也听听女巫婆的呜咽声。”

刽子手走到门前，若有所思地看了一眼桥头哨兵。突然他伸出了手，穿过铁栏，一下子抓住了里格的生殖器。他使劲地攥着，直到对方的眼珠子突了出来，艰难地喘气。

“小心点儿，里格，”雅各布·奎瑟低声地说，“我知道你肮脏的秘密。你们的事我都知道。你找我多少次了，要一包药茶，让它挺起来，或者一小瓶天使礼物，为了不让你老婆再生个小兔崽子？你把接生婆请到家里多少次了？五次？六次？现在她是一个巫婆，你们倒没事了。你们真让我恶心！”

刽子手松开手，使劲把他扔向了后面。里格顺着墙慢慢地往下滑，然后蹲在地上抽抽搭搭地哭起来。奎瑟走到旁边的房间，史泰茜琳手抓着铁栏，满脸恐慌地等着他。

“把我的大衣给我吧，我给你带来一条被子。”雅各布·奎瑟大声说道。接生婆哆哆嗦嗦地把大衣从身上脱下来，奎瑟递给她一条羊毛被。当她伸手接被子的时候，他用几乎听不见的声音对她耳语道：“到后面的暗处把被子打开，里面有一只小瓶，喝光它。”

玛尔塔·史泰茜琳不解地看着他问：“什么东西？……”

“不要问，先喝下。”他小声地对她说。差役安德烈亚斯此时又坐到了门边的板凳上，靠着他的标枪好奇地往这边看。

“大人们在敲十二点钟的时候来，”雅各布·奎瑟继续大声地说着，“你最好现在就开始祈祷吧。”

接着他又小声地说：“别害怕，这是最好的方法。相信我。但是必须把小瓶里的药马上喝下去。”

说完他转过身，走下潮湿的楼梯，到刑房做准备去了。

两个男人一人手里拿着一杯波特酒，但是其中的一个人已经无法继续喝了。疼痛让他浑身发抖，贵重的波特酒滴到了他绣着金丝线的长外套上。酒像血一样在衣服上散开。从昨天开始，他的病痛严重起来，但是他仍然能在外人面前掩饰得很好。

“你又让她们跑掉了，”他说，“我早就知道，你会把事办得更糟。你自己什么都做不成，一件事都做不成！”

另一个人心不在焉地品着酒说：“他们能抓到她们的，她们跑不远，都是些孩子。”

又一阵剧痛像波浪一样涌向那个上了年纪的人的身体。他艰难地控制住自己的声音。

“这件事已经失控了！”他费力地说。他的手紧紧地攥着水晶杯子。他现在不能放弃，不能松劲，现在不能，眼看目的就要达到了……

“这可能是我们衰败的开始，不仅是你和我，而且是整个家族，你明白吗？我们的名字将永远沾上污点！”

“这有什么，”另一个人把身子靠在椅背上说，“都是些孩子，谁信她们的话？如果女巫婆的事能往后拖，也不是坏事。小孩必须先处理掉，然后再烧死女巫婆。这样谁也不会怀疑到我们。”

说完，他站了起来，向门口走去。还有好多事情要做；这里错事一桩接一桩，就是因为缺少像他这样能及时拉住缰绳的人。他们都低估了他。

“最初交给你的任务完成得怎么样了？”上了年纪的人一边问他，一边扶着桌子站起来，“他们已经得到很多钱了！”

“你放心吧，会完成的。也许今天就干完了。”他按下门把手，转身向外走去。

“我再给你五天的时间，”上了年纪的人在后面喊道，“五天！如果事情还没干好，我就派人抓凶手！你别想见一分钱！”

话还没说完，另一人就把厚重的橡木门关上了。屋里的喊声变得含混不清了。

“五天后你就死了，”他低声地说，他知道里面上了年纪的人听不到他的话，“如果魔鬼不来接你的话，我送你去地狱。”

走过装饰华丽的阳台时，他的目光越过房顶，停留在城门前那片漆黑的、沉默无声的森林上，感到一阵恐惧。外面的那个男人反复无常。小孩子都被除掉后，还会发生什么呢？那个男人有一天会不再杀人吗？下一个是不是该轮到他本人了呢？

他们伴着十二点的钟声准时到了监狱。前面照例是四个差役，后面跟着记录官和三个证人。雅各布·施雷佛阁面色苍白，他一夜都没睡好觉，他太太总是从噩梦中惊醒，喊着克拉拉的名字。而且，他和医生喝得大醉，酒劲还没完全消失。他记不得自己跟年轻的福荣威泽都讲了些什么；他有种感觉，他自己讲了很多，听得很少。

在他前面走着米夏埃尔·贝希托尔德。面包师在腰间挂了一小把艾蒿，这个可以避邪。他嘟嘟囔囔地念着祷词，并不断地拨着手里的念珠。他走进地牢时，马上在胸前画了个十字。雅各布·施雷佛阁看着直摇头。也许面包师早就把烤煳的面包和面包房里的老鼠都归罪于玛尔塔·史泰茜琳了。如果史泰茜琳烧成灰后，他仍然烤煳面包的话，大概他还会重新找一个巫婆。施雷佛阁这么想着，不由得皱了皱鼻子。一股强烈的艾蒿味向他袭来。

紧跟在后面的是乔治·奥古斯丁。看着这个权大势大的运输世家子弟，施雷佛阁不由得想到了年轻的医生。这个年轻的绅士也穿着巴黎的最新时装。他的胡子刚刚理过，长长的黑发也梳理得整整齐齐，腿上穿着一条剪裁得非常合体的过膝紧身裤，冰蓝色的眼睛厌恶地打量着地牢。这个权大势大的运输世家子弟对这样的环境很不习惯。

两个雄高囚犯看到议员大人进到地牢时，便使劲地摇着门上的栅栏。乔治·里格看上去仍然脸色苍白，但是不再唠叨。

“大人，请听我一句话……”

“什么事？里格想招供吗？”

“请放我们出去吧。我老婆要一个人喂牲口，照顾孩子……”

莱希纳打断他的话，连看他一眼都不看，说：“在问题解决之前，他必须待在这儿。包括他的同伴和巴林大厦那里的奥格斯堡运输工。法律面前人人平等。”

“但是大人……”

约翰·莱希纳已经到了通往下面的台阶。刑房里很暖和，甚至有些太热了。在墙角立着一只三脚架，架上火盆里的木炭烧得红彤彤的。这里和上次完全不同，看上去整整齐齐。所有的刑具都备好了。屋顶上吊了一根崭新的大粗绳子，拇指夹和铁钳按大小整齐地排列在箱子上，而且因为新上了油，各个都闪闪发光。在中间的椅子上坐着衣衫褴褛、剃了光头的史泰茜琳，她的脑袋在胸前耷拉着。刽子手抱着胳膊站在她身后。

“啊，奎瑟，我看你都准备好了。好，很好。”莱希纳说着，一边搓手，一边在写字台前坐下来。证人们都坐在他的右边。“现在我们开始吧。”他把头转向对他们毫无察觉的接生婆，“你能听见我讲话吗，史泰茜琳？”

接生婆的脑袋仍然耷拉着不动。

“我想知道，你是否能听见我讲话。”

玛尔塔·史泰茜琳仍然毫无反应。莱希纳走到她跟前，用两根手指挑起她的下巴，然后给了她一记耳光。史泰茜琳这才睁开眼睛。

“玛尔塔·史泰茜琳，你知道为什么在这里吗？”

她点点头。

“好，但是我仍然要先给你解释一下。你被怀疑用可耻的手段杀死了彼得·格里默尔和安东·克拉茨。还有，你在魔鬼的协助下劫走了克拉拉·施雷佛阁，并在同一时间烧毁了大棚房。”

“还有我猪圈里的死猪是怎么回事？猪是怎么死的？”米夏埃尔·贝希托尔德从位子上站起来说，“昨天它还在泥里打滚儿呢，今天就……”

“证人贝希托尔德，”莱希纳呵斥道，“问到您的时候您才能讲话。现在的事比一头死猪重要得多。这关系到我们所有的孩子！”

“但是……”

莱希纳向贝希托尔德瞟了一眼，后者便不再言语了。

“现在，史泰茜琳，”莱希纳继续说，“你承认以上的罪行吗？”

接生婆摇摇头。她的嘴唇绷得很紧，眼泪从眼里流了出来。她在无声地哭。

莱希纳耸耸肩说：“那么我们现在不得已要对你用刑。刽子手，先上拇指夹。”

现在是施雷佛阁在椅子上坐不住了。“这些都是胡说八道！”他喊道，“小克拉茨死的时候，史泰茜琳早就被关在地牢里了。而且她根本不可能与克拉拉的失踪和大棚房的着火有关。”

“人们不是说，魔鬼亲自把您家的克拉拉劫走的吗？”坐在施雷佛阁右边的奥古斯丁问。他那双蓝眼睛打量着陶瓷匠的儿子，看上去像是在笑一样。“史泰茜琳让魔鬼帮她去做这些，难道不可能吗？”

“那她为什么不让魔鬼帮她逃出地牢？这简直毫无道理！”雅各布·施雷佛阁说。

“酷刑会让我们知道事情的真相，”法院记录官又插话说，“刽子手，上刑！”

刽子手从身后的箱子上拿起了一把拇指夹。这是一个铁夹子，可以通过前面的螺丝拧紧。他拿起接生婆的左手大拇指，并把它伸进铁夹里。雅各布·施雷佛阁对刽子手的冷漠有些惊异。昨天雅各布·奎瑟还强烈反对用刑，而且年轻的医生在喝酒的时候也跟他讲过，刽子手不赞同把史泰茜琳关起来。现在他却把拇指夹套在她的手上。

接生婆好像也是听天由命，毫无反抗地把自己的手给了刽子手。雅各布·奎瑟开始拧螺丝，一圈，两圈，三圈……她的身体仅仅抽动了一下，便再没有什么反应了。

“玛尔塔·史泰茜琳，你现在承认你的罪行吗？”记录官单调地问道。

她仍然只是摇摇头。刽子手又拧紧一圈。没有反应，只是她的嘴唇绷得更紧了，像一条淡红色的线、一扇紧关的门。

“他妈的，你拧得够紧吗？”米夏埃尔·贝希托尔德问刽子手。雅各布·奎瑟点点头。为了证明是真的，他拧开拇指夹，把受刑人的手举起来。大拇指已变成蓝色的肉团，血从指甲里溢出来。

“是魔鬼在帮她，”面包师低声地说，“噢，上帝保佑我们……”

“这样下去不会有结果。”莱希纳摇着头，并把羽毛笔放到桌子上，然后背靠在椅子上喊道：“差役，把箱子给我拿来。”

两个差役抬来一只小箱子，放到桌子上，然后打开。

“女巫婆，你看看，这些东西是我们在你的房子里找到的。你有什么话说？”

出乎雅各布·施雷佛阁和其他人的意料，莱希纳从小箱子里拿出一只小布袋，将一些深棕色的种子倒在手上给证人们看。陶瓷匠之子用手指捏起几粒。种子散发出一股腐烂味，看上去像葛缕子籽。

“天仙子籽，”法院记录官解释说，“是制作飞行药膏的重要成分，女巫婆们用这种药膏擦她们的扫帚。”

雅各布·施雷佛阁耸耸肩说：“我父亲用它调制啤酒，您不会把他也看成巫师吧，愿上帝保佑他的在天之灵。”

“您瞎了吗？”莱希纳呵斥说，“证据很明显。看！……”他拿起一颗带刺的、栗子一样大的蒴果，继续说：“这是曼陀罗！也是巫婆药膏的重要成分，在史泰茜琳那儿找到的！还有这个！……”他又举起一把小白花。“这是圣诞玫瑰，刚刚采的！也是一种巫婆用的草！”

“对不起，我打扰您一下，”雅各布·施雷佛阁又插话说，“圣诞玫瑰不也是一种避邪的植物吗？就连神甫都在最近的弥撒上赞美它是生命和新生的象征。用我们救世主的名字来称呼这种植物不是没有道理的……”

“您是什么人，施雷佛阁？”旁边的奥古斯丁问他，“是证人还是律师？这个女人和那些孩子在一起，而那些孩子不是死了，就是失踪了。在她的房子里到处都是恶魔的药草和药液。她刚被关起来，大棚房就着火了，魔鬼就在我们的城里游窜。这一切都是由她开始的，也要和她一起结束。”

“就是，你们会看到的，”贝希托尔德又在旁边插话说，“再把螺丝拧紧些，她会招供的。魔鬼亲自伸出手保护她。我这儿有贯叶连翘丹……”他从衣袋里掏出一只装着红色液体的小瓶，幸灾乐祸地举在手里。“这个能把魔鬼赶走。让我把这个倒进她嘴里就行，这个女巫婆！”

“真他妈的邪了！我真不知道这里谁是巫婆，”雅各布·施雷佛阁高声地骂道，“接生婆还是面包师！”

“住嘴！”记录官大声地吼道，“这样下去不行。刽子手，你把这个女人吊在绳子上。我倒要看看魔鬼是否还能帮她。”

玛尔塔·史泰茜琳仍是一副麻木不仁的样子。她的脑袋又耷拉在胸前，她的眼球也奇怪地向里翻着。雅各布·施雷佛阁暗问自己，她是否还清醒。她毫无反抗地让刽子手把她从椅子上拽起来，拖到后面吊在铁环上的绳套下。在绳套的下面有一只铁钩。接生婆的双手被绳索牢牢地绑在身后。刽子手把绳索挂在铁钩上。

“要不要马上在下面拴一块石头？”刽子手问记录官。他的脸白得有点奇怪，但是他仍然很镇静。

约翰·莱希纳摇着头说：“不用，不用，我们先看看再说。”

刽子手拉紧绳子的另一头，接生婆的脚离了地。她的身体稍微地向前倾斜一点，然后开始前后摇晃起来。什么东西在咔咔地响着，史泰茜琳低声地呻吟着。法院记录官又开始从头问起来。

“玛尔塔·史泰茜琳，我再问你一遍，你承认杀死了可怜的彼得·格里默尔……”

就在这时，接生婆的身体开始剧烈地颤抖起来。她一抖一抖的，疯狂地摇着脑袋，口水从嘴里流了出来，脸也开始变青了。

“噢，上帝，你们看，”面包师贝希托尔德大声喊道，“魔鬼在她的体内！它现在要出来！”

所有的证人，包括记录官，都跳了起来，想到近处看看是怎么回事。刽子手又把这个女人放到地上，她全身不停地抽搐着。她猛烈地颤抖几下后，便像死人一样躺在地上一动不动了，脑袋怪怪地向旁边歪着。

有那么片刻谁都没有说话。

最后年轻的奥古斯丁关切地问：“她死了吗？”

雅各布·奎瑟弯下腰，把耳朵贴在她胸口听了听，然后摇摇头。

“心脏还在跳。”

“那把她弄醒，我们继续审问。”约翰·莱希纳说。

雅各布·施雷佛阁差一点给他一记耳光。

“您怎敢这么做，”他喊道，“这个女人生病了，您没看见吗？她需要急救！”

“嘿，这有什么大惊小怪的，是魔鬼从她体内跑出来了！”面包师说着，马上跪在地上，“魔鬼肯定还在屋子里。圣母马利亚，主与你同在……”

“刽子手！你现在就要把这个女人叫醒！明白吗？”记录官的声音有些歇斯底里。“你们……”他转身对着恐惧的差役说，“你们去给我叫个医生来，快点！”差役们马上跑上了楼梯。终于可以离开这个地狱，他们感到特别欣慰。

雅各布·奎瑟从墙角拿起一桶水，哗地浇到接生婆的脸上。她没有任何反应。然后他开始给她做胸肌按摩，拍打她的脸颊。都没有用。他从后面的柜子里掏出一瓶烧酒来，先往史泰茜琳嘴里灌，剩下的抹在她的胸脯上，接着又开始按摩起来。

几分钟后，楼梯上传来了脚步声。差役拖着他们在街上碰到的西蒙·福荣威泽回来了。他在刽子手身边蹲下来，捏了捏接生婆的胳膊。然后他拿出一根针来，深深地刺进她的肉里。当她仍然没有反应时，他又拿出一面小镜子来，放在她的鼻子下。小镜子上马上出现哈气。

“她还活着，”他对莱希纳说，“但是她处于一种昏迷状态，只有上帝才知道她什么时候会醒过来。”

法院记录官一下子坐回到椅子上，双手揉着太阳穴。最后他耸耸肩，无可奈何地说：“这样的话，我们不能再继续审问，我们必须等她醒过来再说。”

乔治·奥古斯丁吃惊地看着他说：“但是，选帝侯公使……他过几天就要到了，我们必须给他找到一个有罪之人！”

米夏埃尔·贝希托尔德也冲着记录官说：“您知道外面是什么情况吗？魔鬼乱窜，我们刚才都亲眼看到了。人们要求马上了结这件事……”

“他妈的！”莱希纳用手敲着桌子说，“这些我都知道！但是现在我们无法再继续审问。连魔鬼都冒不出一句话来！难道你们想让一个昏迷不醒的人承认罪行吗？我们除了等，没别的办法！现在都给我上去，所有人都上去！”

西蒙和刽子手把昏迷的接生婆抬到牢房里。她的脸色不再发青，而是变得像石灰一样白。她的眼皮不停地跳着，但是呼吸却很均匀。西蒙侧脸看着刽子手。

“是您做了手脚，对吗？为了让审问停下来，您给她喝了药，以便赢得时间。您让您妻子告诉我，中午的时候在外面等着。差役找到了我，而不是我父亲，否则他会发现破绽……”

刽子手笑笑说：“几种植物，几种浆果……她都认识，知道它们的作用。也可能会出错呢。”

西蒙看着接生婆苍白的脸说：“您是说……”

雅各布•奎瑟点点头说：“风茄，没有比这个再好的了。我……我们很幸运地找到了一个。这种东西很少见。你感觉不到疼，全身松弛，一切痛苦就像遥远的彼岸，似有似无。我父亲那时候就常给那些可怜的罪人喝这种药。不过……”

他若有所思地理了理黑色的胡子。

“我这次乌头可能用多了。我想把整个过程弄得像真的一样。再多一盎司，上帝就把她接走了。现在好了，我们至少赢得了一点时间。”

“多长时间？”

刽子手耸耸肩说：“一到两天吧，然后麻醉效果就会慢慢减弱，她就能睁开眼睛。然后……”他又用手摸了一下玛尔塔•史泰茜琳的脸，然后便起身离开牢房。

“然后，我想我必须让她受重刑，尝到疼痛。”他的身子占据了整个门框。

第九章

星期六

1659年4月28日

上午九点

第二天早上，医生和刽子手坐在刽子手家的小客房里，两人手里各拿着一大杯啤酒，琢磨着这几天发生的事。西蒙整个晚上都在想昏迷不醒的接生婆，他们剩下的时间很少了。他沉默地喝了一口啤酒，雅各布·奎瑟在他旁边吸着烟斗。西蒙很难集中精力思考问题，玛格达莱娜总是到客房来，一会儿取水，一会儿给桌子下面的鸡喂点米。有一次她还直接跪在西蒙的眼皮底下，好像还无意中用手碰到了西蒙的大腿，他马上打了个激灵。

雅各布·奎瑟告诉西蒙，他女儿在森林里找到了风茄。西蒙听了以后对她的好感又增加了好几倍。这个女孩不仅长得好看，人也聪明。女人不允许进大学的门，真是一件不幸的事。西蒙相信玛格达莱娜在大学里肯定会超过所有的庸医。

“你还要一杯啤酒吗？”刽子手的女儿冲他挤着眼睛问，不等他回答就往杯子里倒酒。她的微笑让西蒙感到，世界上除了失踪的孩子和自封的侦探外，还有更多的东西。他也向她微笑一下，然后又陷入了沉思。

昨天晚上他必须陪他父亲出诊。哈尔腾贝尔格的农场工人发高烧。他们给他做了冷敷，西蒙的父亲还给他放了血。至少西蒙说服了他父亲用一点奇特的药粉，据说这种药粉是从一种奇特的树皮中提炼出来的，他在治疗高烧症状时已经多次用过。病人的症状让他想起另一件事——一个从威尼斯来的运输工突然在街上跌倒了。这个人的嘴发出腐烂的味道，而且全身起满了脓包。人们传说这是一种法国病，而且是魔鬼在用这种病惩罚那些放纵不羁、追求禁爱的人。

昨晚西蒙也很想放纵一下对禁爱的追求，可是当他在靠城墙的一个僻静的角落里和玛格达莱娜幽会时，她只想跟他谈史泰茜琳的事。她也相信接生婆无辜。有一次他想碰一碰她的束身衣，她却躲开了。在他想试第二次的时候，巡夜的哨兵发现了他们，命令他们马上回家。已经敲过了八点的钟，这个时候不允许年轻的姑娘待在街上了。西蒙有种感觉，他已经错过了一个机会，他不敢肯定自己是否还有第二次机会。也许他父亲说得对，他最好不要碰刽子手女儿的一根指头。西蒙也不能确定，玛格达莱娜只是想和自己打情骂俏呢，还是她真的对自己有好感。

雅各布•奎瑟在这个上午也无法集中精力做自己的事。西蒙坐在身边喝啤酒、向外望的时候，他用研钵研着草药和鹅油，调制药膏。他不时地放下研杵，拿起烟斗装烟。他妻子安娜•玛丽亚在外面的田里干活，双胞胎在客房里围着桌子乱跑乱窜，有好几次差点把研钵撞翻。现在他骂着、吼着让他们到花园里去玩。乔治和芭芭拉撅着嘴跑了出去，心里很清楚，父亲过一会儿就不生气了。

西蒙无聊地翻看着桌上的一本旧书。他刚刚把两本书送回来，正迫不及待地想看新的。桌上这本大厚书并不是他特别想看的那种。迪奥斯科里季斯的《药物论》是医药学的常识书，不过作者是一个希腊医生，是和耶稣同时代的人。在英格尔施塔特的大学也教授他的知识。西蒙叹口气。他感觉人类仍在原地踏步走；几百年过去了，人们还没有学到新东西。

但是他仍然感到吃惊，刽子手也有这本书。在药房的柜子和箱子里，刽子手存放了几十本书和数不清的羊皮书卷，里面还有本笃会修女希尔德加德·冯·宾根[①]写的书，也有关于血液在体内运动和内脏分布的新作。就连新译成德文的安布鲁瓦兹·帕雷的解剖学和外科学著作也在里面。西蒙不相信雄高有哪个公民的藏书比刽子手多，包括城里公认很有文化的法院记录官在内。

西蒙一边翻看着希腊人的著作，一边问自己，他和刽子手为什么不能对接生婆的事放手不管。也许正是这种不甘于现状、不断追问为什么的好奇心把他们紧紧地连在一起。两人的倔犟脾气也是一个因素。他想着，脸上不由得浮现出一丝笑容。

他的手突然停了下来。在一幅人体图解旁边画了几个炼金术的符号，其中一个是三角形下面加了一道花边。

这是一个古老的硫磺符号。

西蒙上大学时就认识这个符号，现在他才想起来，最近一次是在哪里见到这个符号的。这是麻纺工安德烈亚斯·丹格勒示范的那个，也就是他的养女索菲在院子里画的标记。

西蒙把书推给仍在研着药草的雅各布·奎瑟。

“这就是我跟您讲过的那个符号！索菲画的符号，现在我又认出来了！”

刽子手看看书，然后点点头。

“硫磺……魔鬼和他的女伴们都散发着它的臭味。”

“是否她们真的……”西蒙问。

---

① 希尔德加德·冯·宾根（1098—1179），德国作家、神学家、作曲家，著有《自然史》、《病因与疗法》等。

雅各布·奎瑟吸了口烟说：“先是金星符号，现在是硫磺符号……是有些奇怪。”

“索菲从哪儿知道这个符号的呢？”西蒙接着问，“只能是从接生婆那儿得来的。她肯定是给她和其他的孩子讲了这些东西。也许她真的教这些孩子行巫术……”他叹口气，继续说：“可惜我们现在不能问她了，至少眼下不能。”

“胡扯，”刽子手愤愤地说，“史泰茜琳跟我一样和巫术毫无关系。这些孩子也许在她的房子里发现了这些符号，在书里、在罐子上、在瓶子上，谁知道都在什么上。”

西蒙摇摇头说：“依我看硫磺符号还有可能。可是金星符号——这个女巫的标记？您自己都说，您在她那儿没有看到这标记。如果她那儿有这个标记，那么她就真是一个巫婆了，对吗？”

刽子手继续在研钵里捣药草，虽然草早已变成了绿粥。

“史泰茜琳不是巫婆，不许再说了，”他咆哮道，“让我们先找到这个在城里乱窜、劫走小孩的魔鬼。索菲、克拉拉、约翰内斯都不见了。他们都去哪儿了？我敢肯定，如果找到他们，我们就能揭开谜底。”

“如果这些孩子还活着。”西蒙嘟囔道，然后开始思考起来。

最后他说：“索菲在河边见到过魔鬼打听小克拉茨。不久小男孩就死了。这个人个子很高，穿着大衣，戴着一顶帽子，上面还插了羽毛，而且脸上有一道很长的伤疤。另外，他还有一只骨头手，不知道女孩到底看到了什么……”

雅各布·奎瑟打断他说：“塞莫尔的女佣也在酒吧里看到过一个带骨头手的男人。”

“对，”西蒙说，“是几天前的事，还有几个人和他在一起。女佣说他们看上去像雇佣兵。他们去楼上见了什么人。见了谁呢？”

刽子手把研钵里的药糊刮到一只罐子里，然后用皮子封好。

"我可不喜欢雇佣兵在咱们城里乱窜，"他闷声闷气地说，"雇佣兵只能带来烦恼。他们喝醉酒，抢劫，砸东西。"

"啊，砸东西……"西蒙接过话说，"施雷佛阁告诉我，前天晚上不仅大棚房被毁了，同一天夜里还有人到麻风院的工地上去了，现在那里的石头可不是一块一块地垒在一起了。这也有可能是奥格斯堡人干的吗？"

雅各布·奎瑟轻蔑地挥挥手说："根本不可能。对他们来说在我们这儿盖一幢麻风院再好不过了。他们最终希望的就是在我们这里停留的游客越来越少。"

"那也许是几个外地的运输工害怕将来路过时染上麻风病，"西蒙又插话说，"再说了，商路离霍恩富希山坡也不是很远。"

雅各布·奎瑟吐了一口唾沫说："我认识的好多雄高人也同样会往裤子里拉屎。教会想建麻风院，但是那些富商们都反对，因为他们都害怕做生意的人会绕开我们这个小城市。"

西蒙摇摇头说："在很多大城市里都有麻风院，就连雷根斯堡、奥格斯堡……"

刽子手站起身，把封好的罐子放到旁边的药房里。"我们的富翁都是胆小鬼，"他从里面朝着西蒙喊道，"有几个也在我这里进进出出的；瘟疫还在威尼斯呢，他们就开始发抖了！"

他从隔壁房间出来时，肩上扛了一根胳膊长的落叶松木棍，并对西蒙挤着眼睛说："我们要去麻风院的工地好好看看。我感觉眼下发生的事情太多了，好像是偶然发生在一起似的。"

"现在就去吗？"西蒙问。

"马上就去，"雅各布·奎瑟晃着木棍说，"也许魔鬼也正在外面作乱。我一直都想给魔鬼熟熟皮呢。"

说完，他便把硕大的身躯挤出了狭窄的门框，到了外面。在四月的早晨，西蒙冷得直打哆嗦。很有可能，就连魔鬼也会害怕雄高的刽子手。

麻风院的工地位于霍恩富希山坡下的一片空地上，紧靠着道路，离城里仅有半小时的路程。西蒙经常在路过的时候观看工匠们干活。他们已经打好地基，用砖垒好了墙。医生记得很清楚，上次见到的时候已经架好了脚手架，在盖屋顶。就连旁边小教堂的地基墙也建好了。

西蒙想着上个月的弥撒，在布道时，神甫非常自豪地提到建筑工地的工程进度。教会用麻风院实现了一个长久的愿望：照顾穷人和病人是教会最原始的任务。还有，容易传染的麻风病对全城都是一种威胁。到目前为止，他们都是把麻风病人送到奥格斯堡的麻风院。但是奥格斯堡自己也有很多病人，所以最近几次他们几乎拒绝接收雄高人。雄高不想再低三下四地求他们。新建的麻风院同时也是城市独立的象征，尽管遭到了市议会里很多人的反对。

工地以前那种热火朝天的景象不见了。有好几处墙都倒塌了，好像有人用尽全力推翻的。屋顶只剩下了一个框架，高高地耸在天上；大部分脚手架要么断了，要么被烧毁了。空气里散发出潮湿的炭灰味。在路边的坑里倒着一辆车，上面装满了木材和木桶。

空地的一角有一口用石头垒起的水井，井边坐着一群工匠，他们呆呆地看着被摧毁的工地。即使没干几个月，几个星期的活儿也都见鬼去了。对这些男人来说，盖房子就是每天挣口饭吃，现在他们前途未卜。教会还没表示下一步该怎么办。

西蒙向工匠们招手问好，并走到近前。工匠们一边各自吃着面包，一边不信任地看着医生。很显然医生打搅了他们吃饭，他们不想用谈话浪费自己短暂的休息时间。

西蒙一边指着工地，一边走向他们，嘴里说：“这看起来可不是太好。”刽子手跟在他身后，保持一定的距离。“你们知道是谁干的吗？”

“这跟你有什么关系？”一个工匠在他面前吐了口唾沫说。西蒙认出这个人来，他也在两天前想冲进地牢抓接生婆的人群中。这个人避开西蒙，看着他身后的雅各布·奎瑟。刽子手微笑着，不时地转动着肩上的大木棍。

“你好，约瑟夫，”奎瑟说，“你老婆好了吗？我的药管用吗？”

其他工匠都惊异地看着这个被市政府任命为工头的木匠。

“你老婆病了？”有一个人问他，“你怎么一个字都没提？”

“这个……她病得不是那么严重，”他嘟囔着，同时求救似的看着刽子手，“只是有点咳嗽，是吧，奎瑟师傅？”

“就是，约瑟夫。你人好，能带我们看一下工地吗？”

约瑟夫·比希勒耸耸肩，向倒塌的墙走去。“没什么好看的。跟我走吧。”

刽子手和医生跟在他身后，其余的工匠们都坐在井边，嘀嘀咕咕地议论起来。

“他老婆有什么病？”西蒙低声问。

“她不想上他的床了，”雅各布·奎瑟回答说，同时用目光把整个工地都扫了一遍，“他去接生婆那儿，想要一瓶爱情药水，但是她没有给他。她说这都是巫术。然后他就找我来了。”

“那您给他……”

“信仰有时是最好的药。信仰加上在水里溶解了的陶土。从那以后就都好了。”

西蒙咧着嘴笑笑。他禁不住对这种人摇头：这人想看到接生婆被当作巫婆烧成灰，同时却又在她那儿讨要神药。

此时他们已经到了麻风院的地基。前几天还有一人多高的墙完全被拆毁了，地上到处是石头。一堆木板扔得到处都是，还被点了火。有的地方还在冒烟。

约瑟夫·比希勒看到被毁坏的工地时在胸前画了个十字。“这肯定是魔鬼干的，”他低声地说，“肯定和杀死小孩的是同一个魔鬼。否则谁能把整堵墙都推翻？”

“一个魔鬼，或者几个强壮的男人用木桩来推，”雅各布·奎瑟说，“比方说用那个。”他用手指着离北墙不远的、躺在空地里的一根很粗的松树干。地上还留着痕迹，表明它从森林里被拖出来，又从那里被拖到墙边。刽子手点着头说：“他们肯定是把它当成攻城槌来用了。”

他们爬上断墙，来到工地里面。有好几处通往地下室的地面都被砸开了，好像是用锄头刨开的。石板被推到了旁边，到处都是土块和碎砖。在地下室的一角，地面还被挖了一个一腿深的洞。他们不得不爬过堆起来的土堆。这里看上去比当年瑞典人攻城后的景象还惨。

“谁会这么干呢？”西蒙低声说，“这根本不是故意损坏公物，而是盲目地破坏。”

“很奇怪，”奎瑟一边说，一边咬着他没点燃的烟斗，“如果只是破坏的话，拆了墙就足够了。可是这……”

木匠恐惧地看着他说：“我说了嘛，是魔鬼……只有魔鬼才有那么大的力量。还有旁边的小教堂，不也是让他像羊皮纸卷似的用拳头砸坏了吗？”

西蒙打了个冷战。现在是正午，太阳虽然企图把早上的雾气驱散，但是一团团的浓雾仍然飘在刚开出的空地上。工地后的仅隔几米远的森林看上去仍是一片模糊。

雅各布·奎瑟此时已从砌好了的大门洞又走到外面。他在西墙边寻找着什么，最后他停下脚步喊：“这儿！很清晰的脚印，大概有四五个男人吧。”

突然，他弯下身，从地上捡起了一样东西。一只小黑皮袋，还没有小孩的拳头大。他打开小皮袋，向里面看看，又闻了闻，脸上露出幸福的微笑。“最好的烟草！”他对西蒙和木匠说。他把棕色的烟丝揉成碎末，又深深地吸了一口香味，说："但是这不是咱们这儿的。这个很好。我曾经在北方的马格德堡吸过这样的烟草。为了这个，他们把烟贩像猪一样地给宰了。"

"您在马格德堡待过？"西蒙问，"您从没跟我讲过这个。"

刽子手动作很快地把烟装进自己的大衣口袋，没有理会西蒙的问题，径直向小教堂的工地走去。这里也是被毁坏得一塌糊涂。以前的墙都被推倒了，变成一座座小石丘。他爬上一座石丘，站在上面向四周望着。他依然在琢磨捡到的小皮袋。"这里没人吸这样的烟草！"他朝下面的两个人喊。

"你怎么知道？"木匠粗鲁地问，"这种鬼草闻起来都是一样臭。"

刽子手从沉思中回到现实，生气地向下看着木匠。他站在石丘上，被包围在雾气中，这让西蒙不由得想起一个传说中的巨人。刽子手用手指着木匠喊道："你才臭呢，你的牙发臭，你的嘴发臭。但是这鬼草，像你说的，这个草是香的！它能让人振奋，头脑清醒。它能把全世界盖住，托你上天，我告诉你！把这种东西给像你这样的农民脑壳反正是可惜了。这是新世界来的东西，不是给那些白痴的。"

还没等木匠说话，西蒙马上插上前，指着小教堂边上的黏土堆喊道："看，这里也有脚印！"确实有很多乱七八糟的脚印。刽子手从他的石丘上下来了，仔细地察看地上的脚印。"是靴子印，"他说，"是雇佣兵穿的那种靴子，这个我敢肯定。我见过的太多了。"他大声地吹了一声口哨，然后指着一个脚跟部分有些不清的脚印。"这很有意思……这个人是个瘸子。有一只脚踩得很轻。"

"是魔鬼的怪脚！"木匠约瑟夫·比希勒又嘶声说。

"胡说八道！"奎瑟呵斥道，"如果是怪脚的话，你还能看见？这个人是瘸子。很有可能他在战争中挨了一枪，子弹被取出去了，但是腿却弯不了了。"

西蒙点点头。作为随军医生的儿子，他很清楚地记得这样的手术。他父亲用一把很细的钳子在伤员的肉里翻着，寻找铅弹。手术后常会出现脓肿和坏疽，不久士兵就因此丧命。有时候手术也很成功，士兵又能返回战场，只是为了下一次肚子上挨一枪再被抬回来。

刽子手指着黏土堆说："这土是干什么用的？"

"我们用它来抹墙和地，"木匠说，"黏土是从制革区后面的砖厂边上的沟里拉来的。"

"这块地属于教会，是吧？"西蒙问木匠。

约瑟夫·比希勒点点头说："去年，老施雷佛阁——那只老猫头鹰——在临死前把这块地给了教会。现在他的继承人只能眼巴巴地看着。"

西蒙想起两天前他和雅各布·施雷佛阁的谈话。这个绅士的儿子也是这么讲的。比希勒冲他咧嘴笑笑，然后从牙缝里抠出点什么东西，又说："小施雷佛阁很生气。"

"你从哪儿听说的？"西蒙问他。

"我以前给老头干过活，在砖窑那儿。两人吵翻了天。最后老头说他把这块地送给教会盖麻风院，老天肯定会感谢他，这样他就把儿子打发到地狱了。"

"那年轻的施雷佛阁呢？"

"他痛骂了一场，主要是因为，他早就计划在这里建第二个窑炉。现在倒好，都给了教会。"

西蒙还想继续问，突然传来了咔嚓一声响，他四下张望。原来是刽子手，他跳过了一堆木板，现在正穿越公路朝森林边上跑。那里几乎被完全笼罩在大雾中，西蒙隐约看见其中有另一个人影。那个人弯着腰，在树丛中奔跑，跑向莱希河的上游。

西蒙扔下疑惑不解的木匠，也朝空地跑去。他想抄近路把那个人的路堵上。很快他就到了林子边上，离那人只有几米远了。他能听到右边树枝被折断的咔咔声，刽子手挥舞着木棍，气喘吁吁地跑了过来。

“跟在他后面跑，我在右侧，这样他就不会跑到田野消失不见！最晚在上面的陡岸我们就能抓住他。”

现在，西蒙跑在一片浓密的松林里。他已经看不到那个人了，但是能听见。在他前面树枝不时被折断，闷闷的脚步在布满松针的林地上移动得很快。他偶尔觉得，透过树枝他能隐约看到一个人影。那个男人——谁知道前面是一个什么人——弯着腰跑，总之……很奇怪。西蒙感到呼吸越来越艰难。他嘴里渐渐生出了一股金属的味道。他已经好久没有跑这么长的路了，尤其是跑得这么快。如果他没记错的话，从他长大后就再没奔跑过。他习惯在自己的小房间里看书、喝咖啡，近几年他完全放弃了跑步，除了有几次他不得已在漂亮姑娘们愤怒的父亲面前逃跑。但这也都是很久以前的事了。

西蒙已被这个人甩下了很远，树枝的断裂声越来越小。他突然听到右侧远处传来木头噼里啪啦的断裂声，这肯定是刽子手像野猪一样在树林里穿梭。

不一会儿，西蒙跑到一个深谷边上。他面前的坡很陡。他知道后面就是莱希河的陡岸。这里长的不再是松树，而是交织在一起的灌木丛，很难从中穿过去。西蒙抓着一丛树想爬上去，马上又骂着把手松开了。他抓到了一棵黑莓，右手上扎满了小毛刺。他静静地听了一会儿，只能听到身后的木头断裂声，现在他看见刽子手正跑过来。奎瑟跳过了一根腐烂的树干，最后停在他面前。

“怎么样？”雅各布•奎瑟问。他也累得喘不上气，虽然不像西蒙那么厉害。西蒙摇摇头。因为岔气，他向前弯着身子，上气不接下气地说：“我觉得我们把他跟丢了。”

“他妈的，”刽子手骂道，“我敢肯定，他也是一个破坏工地的人。”

“那他为什么又回来了？”西蒙问。

雅各布•奎瑟耸耸肩说：“不知道。也许他想看看工地上有没有人，也许他还想再去干什么，也许他想找回他的好烟草。”说着，他用木棍狠狠地抽打了一下旁边的一棵云杉树。“没办法。反正现在我们找不到他了。”他往上看了看面前的陡坡，然后接着说：“这个人力气肯定很大，否则他上不去。这个坡可不是什么人都能爬上去的。”

医生现在坐在一段长满青苔的树干上，费力地拔着手上的黑莓刺儿。无数的小蚊子在他头边嗡嗡地转着，想找一个合适的地方吸血。

“我们赶快离开这里吧。”他说，并用手赶着蚊子。

刽子手点点头，走了几步。突然，他停下来，指着地面。在他前面躺着一棵连根拔起的大树。以前长着树根的地方露出潮湿的泥土。就在中间，有两个明显的皮靴印。左边的有点儿不太清晰，脚跟的地方滑了一下。

“这个瘸子，”雅各布•奎瑟低声说，“他确实是一个雇佣兵。”

“那他们为什么要砸毁麻风院呢？这一切又和小孩的死有什么关系？”西蒙问。

“不久我们就会知道的，快了。”刽子手嘟囔着说。他的目光扫过陡坡。有一瞬间他觉得在上面看到了一个人影，但是一团浓雾又飘了过来。他从兜里掏出那个烟草袋，边走边往烟斗里装上烟草。

“至少他很有品位，这个魔鬼，”他说，“这要给他留着，这个狗杂种。”

魔鬼躲在陡坡上的一丛树后，看着脚下的两个小人影。在他身边是一块大石头。有那么片刻他想把石头推下去。石头往下滚的时候会把其他的石块带下去，如雪崩一般，碎石、石块、干树枝都会倾泻而下，落在两人的身上，也许还会把他们埋起来。他把骨头手伸向那块大石头，突然，那个高大的身影把头转向了自己的方向。那一刻他看见了那个人的眼睛。刽子手也看见自己了吗？他又躲回树丛后面，放弃了计划。那个人既强壮又敏捷，他会听见乱石下落的声音，会向旁边躲开。那个小江湖医生不是问题，只是把鼻子伸得太长。等下一次有机会，他就可以在城里的一个角落里把他的脖子抹了。但是这个刽子手……

他真不应该再回来。尤其是不能在白天。显然，他们总有一天会来调查工地。但是他把他的烟草袋丢了，顺着这个痕迹他们会找到他。另外，他有点疑虑。所以他决定亲自来看看。只是不能让其他人知道。他们都在等他回去把钱交给他们。如果工匠们继续干活的话，他们会再回来，重新破坏，这是他们的任务。但是魔鬼很狡猾，他马上就想到，这件事后面还有什么秘密。所以他又去了。只是这个小密探和刽子手也同时出现在现场，让他有些生气。不过他们没有抓住他，他夜里还要再来一次。

他已经告诉其他人要找到那个女孩，他们不太情愿地接受了他的命令。目前他们还都听从他，因为他们害怕他，而且他们以前就把他当成头儿。但是他们现在经常反驳他。他们不明白，除掉这些孩子有多么重要。他们一开始就干掉了那个小男孩，认为其他的孩子会吓得尿裤子。但是他们知道，做事情一干就要干到底。他们的任务受到阻碍，薪酬不是那么可靠了！这些小臭王八蛋以为能从他手里跑掉。一群混账东西，哼哼叫的小猪崽子，就等着让人抹脖子吧，这样他脑子里的尖叫声就会消失了。

尖厉的钟声，女人的哭喊，让人的眼珠子往外冒的婴儿尖叫……

又有一团雾从他眼前飘过，他必须紧紧抓住小树丛，否则的话他随时都有掉下去的危险。他紧紧地咬住嘴唇，直到尝到血的味道才松开，此时他的头脑又清醒了。首先他要把那个小女孩干掉，接着再干掉小密探和刽子手。刽子手将是最难对付的一个，也是值得较量的对手。然后他再到工地上去查找真相。他敢肯定，那个财迷向他隐瞒了真相。但是人不能欺骗魔鬼。谁欺骗了魔鬼，魔鬼就喝谁的血！

他深深地吸了一口新鲜的泥土气息和花香。一切都很好。他脸上挂着笑容，沿着陡坡慢慢地滑下来，最后消失在森林中。

当西蒙和雅各布·奎瑟回到雄高时，已是满城风雨，人们都在议论那个鬼魂一样的身影。约瑟夫·比希勒和其余的工匠像被上了绳套一样，都跑到了市场广场，见到人就讲魔鬼的出现。在巴林大厦周围的摊位上，人们都在交头接耳、议论纷纷。许多工匠都放下手中的活儿，三五成群地交谈着，整个城市都沉浸在一派紧张的气氛中。西蒙感到，只要稍微再加一点儿火，水就烧开了。只要有一句说错的话、一声尖叫，人们就会跑到地牢，亲手把史泰茜琳烧成灰。

在市场农妇和工匠们怀疑的目光中，医生和刽子手走进了城市教堂。进入雄高最大的教堂后，一股冷气马上袭来。西蒙的目光从掉了漆的高柱子转向暗淡的窗玻璃和唱诗室破烂的座椅。零零星星的蜡烛在黑暗的侧厅里燃烧，烛光一跳一跳地映在发黄的壁画上。

像雄高市一样，这座圣母升天教堂也有过光彩照人的日子。不少雄高人认为把钱花在翻修教堂上比建麻风院更有价值。教堂的钟楼看上去随时都要倒塌，对面酒馆里的雄高人一次次地想象着在做弥撒的时候钟楼突然倒塌的惨状。

在星期六中午的这个时候，教堂里只有几个祈祷的老农妇坐在凳子上。偶尔有一个农妇站起来，走到右边的告解室，片刻后又嘴里默默地嘟囔着，用干枯的手不停拨着念珠走出来。雅各布·奎瑟在教堂最后面一排的凳子上坐下来，打量着这些老农妇。她们看见他时，祈祷词嘟囔得更起劲了，经过他的时候，身子都紧紧地贴在教堂中厅的墙壁上。

在教堂里刽子手是不受人欢迎的，最后一排最左边的位子是专门留给他的。他总是最后一个领圣餐。尽管如此，他今天仍然友好地冲着这些老农妇点头微笑。作为回答，这些老妇人在胸前匆忙地画着十字，快步地离开了教堂。

西蒙·福荣威泽等了一会儿，等最后一个农妇离开了告解室，然后他走了进去。本堂神甫康拉德·韦伯的亲切声音马上从装了栅栏的小木窗户传过来。

“愿万能的上帝怜悯你，把你从罪恶中解脱出来，带你进入永生的世界。”

“神甫，”西蒙低声地说，“我不是来告解的，我是想问您一件事。”

说着拉丁语的声音马上停了下来。“你是谁？”神甫问道。

“我是西蒙·福荣威泽，外科医生的儿子。”

“我很少看见你来告解，尽管别人跟我讲，你有很多理由来告解。”

“现在，我……我会改正，神甫。我现在马上就告解。但是我想先问一下麻风院的事。老施雷佛阁最后把霍恩富希山坡下的那块地给了您，尽管他事先已经许给了自己的儿子。对吗？”

“你为什么想知道这个？”

“麻风院的工地被破坏了。我想知道是谁干的。”

神甫沉默了很长时间，最后他清了清嗓子。

“人们都说是魔鬼干的。”他低声说。

“您怎么认为？您相信吗？”

“嗯，魔鬼会以各种形式出现，也会变成人。几天后就是沃尔布加之夜，变成人形的魔鬼又会和一些肆无忌惮的女人们苟合。据说很久以前就有巫婆在这块地方跳舞侍鬼……”

西蒙打了个冷战。

“谁说的？”

神甫犹豫了一下，然后说：“人们都这么说。就在现在建小教堂的地方，巫师、巫婆曾经胡作非为。那里曾经有过一座小教堂，但是不知为什么塌陷了，以前的麻风院也是这样。就好像有邪恶的咒语在控制这一带……”神甫的声音已经变成耳语。“人们还在那里发现了一座很老的异教神坛，幸亏我们把它砸坏了。对教会来说，更有必要在那里重新建一座麻风院和小教堂。上帝之光所照之处，邪恶必然被驱散。我们把整片地都用圣水彻底地喷洒了一遍。”

“很显然没起作用。”西蒙低声地说道。然后他接着问：“老施雷佛阁已经把这块地给了他儿子吗？他儿子已经作为继承人写在地契上了吗？”

神甫又清了清嗓子。

“你还记得老施雷佛阁吗？一个……怎么说呢，一个倔强的老顽固。他有一天到我的房子来，非常气愤地说，他儿子不懂得做生意，他现在想把山坡下的那块地送给教会。我们更改了他的遗嘱，院长是证人。”

“不久后他就死了……”

“对，死于高烧。我给他施了临终涂油礼。闭眼之前他还提到这块地，他说我们将会从中得到喜乐，会做更多的善事。他没有原谅他的儿子。他最后想见的不是雅各布·施雷佛阁，而是老马蒂亚斯·奥古斯丁。他们两人在市议会的时候就是朋友，他们从小就认识。”

“他把地赠给了教会，临死时他没有反悔？”

神甫把脸紧紧地贴在窗户的格子上。

“我能怎么做呢？劝说老头不这么做？我很高兴终于得到了那块地，而且不花一分钱。从位置上讲，在那里建一座麻风院再好不过了。远离了城市，但又靠近公路……”

“您认为，谁会破坏工地呢？”

康拉德·韦伯神甫又沉默了。当西蒙以为他不再说什么时，又传来他的声音，但是很低。

“如果工地再这样被破坏下去，我不能再在议会前坚持我盖麻风院的决定了。太多的人反对这件事。就连修道院的院长都相信，我们盖不成这座麻风院。我们将把这块地卖掉。”

“卖给谁呢，神甫？”

“到现在还没有人提出来。但是我可以想象年轻的施雷佛阁不久会来拜访我……”

西蒙在狭窄的告解室里站了起来，转身向外走去。

“非常感谢您，神甫。”

“西蒙？”

“嗯，神甫？”

“你的告解。”

西蒙叹口气，又坐了下来，听着神甫单调的语句。

“愿仁慈全能的主宽恕、解除并赦免你的罪过……”

今天会过得很长。

当西蒙终于离开告解室后，康拉德·韦伯神甫沉思了一下。他好像忘记了什么，话就在嘴边，但此时就是想不起来。他琢磨了一会儿，又祈祷起来。也许哪一天他又会想起来。

西蒙叹着气从教堂走到外面。太阳已经越过了屋顶。雅各布·奎瑟坐在墓地旁的一把椅子上，吸着烟斗。他闭着眼睛享受着春天温暖的阳光和他在工地上捡到的高级烟草。他离开冰冷的教堂已经有一段时间了。他听到西蒙走来时，冲着后者眨眨眼。

“怎么样？”

西蒙在他身边坐下来说：“我觉得，我们找到了线索。”他向刽子手详细地讲述了他和神甫的谈话。

刽子手若有所思地咬着烟斗说：“巫师、巫婆的传说在我看来都是胡扯。老施雷佛阁免了他儿子的继承权倒是值得研究一下。你认为年轻的施雷佛阁会破坏工地，为的是再把它得回来？”

西蒙点点头说：“有可能。而且他想在那里建第二个窑炉，他亲口跟我讲的。他这个人很看重功名。”

突然他想起了什么。

“塞莫尔店里的女佣蕾舍儿跟我讲过，雇佣兵在客栈的楼上和什么人见过面，”他喊道，“她说其中有一个腿瘸。这肯定是我们今天看到的那个魔鬼。也许是雅各布·施雷佛阁在客栈楼上与魔鬼和其他雇佣兵见了面。”

“这和大棚房失火、标记、小孩的死又有什么关系呢？”雅各布·奎瑟反问道。

“也许什么关系都没有。也许大棚房和小孩的事真的和奥格斯堡人有关。施雷佛阁只是利用了这个混乱的机会，神不知鬼不觉地破坏工地。”

“在他的养女被劫走的时候？”刽子手摇着头站起来说，“这些都是胡扯。依我看，不可能同时发生这么多的偶然事件。这一切肯定有什么联系：失火，小孩，标记，被破坏的麻风院。我们只是不知道，怎么……”

西蒙揉了揉太阳穴。教堂里的香火和神甫喃喃的拉丁语让他感到有些头痛。

“我不知道该怎么办了，”他说，“时间很紧迫。史泰茜琳还能昏迷多长时间？”

刽子手抬头望了望教堂的钟楼。太阳已经越过楼顶。

“最多还有两天。然后选帝侯公使桑迪策尔就要到了。如果我们在这之前找不到真正的凶手，他们就会缩短审讯，咬定接生婆不放。他们都想让选帝侯公使和他的随从们早点儿离开雄高，公使多待一天，就多花一天钱。”

西蒙也从椅子上站起来。

“我现在就去找雅各布·施雷佛阁，”他说，“这是我们的唯一线索。我敢肯定，麻风院有点儿不对劲。”

“你去吧，”奎瑟嘟囔着说，“我还要在这里抽一会儿魔鬼的烟。用来思考问题，没有什么东西比这个更好了。”

剑子手闭上眼睛，呼吸着新世界的香气。

法院记录官约翰•莱希纳走在去巴林大厦的路上。他很不高兴地注意到妇人和工匠们在路边三五成群地议论着什么。他不时地在人堆里这推一把、那拍一把，喊道：“去，干活去！一切都有秩序，事情会解释清楚的。现在都干活去，公民们！要不然我就要抓起来几个给你们看看！”

工匠们重新回到了作坊，市场上的农妇们开始整理货物。但是约翰•莱希纳知道，等他一转身，这些人又会凑到一起议论个不停。他要派几个差役到市场，以防暴乱。现在正是结束这一痛苦篇章的好时候，可是那个该死的接生婆却偏偏不省人事！市议员们对他紧追不舍，想要知道结果。也许他不久就能让他们满意。他手里还有另一张牌。

法院记录官匆匆忙忙地上了巴林大厦的楼梯，来到了第一层。这里有一间上了锁的小房间。一般情况下，比较有威望的、不能关在地牢里的公民会被关在这里。一个差役站在门前，他向莱希纳点一下头后，马上打开了门上的大锁。

在一张小桌子后，奥格斯堡的运输工马丁•许贝尔正坐在椅子上，透过玻璃窗看着广场。他听到记录官进来，马上转过身，冲着对方咧咧嘴，笑了一下。

“啊，法院记录官！您终于变得理智了吗？放我走吧，我们将对此事只字不提。”

说完，他便起身向门口走去，但是莱希纳砰的一声把门关上了。

“我想这是一个误会，马丁•许贝尔。你被怀疑和你的运输工们一起纵火烧了大棚房。”

马丁•许贝尔的脸一下子红了起来，他的一只大手砰地敲在桌子上。

“您知道，这不是真的！”

“你否认这一切是没有用的。几个雄高撑筏工看见了你们。”约翰·莱希纳说起谎来连眼睛都不眨一下。

马丁·许贝尔深深地吸了一口气，又坐了下来，两只胳膊交叉在胸前，不再说话了。

记录官继续追问：“那你们那么晚了还在下面干什么？你们中午就取走了货。大棚房着火的时候，你们又都突然冒了出来，毫无疑问，你们事先在那里做了什么。”

运输工的头儿继续沉默不语。莱希纳走回到门口，拉住门把手。

“好吧。我们倒要看看，你在酷刑之下是否也是这样沉默不语。我今天就让人把你带到地牢去；你在木筏埠头已经认识了那个刽子手。他乐得打断你几根骨头。”

约翰·莱希纳看到运输工的脑子在转。他咬紧嘴唇，然后开始说话了。

“对，我们是在现场！”他喊道，“但是，不是为了烧大棚房！那里面也有我们的东西！”

约翰·莱希纳又转身走到桌前。

“那你们为了什么？”

“我们想打雄高的运输工一顿！在金星客栈你们的运输工约瑟夫·格里默尔把我们的一个人打成了残废，不能再干活！我们想教训一下你们的人。但是上帝作证，我们没有放火烧大棚房！我发誓！”

运输工的眼里露出了恐惧。约翰·莱希纳感到一阵满足，他没猜错。但是他没想到这个奥格斯堡人这么快就崩溃了。

“许贝尔，看起来这对你很不利，”他继续说，“有什么可以减轻你的罪过吗？”

运输工想了一会儿，点点头。

“有，当我们到了木筏埠头时，看到几个人跑开了，四五个人的样子。我们以为是你们的人呢。不久大棚房就着火了。”

法院记录官悲哀地摇着头，就像一个父亲对自己的儿子彻底失望了似的。

“你为什么不早一点告诉我们？这能省了你多少痛苦。”

“这样您不就知道我们事前就在现场了嘛，”马丁·许贝尔叹口气说，“还有，我确确实实以为那些人是你们的人。他们看上去像差役！”

“像差役？”

“看上去很像。天已经黑了，他们离我们很远，我看得不是很清楚。现在我想起来，他们看上去更像雇佣兵。”

“雇佣兵……”

“对，花花绿绿的衣服，高筒靴，帽子。我记得有一两个人还带着战刀。我……我记得不太清楚了。”

“你可要确定，许贝尔。”

约翰·莱希纳又走到门口。“你可要确定，否则的话我们会帮你想起来。我再给你一个晚上，好好想想。明天我带着笔和纸来，然后我们要把你的话记录下来。如果还有不清楚的地方，我们要马上把它解决掉。刽子手现在正好没事做。”

说完，他咣当一声把门关上，让运输工一个人待在屋里。约翰·莱希纳满意地哼了几声。看看这个奥格斯堡人夜里还会想出什么花样来。即便他跟大棚房着火无关，他的供词也值千金。一个富格尔家族的运输工聚众殴打雄高的运输工！奥格斯堡人在下次谈判的时候只能去吃自己烤的小面包了。也许还能通过此事把库房的利息抬高一点。总之，要花很多的钱才能把大棚房重新盖好。仓储的生意正旺。现在就等着接生婆承认罪行了，然后一切又会步入正轨。那个江湖医生福荣威泽说，她明天（最晚后天）就能醒过来，然后就可以继续审问了。

他需要耐心地等待。

施雷佛阁的房子位于侯府门附近的农民巷，离公爵府很近。在这一带都是达官显贵的房子——带有雕花阳台的三层楼房，房屋的正面画着壁画。因为远离莱希河边恶臭的制革区，所以这里的空气很好。女佣们在阳台上敲打着被褥，商贩们在门口向厨娘们兜售着鸡蛋、熏火腿和拔得干干净净的鹅。一个女仆给他打开了门，并把他带到门厅里。不一会儿，雅各布·施雷佛阁从宽敞的楼梯上走下来了。他焦虑地看着西蒙。

"有克拉拉的新消息吗？"他问西蒙，"我太太仍然病在床上。我不想让她受刺激。"

西蒙摇摇头说："我们今天早上去了霍恩富希山坡。麻风院的工地全被毁坏了。"

雅各布·施雷佛阁叹口气说："这我都听说了。"他让西蒙在一把椅子上坐下，然后自己坐到门厅的一张沙发上。他从盘子里拿起一块蜂蜜姜饼慢慢地吃起来。"谁会这么干呢？我的意思是，当然，议会里有人反对盖麻风院，但是马上把麻风院全部毁掉……"

西蒙决定与这位绅士开诚布公地谈。

"在您父亲把这块地赠给教会之前，您打算在那里建一个窑炉，对吗？"他问道。

雅各布·施雷佛阁皱皱眉，把蜂蜜姜饼又放回到盘子里。"这个我已经跟您讲了。和我父亲吵完架不久，他就更改了遗嘱，我只能把我的计划埋掉了。"

"不久以后您也把父亲埋掉了。"

绅士挑起眉毛问："福荣威泽，您想要说什么？"

"您父亲死后，您无法再让他改变主意、更改遗嘱。现在这块地属于教会。如果您再想要的话，您就要从教会手里买回来。"

雅各布·施雷佛阁微笑了一下，说："我明白了。您怀疑我破坏工地，让教会最后自己放弃这块地，我再收回来。可是您忘了一点，我在议会上一直赞同建麻风院。”

“但不是在您关心的这块地上建。”西蒙打断他的话说。

绅士耸耸肩说：“我已经看好了另一块地，而且开始和人谈价。第二个窑炉是要盖的，但是要盖在另一块地上。山坡下的那块地还没那么重要，不至于让我名声扫地。”

西蒙静静盯着雅各布·施雷佛阁的眼睛。他没有发现任何说谎的迹象。

“如果不是您，谁会故意毁坏麻风院呢？”最后西蒙问道。

施雷佛阁笑了起来。“半个议会的人都反对盖这栋房子：霍尔茨侯伏、皮需纳、奥古斯丁，第一市长卡尔·塞莫尔本人最反对。”然后他又严肃起来，说：“当然，我没有说他们中的谁会干这种事。”

绅士站了起来，在屋里来回地踱着步。“我不明白您的意思，福荣威泽，”他说，“我的克拉拉失踪了，两个小孩死了，大棚房毁了，您现在在我这里对一块毁坏了的工地刨根问底！这到底是为了什么？”

“我们今天早上在麻风院看见了一个人。”西蒙回答说。

“谁？”

“魔鬼。”

在西蒙继续说的时候，绅士不由得张着嘴喘气。

“总之，是那个被人们称为魔鬼的人。估计是个雇佣兵，有点瘸。他也是那个把您的克拉拉劫走了的人，几天前跟其他几个雇佣兵在塞莫尔的客栈里进进出出的。而且他还在客栈楼上的会议室里和雄高城的重要人物见了面。”

雅各布·施雷佛阁又坐了下来。

“您从哪里知道他在塞莫尔的客栈和人见了面？”他问。

“一个女佣告诉我的，”西蒙简短地回答说，“塞莫尔市长本人自称对此事一无所知。”

施雷佛阁点点头。“您怎么知道这个人很重要呢？”

西蒙耸耸肩说：“雇佣兵都是雇来的，这是他们的职业。而且能付得起四个雇佣兵的薪酬，需要有很多的钱。只是有一个问题：他们被雇来干什么……”

他弯下腰凑近绅士。

“您上星期五在哪里？”他轻轻地问。

雅各布•施雷佛阁镇静从容地看着医生的眼睛。

“如果您认为我跟这件事有关的话，您现在走错路了。别忘了，是我的女儿被人劫走了。”

“您在哪里？”

绅士靠回座椅，沉思了一会儿说：“我在下面的火窑里。烟筒堵了，为了清扫烟筒，我们一直忙到深夜。您可以问我的工匠。”

“那么大棚房着火的那天晚上呢？您在哪里？”

施雷佛阁一拳头砸在桌子上，桌上的蜂蜜姜饼盘也跟着颤动起来。“您的怀疑该收场了！我的女儿失踪了，这是最重要的。您的破工地关我什么事！现在马上离开我的房子，马上！”

西蒙试着解释说：“我只是追查我发现的线索。我也不知道怎么把这一切连起来。但是它们之间有关系，而且魔鬼是一个主要的环节。”

这时有人敲门。

雅各布•施雷佛阁走到门前，把门拉开一条缝。

“什么事？”他生气地问。

门外站着一个小男孩，大约八岁左右。他是母鸡胡同里的面包师冈霍费尔的孩子。他惊恐地往上望着眼前的绅士。

“您是议员大人雅各布•施雷佛阁吗？”他结结巴巴地问。

“我是，什么事？快点说！”施雷佛阁准备马上关门。

“您是克拉拉·施雷佛阁的父亲？”男孩又继续问道。

绅士愣了一下，然后低声说：“对。”

“他们让我告诉您，您女儿没事。”

施雷佛阁一下子把门打开，把小男孩拉到近前。

“你从哪儿知道的？”

“我……我……不能告诉您。我发过誓！”

绅士抓住小男孩的脏衣领，把他举到眼前。

“你看见她了吗？她在哪儿？”他冲着小男孩喊道。小男孩蹬着腿，想从这个男人的手里挣开。

西蒙走了过来。他手里拿了一枚闪光的铜币，在两根手指间不停地翻来翻去。小男孩的眼睛盯着铜币，眼珠随着西蒙的手转个不停。

“你不一定非要坚守誓言，你不是对上帝发的誓，对吧？”他安慰着小男孩说。

小男孩点点头。雅各布·施雷佛阁轻轻地把他放在地上，满怀期望地看着西蒙和小男孩。

“那么，”西蒙继续问，“谁跟你讲克拉拉没事？”

“是……索菲讲的，”小男孩低声地说，眼睛仍然盯着那枚铜币，“那个红头发女孩。她在下面的木筏埠头跟我讲的，就是刚才。她还奖励了我一个苹果，让我来告诉你们。”

西蒙安慰地抚摸着小男孩的头说：“你干得很好。索菲也告诉了你克拉拉在哪儿吗？”

小男孩害怕地摇摇头。“她跟我说的我都讲了。我发誓，以圣母的名义发誓！”

“那索菲呢？她在哪里？”雅各布·施雷佛阁打断他问。

“她……她马上又跑了，过了桥向森林那边跑了。我在她后面跟着跑了一会儿，但是她扔石头打我。然后我就跑到这儿来了。”

西蒙侧眼看着雅各布·施雷佛阁说："我认为他说的是真话。"施雷佛阁也点点头。

当西蒙想把铜币塞给小孩的时候，绅士走上前，从自己的钱包里掏出一枚银币，给了小男孩。

"这个给你，"他说，"如果你能找到索菲或者我的克拉拉，你还会得到这么多。你知道，我们不想惩罚索菲。"

小男孩接过钱币，马上紧紧地攥在手里。

"那些……其他的孩子都说索菲是个巫婆，不久就会被焚烧，和史泰茜琳一起……"他喃喃地说。

"那些孩子的话你不要相信。"雅各布·施雷佛阁在他的肩上拍了一把，"现在，去吧。别忘了这是我们的秘密，啊？"

小男孩点点头。几秒钟后他就带着得来的宝贝拐过了墙角，不见了。

雅各布·施雷佛阁关上门，看着西蒙小声地说："她活着，我的克拉拉还活着！我要马上告诉我太太。对不起！"

他赶紧跑上楼梯。在楼梯中央他又停下来，转过身看着西蒙。

"我很佩服您，福荣威泽，跟从前一样。找到魔鬼，我会重重地奖励您。"他笑了笑，然后继续说："有机会您可以到我的小藏书室看看。我觉得，您会找到一两本感兴趣的书。"

说完，他就匆匆跑向太太的睡房。

第十章

星期六

1659年4月28日

中午

西蒙像被钉住了一样，在绅士家的门厅里站了足足有半分钟，思绪万千。最后他想出了一个主意。他跑出了门，顺着农民巷跑到市场。他撞到市场上的几个农妇，还差一点撞倒一个摊满面包的摊位。他不管身后传来的谩骂和尖叫，径直跑过巴林大厦，直奔莱希门。几分钟后他便来到了河边的桥上。他急匆匆地过了桥，跑过左边烧成灰的大棚房，上了从木筏埠头通往派廷的公路。

不一会儿他就到了森林边上。现在正值中午，公路上死一般地寂静，空无一人。大多数的货车一大早就到了木筏埠头。此时只能听到小鸟唧唧喳喳的叫声，还有偶尔从森林深处传来的咔嚓咔嚓的断枝落地的声音。

“索菲！”

西蒙的声音在森林里听上去是那么地空洞微弱，传不了多远就被森林吞掉了。

“索菲，你能听见我吗？”

他心中骂着自己的主意。小女孩很可能在半小时前就跑进森林了，显然她不可能听到他的喊声。她可能已经跑得远远的了。况且，谁说她想听到他呢？很有可能她正坐在一根树枝上观察他呢。索菲逃跑了，因为她被怀疑和接生婆一起施巫术。作为孤儿，她既没家长也没有证人替她说话。虽然她才十二岁，但是她很有可能会与史泰茜琳一起被架在火刑堆上。医生听说过，曾有比她小的孩子也被当成巫婆烧死了。这样的话，索菲为什么这个时候要出现呢？

西蒙叹口气，转身想往回走。

“站着别动！”

声音是从森林的深处传来的。西蒙停了下来，转过头向后望着。一颗石子打在他的身上。

“哎呦！该死，索菲……”

“别转身，”远处传来索菲的声音，“你没必要看见我在哪儿。”

西蒙无可奈何地耸耸肩表示投降。刚才被石子打到的地方还疼得要命，他可不想再挨一下。

“那个小男孩都抖出去了，是吧？”索菲问，“他说了是我派他去的。”

西蒙点点头说：“不要生他的气，我迟早会猜到的。”

他用眼睛盯着前面森林里的某一处。这可以帮他与这个看不见的小女孩讲话。

“克拉拉在哪儿，索菲？”

“在一个安全的地方。我只能告诉你这么多。”

“为什么？”

“因为他们在找我们。克拉拉和我都有危险，即使在城里也一样。安东和彼得被他们杀了。你们要找到施特拉塞尔家的约翰内斯——阿尔滕施塔特酒馆老板的儿子……”

“他也失踪了。”西蒙打断了女孩的话。

她沉默了好长时间。西蒙好像听到了轻轻的呜咽声。

“索菲，那天夜里到底发生了什么？你们都在一起，是吗？彼得、你、克拉拉，还有其他孤儿……到底出了什么事？”

“我……我不能说，”索菲的声音有些颤抖，“一切都会露出来的。我们都会被烧死。所有的人都要烧死我们！”

“索菲，我发誓，我会为你辩护的，”西蒙试着安慰她说，“没人会碰你一根汗毛。没人……”

咔嚓，一根树枝断了。声音不是从身后索菲的方向传来的，而是从前面。西蒙的左前方，大概二十几步远的地方，放着一堆木材。

在木材堆后面有一个东西在动。

西蒙听到扑通一声，有东西落了下来，然后是匆忙离开的脚步声。索菲跑远了。

片刻后，木材堆的后面露出了一个人来。他穿着一件大衣，戴着一顶宽边帽子。最初西蒙以为是剑了手。但是这个人从大衣下面抽出一把战刀。阳光正好穿透密密的森林，战刀在光线下闪闪发亮。就在阳光照射到那条狭窄的小路上时，西蒙看到那个人正向自己走来，有一个白色的东西在闪光。

那是魔鬼的手，一只骨头手。

西蒙突然感觉时间在慢慢地流淌。每一个动作，每一个细节都深深地刻在他的记忆里。他的双脚粘在地上，好像陷进了沼泽地里一样。魔鬼已经向他的方向走了十几步，这时他才又能动了。他马上转过身，失魂落魄地向森林里跑去。他先是听到身后魔鬼的脚步声，它有节奏地踩在碎石上。不一会儿他连魔鬼的喘气声都能听见了。魔鬼越来越近。

西蒙不敢回头看，他害怕因此缩短与魔鬼的距离。他奔跑着，尝到了嘴里的金属味，他感到自己坚持不了多久了。身后的人已经习惯奔跑，他的呼吸均匀平缓，他马上就会追上自己的。仍然看不见森林的尽头，周围是一片密密的树林和黑暗。

呼吸声靠近了。西蒙心里骂着自己一个人跑到森林里的疯狂主意。魔鬼在工地看见过西蒙和刽子手。他们激怒了他。现在魔鬼对他紧追不舍。西蒙不再抱有任何幻想。如果这个人追上他的话，就会杀了他，就像打死一只讨厌的苍蝇一样，快而不费吹灰之力。

终于，眼前出现了光亮。西蒙的心跳得更快了。肯定是快到森林的外围了！这条路先通过一块洼地，然后才穿出森林通往莱希河。阳光透过树尖，阴影收了回去。西蒙踉跄地向前跑了几米，然后融入温暖的阳光里。他已经出了森林。他跌跌撞撞地爬上一个小山坡，看见了下面的木筏埠头。人们站在岸边，一头老牛正拉着一辆车往进森林的山上爬。直到这时他才敢转过身。他身后的人不见了。在中午的阳光下，森林的外围看上去就像一条落在地上的黑色缎带。

他仍然感到不安。他深深地喘了一口气，然后像喝醉酒一样慌慌张张地从山坡上跑了下来，跑到了木筏埠头。他一边跑着，一边不时地向身后望着。当他又一次向后张望时，他与前面的人撞了个满怀。

“西蒙？”

原来是玛格达莱娜。她手里拿了一只装满野草的筐，惊异地看着他。

“出了什么事？你怎么像见了鬼似的。”

西蒙把她推到下面的木筏埠头，自己在木桩上坐了下来。直到现在，在这群忙碌的撑筏工和运输工中他才感到安全。

“他……他在后面追我。”他上气不接下气地说。

“谁呀？”玛格达莱娜着急地问，也在他身边坐了下来。

“魔鬼。”

玛格达莱娜大声笑了起来，但是她的笑声听起来不像真的。

“西蒙，不要胡说八道，”她接着说，“你喝醉了，在大中午！”

西蒙摇摇头。然后他把今天早上发生的一切都跟她讲了。被毁坏的工地，他和她父亲在森林里的追踪，和神甫的谈话，和施雷佛阁及索菲的谈话，最后是他死里逃生跑到木筏埠头。当他讲完时，玛格达莱娜焦虑地看着他。

“魔鬼为什么要抓你？”她问道，“你和这些又没关系，是吧？”

西蒙耸耸肩说：“可能是因为我们查到了他的线索。因为我们差点儿抓住了他。”他严肃地看着玛格达莱娜。“你父亲也有危险。”

玛格达莱娜怡然自得地笑着说：“我倒要看看魔鬼怎样来对付我父亲。我父亲是个刽子手，你不要忘了。”

西蒙从木桩上跳了起来。“玛格达莱娜，这不是闹着玩的，”他喊道，“这个人，管他是什么，可能杀了好几个小孩！他还要杀死我，也许他现在就在观察我们呢。”

玛格达莱娜向四周看了一下。撑筏工正在往两只木筏上装货，大箱子、小箱子和木桶把木筏装得满满的。还有几个人在收拾大棚房的残灰余烬。其他地方还竖起了新的木桩。偶尔有一个人朝他们这边看看，然后便和旁边的人开始嘀咕不停。

西蒙可以很清楚地听到他们在嘀咕什么：刽子手的婊子和她的情人……医生的儿子和刽子手的丫头一起上床，还不相信魔鬼在雄高胡作非为、接生婆必须被烧死。

西蒙叹着气。玛格达莱娜的名声早就毁了，现在他的名声也毁了。他把手放在她的脸颊上，深深地凝视着她的双眼。

“你父亲告诉我，你在森林里找到了一只风茄，”他说，“很可能你用它救了史泰茜琳的命。”

玛格达莱娜面露微笑。

“这也合理。毕竟她当时也救了我的命。母亲说我的出生像一场灾难。我的位置不正，而且还不想出来。如果不是史泰茜琳，今天也不会有我。

现在就算是我来报答她吧。”

然后她表情又严肃起来。

“我们必须去警告我父亲，”她小声地说，“也许他能想出一个抓住魔鬼的办法。”

西蒙摇摇头说：“首先我们要查出这个魔鬼和谁在塞莫尔的客栈里见过面。我敢肯定，这个人是揭开所有谜底的钥匙。”

两人都陷入了沉思。

“魔鬼为什么又回来了？”

“什么？”西蒙从沉思中惊醒。

“为什么他又回到工地来了？”玛格达莱娜又问了一遍，“如果他和他的人真的是负责破坏工地，那他为什么又回来了？他们不是已经干完了嘛。”

西蒙皱皱眉头说：“也许是他在那里丢了什么？那只被你父亲捡到的烟草包。他不想让人发现任何蛛丝马迹。”

玛格达莱娜摇摇头。

“我不信。那上面又没有图案，没有任何可以泄露他身份的东西。肯定是有别的原因……”

“也许他在找什么东西？”西蒙猜测说，“他在第一次没有找到的东西。”

玛格达莱娜完全陷入沉思。

“什么东西引他到工地，”她说，“道本拜尔格跟我讲过，女巫们从前曾在这里跳过舞。不久就是沃尔布加之夜……也许还真是个魔鬼。”

两人又沉默下来。四月的太阳出奇地热，他们坐着的木桩被晒得暖融融的。远处传来了驶往奥格斯堡的撑筏工的吆喝。河水在阳光下像液体黄金，熠熠生辉。这一切让西蒙一下子感到太多了，逃生、没完没了的问题、冥思苦想、恐惧……

他跳了起来，拿起玛格达莱娜的小筐，朝河的上游跑去。

“你想去哪儿？”她喊道。

“去采草药，和你一起。快点儿，趁太阳还在。我知道一个清静的地方。”

“我父亲呢？”

他摇晃着小筐朝着她微笑。

“他可以等着。你不是说他不怕死也不怕鬼嘛。”

在运输工们怀疑的目光下她追了上去。

夜幕降临了，从西边开始罩住森林和雄高市。霍恩富希山坡完全被黑暗笼住，所以没有人能看见从西边树丛中走来的那个男人。他决定不走公路，而是在密林中行走，一直与公路保持平行。虽然用的时间比平时多出了一倍，但是他能保证不被人看见。城门在半小时前就关上了，这个时候在外面碰上人的可能性很小，但这个人不想冒险。

他的肩因为扛着锹而疼痛，汗像小溪一样从脑门上流了下来；荆棘和蓟挂在他的大衣上，还划破了几处。这个人不停地骂着。是尽早结束这一切的愿望驱动着他。然后他就可以行动自如，不再有人来指示他做这做那了。在将来，他可以对子孙们讲这些，他们会理解他的。他们会意识到，他所做的一切，都是为了他们、为了家族的延续、为了他们的王朝。他们会承认他拯救了这个家族。但是他突然又想起来，他走得太远了。他不能跟任何人讲了，发生的事情太多，太肮脏、太血腥。他将把这个秘密带入坟墓。

一根树枝在黑暗中发出咔嚓声，传来了扑腾的响声。这个男人停下来，停止了呼吸。他小心地从大衣下拿出一只小灯笼来，往发出声音的方向照了照。一只猫头鹰在离他不远的地方飞起来，飞向了远方。他笑了一下。恐惧已经让他显得可笑。

他向四周又看了一遍，然后走进了工地，直奔中间的房子。他应该从哪开始呢？他沿着倒塌的地基墙转悠着，寻找着迹象。当他没有找到任何迹象后，他跳过了一堆砖，进到了里面，用铁锹敲打地上的石板。铁锹与石头的碰撞声直穿他的骨髓，他感到全雄高城的人都会听见。他马上停止了敲打。

最后，他爬上了一堵与主楼相邻的矮墙，用眼睛四下张望。麻风院，小教堂，木桩堆，一口井，旁边的石灰袋子，几只倒在地上的水桶……他的目光停在了空地中间的一棵老椴树上。它的树枝低垂着，几乎要触到地上。为什么工匠没有把这棵树砍掉？也许是教会不想砍，想给那些病人以后乘凉用？

也许是老头这样要求的？

他匆忙地向椴树走去，弯着腰，在树下挖起来。土像黏土一样硬实，坚硬的树根分向四处。这个男人一边骂着，一边挖着，直到汗水淌到大衣里。他两只手握着铁锹把，一下一下地砍着胳膊粗的硬树根，直到老根断裂，但下面又露出了更多的根。他在树下重新选了一个地方开始挖，也是同样的结果。他喘着气，咽着口水，快速地掀起土和木头，最终上气不接下气地停了下来，用铁锹支撑着身体。这里肯定不对，这里不能埋任何东西。

他用灯笼照着椴树的每个节孔。在第一根树枝下，正好在他无法够到的高处，有一个拳头大的洞。他放下灯笼，拽着树枝往上爬。第一次他滑了下来，因为他的手因出汗变得很湿，不过最后他把自己沉重的身体抬了上去。他慢慢地移向树干，直到能把右手伸进节孔里。他摸到了潮湿的草，里面有一个冰凉的硬东西。显然是块金属。

他的心开始急促地跳起来。

突然，从他的手传来了钻心的疼痛，他马上把手抽了回来，看见一个大大的黑东西在愤怒的抗议下飞走了。在他的手背上有一指长的伤口，不停地流血。他咒骂着把攥在手里的那只生了锈的勺子扔得远远的，然后才慢慢地从树上滑下来。到了下面，他用舌头舔掉伤口的血，疼痛和绝望的泪水流到了脸上。喜鹊的骂声听上去就像是对他的嘲笑。

一切都白费了。

他永远也找不到。老头把他的秘密带进了坟墓。他又看了一眼工地。墙，小教堂的地基，井，木头堆，椴树，几棵歪歪斜斜的松树。肯定是以前就有的东西，一个又好记、又能找到的东西。但是，也许是工匠们不知道，已经把这个东西处理掉了。

他摇着头。这个工地太大了，他挖几个夜晚都不会有结果。但是他仍然很激动。他不能这么快就放弃，不能现在就放弃。已经有太多的东西赌下去了。要有一个新计划……他必须有系统地行事，把工地分成小块，然后一块块地找。至少有一点他能保证：要找的东西就在这里。他要有耐心，这一切都值得。

在不远处，魔鬼正靠着一棵大树看着这个人挖地。他朝夜晚的星空吐了一个烟圈，看着它向月亮升去。他早就知道，这个建筑工地还有别的东西。人不能对他说谎。这让他很愤怒。其实，他很想在断墙那里就把那个人的脖子割断，然后把他的血洒在林间的空地上。但那样的话他就破坏了两个游戏：他将得不到赏钱，他将永远不能得知那个人在找什么。他必须耐心等待。等到这个人找到要找的东西时，他仍然能因为谎言惩罚他。就像他惩罚那个医生和刽子手一样，因为他们跟踪他。这次那个江湖医生又从他手里跑掉了，下次决不能再发生。

魔鬼又向空中吐了个烟圈。然后他舒舒服服地坐在松树下松软的青苔上，警觉地观察着挖东西的人。也许他还真能找到什么。

第十一章

星期天

1659年4月29日

早上六点

西蒙从一阵非常轻微的吱吱咯咯的响声中醒了过来，在梦里他就听到了这个声音。他一下子清醒了。在他身边睡着玛格达莱娜，甜甜的笑容挂在她的脸上，好像她正做着甜美的梦。西蒙希望她正梦见昨天晚上。

他和玛格达莱娜沿着河边采药草。西蒙努力对雄高近来发生的事情只字不提。他希望至少在短时间内把它们忘掉，他不愿意再想起那个被称为魔鬼的男人，那个想要杀死他的人。他不愿想起地牢里仍然昏迷不醒的接生婆。他也不愿想那些死去的孩子。现在是春天，阳光暖融融的，莱希河水轻轻拍打着河岸，汩汩地流走。

在靠着河边的草场走了一英里后，他们来到了西蒙喜欢的地方。这是一片很小的碎石河滩，从路上根本看不见。一棵巨大的柳树用枝条覆盖着这片河滩，河水只是隐约在树叶后面闪光。近几年，每次想思考问题时，他都会坐在这儿。现在他和玛格达莱娜一起望着河水，他们讲着上一次集市的事：他俩一起跳了舞，坐在旁边的人都惊得目瞪口呆。他们讲着各自的童年，西蒙讲他随军的年代，玛格达莱娜讲她七岁时发高烧，在床上躺了好几个星期不能动。也就是在这个时候她跟她父亲学会了识字，她父亲日夜守在床边，寸步不离。那次病好了以后，她就帮父亲配药水、研药草，而且每次翻看父亲的书籍时她总能学到新东西。

对西蒙来说这是奇迹。玛格达莱娜是第一个与他谈论书籍的女人！她是第一个读了约翰·斯库尔特图斯[1]的《外伤治疗原理》的女人，而且了解帕拉切尔苏斯的著作。只是一想到这个女孩永远不能嫁给他，他就感到好像针在刺心一样。作为刽子手的女儿她受人鄙视，这个城市将永远不会同意他和她结合。他们必须背井离乡到远方去，他们一个是刽子手的女儿，一个是走江湖的医生，要在街上乞讨才能生存。但是为什么不能这样做呢？他对这个女孩的爱现在如此之强烈，他愿意为她放弃一切。

整个下午和晚上他们都在交谈，突然，城里教堂六点的钟声敲响了。半小时后雄高的城门就会关上，他们知道不能及时赶回去。所以他们在附近找到了一个被遗弃的草棚，西蒙以前也在这里过过夜。他们继续交谈着，笑着各自小时候做过的坏事。雄高城、城里交头接耳的市民们、两人的父亲都离得很远很远。西蒙偶尔用手抚摸玛格达莱娜的脸颊和头发，但是每当他的手靠近她的束身衣时，她都微笑着把他推开。她还不想把自己献给他，西蒙完全接受，不想强迫她。不知什么时候他们俩像小孩子似的肩靠着肩睡着了。

破晓时分，草棚门的响声把西蒙从半睡半醒中吵醒了。他们在天花板下搭了一个睡铺，有一架梯子通到地面。医生小心地从草垛后面向下看，他看到草棚的门开了一道缝，早上的第一道晨光照了进来。他记得非常清楚，为了保暖，昨晚睡前他特意把门关上了。他轻轻地穿上裤子，又看了一眼睡在身边的玛格达莱娜。他身下的木板下方传来了脚步声。脚步靠近了

① 约翰·斯库尔特图斯（1595—1645），17世纪德国最早受到学术训练的医生之一。

梯子。西蒙在干草中寻找自己的刀，那是一把锋利的匕首，他在解剖尸体或给伤者截肢的时候也用这把匕首。他用右手紧紧地攥住匕首的把柄，左手轻轻地推开眼前的一捆干草。

在他下面露出了一个人。他又等了一会儿，然后用力把一捆干草推了下去，干草正好砸到这个人的身上。紧接着，西蒙大喊一声，跳了下去，想把这个人摔倒在地，然后再在背上刺一刀。

那个人没有朝上看一眼，身子一侧，干草落在了地上，顿时夹着灰尘散开了。他同时伸出手，向上抵挡住西蒙的进攻。医生感到那人的强壮手指像钳子一样夹住了自己的手腕。他疼得喘不过来气，不得已松开手扔掉了匕首。那个人用膝盖狠狠地撞了一下他的腹部，他身子向前一倾斜，便倒在地上，疼得两眼发黑。

他顾不上疼，趴在地上乱摸，想找到自己的匕首。一只皮靴踩到他的右手上，先是很轻，然后越来越重。他手上的骨头在咯咯地响，他只能伸着脖子喘气。突然，疼痛减轻了。眼前笼在雾中的这个人把脚从他手上挪开了。

“如果你下次再敢引诱我女儿的话，我就掰断你的两只手，把你套在拷问台上，听明白了吗？”

西蒙用手捂着肚子，爬到一个安全的地方。

“我没……碰她一根指头，”他呻吟着说，“不像您想的那样。但是我……我们……相爱。”

一阵干笑传了过来。

“呸，我才不管呢！这个女孩是刽子手的女儿，你忘了吗？她是受人鄙视的！就因为你一时管不住自己，还想让人们再嘲笑她吗？”

雅各布·奎瑟现在就站在西蒙的眼前，用皮靴把他翻个身，让西蒙仰面躺在地上，可以直接看着他的眼睛。

“算你运气好，我没有马上让你变成阉人，”他说，“这样你会给自己和城里的许多姑娘减少麻烦。”

“你不许碰他，父亲！”房顶传来了玛格达莱娜的声音。她被格斗的声音吵醒了，睡眼惺忪地看着下面，头发上沾满了干草。“是我引诱了西蒙，不是他。再说了，我反正是个无耻的人，也不在乎多这一点事。”

刽子手向上面威胁地挥挥拳头。“我教会你识字治病，不是为了让你带个孩子，遭受耻辱和谩骂，被赶出城。总有一天我还要亲自给自己的女儿戴上耻辱面具！”

“我……我可以养活玛格达莱娜，”西蒙又开始讲话，但是仍然用手揉着腰，“我们可以到另外一个城市去，在那……”

西蒙的腰上又挨了一脚，他又一次喘着气，蜷缩起来。

“你们将丢人现眼！你们想去要饭不成？玛格达莱娜要嫁给我施泰因加登的表弟，已经说好了。现在你赶紧给我下来！”

雅各布·奎瑟摇晃着梯子。玛格达莱娜的脸色一下子变得苍白。

“我要嫁给谁？”她的声调听上去毫无起伏。

“施泰因加登的汉斯·奎瑟，是一门很好的婚事，”刽子手瓮声瓮气地说，“几星期前我才跟他谈过这件事。”

“你现在就这么简单地把这件事告诉我？”

“我早晚都要跟你说嘛。”

一捆干草正好落在刽子手的头上，他踉跄了几步，费好大劲才又站稳。他没有预料到这次的袭击。西蒙忍着痛笑了起来。玛格达莱娜继承了她父亲的眼疾手快。

“我谁都不嫁，”她从上面向下喊道，“更不要说那个施泰因加登的胖汉斯了。他嘴臭，牙都掉光了！你要知道，我只嫁给西蒙！”

“犟婆娘。”刽子手威胁地说。但是看上去，他还不想用武力把女儿带回家。他向门口走去。当他打开草棚的大门时，早上的阳光照了进来。他在门口停了一会儿。

“还有，施特拉塞尔家的约翰内斯找到了，他死在阿尔滕施塔特的一个草棚里，”他嘟囔着说，“他也有这个标记。我是听施特拉塞尔的女仆说的。我现在就到那儿看看。西蒙，如果你愿意，你可以跟我去。”

说完，他便走出了草棚。西蒙犹豫了片刻。他向上面的玛格达莱娜看了一眼，她正把自己埋在草堆里抽泣呢。

“我们……我们过后再说。”他朝她的方向低声说，然后一瘸一拐地跑出去追刽子手。

很长一段时间，他们两人都沉默不语地走着。他们走过木筏埠头，这时候第一批木筏已经靠了岸。他们向左转，想从盘山路去阿尔滕施塔特。他们有意绕开了城里的路，想单独在一起。在这条紧靠城墙的小路上看不见一个人影。

最后还是西蒙先开口讲话，他想了好长时间，特意考虑了词汇的选择。“对……对不起，”他结结巴巴地开始说，“是真的，我爱您女儿。我可以养活她。我上过大学，因为钱不够没有读完。但是当一个行走的外科医生我是没问题的，而且能养家糊口。再加上您女儿的医药知识……”

刽子手停下脚步，从山坡上俯视河谷里一望无际的森林。

“你是否知道在外面挣钱意味着什么？”他打断西蒙的话，眼睛仍然望着远方的风光。

“我曾经和我父亲在外面闯荡过。”西蒙回答说。

“他养活了你，你一辈子都要感谢他，”刽子手说，“这次你将是一个人，你要一个人照顾你太太和孩子。你要从一个村子走到另一个村子，你是一个江湖医生，要把你的便宜药水当成酸啤酒来卖，还要遭受农民们的嘲笑和扔来的烂菜叶，他们把你的医术看成是不正当的脏东西。你的脚还没踏进城门，城里那些上过大学的医生就会想方设法把你赶出去。你的孩子们将因为饥饿都死在你前面。你愿意这样吗？”

“但是我和我父亲找到了出路……”

剑子手向地上吐了一口痰，继续说：“那是在战争年代。打仗的时候，总会找到事情做。截肢断腿，用热油治伤口，把死人拖走，洒石灰。现在没有战争了，也没有军队可以跟随了。我为这一切感谢上帝！”

剑子手又开始赶路了。西蒙跟在后面，保持着一定的距离。

“师傅？”过了几分钟后他说，“我可以问您一件事吗？”雅各布·奎瑟继续走着，没有回头。

“你想知道什么？”

“我听说，您并不是一直在雄高。您像我这么大的时候离开了雄高。为什么？您为什么又回来了？”

剑子手再次停了下来。他们几乎绕城走了一圈。他们的右侧露出通往阿尔滕施塔特的公路，一辆牛车正慢慢地行驶在路上。后面是一望无际的森林。雅各布·奎瑟沉默了许久，西蒙还以为他不会回答呢。但是剑子手最后还是说了话。

“我不想干这个我注定要杀人的职业。”

“那您干了什么呢？”

雅各布·奎瑟轻声地笑起来。

“我倒是大杀特杀了一气。不加选择，漫无目的。男的，女的，小孩子。像中了邪似的。”

“您是一个……雇佣兵？”西蒙小心地追问着。

剑子手又沉默了很长时间，才回答说：“我跟了蒂利[①]的军队。歹徒、强盗，但是也有正直的男人和像我这样想冒险的人……”

“您曾经提起，您到过马格德堡……”西蒙继续问。

剑子手的身体猛地抽动一下。关于那个北方城市沦陷的恐怖故事也传

① 蒂利（1559—1632），三十年战争中巴伐利亚天主教联盟军的统帅。1631年，他率军攻克了马格德堡，士兵在城中肆意烧杀，近三万民众惨遭屠戮。

到了南方偏僻的雄高。蒂利将军麾下的天主教联盟军把这个城市可以说是夷为平地。只有极少的居民在这次大屠杀中幸存了下来。西蒙听说过，那些士兵杀起小孩来就像宰羊羔一样，他们强奸女人后，把她们像救世主一样钉在各家的门框上。即使这些故事只有一半是真的，也足以让雄高的人感激上帝没有让他们也遭受类似的大屠杀。

雅各布·奎瑟继续向前走着。西蒙紧追慢赶地跟着他上了去阿尔滕施塔特的公路。他感到自己有点太过分了。

“那您为什么又回来了？”沉默了一会儿西蒙又问。

“因为缺一个刽子手，”雅各布·奎瑟喃喃地说，“否则一切都付诸东流了。如果必须杀人，那就至少要杀得正确，依法杀人。所以我就又回了雄高，让一切有规有矩。现在不要再说话了，我要好好想想。”

“您还要再想想玛格达莱娜的事吗？”西蒙想再试最后一次。

刽子手生气地斜眼看了他一下，然后快步向前走，西蒙费了好大劲才能跟上。

他们并肩走了足足有半个小时，前面才出现了阿尔滕施塔特的房子。从奎瑟几句简单的话里，西蒙得知，今天一大早人们在约翰内斯·施特拉塞尔养父的马棚里发现了他的尸体。约瑟法——酒馆里的一个女佣——在一个草垛下面发现了他。她跟老板施特拉塞尔讲了情况后，就急忙跑到雄高的刽子手家买贯叶连翘，想编成花环避邪。女佣十分肯定，约翰内斯是被魔鬼抓走的。刽子手把药草给了约瑟法，听她讲完事情的经过，起先决定自己上路，并没有想痛打他女儿的情人。在渐渐变亮的晨光中他发现了他们的行踪，没费吹灰之力便找到了那个草棚。

现在他们两人站在阿尔滕施塔特酒馆的门前，西蒙几天前还拜访过此地。来的并不只有他们两人。一小群农民和附近的运输工围在一副用木板临时搭起的担架前。几个女人手里捻着念珠；两个女仆跪在担架前头，身子前后摇晃，默默祈祷。西蒙也看见了阿尔滕施塔特的乡村神甫。嘟嘟囔囔的拉丁文传进他的耳朵。当阿尔滕施塔特的人看见刽子手走来时，有几个人赶紧在胸前画十字。神甫停止了他的祈祷，怀着敌意看着他们。

“雄高的刽子手到这里来干什么？”他疑惑地问，“这里没有你的事。魔鬼已经做完了他的坏事！”

雅各布·奎瑟镇定地说：“我听说这里出事了。也许我能帮点什么忙？”

神甫用力摇着头说：“我已经告诉你这里没事可做了。小孩死了。魔鬼把他抓走了，而且还给他印上了那个记号。”

“让刽子手尽管过来！”这时传来了老板施特拉塞尔的声音。西蒙从几个站在担架旁的农民中认出了他。“他应该过来看看，那个巫婆对我儿子都干了什么，这样他就会让她受尽折磨慢慢地死去！”施特拉塞尔老板的脸像石灰一样白，眼睛冒着怒火，在刽子手和他死去的儿子间来回地转着。

雅各布·奎瑟好奇地走近担架，西蒙紧跟在后面。临时钉在一起的木板上面盖着干树枝和松枝。松油的味只稍微地盖住了死尸的臭味。约翰内斯·施特拉塞尔的肢体已经出现了黑斑，苍蝇围着他的脸乱飞乱转。他充满恐惧的眼睛睁得大大的，望着天空，已有好心人在两只眼睛上面各放了一枚硬币[①]。在他的下巴下面有一条深深的刀口，差不多有从左耳朵到右耳朵那么长。衣服上沾满了干血，上面聚了一群苍蝇。

西蒙的身体不由得抽动了一下。谁会下这么狠的手呢？这个小男孩最多有十二岁。也许他最大的罪过就是曾经偷了他养父的一个大面包和一罐牛奶。现在他躺在这儿，脸色惨白，身体冰冷，血腥的死亡终结了他短暂而不幸的一生。他只是被容忍，没有被爱，如同一个被遗弃的麻风病人。

① 欧洲一种很古老的习俗，可以追溯到古希腊。在死者眼睛上放上钱币，是为其在冥河交“过河钱”，也是为了使死者瞑目。今天这种习俗已经不再流行。

老板施特拉塞尔紧闭着双唇站在担架旁，虽然愤怒不已，并对凶手充满仇恨，但是他心里并不感到悲哀。

刽子手轻轻给小孩翻个身。在肩胛骨的下面露出了那个紫色的标记，虽然已被水冲淡，但是仍然清晰可见——一个圆圈下面加个十字。

“这是魔鬼的标记。”神甫低声地说着，并在胸前画了个十字，然后便开始念起主祷文来。

“我们在天上的父，愿人都尊你的名为圣……”

“你们在哪里发现他的？”雅各布·奎瑟问，眼睛仍然盯着死尸。

“在马棚里，最里面，藏在了几捆干草下面。”

西蒙四下看了一眼。是弗朗兹·施特拉塞尔在讲话。酒馆老板充满愤恨地向下看着他养子的尸体。

“他一定在那里躺了好长时间。约瑟法今天一大早发现的，因为那里发臭。她开始还以为是只死动物，搬开草后才发现是约翰内斯……”他嘟嘟囔囔地说道。

西蒙打了一个冷战。这个刀伤和几天前死去的安东·克拉茨的一样。彼得·格里默尔，安东·克拉茨，约翰内斯·施特拉塞尔……索菲和克拉拉会怎么样？魔鬼也抓到她们了吗？

刽子手弯下身子，开始仔细地察看尸体。他用手摸着刀痕，检查是否还有其他的地方受伤。他没有发现任何伤痕，然后闻了闻尸体。

“最多三天。杀他的人干得很利落，一刀便割断了喉咙。”

神甫生气地斜眼看着他，大声说：“奎瑟，够了。你可以走了。这是教会的事。你还是回去管你们的女巫婆吧，那个史泰茜琳！她才是这一切的罪魁祸首！”

站在他身边的施特拉塞尔马上点头说：“对。约翰内斯经常去她那里，和其他的野孩子一起，还有那个红头发的索菲。她给他施了魔法，现在魔鬼来取这些小孩子的灵魂了！”

人群中顿时传来一阵喃喃的祈祷声。施特拉塞尔也变得勇敢起来，脸红脖子粗地冲着刽子手大声喊道：“你告诉城里的大人们，如果他们不快点把这个女巫婆收拾掉，我们就自己去抓她！”

几个农民大声地附和着他。他继续说：“我们把她吊在最高的房顶上，然后在下面点上火。我们倒要看看谁和她穿着一条裤子！”

神甫故意点着头说：“这确实可以看出真假。我们不能眼睁睁地看着我们的孩子一个个地被魔鬼抓走，我们要阻止他。巫婆们都要被烧死。”

“巫婆们？”西蒙紧接着问。

神甫耸耸肩回答说：“很明显，不是只有一个女巫在作怪。魔鬼和许多巫婆都有联系。还有……”他举起食指，像是在进行逻辑证明。“史泰茜琳现在不是被押在地牢里吗，是不是？所以肯定还有别人在帮她！不久就是沃尔布加之夜！很可能那些和撒旦相好的女巫们现在就在森林里跟魔鬼跳舞，舔他的屁股呢。然后她们脱光了衣服跑到城里，发疯地吸无辜孩子的血。”

“但是这些连您自己都不相信啊！”西蒙不是很有把握地反驳说，“这都是恐怖传说，根本不存在！”

“史泰茜琳家里有飞行药膏和女巫榛，”一个农民从远处喊道，“这是贝希托尔德告诉我的。审问的时候他在场。现在她又用魔法把自己弄得昏迷不醒，这样她就不会泄露谁是她的同伙了！等到了沃尔布加之夜他们还会抓走更多的孩子！”

弗朗兹·施特拉塞尔点着头，赞同地说：“约翰内斯经常到森林里去。很可能是他们把他勾引到那里的。他总是提到那个隐藏室。”

“一个隐藏室？”奎瑟追问道。

刽子手一直在仔细地察看尸体，就连沾满了血迹的头发和手指甲都细心地看了一遍。他又察看了一次那个标记。直到这时他才对谈话的内容感兴趣。

“什么隐藏室？”

弗朗兹·施特拉塞尔无可奈何地嘟囔着说：“我已经跟医生讲过了。在森林里的什么地方。肯定是一个洞或者类似的地方。他每次回来时都是满身泥土。”

刽子手又仔细地看了看小男孩已经僵硬了的手指。

“他怎样满身泥土？”他追问道。

“就是满身泥糊糊的呗，就好像他在地上爬了似的……”

雅各布·奎瑟闭上眼睛，低声说：“噢，上帝啊上帝，我真是个死脑筋的白痴。那么明显的事情，我竟没有看出来。”

“什么……什么事？”站在他身边的西蒙低声地问，西蒙是唯一听见他讲话的人。“您没看出什么？”

雅各布·奎瑟一把抓住医生的手腕，把他拉出人群。“我……我现在还没有十足的把握，”他说道，“但是我想我知道小孩的隐藏室在哪儿。”

“在哪儿？”西蒙的心跳得很厉害。

“我们还要先检查一件事情，”他一面对西蒙耳语，一面匆忙地走上去雄高的公路，“但是我们要等到夜里才能干。”

“告诉城里的大人们，我们不能再观看了！女巫婆一定要被烧死！”弗朗兹·施特拉塞尔在他们的身后大声喊着，“还有那个红头发的索菲，我们自己到森林里去找她。上帝会帮我们找到这个隐藏室，然后我们用烟火把她们熏出来，这是个女巫窝！”

接着响起了一片掌声和呼叫声。在这片欢呼声中隐约传来了神甫用拉丁文咏唱颂诗的声音。

“那是震怒与审判之日，举世化为灰烬……”

西蒙咬紧嘴唇。震怒之日看来是不远了。

法院记录官约翰·莱希纳往刚刚写完字的羊皮纸上吹了一口沙子，然后把羊皮纸卷了起来。他轻轻地点头示意差役把旁边的小房门打开。站起身的时候，他又转向奥格斯堡的运输工。

“如果您讲了真相的话，您不用担心。打架斗殴的事情我们不感兴趣……至少目前如此。我们只想知道是谁点火烧了大棚房。”

马丁•许贝尔点点头，连眼皮都没抬一下。他耷拉着脑袋，脸色苍白。一个人被拘留了一夜，再加上害怕受刑罚，把从前趾高气扬的运输工变成了一个提不起来的泥人。

约翰•莱希纳微笑着。如果过几天富格尔真的派人来跟他要人的话，他们得到的是一个坦白了的罪人。莱希纳将会很坦荡地放人。但是马丁•许贝尔很有可能在遥远的奥格斯堡也要继续坐牢，为给他上司带来的耻辱而赎罪……莱希纳非常肯定，下一次奥格斯堡的商人会更加谦恭的。

马丁•许贝尔基本上承认了他昨天已经提到的事。大约两星期前，他的人在金星客栈参与斗殴，有一个人被约瑟夫•格里默尔打得很重，住进了医院。在星期二晚上他和几个同伙混在货船上，来到木筏埠头，想教训雄高人一顿。但是，当他们走到大棚房附近时，它已经烧起来了。马丁•许贝尔看见几个看上去像雇佣兵的人在逃跑。可惜离得太远，他看得不太清楚。仗最后还是干起来了，因为雄高人怀疑他们放火烧了大棚房。

“那你认为是谁烧的大棚房？”莱希纳走到门口时又问了一遍。

马丁•许贝尔耸耸肩，无可奈何地说：“是一些外来的士兵，不是这一带的人，这一点我能肯定的。”

“奇怪的是，雄高的守卫没有注意到他们，你们奥格斯堡的人却注意到了。”莱希纳补充道。

运输工的头领又开始发起牢骚来：“以圣母马利亚的名义起誓，这些我已经跟您讲过了！因为雄高人都忙着救火。还有，在那么大的烟雾下根本看不清楚谁是谁！”

约翰•莱希纳凝视着他，喃喃地说：“但愿我们的救世主保护你，不让你说谎。否则的话你要被吊死，还会给我带来一堆麻烦事，不管你是富格尔的人，还是当皇帝的，在我这儿都没用。”说完他转身走了。

“给犯人一碗热汤、一块面包，我的上帝！”在下楼梯到巴林大厦的大厅之前，他朝差役喊，“我们不是野兽！”吱的一声，他身后牢房的门关上了。

他在破旧的楼梯上停了下来，从这里望着下面的仓库。尽管房梁已被虫子咬过，粉刷的墙皮也脱落了，但是这个仓库仍然是雄高的骄傲。成捆的羊毛、布料，还有各种香料堆在一起，有的已堆到房顶。空气中散发出一股淡淡的丁香味。谁会故意让这些财富一烧而尽呢？如果真是雇佣兵的话，那他们肯定有一个雇主。这又是谁呢？雄高人还是外人？也许真是奥格斯堡人？或者确实是魔鬼所为？记录官皱着眉头。他肯定忽略了什么，这样的话他不能原谅自己。他是一个追求完美的人。

“大人，地牢的差役安德烈亚斯派我来的！”约翰·莱希纳向下看了一眼，一个穿着破麻布衫和木底鞋的小男孩正从门口跑进来。他累得上气不接下气，但是眼睛炯炯有神。

“差役安德烈亚斯？”莱希纳好奇地问，“他有什么事？”

“他说史泰茜琳醒过来了，她大声哭号、抱怨，像十个复仇女神那么厉害！”小男孩看上去不到十四岁，他站在楼梯前满怀期望地向上看着记录官。“您要很快烧死她吗，大人？”

约翰·莱希纳满意地看着他。“嗯，马上会知道的，”他一边说着，一边塞给小男孩几个铜币，“去把医生找来，要他检查一下史泰茜琳的身体状况。”

当小男孩跑走的时候，莱希纳又把他喊了回来。

“你要找那个老医生，不要叫那个年轻的！明白吗？”小男孩点点头。

“年轻的医生有点儿……”约翰·莱希纳犹豫了片刻，然后他微笑着说：“嗯，我们都想早点看到巫婆被烧死，是吧？”

小男孩点点头。在他的眼睛里闪着狂热的光，让莱希纳感到有些害怕。

好像有人用锤子不停地敲着门，一阵很有节奏的砰砰声把史泰茜琳唤醒了。当她睁开眼睛时，她才意识到，有一把锤子正在她的体内砰砰地敲打。一种她从没有过的疼痛间歇地从左手传入体内。她向四周看看，看到一只畸形的、蓝一块紫一块的猪尿泡。她用了好长时间才看明白，这只猪尿泡就是她的手。刽子手用拇指夹还真干出来了一些业绩，手指和手掌都肿得比原来大出两倍。

她还隐约记得她几口喝下了雅各布·奎瑟给她的药水。药水有些苦，她能想象出里面都含有什么东西。她不愧是接生婆，知道曼陀罗、乌头或者风茄的医药功能。在接生的时候她经常用小剂量的药给产妇止痛。当然这不能让人知道，因为这些药草都被看成是巫婆用的东西。

刽子手给她的药水药性很强，她对接下来发生的事情只是模模糊糊地记得。她被用了酷刑，但是记录官、证人们还有刽子手好像离她很远，声音听上去像是远处传来的回声。她没有感到疼痛，只感到手上有一种很舒服的温暖。然后就是一片黑暗，现在是这种有节奏的砰砰敲打把她从没有恐惧和痛苦的世界残忍地拉了回来。疼痛像水流入空盆一样，慢慢地流满她的全身。她开始大声喊叫起来，并用那只好手不停地摇晃着铁栏。

“嘿，女巫婆，你已经感到大火烧身了？”运输工乔治·里格从旁边的牢房里喊过来。他和木筏埠头的哨兵仍然被关在那里。史泰茜琳的喊叫正是一件求之不得的新鲜事。

“如果你能的话，你倒是把自己变出去呀，还是魔鬼把你扔在这里不管了？”乔治·里格嘲弄地说。

和他关在一起的哨兵拽住他的肩，警告说：“乔治，不要这样。这个女人疼得不行，我们最好喊差役来。”

但是没有必要这么做。正在运输工想重新开始他的恶意谩骂时，差役安德烈亚斯打开了地牢的门。喊叫声把他从小憩中惊醒。他看到是史泰茜琳在摇晃门时，马上又跑了出去。她的哭叫和哀号一直跟着他传到外面的街上。

不到半小时，证人贝希托尔德、奥古斯丁和施雷佛阁就接到通知，来到了地牢。约翰·莱希纳已经和医生在那里等着他们了。

老福荣威泽已经被证明是一个有用的城市仆从，无论他们叫他做什么，他都顺从地执行。此时他正深深地弯着腰，包扎着接生婆的那只肿了的手。绷带很脏，闻上去好像已经接触过许多躯体了。

“怎么样？”记录官问道，他很有兴趣地观察着抽泣的接生婆，像是在看一只奇怪的、乱蹦乱跳的昆虫。此时她的喊叫已经变成孩子般的哭泣。

“只是一般的淤血，没什么，”伯尼法茨·福荣威泽说，并把绷带系紧，“拇指和中指可能断了。我给她敷了山金车和橡树皮配的药膏，这可以消肿。”

“我想知道，我们能审讯她吗？”约翰·莱希纳追问道。

医生献媚地点着头，然后开始把药膏瓶、生了铁锈的刀和一个十字架装到带来的袋子里。“只是再用刑时，最好用另一只手。否则她还有可能再昏迷过去。”

“你辛苦了，”莱希纳说着，把一个古尔登放在伯尼法茨·福荣威泽的手里，“你现在可以走了，但是不要太远，我们需要你的时候会喊你。”

医生急忙连连鞠躬表示感谢，快步走到了街上。到了外面他直摇头。他一直不明白，为什么还要给一个受了刑的人治伤。如果已经开始用刑审问，那些可怜的罪人最终要么被架到火刑堆上，要么像肢体七零八落的木娃娃一样被钉在木轮上。接生婆要么这样死，要么那样死，虽然他儿子坚信她是无辜的。现在伯尼法茨·福荣威泽至少还在她这儿挣了一笔钱。谁知道？很有可能他们还会来叫他呢。

他一边满意地在衣兜里玩弄着那枚古尔登，一边向市场走，他想买一块热肉饼吃。治伤让他胃口大开。

在地牢里，三个证人和记录官已经在审讯室坐下来，等着刽子手把接生婆带下来，进行审讯。约翰·莱希纳特意让人准备好了酒、面包和酱牛肉，因为今天的审讯可能要持续很长时间。莱希纳估计史泰茜琳会很倔犟。不管怎样，他们还有两天多的时间，然后选帝侯公使就要带着他的一队人马到来，在城里白吃白住。到那时候史泰茜琳肯定会承认的，这个他十分有把握。

但是刽子手还没有露面，没有他就不能审问。记录官不耐烦地用手指敲打着桌子。

“已经通知奎瑟了，对吧？”他问旁边的一个差役。差役点一下头作为回答。

“可能他又喝醉了。”证人贝希托尔德扯着嗓子说。他本人倒不像是从面包房叫来的，而像是被人从市场的一个酒馆里叫来的。他的衣服上沾满了面粉和啤酒，头发成绺地向上竖着，他闻上去像一只喝干了的酒桶。他贪婪地把杯中的酒一口喝光，然后又给自己倒满了一杯。

“您要适可而止，”雅各布·施雷佛阁警告说，“这不是酒馆里的聚会，而是酷刑审问。”暗地里他希望刽子手走得远远的，这样就不能用酷刑。不过他知道，这是不可能的。雅各布·奎瑟将会丢掉这个职位，几天后奥格斯堡或者施泰因加登的刽子手马上就会接替他。也许推迟几天就能有足够的时间找出真正的凶手。雅各布·施雷佛阁现在也相信史泰茜琳是无辜的。

证人乔治·奥古斯丁一口一口地品着酒，并把自己的白衣领扶正。

“也许刽子手不知道我们没有那么多的时间。这些审问每次都要花费我一堆古尔登。”说话时他的目光随意地飘过各种各样的刑具，“如果你不好好地赶我们的运输工，他们就会在金星把屁股坐扁了。文字记录也不会自己写下来。看在老天爷的分上，让我们开始吧！”

“我敢肯定，女巫婆今天就会承认，最晚明天，”莱希纳安慰道，“然后一切又会恢复正常。”

雅各布·施雷佛阁不由得笑了起来。“恢复正常？您难道忘了吗，外面有个魔鬼在游荡，他已经杀死了三个孩子？而我可爱的克拉拉，上帝才知道她现在在哪儿……”他的声音中断了，他用手抹了抹眼角的泪水。

“您不要这样，”乔治·奥古斯丁大喊道，“如果女巫婆死了，魔鬼就会从她体内出来，又回到原来的地方。您的克拉拉到时候就会回来的。”

“阿门。”证人贝希托尔德咕哝道，同时还打了一个响响的饱嗝。他已经喝下了三杯酒，瞳孔有些扩散，空洞地凝视着周围。

“反正，”乔治·奥古斯丁又继续说，“如果依着我父亲，我们早就开始用酷刑审问了。现在史泰茜琳可能已经被烧死了，也就不会有这么多麻烦了。”

雅各布·施雷佛阁还清楚地记得上个星期一召开议会时，已经瞎了眼的奥古斯丁向议会大人们讲了雄高七十年前焚烧女巫的历史，希望尽早解决史泰茜琳的事。自那次会议以后才过了五天，但是施雷佛阁感觉，这好像是发生在很久以前。

“请安静！”莱希纳冲着瞎眼议员的儿子责怪地说，“您自己知道，我们无法开始。如果您父亲在这里的话，我们用不着听这番胡言乱语！”

乔治·奥古斯丁听了这顿训斥后，畏缩地坐回椅子上。有一刻他好像要说什么，但是他拿起酒杯，又开始望着放刑具的地方。

正当这些大人们在下面争吵的时候，刽子手轻轻地来到史泰茜琳的牢房。在两个差役警惕的目光下，他给还在哭泣的接生婆拿下了铁链，扶她站了起来。

“玛尔塔，听我说，”他小声地对她说，“你现在要坚强些。我快要找到真正的凶手了，这样你就会离开这里了，就像上帝帮助我一样真实。但是我今天还要给你上刑，让你受罪。这次我不能再给你喝药了，否则会露马脚。你明白我的意思吗？”

他轻轻地摇晃着她；接生婆停止了哭泣，点头表示明白。雅各布·奎瑟把脸凑近她，以便不让差役听到。

“你不能承认，玛尔塔。如果你承认，一切就完了。”他把她娇小的、铁青色的脸托在他熊掌一样的大手里。

“你听见了吗？”他又问了一遍，“不要承认……”

接生婆又重新点点头。他用力抓住她，然后他们走下台阶，到下面的刑房去了。

当史泰茜琳光着脚走下台阶时，证人们马上把头转向她的方向。谈话声停止了，戏可以开演了。

差役把被告按到屋子当中的椅子上，用手指粗的麻绳把她绑了起来。她的目光带着恐惧，不安地在这些大人们中间转来转去，最后停在雅各布·施雷佛阁的身上。即便坐在桌子后，他也能清楚地看见她的胸脯在一起一伏，太快了，就像一只充满死亡恐惧的小鸟。

“我们上一次不得已中断了，”约翰·莱希纳开始审问，“所以我还想再从头开始。”他打开羊皮纸卷，拿出羽毛笔在墨水里蘸了蘸。

“第一点，”他正式宣读，“女犯人身上有女巫标记可以作证吗？”

面包师贝希托尔德用舌头舔着嘴唇，看着差役把玛尔塔·史泰茜琳的棕色囚服从头上脱下来。

“为了避免上一次的争吵，这次，我决定亲自检查。”约翰·莱希纳说。

他一厘米一厘米地检查着接生婆的身体；他察看了她的腋下、屁股、大腿间。玛尔塔·史泰茜琳闭着眼睛。即便在记录官用手指尖检查她的阴部时，她都没哭一声。最后莱希纳停了下来，他说："我看，肩膀上的那块痣最可疑。我们要做一个实验。刽子手，拿针来！"

雅各布·奎瑟递给他一根手指长的针。法院记录官毫不犹豫地把针刺进接生婆的肩膀。玛尔塔·史泰茜琳大声地尖叫起来，雅各布·奎瑟被吓得一哆嗦。他们开始了，但是他不能进行任何抵抗。

约翰·莱希纳很好奇地看着针扎下去的地方，最后满意地笑着说："正如我想的。"然后他回到位子，在放满了写字用具的桌子前坐下，一面大声说着，一面写："女犯人脱了衣服。我亲自用针扎下去。在针扎下去的地方没有流出血……"

"但是这并不是证据！"雅各布·施雷佛阁打断他说，"每个孩子都知道，肩胛骨上几乎没有血！另外……"

"陪审员施雷佛阁，"莱希纳打断他说，"您没看到这颗痣长的地方正好和小孩身上的标记在一个位置吗？而且它看上去和那个标记即使不完全一样，也十分相似？"

雅各布·施雷佛阁摇摇头。"这只是一颗痣，什么都不是。选帝侯公使将不会，而且永远不会接受您的判决！"

"现在我们还没有结束呢，"莱希纳说道，"刽子手，拿拇指夹来。这次我们换一只手。"

玛尔塔·史泰茜琳的喊叫从地牢的小窗户一直传到了街上。谁正好在附近的话，就会马上停下手中的活儿，在胸前画个十字，或者念一遍《圣母经》，然后才继续上路。

公民们都坚信：女巫婆得到了她应有的惩罚。现在她还蛮横地不承认，但是过不了多久，她就会向那些出身名门的陪审员们招供，讲出她的阴谋。她会承认与魔鬼通奸，在那些疯狂的夜晚和他一起喝那些无辜孩子的血。她还会讲那些狂欢的舞蹈，她如何亲吻魔鬼的屁股，对他百依百顺。她还会供出其他的女巫来，讲她们如何与她一起骑着扫把在空中飞，为了飞得快，她们还在各自的阴部抹了飞行药膏。一群淫荡的女人！一想到这些，一部分规规矩矩的雄高公民就会流口水。许多雄高女公民们也会想，其他的女巫婆都是什么人：那个带有恶意目光的女邻居，硬币胡同后面的女乞丐，想掠夺虔诚、温顺的丈夫的女佣……

当史泰茜琳的尖叫传到市场时，伯尼法茨·福荣威泽正在一个摊位前吃着热肉饼。他突然感到肉饼很难吃。他把剩下的肉饼扔给了在旁边角斗的几只狗，便站起身回家去了。

魔鬼钻进了克拉拉的身体，不想出来了。小姑娘躺在干树枝搭成的床上，翻来覆去不停地滚着。她的额头上冒出了冷汗，脸像木头娃娃一样苍白。克拉拉在睡梦中一直不停地说着话，偶尔还会大声地尖叫起来，索菲不得已用手把她的嘴捂住。魔鬼好像刚刚又到了附近。

“他……他过来了。不要！走开！走开！地狱的魔爪……心从身体里出来……疼，疼……”

索菲把自己的小朋友又轻轻地放回到床上，用一块湿布擦着她滚烫的额头。高烧没有退掉，反而变得更严重。克拉拉热得像个小火炉。索菲给她熬的药只起了一会儿的作用。

索菲守在这里，已经四天三夜了。她只是偶尔出去采一点浆果和野菜，或者在附近的农舍偷一点可吃的东西。昨天她抓了一只母鸡，宰了后，夜里给克拉拉烧了一锅热鸡汤。但是她非常害怕人们会看见火光，所以她很快又爬了回来。她的警觉没有欺骗她。在夜里她听到了脚步声，就在她们藏身处的附近，后来脚步声又消失了。

她去了一次木筏埠头，让一个小男孩去告诉议员大人施雷佛阁，他的女儿一切都好。起初她认为这个主意很好，但是当医生在森林里出现时，她把自己狠狠地骂了一顿。特别是当魔鬼突然冒出来的时候。她闪电般地跳到一个长满树丛的深坑里，带着骨头手的男人从她身边跑过，追医生去了。从那以后，她不知道年轻的医生是死是活。她只知道那些男人又在紧紧地追踪她们。

昨晚，她多次考虑是否进城里去，把这一切都讲出来。也许可以跟医生讲——如果他还活着的话，或是跟刽子手讲。这两个人看上去是站在她们这边的。她可以讲出所有的事情，克拉拉也会得救。也许他们最后只会把接生婆绑在耻辱柱上，或者她的养父母会被罚款，因为他们的养女管了与自己无关的事。也许她会挨一顿打，然后便没事了。也许这一切根本就没有什么。

但是，她有一种强烈的预感，以往的经验都证明了她的预感，这也是她能成为孩子头儿的原因。大人们不会相信她们。事情发展得太出乎意料了，走回头路是不可能的。

她身旁的克拉拉又在睡梦中尖叫起来。索菲紧紧地咬住嘴唇，眼泪流到了沾满黏土的脸上。她实在不知道该怎么办了。

突然，远处传来了喊叫。笑声夹着喊声一直传到她们的藏身之处。索菲在克拉拉的额头上轻轻地亲吻了一下，然后到了一处可以看清外面的地方。

在树林中人影穿来穿去。黄昏已经来临了，所以她无法看清是什么人。不一会儿她听到了狗叫。索菲小心地向上爬了几厘米。现在她认出了那些人，是阿尔滕施塔特的农民。约翰内斯的养父弗朗兹•施特拉塞尔也在里面。他手里拉着一只大狗。狗正挣扎着朝她们躲藏的地方走。索菲马上蹲了下去，不让人看见。这些人的声音的回声听上去很奇怪，好像是从一条长长的隧道传出来的。

“弗朗兹，我们别找了！”一个男人喊道，“我们都找了一天了。一会儿天就黑了。这些人都又饿又累，想回家了。我们明天再找那个隐藏室吧。”

“等一会儿，再在这里看看！”弗朗兹·施特拉塞尔朝那个人喊回去，“狗好像闻到了什么。”

“它能闻到什么？”又一个男人大笑起来，“闻到了巫婆？它闻到了泽普·施潘纳的母狗身上的味儿，它正在发情呢。你没看见狗一直冲他去吗？”

“混账东西！这完全是另一回事。看它现在认定了这个……”

声音越来越近了。索菲屏住呼吸。现在这些人就在她的头上。狗开始叫起来。

“这里肯定有什么东西，”施特拉塞尔嘟囔着说，“我们在这里找一找，然后就完事了。”

“那好吧，这里再找一下。这只狗确实很固执……”

索菲听到了一阵喊叫，其他农民有些不耐烦了。在她的头上，人们在碎石上走来走去。狗急促地喘着气，听上去马上就要窒息似的，很显然它自己把绳套拉得很紧，都快要把自己勒死了。

就在这时克拉拉又尖叫起来。这是一声拖得很长、充满恐惧的喊叫，黑暗中的阴影又一次来袭击她，用长长的指甲抠着她细嫩的皮肤。一听到克拉拉的喊叫，索菲马上赶到了她的身边，用手捂住了她的嘴。但是这已经太晚了。

“你听到了吗？”施特拉塞尔激动地问。

“什么？你的狗在喘气、在叫，除此之外什么动静都没有。”

“该死的狗，不要叫了！”

咣当一脚，然后是一阵呜咽。狗终于不再叫了。

“有人喊了一声，是小孩的声音。”

“胡说，是狗在嚎叫。魔鬼已经钻进你的耳朵里了。”

一阵大笑。其他人的喊声渐渐变弱了。

"你才是胡说！我敢肯定是一个小孩……"

克拉拉在索菲的手下不停地滚来滚去。索菲仍然用力捂着她的嘴，虽然她很害怕克拉拉会因此窒息。但是克拉拉不能喊，尤其是现在。

突然，上面传来可怕的喘气声。

"看！"弗朗兹·施特拉塞尔喊道。

"这狗在刨地。肯定有什么东西！"

"对呀，它是在刨地，有什么呢？……"

另一个男人的说话声变成了笑声。

"一根骨头，它刨出来一根硬邦邦的骨头！哈哈，这肯定是魔鬼的骨头！"

弗朗兹·施特拉塞尔开始大声地骂起来："你这只笨狗，你在干什么？把骨头放下，不然我打死你！"

又是一脚和呜咽声，然后这些人的脚步走远了。但是索菲的手仍然捂在克拉拉的嘴上。小女孩的脸已变青了。索菲终于放开了手。克拉拉深深地吸了几口气，然后呼吸才又变得平缓。阴影不见了，她又安宁地睡起来。

索菲坐在她身边，无声地哭着。她差点儿把自己的朋友害死。她是一个女巫婆，人们说得对。上帝会惩罚她所犯的一切罪过。

在接生婆遭受酷刑的时候，西蒙·福荣威泽正坐在刽子手的家里煮咖啡。他总是在腰间的小布袋里装上一小把这种奇怪的豆子。他把豆子放到刽子手研药草的钵里研成粉末，在火炉上烧了一锅水。当水开了的时候，他用小勺舀了一点儿黑色的粉末，把它放进水里，开始搅起来。屋里马上泛起一股浓烈、芳香的气味。西蒙把鼻子凑近锅，深深地吸着它的芳香。这个香味让他的头脑清醒。最后他把锅里的水倒进一只杯子里，等着粉末沉淀下去，同时回想着过去几个小时发生的事情。

从阿尔滕施塔特回来后，他跟着刽子手回到了家，但是刽子手不想对他泄露，最后在酒馆老板施特拉塞尔那儿说的话到底是什么意思。他虽然又追问了几次，但是刽子手只是说，西蒙要耐心等到夜里。一向严峻的刽子手每次都会暗笑不止。西蒙感到，几天来刽子手对自己十分满意。

这种幸福感马上被两个到来的差役给搅没了。他们站在门口通知雅各布•奎瑟，史泰茜琳醒过来了，又可以接受审问了。

刽子手的脸色刹时变得铁青。

"现在就可以了？"他默默地说着，转身进屋，不一会儿带着所需要的东西走了出来。他把西蒙叫到旁边，对着他的耳朵小声地说："现在我们只能希望玛尔塔能挺住。今天夜里敲十二点钟的时候一定要到我这儿来。"

说完，他就跟在差役的后面向城里走了，他的肩上背着一只麻袋，里面装着拇指夹、铁靴、绳子和柴火棍（用来往指甲里塞，然后再点上火）。刽子手走得非常慢，不知什么时候，他消失在莱希门后面不见了。

安娜•玛丽亚几分钟后在房屋前看到了西蒙，他正茫然不知所措地盯着远处莱希门里的一个黑点。她给他倒了一杯葡萄酒，抚摸了一下他的头，然后带着两个小孩到市场买面包去了。生活还要继续下去，虽然三个小男孩死了，一个无辜的女人此时正遭受着无法形容的折磨。

西蒙拿着直冒热气的咖啡来到刽子手的书房，开始毫无选择地翻书。但是他不能集中精力，字母不一会儿就在眼前变得模糊不清。当身后的门吱的一声打开、预告有人来了的时候，他感到非常欣慰。玛格达莱娜站在门口，满脸泪痕，头发蓬乱，没有整理。

"我永远不会嫁给施泰因加登的刽子手，"她哭泣着说，"我宁愿去跳河！"

西蒙的身体一哆嗦。几小时前的恐怖事件让他把玛格达莱娜忘得一干二净！他合上书，拉住她的胳膊。

“不经过你同意，你父亲不会这样做的。”他试图安慰她。

她一把推开他，朝着他大喊：“你怎么可能了解我父亲！他是个刽子手，他折磨人、杀人，如果不干这个的话，他就卖爱情药水给老太太，卖毒药给年轻的姑娘，好让她们见不得人的孩子在肚子里死掉。我父亲是个怪物，是个恶魔！他为了几个古尔登、一瓶烧酒就能把我嫁人，连眼皮都不会眨一下！让他见鬼去吧！”

西蒙紧紧地按住她，看着她的眼睛。“你不能这样说你父亲！你知道，这都不是真的。你父亲是刽子手，但是上帝知道，必须有一个人来干这件事！他是一个坚强聪明的好汉，而且他爱自己的女儿！”

她哭着把头埋在西蒙的胸前，不断地摇着头说：“你不了解他。他是个怪物，他是个怪物……”

西蒙站在那里，两眼空洞地望着窗外的药草园，在那里，第一片绿色已从棕色的泥土里冒了出来。他感到自己是那么无力。为什么他们两人就不能正常地幸福生活？为什么总是有人规定他们该做什么样的人呢？他的父亲，玛格达莱娜的父亲，整座该死的城市……

“我和你父亲谈了……咱俩的事。”他直截了当地说。

她停止了哭泣，抬头望着他。

“他怎么说？”

她的目光充满希望，西蒙决定对她说谎。

“他……他说，他想考虑一下。他想先看看我是否有用。等史泰茜琳的事情解决了，他再做决定。他说不排除把女儿嫁给我的可能。”

“这……这太好了！”

玛格达莱娜用手擦了擦脸上的泪水，两眼红肿地看着西蒙，微笑着。

“就是说，你必须帮助他把史泰茜琳从牢房里救出来。”

她的声音变得越来越有力。

“如果他看到你很有头脑，他就会把女儿托付给你。这对我父亲来说是最重要的。一个人要有头脑。现在你要证明给他看。”

西蒙点点头，但是他避开她的目光。玛格达莱娜又镇定起来。她给自己倒了一杯葡萄酒，一口喝干。

“你们今天早上发现了什么？”她一边问，一边用手背抹了一下嘴。

西蒙给她讲了施特拉塞尔养子的死，告诉她接生婆从昏迷中醒过来了。他还给玛格达莱娜讲了她父亲的暗示，以及他们今天夜里的约会。她细心地听着，只是偶尔提一下问题。

“你说，施特拉塞尔老板讲约翰内斯经常是浑身沾满黏土？”

西蒙点点头。“对，他是这么讲的。然后你父亲就很奇怪地看着他。”

“你也看了小孩的指甲吗？”

他摇摇头说。“没有，我想你父亲看过。”

玛格达莱娜微笑着。西蒙突然感到，他看到了她父亲的面容。

“你在笑什么？快告诉我！”

“我想，我现在知道父亲今天夜里想和你干什么了。”

“干什么？”

“他也想看看其他孩子的手指甲。”

“但是他们早被埋到圣塞巴斯蒂安教堂旁的墓地了！”

玛格达莱娜顽皮地笑着说：“现在你也知道，为什么你们今天要等到夜里十二点才能行动了。”

西蒙的脸一下变得苍白。他必须找把椅子坐下来。

“你……是说……”

玛格达莱娜又给自己倒了一杯酒，使劲地喝了一大口，然后说：“我只希望那两个小孩真的死了。魔鬼可能已经进到了他们的身体里，谁知道呢。你最好带上个十字架。谁知道还会发生什么……”

说完她在他的嘴上亲了一口。她的吻带着一股酒和泥土的味道。要比咖啡的味道好。

第十二章

星期天

1659年4月29日

晚上六点

城市的周围渐渐地被薄暮笼罩。路上和田野里虽然还能见到阳光，但是在浓密的橡树叶和榉木叶下夜晚已经来临了。阴影慢慢地移向林间的一片空地。四个男人坐在篝火前，火上烤着两只兔子。油滴在火上，散发出一股香味，让他们直流口水。除了几块面包和野菜外，他们一整天什么都没有吃，所以现在都急躁地等着烤熟的兔子。

“我们还要在这个该死的地方待多久，难道还要把屁股坐穿了不成？”一个人一边大声喊着，一边翻转着火上用铁棍串起来的兔子，“我们走远点，到法国去，那边还在打仗，正需要我们这样的人。”

“那钱怎么办，嗯？”一个躺在长满青苔的林地上的人问，“他答应给我们五十古尔登，如果我们把建筑工地铲平。等布劳恩施魏格把那几个狗崽子都宰了后，再加上五十古尔登。虽然我们就要完成任务了，可到现在我们只看到了四分之一的钱……”

他用眼睛斜看着那个离他们不远、靠在树上的男人。这个人连看都不看他一眼。他在摆弄他的手，他又压、又捏、又挤的，显然是有些问题。他头上戴一顶宽边帽子，上面插了几根公鸡毛，身上穿着血红色的马甲和黑色大衣，两只脚上是一双破旧的高筒皮靴。他的胡须经过特意的修剪，让胡子上方苍白的脸、脸上的鹰钩鼻子和一道长长的伤疤都清晰可见。他长得很高，很瘦，但是肌肉结实。

终于，他对自己的手感到满意了。他笑着把它举起来，手在火光的映照下发着白光。从胳膊肘到手指尖都是用骨头做的，很多细小的关节都钻了孔，用细铜线互相连接着。它看上去像一只死人的手。现在魔鬼才把头转向他的同伙。

“你在说什么？”他低声地问。

火边的士兵咽了一口唾沫，然后继续说：“我说，我们已经完成任务了；你非要自己把那些小狗崽子干掉。现在他们仍然在外面自由地乱窜，我们在等我们的钱……”他小心地看着那个骨头手男人。

“已经死了三个，”魔鬼低声说，“另外两个在附近，就在森林里。我能找到她们。”

“等到了秋天的时候，”火边的第三个人大声笑着说，并仔细地把兔子从铁棍子上拿下来，“但是我可等不了这么长的时间。我明天就走。我拿到我那份儿就够了。还有你，我早就受够了！”说完，他还朝大树的方向吐了一口。

一眨眼，魔鬼就到了这个人面前，抢走了他的兔肉。他把铁棍直接顶在那个人的喉咙上，把自己的脸几乎贴在了那个人的脸上。当这个士兵往下咽口水的时候，他的咽喉正好碰到滚烫的棍子尖上。他大喊起来，一股细细的血丝从他的脖子流下来。

“你们这些蠢猪！”魔鬼声嘶力竭地说，仍然把铁棍放在那人的喉咙上不动，“谁给你们弄来的活儿，嗯？谁一直供你们吃喝的？没有我，你们现在早都饿死，或者被吊在树上了。我能抓到那两个狗崽子，不用担心。我们不能离开这里！否则这钱就太可惜了！”

“把安德烈放了，布劳恩施魏格！”火边的第二个人慢慢地站起来。他身材高大，肩很宽，一道伤疤横在脸上。他抽出战刀对着魔鬼。只有仔细看，才能看到他眼中的恐慌。他握着刀的手在轻微地颤抖着。

“我们跟在你后面跑，已经太久了！”他咆哮道，“你的残忍，你的血腥，你的酷刑，这些都让我讨厌！你不应该杀死那个男孩，现在全城都在追我们！”

被称为布劳恩施魏格的魔鬼耸耸肩说：“他偷听了我们的谈话，和其他人一样。他会出卖我们，那样的话，我们的钱就没了，再说了……”他咧着嘴笑笑。“他们根本不找我们。他们以为是巫婆把那些孩子杀了，明天可能就要把她烧死。汉斯，把刀放下。我们总不想干一仗吧。”

“你先把铁棍子从安德烈的脖子上拿开。”那个叫汉斯的低声说。这个强壮的雇佣兵眼睛一眨不眨地盯着那个长得比自己矮的人。他知道这个布劳恩施魏格有多么危险。很可能在他们三人动他一根汗毛之前，他就已经把他们都干掉了。

魔鬼笑着把铁棍放了下来。“好，”他说，“现在我终于可以跟你们讲我的新发现了。”

“新发现？你发现了什么？”那个一直躺在地上的第三个人问。他叫克里斯托夫·霍尔茨阿普费尔，和其他三人一样，以前也是个雇佣兵。他们在一起已经快两年了，到处流窜。他们已经不记得最后一次拿佣金是在什么时候。从那以后，他们就靠谋杀、掠夺、放火为生，始终都是在逃命，比野兽生活得还差。但是在他们的内心深处还闪着道德的火星，一点对母亲睡觉前讲的童话的回忆和村里神甫做弥撒时祷词的记忆。他们都感到，这点火星在这个叫布劳恩施魏格的人心中已经完全泯灭了。他就像他那只截肢后安装的骨头手一样冰冷。虽然不能再拿武器，但它仍然是一只很有用的假肢。它会让人毛骨悚然，这也是布劳恩施魏格最喜欢的。

“你发现了什么？”克里斯托夫·霍尔茨阿普费尔又问了一遍。

魔鬼微笑着。他知道自己现在又占了上风。他舒舒服服地坐在青苔地上，撕下一只兔腿，一边吃着兔肉，一边说：“我跟踪了那个财迷，想知道他到底在工地上打的什么算盘。他昨天夜里又去了，我也去了……”他抹了一下嘴上的油。

“怎么样？”安德烈不耐烦地问。

“他在找东西。那里一定藏了什么东西。”

“一件宝贝？”

魔鬼耸耸肩说：“很有可能。你们不是想走吗？我就只好一个人找了。”

雇佣兵汉斯·霍恩莱特纳咧着嘴，笑着说：“布劳恩施魏格，你是我认识的最厉害的吸血鬼，最不是东西的狗杂种。但是，你至少是个狡猾的狗杂种……”

突然，一根树枝被折断了，声音虽然很轻，但是四个有经验的雇佣兵足以听见。布劳恩施魏格向他们做个手势，示意不要出声，然后便钻进了树丛里。不一会儿传来了喊叫，魔鬼手里抓着一个活蹦乱跳的家伙回来了。他把手里的家伙扔到了火边，其他的人这才看清，原来是给他们任务的那个人。

“我想找你们，”他呻吟着说，“你们怎么敢这样对我？”

“那你为什么这么偷偷摸摸的，财迷？”克里斯托夫嘟囔道。

“我……我没有偷偷摸摸的。我必须和你们谈谈。我需要你们帮忙。你们必须帮我找一个东西，就在今天晚上。我一个人找不到。”

大家沉默了好长时间。

“我们平分？”过了一会儿布劳恩施魏格问。

“一半儿归你们，我保证。”

他给他们简单地讲了他要做什么。

雇佣兵都点着头。他们的头儿这次又对了。他们将跟着他。至于怎么分赃，以后再说。

玛尔塔·史泰茜琳从昏迷中醒了过来。他们把她所有的手指都夹扁了，最后还把柴火棍插到她的指甲下面。接生婆闻到了自己的肉被烧焦的味道。但是她沉默不语。莱希纳不停地问她问题，而且一字不差地记录下来。

是她把彼得·格里默尔、安东·克拉茨和约翰内斯·施特拉塞尔杀死的吗？是她把那个魔鬼标记画在那些孩子身上的吗？是她放火烧了大棚房吗？她参加巫婆舞会，而且还把别的女人引向魔鬼了吗？是她施了魔法把面包师贝希托尔德的小牛犊害死了吗？

她否认了这些指控。当雅各布·奎瑟给她套上铁靴时，她也挺住了。最后，当证人们带着一壶酒退下去商量的时候，刽子手走近她，在她耳边低声地说："挺住，玛尔塔！什么都不要说，一会儿就过去了。"

确实，证人们决定明天再继续审问。从那以后她又被带回了牢房，陷入了一种半睡半醒的状态。她间或听到教堂的钟声。就连旁边牢房里的里格也停止了唠叨。快到半夜了。

玛尔塔·史泰茜琳忍着疼痛和畏惧，试图思考一下事情的缘由。她试着从刽子手的讲述、所提的问题和对她的指控，把时间和前因后果联系起来。三个小孩死了，两个不知下落。所有的孩子在谋杀案发生的头天晚上到过她那里。雅各布·奎瑟给她讲了那个在孩子身上发现的奇怪标记。另外，她还丢了一只风茄。肯定是有人把它偷走了。

谁呢？

她用手指在地上画着那个标记，马上又擦掉了，她害怕被人看到。然后她又画了一次。

这还真是一个女巫的标记。谁把它画到孩子的身上呢？谁又知道这个标记呢？

谁是这里真正的巫婆？

突然，她有了一个灵感。她把这个标记抹掉，又慢慢地画了第三遍。

尽管疼痛，她还是忍不住轻轻地笑了起来。是这么简单。虽然近在眼前，但是她这么长时间就没看到。

一个圆圈下面带个十字……一个女巫标记……

一块石头正好打中她的额头。她眼前顿时一片黑暗。

“我打中你了，女巫婆！”乔治·里格的声音在地牢里回响起来。她模模糊糊地看见他站在对面牢房的铁栏后面，举着手，要扔东西。他旁边的木筏埠头哨兵正在打鼾。“你还恬不知耻地笑！因为你，我到现在还被关在这里！你快承认了吧，你放火烧了大棚房，杀死了小孩。这样城里就安宁了！你这顽固的女巫婆！你在那里画什么？”

又有一块拳头大的石头飞了过来，正好打中她的右耳朵。她一头栽到地上。她绝望地想把那个标记抹掉，但是她的手不听使唤。昏厥又把她带进了黑夜。

真正的巫婆……得马上告诉奎瑟……

当玛尔塔·史泰茜琳头上流着血倒在地牢地上的时候，教堂的钟正好敲了十二下。乔治·里格怒骂着喊哨兵，她已经听不见了。

城市教堂的钟声闷闷地传遍雄高城的上空。当两个穿着大衣的人影在雾中走向圣塞巴斯蒂安教堂旁的墓地时，钟声正好响了十二下。雅各布·奎瑟给莱希门侧门的哨兵贿赂了一瓶白酒。刽子手和年轻的医生为什么三更半夜还在街上转，老哨兵阿洛伊斯根本不管。四月的夜晚还是很冷，喝上一两口酒他会很舒服。他招手让他们进来，然后又把门锁好。他打开酒瓶，喝了一口，酒一下肚，马上暖遍了全身。

在城里刽子手和医生选了人迹稀少的母鸡胡同。这个时候不会再有公民在街上了。虽然碰上巡夜哨兵的可能性很小，但是他们还是决定避开早晚热闹非凡的市场和宽敞的硬币街。他们在大衣下面提着灯笼，避免产生没必要的光亮；他们完全被笼罩在黑暗中。有几次西蒙差点被路上的石头和粪便绊倒。他低声地骂着。当他又一次踩到一只夜壶，开始大骂时，刽子手转过身一把按住了他的肩膀。

“你安静点，我的上帝！你想让全城的人都知道咱俩去挖坟吗？”

西蒙把自己的怨气咽了下去，继续在黑暗里摸索前行。他听说，在远方的巴黎，街上都有灯笼照明，夜晚整座城市都融化在一片灯海中。他叹了口气；还要等好多年，才能等到天黑后在雄高的街上走，不用踩到粪便或撞到墙上的那一天。他一边小声地骂着，一边磕磕碰碰地向前走。

他和刽子手都没有注意到，有一个人在不远处一直跟着他们。那个人总是站在墙角或躲在两幢房子之间，等到刽子手和西蒙上路时才动。

西蒙终于看见了一道闪烁的光芒。透过圣塞巴斯蒂安教堂的窗户可以看到淡淡的烛光，那是一支许愿烛，到这个时候还燃着。他们正好可以借助烛光辨别方向。在教堂旁边有一扇通往墓地的沉重的铁栅栏门。雅各布·奎瑟用手按了一下生锈的门把，骂了一句。教堂的管理员把大门锁上了。

“我们要爬上去。”他悄声地说。他先把藏在大衣下面的小铁锹扔到了门里面，然后爬上了一人多高的墙头，又慢慢地从墙里面滑下去。西蒙听到轻轻的落地声。他深深地吸了一口气，然后也跃起自己瘦弱的身体。石头墙刮着他贵重的马甲。他终于跨上了墙头，向下望着墓地。

几座有钱人的墓前还点着小蜡烛，其他的都只隐约地露出个十字架和坟堆。墓地后面，有一座停放尸体的小房子紧挨着墙角。

就在这时，对面的母鸡胡同有一座房子的灯亮了。窗户的挡板吱的一声开了。西蒙让自己从墙上掉下去，正好落在一座新坟堆上，他努力把喊声压了回去。他小心地向上看着。在闪着光亮的窗前站着一个女佣，她正往下倒夜壶，好像没有看见他。不一会儿窗户的挡板又被关上了。西蒙拍打着身上的泥土，幸好他摔得不是那么重。

跟踪他们的那个人蹲在大门口，从那里望着墓地里的两个人。

圣塞巴斯蒂安教堂的墓地紧靠着城墙，是不久前才建好的。瘟疫和战争使城市教堂的墓地变得不够用了。许多地方都长着树丛或荆棘，一条泥泞的小路通向各个坟墓。只有那些有钱的人才能买得起单独的、带有雕花墓碑的坟地；他们最后的安息之地紧靠着墙。除此之外，整个墓地到处都是不成形的小土包，上面插着歪歪斜斜的木十字架。许多十字架上都刻着好几个人的名字。在地下与人共享墓地很便宜。

停尸房右边有一个土堆还很新。在家里停放了两天后，彼得•格里默尔和安东•克拉茨昨天才被埋葬在这里。葬礼仪式很短，市政府不希望再引起什么动乱。在场的只有亲戚，神甫用拉丁语做了祷告，点了香，说了几句安慰的话，然后便各自回家了。彼得•格里默尔和安东•克拉茨埋葬在同一个坟墓里，对两家来说都是一件好事，因为他们都没有钱买一个单独的坟墓。

雅各布•奎瑟先到了坟前。他手里拿着铁锹，站在那里看着十字架上的名字。

“不久约翰内斯就要躺在这里。如果我们不抓紧时间，索菲、克拉拉也要到这里来。”

说完，他在地上深深地挖了一锹。西蒙在胸前画了一个十字，惊恐地望着母鸡胡同的房屋。“真的有必要吗？”他小声地问，“这是在污辱死者！如果被人发现了，您自己马上就得拷打自己、焚烧自己！”

“不要废话，赶紧帮忙。”

雅各布·奎瑟指了指几周前才开始使用的停尸房。房屋旁边也放了一把铁锹。西蒙摇着头，拿起了铁锹，在刽子手身旁挖起来。为安全起见，他又在胸前画了一个十字。他不是十分迷信，但是如果上帝用雷劈惩罚人的话，肯定是在那人挖小孩尸体的时候。

“我们不用挖很深，”雅各布·奎瑟轻声地说，“坟地已经满了。”

确实，在他们挖到一米深的时候碰到了一层石灰。下面露出一口小棺材，还有一个小麻布卷。

“我已经想到了！”刽子手用锹碰了碰那个僵硬的麻布卷说：“安东·克拉茨连口棺材都没有。他的家并不缺钱，但是可以像埋牲口一样埋一个养子！”

他摇摇头，然后用力把麻布卷和棺材拿起来放到草地上。在他的大手掌里，小孩棺材看上去就像一只小工具箱。

“接着！”他递给西蒙一块布，“把它系到脸上，他们肯定已经发臭了。”西蒙一面接过布系在脸上，一面看着刽子手拿出锤子和凿子撬棺材。他一根一根地把钉子撬出来。不一会儿棺材盖就揭开了。

与此同时，西蒙用刀把麻布卷划开。尸体发出了一股腐烂的酸臭味，马上让他感到恶心。他一生中见过、闻过许多尸体，可是这两个小孩已经死了三天以上。尽管他把鼻子用布捂了起来，可是臭味实在太大，他不由得把头转向一边。他把嘴上的布掀开，呕吐了起来，完后用力擦擦嘴。他再转过身时，看见刽子手正冲着他笑。

“正如我所料。”

“什么？”西蒙喘着气问。他看着小孩的死尸，尸身上已经露出了黑斑。一只潮虫爬到了小彼得的脸上。

刽子手满意地拿出烟斗，用灯火点着，深深地吸了几口烟，然后他指了指小孩的手指。见西蒙没有反应，他拿起刀在安东•克拉茨的手指甲下抠了抠，并把抠出来的东西伸到医生的鼻子底下。一开始西蒙看不见什么，但在把灯笼举到近处时，他看清了刀尖上红色的细粉尘。他疑惑不解地看着刽子手。

“这是什么？”

刽子手把刀紧贴在西蒙的鼻尖上，西蒙害怕得向后退了一步。

“你这个木脑袋难到真的看不见吗？”刽子手骂骂咧咧地说，“土是红色的！彼得和约翰内斯一样。他们三个在死之前都抓过红土。什么样的土是红色的？嗨，什么土是红色的？”

西蒙咽了口唾液，然后小声地说：“黏……黏土是红色的。”

“哪里有这么多的黏土能藏身呢？”

西蒙像被雷击了一下。两块碎片好像马上就能合在一起。

“制革区后面砖窑的深坑里。所有的砖土都是那里运来的。这……这么说那里可能是小孩的藏身之处？”

雅各布•奎瑟向西蒙的脸上吐了一口烟，西蒙不得不咳嗽起来。但是烟味至少驱散了死尸的臭味。

“你这个聪明的江湖医生，”刽子手说着，拍了拍西蒙的肩膀，“对，我们现在就去那里，拜访一下小孩子们。”

刽子手急急忙忙地把坟填好，然后拿起铁锹和灯笼就向墓地的围墙跑。正当他跃身往上爬的时候，墙上冒出了一个人，向他伸着舌头。

“嘿，抓到了一个盗墓贼！看上去像死神，就是胖了点……”

“玛格达莱娜，该死的，我……”

雅各布•奎瑟伸出手想抓住女儿的腿，把她从墙上拉下来，但是她一跃，跳到了前边，骄傲地在墙上走了起来。她嘲讽地看着下面的两个盗墓人。

“我猜对了，你们想到墓地来。你们瞒不了我！父亲，你在其他孩子的指甲里也找到了和约翰内斯一样的土吗？”

刽子手生气地看着西蒙。

“你跟她……”

医生求饶地举起双手说：“我什么都没说！我只给她讲了约翰内斯的事……还有您仔细看了小孩手指甲。”

“傻瓜！不要给女人讲任何事，更不要给我女儿讲！她把所有的事情都能弄出个门道来。”

雅各布·奎瑟再次试着抓住玛格达莱娜的腿，但是她又向教堂方向跑开了几步。刽子手紧紧地跟在后面。

“你赶紧下来，马上下来！否则人都被你吵醒了，到时候那才见鬼了呢！”他紧张地小声喊道。

玛格达莱娜在上面朝她父亲做了个鬼脸。

“我可以下来，但是你们必须告诉我，你们发现了什么。你知道我不傻，父亲，我可以帮你们。”

“你先下来。”雅各布·奎瑟粗声粗气地说。

“你发誓？”

“我发誓，该死的东西。”

“你在圣母马利亚面前发誓？”

“如果有必要，我在所有的圣人和魔鬼面前发誓！”

玛格达莱娜轻轻地从墙上跳下来，正好落在西蒙的身边。刽子手威胁地举起了手，叹了口气，又把手放下来。

“还有一点，”玛格达莱娜小声地说，“如果你们下次再碰上门被锁上，先向四周看看。有时候也能找到小宝贝。”说着她举起手里的一大串钥匙。

“你在哪儿弄来的？”西蒙问。

“在门边的墙缝里。母亲也总是把钥匙藏在墙缝里。”

她伶俐地把钥匙插进锁眼，转了一下，门轻轻地响了一声，便开了。刽子手沉默地从女儿身边挤过去，直奔莱希门。

“你们快点！”他厉声说道，“时间不多了！”

西蒙不由得笑了。然后他拉住玛格达莱娜的手，马上跟在后面跑起来。

索菲紧紧地屏住呼吸，又有脚步从她们的隐蔽处走过。说话声一直传到了她和克拉拉那里。克拉拉现在睡得很踏实。自上次高烧后她的呼吸变得平缓起来，看上去病情也有所好转。索菲很嫉妒克拉拉能睡得这么沉。她自己已经四个夜晚没有合眼了，她总是害怕被发现。现在又传来脚步声。有人在附近走来走去，好像在找什么东西，但是他们和上次的人不一样。

“这根本没用，布劳恩施魏格！我们这样要挖到哪一天呀，这地方太大了！”

“你闭上嘴，继续找。这下面藏着一大笔钱，我可不能让它烂掉。”

声音就来自她们的头上。索菲愣了一下。她认出了其中的一个人。恐惧一下子充满了全身，她费了好大劲才没有喊出来。

离得远一点的地方有一个人对他们喊：“你们在小教堂里找了吗？肯定就在这附近！去看看有没有一扇门、一个洞口，或者一块能撬起来的石板……”

“我们马上就去看！”她头上的声音回答说。突然，声音变得很轻，好像是他在对旁边的人讲话。“这个懒财迷！自己坐在椴树下不动，还监督我们。等着吧，如果我们找到钱，我要亲手把他宰了，然后把他的血泼到小教堂上！”

索菲用手捂住了嘴，她差点儿喊出声来。坐在椴树下的那个男人的声音她也听出来了。她将永远不会忘记这两个人。

她记得很清楚。

“小狗崽子，谁让他偷听我们的谈话了。现在让鱼去喝他的血吧。我们也得把其他的小狗崽子找到……”

“圣母马利亚，非要这样做吗？非要这样吗？你看看你干的！他们要找这个小男孩的！”

“胡说，河流会把他冲走的。我们得抓住其他人，不能让他们跑了。”

“但是……他们还只是孩子呀！”

“小孩也会胡扯。你难道想要他们暴露你吗？你想吗？”

“不想……当然不想。”

“那你就不要大惊小怪。你们这些贪婪的财迷，用血挣钱，但是又不能见到血。你得付出代价！”

贪婪的财迷……索菲的呼吸变得急促起来。魔鬼来了，就在近处，在她们的头上。他已经杀死了他们中的三个，只剩下她和克拉拉了。现在他也会抓到她们。没有逃跑的希望。他能闻到她的气味。

“等一下，我想我知道钱会在哪里，”一个声音传来，“你看会不会……”

就在这时，外面传来了一声喊叫。远处有人痛苦地呻吟。

不一会儿，外面大乱。索菲用手紧紧地捂着耳朵，希望这是一场噩梦。

当西蒙再次在黏土坑的泥地滑倒，掉进红色的黏土浆里时，他大骂起来。他的裤子沾满了黏土，靴子深深地陷在泥浆里，他费了好大的劲才把脚拔出来。刽子手和女儿站在土坑上面，疑惑地看着他。

“怎么样？”雅各布·奎瑟朝着下面一米多深的土坑喊。他的脸被火把照亮，在黑暗中泛着红光。“你找到了洞口什么的吗？”

西蒙拍掉身上的泥块，回答说：“什么都没找到，连个耗子洞都没有。”他又举着火把在坑里找了一遍。火光只能照亮几米远的地方，周围都隐没在黑暗之中。“你们听见我了吗，孩子？”他又喊了一遍，“如果你们在这里的话，就回答一声。一切都会好的。我们会替你们说话！”

除了一股水在什么地方流着以外，周围鸦雀无声。

“真该死！”西蒙骂着，“真是抽风了，大半夜到黏土坑里找孩子！我的靴子已经变成了黏糊糊的土疙瘩，我的马甲恐怕也要扔了！”

听到医生的咒骂，雅各布·奎瑟咧着嘴笑了笑。

“你不要装傻，你自己知道，时间紧迫。我们还是到砖窑里去找找吧。”

他扶住梯子，让西蒙踩着滑溜溜的梯子往上爬。当医生的头露出来的时候，他看到的正好是玛格达莱娜的脸。她举着火把，直接照着他的眼睛。

“你看上去真是有些……悲惨，”她咯咯地笑着说，“你怎么会摔个嘴啃泥？”

说着，她用围裙擦了擦西蒙脑门上的黏土。没有办法，黏土的红色怎么都擦不掉。她微笑着。

“也许我该留点土在你脸上。你鼻子那儿反正总是有点太白。”

“赶紧闭嘴，否则我要开始问自己了，为什么非要我下到土坑里去。”

“因为你年轻，在泥沼里摔几跤对你没有什么不好。”刽子手说，“再说了，你总不会让这个年轻娇嫩的姑娘下泥坑去吧。”

雅各布·奎瑟已经转身向砖窑的窑炉房走去。窑炉房位于砖窑的边上，后面紧靠着森林，周围的空地上到处都堆着一人多高的柴火。房子本身是用石头盖的，房顶中间高高地耸立着一根大烟囱。窑炉房正好位于森林与河流之间，离制革区大概有四百米左右。西蒙除了在西边能看到城里的灯笼和火把的光亮外，其他方向都是一片黑暗。

砖窑的窑炉房是雄高的重要建筑。因为过去的几场大火，雄高的公民们不再像以前那样用干草铺房顶，而是改用石头盖房子，用砖瓦铺房顶。陶瓦匠们也到这里来取原料做陶器和壁炉等。白天这里总是烟尘弥漫，牛车来来往往地把砖运到阿尔滕施塔特、派廷或者罗滕布赫。但在夜里，这里连一个人影都见不到。窑炉房沉重的大门上了锁。雅各布·奎瑟沿着房屋正面走着，发现了一扇窗户，窗上的挡板斜挂在合叶上。他用力一拽，把右边的挡板拽到一边，然后拿着火把往里面照了一照。

“孩子，你们不要怕！”他朝着漆黑的房间里喊，“我是制革区的奎瑟。我知道你们和谋杀案没有关系。”

“您真以为如果刽子手喊，她们肯定会出来？”玛格达莱娜责怪地说，“让我进去看看，她们不害怕我。”

她把裙子拽起来，从低矮的窗户爬了进去。

“给我一支火把。”她低声说。

西蒙沉默地把火把递给了她。之后，她便消失在黑暗中。外面的两个男人只能凭着她的脚步声知道，她在一个房间一个房间地搜寻着。最后传来咯吱咯吱上楼梯的声音。玛格达莱娜到楼上去了。

“真是个疯婆娘，混账东西，”刽子手生气地说，同时吸了一口冰凉的烟斗，“她和她妈一样，倔脾气，爱指手画脚。该是出嫁的时候了，让男人把她的嘴堵上。”

医生正想说什么，突然从上面传来了一声巨响，紧接着是一声尖叫。

“玛格达莱娜！”西蒙喊着，也从窗户跳了进去，重重地摔在石头地上，疼痛不已。他马上站起来，手里拿着火把朝楼梯跑去。刽子手也跟在后面。他们穿过了窑炉间，匆匆上了楼，跑向顶楼。一股很浓的烟灰味钻进了鼻子里。

到了上面，房间里都是红色的粉尘，虽然举着火把，但是什么都看不见。从右边的角落里传来了呻吟声。粉尘渐渐地落下来，西蒙看到满地都是破碎的砖块。在墙边还堆着一层层高达房顶的砖块。有一处露出了一个缺口。至少有一百多公斤的砖掉到了地上。一个东西在一堆砖下面不停地动着。

“玛格达莱娜！”西蒙喊，“没事吧？”

玛格达莱娜站了起来，像一个红色的幽灵，身上盖了一层厚厚的砖末。

“我想……应该没事，”她咳嗽着说，“我想把砖推到一边去。我以为后面有个隐藏室……”她又开始咳嗽起来。西蒙和刽子手的身上也盖满了红色的粉尘。

雅各布•奎瑟摇着头说：“不对，我肯定忽略了什么。红土……是在手指甲下！但是小孩不在这里。在哪儿呢？”

“这些砖都送到哪里去？”玛格达莱娜问。她已经抹掉脸上的一些灰尘，在一堆砖块上坐了下来。“也许小孩子在那里。”

刽子手又摇了摇头说：“他们指甲下面不是砖粉。是红色的泥，湿乎乎的泥。他们肯定是用手挖东西了……哪里还有这么多的泥？”

西蒙突然感到浑身发热。

“建筑工地！”他大声喊道，“在建筑工地！”

西蒙的喊叫把刽子手从沉思中惊醒。“你说什么？”

“麻风院的工地！”西蒙又重复了一遍，“那里堆了好多泥。他们用泥粉刷墙！”

“西蒙说得对！”玛格达莱娜喊着，从砖堆上跳起来，“我亲眼看见的，建筑工把泥一车一车地拉过去。麻风院现在是雄高唯一的大型施工地！”

刽子手一脚把一块砖踢到墙根，砖摔得粉碎。

“该死，你们说得对！我怎么这么傻，竟然忘了麻风院？我们亲自去了那儿，看到了泥！”

他急忙跑下楼梯，一边跑着一边喊：“马上到麻风院去！上帝保佑，我们不要太晚了！”

从砖窑到霍恩富希山坡足足有半个小时的路，最近的路是穿越森林。雅各布·奎瑟选了一条像是野兽常走的小路。月光只是偶尔会透过密密的松林照在地上，四周一片漆黑，什么都看不见。刽子手怎么会找到路，对西蒙来说简直是个谜。他和玛格达莱娜踉跄地跟在后面。松枝不时地打在他们的脸上，密林里经常传来咔嚓咔嚓的响声，西蒙听着，觉得响声就在自己附近。但是他的呼吸太响了，以至于他搞不清是自己的幻觉还是真正的脚步声。不一会儿他就累得喘不上气来了。就像几天前，他在魔鬼前疯狂逃命时一样，他意识到自己缺少在林中跑步的训练。他是个医生，他妈的，不是猎人或者士兵！身边的玛格达莱娜脚步轻快地跑着。为了她，他努力不露出自己的弱点。

突然，他们跑出了森林，站在外面一片新开垦的空地上。刽子手定了定神，然后向空地的左边跑去。“向东跑，在橡树林那儿向右拐！”他喊着，“我们马上就到了。”

确实，他们一会儿就穿越了一片橡树林，最后看到了麻风院工地。工地上的房屋像影子一样模糊不清。他们来到了建筑工地。

西蒙气喘吁吁地停下来。他的大衣上挂满了树枝、松针和荆棘。他的帽子不知什么时候在密林中跑丢了。

“如果你们下次还要在森林里跑的话，最好事先告诉我一声，”他呻吟着说，“这样我就知道该穿什么了。帽子花了我半个金币，靴子也……”

“嘘，”刽子手用手捂住了西蒙的嘴说，“不要说话。最好往那面看看。”

他指着建筑工地的方向。工地上有小小的火光在晃来晃去，还传来零零星星的说话声。

“看来并非只有我们在这里，”雅各布·奎瑟小声地说，“我能看到四五支火把。我敢打赌，我们的朋友也在里面。”

“你是说你们上次追踪的那个人吗？”玛格达莱娜小声地问。

刽子手点点头。“也是差一点儿把你的西蒙的脖子砍下来的那个人，那个被叫作魔鬼的人。不过这次我们肯定能抓到他。”他招手把医生叫过来。“火把分散在整个工地，他们肯定在找什么东西。”

“能找什么呢？”西蒙问道。

刽子手做了个鬼脸，笑着说：“这个我们不久就会知道的。”他从地上捡起了一根粗大的橡树枝，一下子折成两段，然后拿在手里掂了两下。“我们要把他们分开来，一个一个地干掉。”

“我们？”

“对。”刽子手点着头说，“我自己不行，他们人太多了。你带着你的匕首吗？”

西蒙伸手摸摸腰带，然后颤巍巍地把匕首举到月光下。

“好，”奎瑟闷闷地说，“玛格达莱娜，你赶快跑回城，去公爵府通知莱希纳，告诉他又有人在工地上搞破坏。我们需要人帮忙，越快越好。”

“但是……”刽子手的女儿想抗议。

“不许废话，要不明天你就嫁给施泰因加登的刽子手。现在快跑！”

玛格达莱娜撅着嘴，不一会儿就消失在黑暗的森林中。

刽子手向西蒙做了个手势，然后弓着腰跑到林子的边上；西蒙紧紧地跟在后面。跑了二百步远，他们来到了离森林不远的一堆树干旁边，树干一直堆到工地前。刽子手和医生利用这些树干做掩护，慢慢地靠近了盖了一半的房子。现在他们能看清楚，确实有五个人举着灯笼和火把在找什么。有一个人坐在空地中间椴树下的大石头上，有两个人靠着井，另外两个人在工地里。

“我现在有点后悔，大半夜跑到这里来冻屁股！”有一个人在墙里面说，“我们差不多找了一夜了。明天白天再来找吧！”

“白天这里到处都是干活的人，你这个傻瓜，”另一个人厉声训斥道，“你说说我们为什么非要在夜里来干？嗯，为什么我们天黑后才拆房子、拆墙？我们继续找，如果那个财迷说谎，这里什么都没藏的话，我就把他的脑壳像敲鸡蛋一样在井口砸碎！”

西蒙细心地听着。这里藏了什么东西。

什么呢？

刽子手推了推他的肩。

“我们不能等差役了，”他小声地说，“谁知道他们还能在这里待多久。我现在到那边的墙根去，先抓住一个再说。你先待在这儿。如果你看到有人靠近我，你就学松鸦叫一声。你会吗？”

西蒙摇摇头。

“他妈的，那你吹声口哨也行。他们不会发现的。”

雅各布•奎瑟向四周看了一下，然后快步走到对面的墙根，躲了起来。没有人注意到他。

又传来了一声喊叫，听上去离得很远，所以西蒙很难听清楚喊的什么。他看见刽子手弓着腰，沿着墙根跑着，直奔墙里的那个人。那个人正用一块木板撬地上的石板。奎瑟离他只有几步远。突然，那个人转过身，好像听到了什么动静。刽子手一下子趴在地上。西蒙闭上眼睛；当他再睁开眼睛时，奎瑟已被黑暗吞没。

他刚想喘一口气，突然听见自己前面有响声。刚才还在工地转悠的第二个人一下子站在了他的面前。他看上去和西蒙一样大吃一惊。很显然这个人也想在树干堆的背后找一找。现在他转个弯儿，正和西蒙撞上。

“见鬼了？……”

这个人的话还没说完，西蒙就从地上捡起一根木棍，打向他的腿。这个人栽向一边。还没等他站起来，西蒙就已经扑到了他身上，用拳头打起来。地上的人满脸胡子，有很多伤疤。西蒙的拳头就像打在石头上一样。那个人突然动了一下，一把抓住了西蒙，先在空中举了一会儿，然后又转了一圈，才把西蒙扔了出去，与此同时他伸出了右手，狠狠地朝西蒙打了过去。

这一拳正好打在西蒙的太阳穴上，他眼前一下子变黑了。当他再睁开眼睛时，那个人已经坐在了他的身上，一边用两只手使劲地掐着他的脖子，一边狰狞地笑着。西蒙看到他的烂牙根和胡子楂就像十月份刚割过的庄稼地一样，红色、棕色、黑色交织在一起。那个人的鼻子流出的血滴在了西蒙的身上。西蒙突然看清了每一个细节。他费力地喘着气，感到自己马上就要完了。各种想法和记忆都冒了出来，在他的脑子里旋转个不停。

把……匕首从……腰里掏出来。

他在腰间摸着匕首，黑暗又席卷过来。他终于摸到了匕首的手柄。在他再次昏迷之前，他抽出匕首向前刺去，感到匕首的尖儿扎进了一个软软的东西里。

一声喊叫把西蒙又唤回到了现实中。他滚到了旁边，艰难地喘着气。在他身边躺着那个大胡子，他正揉着大腿，血流满了裤子。西蒙刺到了他的腿，但是，很显然伤得不重。那人又狰狞地看着西蒙，艰难地站起来，想再次进攻。他从眼角瞥见了地上的一块石头，弯下腰去捡，把脸转向了旁边，就在这时西蒙手里拿着匕首又扑向他。那个人惊叫起来。他本以为这个瘦弱的年轻人会逃跑，突来的袭击让他有些措手不及。现在西蒙骑在这个人的身上，右手举着匕首准备刺下去。身子下面的人两眼充满恐惧，又惊叫了一声。西蒙知道他必须马上刺下去，不能冒风险让其他的人也听见。他感到手里刀把的触感、硬邦邦的木头和手指出的汗。他也感到他身下的人对即将来临的死亡的恐惧。

西蒙意识到自己的胳膊像铅一样重。他……不能下手。他从未杀过人。他很难克服这一关。

“有埋伏！”他身下的人大喊起来，“我在这儿，在木头堆……”

一根橡木棍从西蒙身边掠过，直接落在了那个人的头上。在木棍第二次落下的时候，那人的脑壳崩裂了，血和白色的脑浆一下子都冒了出来，整个脸变成了一锅红色的粥。一只大手把西蒙从死尸上拽了下来。

“他妈的！你为什么不一下子把他杀死？让他这么一喊，那些人马上就知道我们在哪儿了。”

刽子手把那根沾满血的大树枝丢到了一边，然后把西蒙拽到木堆后面。医生无法回答他的问话。那人临死前的面孔像一幅画一样，深深地烙在了他的记忆里。

不一会儿就传来了声音，而且越来越近。

“安德烈，是你吗？什么事？”

“我们必须离开这里，”刽子手小声地说，“他们是四个人，而且是很有经验的杀手。他们知道怎样打仗。”他抓起吓得半呆的医生，拖着他到了林子边上。他们躲在树丛中，从那里观察工地的动静。

那些人很快便发现了尸体，然后他们分散开来。西蒙借着火光看到，他们总是两个人在一起。他们走在林子边上，不时地用火把搜寻着，有一次离他们藏身的树丛只隔几步。但是因为太黑，他们没有被发现。最后那些人又聚集在尸体前。正当西蒙想喘口气时，他看到有一支火把再次朝他们的方向移来。来的是一个人。从他走路的样子，西蒙看出他有点瘸。

他在离他们不远的地方停了下来，伸着鼻子，看上去好像在闻着什么。然后传来他的声音。

“刽子手，我知道你在这里，”那个人威胁地说，“我知道你就藏在林子里。相信我，我会报仇的。我要把你的鼻子、耳朵和嘴唇都割下来。你自己将要遭受的折磨无法和你施酷刑加给别人的痛苦相比。你还要祈求我一下子把你的脑壳打裂，就像你打安德烈一样。”

说完，那个人转过身，消失在黑暗中。

过了好一会儿西蒙才敢大声喘气。

“他……是谁？”他问。

刽子手站起来，拍了拍身上的树叶说：“他是魔鬼。他这次又从我们手中跑掉了。都是因为你把屎拉在裤裆里了！”

西蒙不由自主地把脸转向一边。他感到，自己不仅害怕魔鬼，而且也很怕身边的这个人。

“我……我不会杀人，”他小声地说，“我是个医生。我学的是救人而不是杀人。”

刽子手悲哀地笑笑。

“可是你看到了，我们必须会杀人。我们杀人的时候你们害怕。你们是一群窝囊废。”

说完，他迈步走进森林里。西蒙一下子变成一个人了。

玛格达莱娜使劲地敲着莱希门的小侧门。门很窄，只能一个人过去。如果有人关了城门后想进城，哨兵不用打开大门，以防敌人攻城。

“现在是半夜！明天再来。城门早上六点就开了。”一个声音从里面吼道。

“阿洛伊斯，是我！玛格达莱娜·奎瑟。快开门，很重要！”

“现在又有什么事？先是让我放你们进去，然后再让你们出去，现在你们又要进来。不行，玛格达莱娜，天亮前不许任何人进城。”

“阿洛伊斯，又有人在霍恩富希山坡的建筑工地上搞破坏了。是外地人！我父亲和西蒙在那里守着呢，但是时间不能太长！我们要派差役去抓他们！”

小侧门吱的一声开了。一个疲劳的哨兵出现在玛格达莱娜的面前，他身上散发着一股喝醉酒的臭气。“这个我不能决定。你要去找莱希纳。”

不一会儿，玛格达莱娜就到了侯府门。哨兵虽然让她进去，但是不允许她叫醒法院记录官。她一边喊，一边骂，直到楼上的一扇窗户打开了才停止。

“他妈的，下面在吵什么？”

莱希纳穿着长袍，睡眼蒙眬地从窗口看着下面的玛格达莱娜。她利用这个机会简洁地向记录官讲述了发生的事。话音刚落，记录官就点着头对她说：“等着，我就下去。”

他们带着守夜的哨兵，一起上了奥格斯堡路，往霍恩富希山坡走。哨兵们带着标枪和两支步枪。他们看上去很疲劳，并不让人觉得他们非要在天亮前抓到几个搞破坏的雇佣兵。莱希纳只是随便穿着马甲和大衣，帽子下面的头发蓬乱地冒在外面。他怀疑地斜眼看着玛格达莱娜。

“我希望你讲的是真话。否则的话，你们——你和你父亲要做好准备。还有，一个刽子手深更半夜到山坡上去干什么？正派的公民这个时候都待在家里！你父亲最近一段时间话有点太多。他应该施酷刑、吊死人，不该说话，我的天！”

玛格达莱娜屈辱地低下头。

“我们……我们去森林里采药草了。金发藓和艾蒿。您知道这两种草只能在月光下采。”

“简直是胡说八道！那福荣威泽的儿子到那里去干什么？你的话我一句都不信，奎瑟的女儿！”

此时，天已经渐渐地亮了起来。当他们走近林边的空地时，士兵们吹灭了灯笼。在远处的树干堆后面坐着刽子手和医生。

约翰·莱希纳走近他们。“人呢？搞破坏的人哪去了？我怎么什么都看不见？这个工地和昨天没什么两样！”

雅各布·奎瑟站起来说：“他们都逃跑了，还没来得及搞破坏。但是其中的一个人被我打了一嘴巴。”

“那他在哪儿？”记录官追着问。

"他……看上去很惨。他们的人把他带走了。"

"奎瑟，你给我说出一个理由来，为什么我要相信你的话。"

"您也给我讲一个理由，为什么我深更半夜叫您来这里。"

刽子手说着向记录官走来。

"他们一共五个人，"奎瑟强调道，"四个是雇佣兵。第五个人……和他们不一样。我想可能是他们的指使人。而且我肯定，他是咱们城里的人。"

记录官微笑着说："你没有认出这个人是谁吗？"

"天太黑了，"西蒙插话说，"但是其他人在谈论他。他们把他叫作财迷。肯定是个有钱的公民。"

"为什么一个有钱的公民要指使几个雇佣兵破坏麻风院的工地？"莱希纳打断他的话说。

"他们没有搞破坏。他们在找东西。"西蒙说。

"到底是什么？他们是破坏工地还是找东西？你们一开始说他们想破坏工地。"

"真他妈的该死，莱希纳，"雅各布·奎瑟大声吼道，"您不要装傻！有人雇了这几个人，把这个工地搞得天翻地覆。他们阻止施工，这样雇主就能安安静静地寻找藏在这里的东西！"

"但是这些都没道理，"约翰·莱希纳说，"破坏工地对他们根本没用。施工还在进行呢。"

"但是已经拖慢了施工的进度。"西蒙又插话说。

雅各布·奎瑟沉默不语。就在记录官想转身走开的时候，刽子手突然又说话了。

"地基。"

"什么？"

"指使人肯定认为那批财宝——谁知道到底是什么东西——藏在地

基下面。如果这里的活干完了，他们就拿不到那个东西了。到时候这里是用砂浆砌起来的结结实实的石头房子。所以他们必须破坏工地，到处挖，直到找到他们所找的东西为止。”

“对！”西蒙大喊起来，“我们第一次来的时候，有几处地基被挖了一腿深的坑。有人把石板推到了一边。今天夜里也有人用木棍把地上的石板撬了起来！”

约翰·莱希纳听着直摇头。

“一个夜里寻找神秘宝藏的故事……我能相信你们的话吗？”说着他用手指指眼前的一片空地，“这里能藏什么？这块地属于教会，你们都知道。如果这里藏着什么好东西，神甫早就在他的图纸上发现了。教会的每一块地都详详细细地画出来，房屋的平面图、地理位置、历史记录等等……”

“但是这块地没有，”雅各布·奎瑟打断他说，“这块地是老施雷佛阁不久前赠送给教会的，以便他能升入天堂。教会根本不了解这块地，什么都不知道。”

剑子手用目光扫视一下整片空地。小教堂的地基墙，水井，大椴树，脚手架，木头堆……

这里藏着什么东西。

法院记录官温和地笑着说：“奎瑟啊奎瑟，你应该只管你能做的事，其余的交给议会的大人们来管。你听明白了吗？否则的话我要好好地查看一下你的小屋子。人们传闻，你卖爱情药水和其他的魔药……”

西蒙又插嘴说：“但是大人，他说得对，这块地……”

约翰·莱希纳转过身，生气地望着他。

“你，福荣威泽，你给我闭嘴！你和这个刽子手的婊子的私情……”他看了一眼玛格达莱娜。玛格达莱娜马上把头转向别处。“这种不允许的事情是一种耻辱，不仅仅是你父亲的耻辱。在议会里已有人提出要看见你们被绑在耻辱柱上。这将是一种什么样的场景！刽子手亲手给自己的女儿戴上耻辱面具！我到现在为止没有理睬这件事，是出于对你父亲的友好，也是因为我比较看重刽子手。”

听到“刽子手的婊子”这几个字时，雅各布·奎瑟一下子跳了起来，但是被玛格达莱娜拽住了。“父亲，让他随便说去，”她小声地说，“否则你会给我们都带来麻烦。”

约翰·莱希纳向四周望了一下，然后挥手示意士兵们回城。

“我想告诉你们，我相信什么，”他看都不看他们一眼，说，“我相信这里确实来过雇佣兵。而且我也可以相信有一个发了疯的雄高绅士指使他们破坏麻风院的施工，因为他害怕过往的商人将不再进城。但是我不相信你们讲的寻宝故事。还有，我不想知道这个绅士叫什么。这件事已经闹得沸沸扬扬了。不过从今天开始，这里晚上要有哨兵防守。施工要继续进行，议会已经决定了。还有你，奎瑟……”直到这时他才把头转向刽子手。“你现在跟我走，去做上帝指派你做的事。你要继续对史泰茜琳施重刑，直到她承认杀了小孩为止。这才是最重要的事情。几个寒酸的雇佣兵跑到破烂的工地上算什么。”

他刚要转身走，一个士兵扯了一下他的衣袖。士兵叫贝内迪克特·考斯特，他夜里在地牢值守。“大人，史泰茜琳……”他说。

约翰·莱希纳站住问：“她又怎么啦？”

“她……她昏迷过去了，而且伤得很严重。夜里她在牢房的地上画了一个标记，乔治·里格向她扔了块石头，现在她连声都不出一下。我们叫了老福荣威泽来治。”

约翰·莱希纳的脸红了起来。“我怎么到现在才知道？”他生气地问。

“我们……我们不想吵醒您，”贝内迪克特·考斯特马上回答说，“我们想这可以等到天亮。我想今天早上告诉您……”

“等到天亮？”约翰·莱希纳竭力保持自己声音的平静，“再过一两天选帝侯公使就会带着他的一队人马来这里了，这里还在闹鬼呢。如果我们到时候找不到罪犯，他将亲自找。但愿上帝保佑！那样的话，他找出的巫婆就不止一个了，这个我敢向你们保证！”

他立马转身朝雄高走去。士兵们都跟在后面。

“奎瑟！”约翰·莱希纳从公路上喊过来，“你也来，其他人也跟上！我们要把史泰茜琳的供词挤出来。如果一定要的话，我今天也能让死人讲话！”

晨雾渐渐地散去。

当最后一人离开建筑工地时，不知何处传来了低声的哭泣。

玛尔塔·史泰茜琳仍然昏迷不醒，无法进行审讯。她发着高烧，嘴里不停地念叨着什么，伯尼法茨·福荣威泽用耳朵在她的胸上听着。

“那个标记……孩子们……都带……”词语只是零星地从她的嘴里跳出来。

老医生摇着头，并卑躬屈膝地看着靠在牢房门边的约翰·莱希纳，后者正不耐烦地观察着治疗情况。

“怎么样？”莱希纳问。

伯尼法茨·福荣威泽耸耸肩说：“看上去不太好。这个女人烧得很厉害。很可能她还没醒过来就死了。我要给她放一下血……”

约翰·莱希纳摇摇手说：“不用做这些没用的事情了。说不定她死得还更快了呢。我了解你们这些江湖医生。没有其他方法吗？我们只要她醒一会儿就行。等她承认了之后再死也无所谓，我先要她的供词！”

伯尼法茨·福荣威泽想了想说：“是有一种药，但是我没有。”

约翰·莱希纳不耐烦地敲着铁栏问：“那谁有这种药？”

“我猜想刽子手应该有。但是，这是一种魔药。我给接生婆多放点血，她就……”

“差役！”约翰·莱希纳已经走到了外面，“去把刽子手给我叫来。他要把史泰茜琳治醒过来，而且要快。这是我的命令！”

差役急速地跑向制革区。

伯尼法茨·福荣威泽小心地走近记录官。“我还能帮您什么吗？”

莱希纳只是摇摇头。他正在思考什么。“你走吧，如果有需要，我会派人去叫你。”

“请原谅，大人，我的报酬……”

莱希纳叹了口气，往医生的手里塞了几个铜钱。然后他又进到地牢里。

接生婆呼吸艰难，侧身躺在牢房的地上。在她的身边是那个已经看不太清的标记。

“你这个恶魔的新娘，”他愤怒地说，“你先说，你知道什么，然后再进地狱。”他在接生婆的身上踢了一脚，接生婆呻吟着滚了一下，躺在地上。莱希纳抹掉了地上的标记，在胸前画了个十字。

在他身后有人摇晃监狱的铁栏。“她画标记的时候我看见了！”乔治·里格喊道，“我马上朝她脑袋上扔了块石头，这样她就不能对我们施魔法了。哈哈，里格是可信赖的！对吧，大人？”

约翰·莱希纳咆哮道：“你这个挨千刀的丧门星！因为你，现在全城都要被烧成灰烬！如果你不把她打伤，她现在已经唱出了魔鬼的歌，然后一切就结束了！眼下可倒好，选帝侯公使要来，正好在我们城市没有钱的时候。你这个傻瓜笨蛋！”

“我……我不明白。”

但是，莱希纳早就不听他讲什么了。他已经走到了街上。如果刽子手到中午还不能把接生婆救醒的话，他将召集议员开紧急会议。这件事已经让他感到有些措手不及了。

第十三章

星期一

1659年4月30日

早上八点

玛格达莱娜手里拿着篮子走在从莱希河通往市场的陡峭公路上。她脑子里想的都是昨晚发生的事。虽然她没有合眼睡一会儿，但是她很精神。

当莱希纳得知接生婆又昏迷不醒而且受了重伤之后，他把刽子手和医生狠狠地骂了一通，便打发他们走了。此时两人正坐在刽子手的屋子里，又累又饿，不知该怎么办。玛格达莱娜自告奋勇到市场去买面包、啤酒和熏肉，以便两人重新振作起来。她在市场买了一大块黑麦面包、一块熏肉后，便向巴林大厦后面的酒馆走去。她避开了金星，因为客栈的老板、第一市长卡尔·塞莫尔对她父亲有意见。人人都知道，刽子手站在女巫婆的一边。所以她去对面的阳光啤酒屋买两大杯啤酒。

当她拿着冒着白沫的酒杯走出酒馆时，她听到身后有人在嘀嘀咕咕地讲着什么，还不时地咯咯笑。她向四周看看。一群孩子聚在酒馆的门口，半是惊恐、半是好奇地看着她。玛格达莱娜在孩子中挤出一条道，就在这时身后有几个人唱起歌来，是一首带她名字的讽刺诗。

“玛格达莱娜，刽子手的婊子，那个标记画在她的脑子。年轻男人跑得慢，她就抓来当午饭！”

她愤怒地转过身。

“是谁教的？快点说出来！”

有几个孩子吓得马上跑掉了，但是大多数没有动，站在那里傻傻地笑着。

“是谁教的？”她又问了一遍。

“你对西蒙·福荣威泽施了魔法，让他像小狗一样到处跟着你跑，而且你也和女巫婆史泰茜琳穿着一条裤子！”

说话的男孩大约十二岁，脸色苍白，鼻子有点歪。玛格达莱娜认识他。他是面包师贝希托尔德的儿子。他挑衅地看着玛格达莱娜，但是他的手在发抖。

“啊，是谁讲的？”玛格达莱娜心平气和地问，还对他笑了一笑。

“我父亲讲的，”小贝希托尔德厉声说，“他还说，下一个就轮到你了，你也要被火烧死！”

玛格达莱娜挑衅地向四周看了看说：“还有谁相信这些瞎话？如果有人信的话，那他现在马上就得溜走，要不他也要碰上一个女巫婆。”

突然，她想出了一个主意。她把手伸到篮子里，掏出一把果脯来，这本来是给她的弟弟妹妹买的。她微笑着继续说：“如果谁再给我讲讲，我这儿有好吃的奖励他。”

小孩们向她靠近了一些。

“不要拿女巫婆的东西！”贝希托尔德的儿子喊道，“这些果脯肯定都被她施了魔法，吃了以后会生病！”

有几个小孩看起来很害怕，但是果脯的诱惑力太大了。他们的目光跟着玛格达莱娜的每一个动作转。

“玛格达莱娜，刽子手的婊子，那个标记画在她的脑子……”小贝希托尔德又开始唱了起来，但是这次没有一个孩子跟着他唱。

“嘿，你闭嘴！”一个门牙都掉光了的小男孩打断他说，“每天早上我去买面包，你父亲身上都有一股白酒的臭味。天知道他在喝酒的时候都干出什么事来。现在你赶紧滚蛋！”

面包师的儿子哭着跑掉了，有几个孩子也跟着他一起跑了。剩下的孩子把玛格达莱娜围了起来，直直地盯着她手上的果脯。

“这样，”她开始说，“谁知道死掉的三个男孩、克拉拉和索菲在接生婆那里干什么了？为什么他们不和你们一起玩？”

“他们都是小人，真正的灾星，”一个小男孩说道，“这里没人想念他们，也没人想和他们有来往。”

“为什么？”玛格达莱娜问。

“因为他们都是杂种，寄生虫，孤儿嘛！”一个金发的小女孩插嘴说，好像刽子手的女儿听不明白这些名词一样，“再说了，他们也不愿意跟我们玩。他们总跟着那个索菲。她有一次把我弟弟打得青一块紫一块的，这个小巫婆！”

“但是彼得·格里默尔并不是寄生虫呀。他还有他父亲呢……”玛格达莱娜说。

“他被索菲施了魔法！”那个豁牙露齿的男孩说，“自从他和她在一起，他就像变了一个人。他们还互相亲吻，看对方的屁股！有一次他跟我说，寄生虫们结成了一个同盟，他们可以施法术让小孩的脸上长疣，如果他们想，也能长出天花来。一星期后小马蒂亚斯就因为长天花死了！”

“他们是在史泰茜琳那儿学的。”一个站在后面的小男孩说。

“他们总是在她那里吃饭，现在魔鬼把她的徒弟都带走了！”又一个男孩厉声说。

“阿门。”玛格达莱娜小声地说了一句。然后她神秘地看着孩子们。

“我会变魔术，你们相信吗？”她的听众都恐惧地向后退了一步。

玛格达莱娜表情严肃，像发誓一样，用手画了几个神秘的符号。然后她轻轻地说：“我能让果脯从天上掉下来。”

她把手里的果脯高高地抛向天空。当小孩子们争吵着抢夺果脯的时候，她已经消失在街巷中了。

她没有注意到，有一个人在跟踪她。

“我今天也想喝一杯你那个魔鬼汤。”刽子手指着西蒙腰间挂着的小布袋。医生点点头，把咖啡粉倒进滚着沸水的锅里。屋里一下子散发出一种很强的、让人充满活力的香味。雅各布·奎瑟用力吸了几口到鼻子里，非常赞许地点着头。“虽然看上去像魔鬼的尿，闻起来还不错。”

西蒙满意地笑着。“而且它还会让我们冷静思考，相信我。”

他先给刽子手倒满了一杯咖啡，然后慢慢地抿着自己杯里的咖啡。每喝一口，疲劳就从脑子里退出一些。

两人坐在刽子手家的旧桌子前，思考着昨天夜里发生的事情。刽子手的妻子安娜·玛丽亚注意到两人想单独待着，所以带着双胞胎到莱希河洗衣服去了。屋里一下子变得鸦雀无声。

“我敢用我的屁股打赌，克拉拉和索菲还在建筑工地，”刽子手先开口说，并用手敲打着桌面，“那里肯定有一个可以藏身的地方，而且是一个很好的隐蔽室。否则的话，即便我们没找到，他们也早就找到了。”

西蒙无可奈何地耸耸肩。他的嘴被热咖啡烫了一下。

“很有可能，但是我们不能再去找了，”他说着，用舌头舔了舔嘴唇，“白天是干活的人，晚上有莱希纳派的人站岗守卫。如果他们得到一点小孩的风声，他们会报告给莱希纳……”

“索菲和玛尔塔一起被架到火刑堆上，”刽子手补充说，“他妈的，这一切真像是中了魔！”

“不要这么说。”西蒙做了个鬼脸，但是马上又严肃起来。

“让我们再总结一下，”他说，“小孩子很可能藏在工地的什么地方。除此之外，那里还藏了其他的东西，是一个有钱人想要的一件东西。所以他雇了几个雇佣兵。塞莫尔老板的女佣蕾舍儿跟我讲，那几个雇佣兵上星期在客栈的楼上和什么人见了面。”

“有可能是他们的指使人。”

刽子手点着了烟斗。烟雾笼罩了两个男人，烟草味和咖啡的香味混合在一起。西蒙咳嗽了几下，然后才继续说下去。

“雇佣兵破坏麻风院工地，这样他们能赢得找那个东西的时间。这个我可以理解。但是，以上帝的名义，他们为什么要杀这些孤儿呢？这根本没什么意义！”

刽子手沉思地吸了几口烟，目光盯向远方。终于，他又开口讲话了。

“他们肯定看见了什么。一个不能让外人知道的秘密……”

西蒙用拳头打着自己的脑袋，不小心碰翻了咖啡杯。咖啡像一条棕色的小溪，流淌在桌子上。但是他顾不了这个了。

“指使人！”他喊道，“他们看见了破坏工地的指使人！”

雅各布•奎瑟点点头。

“这也能解释为什么大棚房会着火。魔鬼可以很容易地接近大多数目击证人。彼得被他在河边遇上了。安东和约翰内斯是被歧视的寄生虫，很容易找到。只是克拉拉•施雷佛阁被当作绅士家的孩子受到保护。魔鬼肯定得到了消息，她生病在家里躺着……”

“他的同伙放火烧大棚房，这样她的家人和用人都会被引出来，他就能去抓她，”西蒙叹口气继续说，“着火对施雷佛阁来说利害攸关。他也在大棚房储存了货物。明摆着他要跑到河边去。”

刽子手重新点燃烟斗，接着说：“只有克拉拉生病躺在床上。但是她从他的手中逃脱了。而且索菲也跑掉了……”

西蒙跳了起来。“我们要马上找到这两个孩子，要赶在魔鬼之前。工地……”

雅各布·奎瑟一把把他拽回椅子上。

“慢慢来，不要着急。我们不仅要救孩子，还要救玛尔塔。问题是在死去的孩子身上有那个女巫标记，而且事前这些孩子都在接生婆那里。也许明天选帝侯公使就到了，在这之前莱希纳想要得到供词。我可以理解他。因为一旦选帝侯公使把鼻子伸进来，找出来的就不只是一个巫婆了。上次雄高的大规模巫婆事件就是这样。最后他们在这一带一共烧死了七十多个女人。”

刽子手深深地望着西蒙的眼睛。

“我们先要找出这个标记代表什么，而且要马上找出来。”

西蒙叹口气说：“这个该死的标记。简直是一个谜套着一个谜。”

外面有人敲门。

“谁呀？”刽子手问。

“是我，贝内迪克特·考斯特，”一个战战兢兢的声音从门外传进来，“莱希纳派我来叫你。你要把女巫婆救过来，她一点声都不出了，她今天还要招供呢。你要把她治好。莱希纳说，你有老医生没有的书和药。”

雅各布·奎瑟大声笑了起来。

“先是让我折磨她，现在又要给她治伤，在最后还要用火把她烧死。你们都有神经病。”

贝内迪克特·考斯特清了清嗓子。

“莱希纳说了，这是命令！”

雅各布叹口气说：“等着，我马上就来。”

他走到旁边的小房间，拿了几个瓶瓶罐罐，把它们一起放进麻袋里，走了出来。

“你也跟着去，”他对西蒙说，“让你学点正经东西。不能只学大学书本上那些饭桶们写的理论，他们把一个人分成四种液体，认为这就是一切了。”

他关上身后的门，大步走在前面，西蒙和差役跟在后面。

玛格达莱娜慢慢地穿过了市场，走过巴林大厦。她周围的农妇们大声地叫卖着春天的新鲜蔬菜——洋葱、白菜和小萝卜。她的周围是刚出炉的面包香味和新鲜的活鱼味。但是她既听不见，也闻不到。她仍然沉浸在与小孩子们的谈话中。突然，她灵机一动转过身，朝西边的牛门走去。不一会儿各种吵闹声都消失在她身后，路上来往的行人很少。不久她就到了她想去的地方。

接生婆的房子看上去一塌糊涂。窗户被砸坏了，歪歪斜斜地挂在窗框上；门被砸开了；门口堆着破碎的陶瓦片和木头。很显然，这座小房子已经多次遭到洗劫。玛格达莱娜敢肯定，里面已经没有什么值钱的东西了，更不要说上星期事发时留下的线索。尽管如此，她还是走了进去。

房间里确确实实是被翻了个底朝天。玛格达莱娜从前来这里时看见过的锅、拨火棍、柜子，还有那些漂亮的锡制杯子和盘子都不见了。有人打开了凳子下面的鸡笼子，把所有的鸡都拿走了。就连家庭祭坛的十字架和圣母像也被抢劫一空。玛尔塔·史泰茜琳剩下的唯一财产是一张破桌子和分散在地上的碎瓦片。一些瓦片上画着炼金术的符号。玛格达莱娜记得，这些瓦片来自那些放在火炉旁边的瓦罐。

刽子手的女儿站在屋子中间，想象着孩子们上星期在这里玩耍的情景。也许史泰茜琳给他们讲了可怕的童话；也许她也给他们讲了她的神秘知识，给他们看了药草和粉末。索菲好像对这些特别感兴趣。

玛格达莱娜穿过走廊来到外面的花园。虽然接生婆几天前才被抓起来，但是玛格达莱娜感到这个花园已经荒芜了。抢劫的人把早春的蔬菜从地里拔了出来，把从前茂盛的药草园践踏得一塌糊涂。玛格达莱娜摇着头。这么多的仇恨和贪婪，这么多无意义的暴力！

突然，她停止了呼吸。她马上转身走进屋子，想去对证一下。那样东西马上跃入她的眼帘。

她差点笑了起来，因为她事前没有想到这个。她弯下腰，把它捡起来，拿在手里，马上又疾步走到外面。到了外面她忍不住咯咯地笑了起来，几个市民害怕地往她这边看着。

刽子手的女儿和女巫婆是穿一条裤子的，这个他们早就知道了。现在看上去还真是证据确凿！

玛格达莱娜不怕那些人的目光，仍然大笑着。她临时决定不走莱希门，而是从牛门回家。她知道一条紧挨着城墙的偏僻小路，它直通莱希河边。四月的阳光暖暖地照在她的脸上。她向哨兵打着招呼，走出了城门，慢慢地向山毛榉林走去。

这一切其实这么简单。为什么他们没早一点想到呢？这个东西一直都在他们的眼前，但是谁都没看见！玛格达莱娜想象着她如何把这个消息告诉父亲。她的手紧紧地握着手里的东西。接生婆今天就会被放出来吧。嗯，也许不会，但是至少不会再受酷刑了。玛格达莱娜敢肯定，一切都会变好的。

一根树枝打在了她的脑后，她一头向前栽进泥里。

她挣扎了一下，想站起来，可是脖子后面又挨了一拳，她再次栽进了泥浆里。她的脸摔在一个小泥坑中。她费力地喘着气，泥浆和脏水进到了嘴里。她像一条鱼，不停地在干枯的河塘挣扎，但是她的对手紧紧地把她的头按住不放。正在她觉得两眼发黑时，那个人突然用手把她提了起来。她听见紧靠着右耳朵的声音在说话。

“看看我能用你做什么，刽子手的婊子。我有一次在马格德堡把一个姑娘的乳房割了下来，然后让她吃了。你也想吗？但是我首先需要你父亲，亲爱的，你将会帮我很大的忙。”

她的脑袋又被打了一下，爆炸一样地疼。她完全不知道魔鬼是怎样把她从泥浆里拽起来，拖到河边树丛里去的。

她手里的那个东西掉到了地上，不久就被泥浆盖住了。

雅各布·奎瑟在为接生婆的生命进行搏斗，她仍然昏迷不醒。他一两天前刚给她用过刑。现在，他把她头上的伤口擦干净，用橡树皮包扎好，在她粗肿的手指上抹了一层厚厚的黄药膏。刽子手不断地把一只小瓶里的药水倒进她的嘴里。但是玛尔塔·史泰茜琳根本不能往下咽东西，棕红色的药液沿着嘴唇流到了地上。

“这是什么药？”西蒙指着小瓶问。

“贯叶连翘、颠茄和其他你不认识的植物熬成的。这个药能让她的灵魂安静下来，没有别的功能。他们应该先把她头上的伤擦干净，他妈的！已经感染了。你父亲真是个该死的庸医！”

西蒙忍了一下，但是他不能反驳。

“您从哪知道这么多？我是说您又没上过大学……”

刽子手大笑起来，同时仔细地检查着接生婆腿上的挫伤。

“上大学，哈！你们这些愚蠢的大医生相信在冰冷的大学里能找出真理。但是那里什么都没有！只有聪明人从聪明人那里抄袭来的书。真正的生命、真正的疾病都在大学外面。你要看它们，而不是看书。它们教给你的知识远远超出英格尔施塔特大学整座图书馆的书籍！”

“但是您在家里也有书呀？”西蒙反问道。

“对，但是那是什么书？都是被禁止的，或者因为不适合你们那些陈腐教程而被甩出来的书！斯库尔特图斯、帕雷或者老迪奥斯科里季斯！他们才是真正的学者！可是你们干什么——放血，看尿，只相信你们的臭药水。血液、唾液和胆汁儿，对你们来说人体就是由这几种成分组成的。如果允许我参加你们大学的一次医学考试的话……”

他停下来，摇了摇头。“我犯不着为这个生气。我要把接生婆先救活，然后我再按命令杀死她，其他的什么都不要干。”

雅各布·奎瑟终于检查完了接生婆的身体。最后他又撕了几条麻布，沾了黄药膏，把接生婆的腿包扎好，整条腿看上去就像一个大肿块。他不断地摇着头。

“我希望，我用刑的时候没有下手太重。最糟糕的是她头上的伤。要等几个小时才能知道，高烧是退了还是更严重了。恐怕今天夜里是玛尔塔在地上过的最后一夜了。”

他站了起来。

“无论如何我们必须告诉莱希纳，他今天不能再审讯。这样又给了我们一点儿时间。”

雅各布·奎瑟又弯下腰，给接生婆的头下垫了些新鲜的干草。然后他转身朝门口走去。看到西蒙还有些犹豫不决地看着病人不动时，刽子手不耐烦地向他招招手。

“现在我们只能做这些。你可以到教堂去为她祈祷，或者为她念上一段《玫瑰经》。我将回家坐在花园里抽一袋烟，好好想想。这对史泰茜琳更有用。”

说完，他就头也不回地离开了地牢。

当西蒙回到家时，他父亲正坐在屋里喝着酒，看上去很满意。看见西蒙进来，他竟然还努力地笑一笑。西蒙注意到他已经有几分醉意。

“很好，你又回家来了。我需要你帮点忙。登格勒的小玛丽亚得了麻风病，泽普·比希勒……”

“你救不了她了。”西蒙突然打断他说。

伯尼法茨·福荣威泽不理解地看着他。

“你说什么？”

“你救不了她了。你胡乱捣鼓一气，不知道该怎么办了，所以你派人去叫刽子手。”

老医生的眼睛眯成一条缝。

“我没有派人去找他，上帝给我作证，”他愤怒地说，“是莱希纳派人去叫的。要是由着我，我早给这个江湖医生套上镣具了。不能让这些江湖骗子把我们的这个行业弄脏了。一个没有上过大学的人，真可笑！”

“江湖医生？江湖骗子？”西蒙努力压低自己的声音，“你们英格尔施塔特大学的那帮人对医学的理解和认识加起来也比不上这个人！如果史泰茜琳不死，那么完全是他的功劳，不是因为你给她放了血或者闻了她的尿液！”

伯尼法茨·福荣威泽耸耸肩，喝了一口酒说：“莱希纳反正没有接受我的意见。谁能想到，他会让这个庸医来……”说完，他脸上露出了一丝笑容。他要做出和解的样子。

“但是，他还是给了钱。相信我，如果接生婆现在就能死的话，对她来说是再好不过了。她早晚都是要死的。这样她至少省了好多折磨和火烧。”

西蒙举起手要打出去。他费了好大的劲才把手收回来。

“你，真该死……”

话还没说完，就传来咚咚的敲门声。外面站着安娜·玛丽亚·奎瑟。她脸色惨白，上气不接下气，好像是从莱希门一路跑来的。

“雅各布……他……”她气喘吁吁地说，“他需要你。你要马上去。我和孩子刚从河边回来，他像一块石头一样坐在那儿一动不动。我还从没见过他这样。噢，上帝，我希望没出什么大事……”

“发生了什么事？”西蒙喊着问。跑出去的时候他没有忘记拿上帽子和大衣。

“他不跟我说。但是，是因为玛格达莱娜。”

西蒙飞快地跑着。他没看见他父亲直摇头，小心翼翼地把门关上。伯尼法茨·福荣威泽又坐了下来，继续喝着酒。三个铜币虽然买不到最好的酒，但是至少可以帮他忘记烦恼。

雅各布·奎瑟一边思考着，一边走过了位于河边的制革区。主街道离他家只有几百米远。他已经事先告诉了莱希纳，接生婆还不能接受审讯。法院记录官毫无表情地看着他，然后点头表示同意。他没有责怪雅各布·奎瑟。看上去他已经预料到了。

最后他还是目光炯炯地看了刽子手一眼。

“奎瑟，你知道下一步该干什么，是吧？”

“我不明白您的意思，大人。”

“等选帝侯公使到了之后，你还有更多的事情。你要准备好。”

“大人，我想我们很快就要有结果了……”

但是记录官已经转身走了。看上去他对刽子手不再感兴趣了。

雅各布·奎瑟走过最后几丛黑莓时，就看到了自己家的花园，它从街边一直延伸到小河塘。河塘边的柳树挂满了柳花。冬菟葵和雏菊在潮湿的草地上闪闪发光。种药草的那块地刚刚被翻过，在阳光下散发着白色的蒸汽。看着这些，刽子手的脸在今天第一次露出了笑容。

突然，他脸上的笑容凝住了。

在房前的凳子上坐着一个男人，他正闭着眼睛，仰着脸晒太阳。他听到了花园门口雅各布·奎瑟的动静，睁开眼，眨一眨，好像是被从梦中叫醒了似的。他戴着一顶插着鸡毛的宽边帽，穿了一件血红色的马甲。那只遮挡阳光的手发着白光。

魔鬼看着雅各布·奎瑟，微笑着。

“啊，刽子手！你的花园真美！肯定是你老婆精心料理，或者是小玛格达莱娜，对吧？”

雅各布•奎瑟站在花园门口没动。他顺手从墙上拿下一块石头，暗暗在手里掂一掂，预备瞄准目标扔过去……

“啊呀，小玛格达莱娜，”魔鬼继续说道，“真是一个疯丫头。但是很漂亮，像她母亲。如果对着她耳朵小声说话，她的乳头也会变硬吗？这个我还要试一试。”

雅各布•奎瑟紧紧地攥住手里的石头，石头尖划进了他的肉。

“你想干什么？”他低声地问道。

魔鬼站起来，走到窗户前。窗台上放了一罐水。他慢慢地拿起水罐，使劲地喝了一大口。水顺着他的胡子流下来，滴到地上。直到他快要把罐子里的水喝完时，他才把水罐放下来，用手抹抹嘴。

“我想干什么？问题是你想干什么。你想再见到你女儿吗？是一个完整的呢？还是想见一个等我把她呱呱不停的嘴唇砍掉以后，再像牲口一样分成两半的呢？”

雅各布•奎瑟伸出手，石头直飞魔鬼的脑门。魔鬼用难以察觉的速度躲向旁边，石头打在了门上，没伤到魔鬼的一根汗毛。

魔鬼愣了片刻。然后他又笑了起来。

“刽子手，你动作很快。我喜欢。你很会杀人，像我一样。”

突然，他的脸变了，变成了一副禽兽的嘴脸。雅各布•奎瑟有一瞬间以为眼前这个人要失去理智。但是魔鬼又镇定下来。他脸上毫无表情。

奎瑟长时间地看着他。他……认识这个人，只是他不知道在哪认识的。他在记忆里艰难地搜索着这个人的脸。他在哪里见过这个人呢？在战争年代？在战役中？

陶罐破碎的声音把他的回忆打断了。魔鬼把水罐扔到了地上。

“现在聊够了，”他小声地说，“这是我出的价。你告诉我钱藏在哪儿，我把女儿还给你。如果你不……”他慢慢地擦擦嘴。

雅各布•奎瑟摇摇头。

“我不知道钱藏在哪里。”

“那你把它找出来！”魔鬼愤怒地说，“你不是很聪明吗？你要想办法。我们把整个工地都挖遍了，什么都没找到。但是钱就藏在那里。”

雅各布·奎瑟的嘴开始发干，他努力保持镇静。他必须拖住魔鬼。如果能再靠近他一点，就能……

“刽子手，你什么都不要想，”魔鬼小声地说，“我的朋友们在看着刽子手的小女儿。如果我在半小时内不回去的话，他们就会按我的交代处理她。他们是两个人，他们肯定会感到很有意思。”

雅各布·奎瑟举起手表示和解。

“哨兵怎么办？”他问，想赢得一点时间。他感到喉咙很干。“建筑工地白天黑夜都有哨兵防守。”

“这是你的问题。”魔鬼转身要走，“明天这个时候我再来。要么你找到钱，要么……”

他无可奈何地耸着肩，像请求原谅似的，然后慢慢地向小河塘走去。

“是谁雇你们的？”刽子手在他身后喊，“谁在背后指使你们？”

魔鬼转过身。“你真的想知道？你们城里已经有很多麻烦了，你不这么认为吗？也许你给我钱的时候我会告诉你。也许那个人到时候已经死了。”

他走过绿油油的草地，翻过一堵墙，不一会儿就消失在河岸密密的森林里。

雅各布·奎瑟坐到凳子上，直直地看着远方。过了好长时间他才注意到，自己的手在流血。他把石头攥得太紧了，石头尖像刀一样刻进了肉里。

约翰·莱希纳在巴林大厦的楼上整理着桌上的文件。马上要召开会议，他在做准备，这很可能是最后一次，下一次还不知道在什么时候召开呢。记录官不抱任何幻想。等选帝侯公使桑迪策尔伯爵大驾光临后，约翰·莱希纳便没有任何权力可使。他在这里只是个代理。桑迪策尔伯爵要一网打尽，他不会只满足于一个女巫婆。现在人们就在街上议论纷纷了。已经有好多人亲口对莱希纳讲过，史泰茜琳用魔法把他们家的小牛犊害死了、把他们家的庄稼用冰雹毁坏了，他们的女人不能生育了等等。今天早上施泰因加登的阿格内丝还在街上拽住他的衣袖，满嘴酒气地对着他耳语，说她的邻居玛丽亚·科尔哈斯是个女巫婆。她看见后者昨晚骑着扫帚飞上天了。约翰·莱希纳叹着气。如果真是这样的话，刽子手确确实实要很忙了。

第一批议员走进了温暖的会议厅，他们都穿着昂贵的衣服、戴着裘皮帽子，一个个在自己的座位上坐下来。市长卡尔·塞莫尔好奇地打量着莱希纳。虽然他本人是市长，但是，在公事上他完全依赖莱希纳。然而这次莱希纳好像没有把事情干好。塞莫尔拽了一下他的衣袖。

“史泰茜琳的事有新的进展吗？”他小声地问，“她承认了吗？”

“马上。”约翰·莱希纳看上去好像还要在一个文件上签字。记录官痛恨这个木偶一样的财主；只是因为他的出身，他才能当市长。莱希纳的父亲也曾经是记录官，他的祖父当过记录官。但是没有一个人像他拥有过这么多的权力。助理法官的位子一直空着，选帝侯公使很少来城里。约翰·莱希纳人很聪明，他让这些绅士感到，是他们在统治雄高；但是事实上是他这个记录官在统治。现在他的权力有些不稳，议员大人们都感觉到了这一点。

约翰·莱希纳继续整理着文件。然后他抬起头看了大家一眼。绅士们都满怀期望地看着他。在他的左右两边坐着四个市长和救济院的院长，更远处是按顺序就座的政议院和参议院的议员。

“我今天想马上进入主题，”莱希纳开始讲话，“我召集这个会议，是因为我们的城市处于一种紧急状态。很遗憾，到现在我们还没得到史泰茜琳的供词。今天早上女巫婆又昏迷过去了。乔治·里格用石头把她的头打伤了……”

“怎么可能呢？”老奥古斯丁打断他问。他那双瞎了的眼睛炯炯有神地看着莱希纳的方向。“里格不是因为大棚房的事也被关起来了吗？他怎么能往史泰茜琳的头上扔石头？”

约翰·莱希纳叹口气说：“事情已经发生了，我们只能接受事实。总之她还没醒过来。也有可能，在她承认罪行之前，魔鬼就把她带走了。”

“如果我们跟人说，她承认了罪行呢？”塞莫尔市长嘟囔着，并用一条丝手绢擦着光头上的汗，“她死了，我们也把她烧了，以平民愤。”

“尊敬的大人，”莱希纳严厉地说，“这是对上帝和选帝侯说谎！我们每次审讯的时候都有证人在场！难道你们都要发誓作伪证吗？”

“不是，不是，我只是想……像我说的，安抚一下雄高的民心……”第一市长的声音越来越小，最后变得听不见了。

“选帝侯公使将什么时候到呢？”老奥古斯丁追着问。

“我已经派信使去探问了，”莱希纳说，“按目前的情况，明天上午我们就能荣幸地迎接选帝侯公使的光临。”

会议厅里传出了一片呻吟声。绅士们都知道等着他们的是什么。一位选帝侯公使带着他的一队人马在城里待上好几天，也许好几个星期，要花掉城市好大一笔钱！更不要说没完没了地审讯那些被怀疑与巫术有关的市民了。只要真正的罪犯没被抓到，每个人都有可能与魔鬼是同盟。议员大人和他们的夫人……在上次的女巫事件中也有几个德高望重的公民的太太受到牵连。魔鬼不能区分是女佣还是老板娘，是接生婆还是市长的女儿。

“那个因为放火烧大棚房被抓起来的奥格斯堡运输工怎么处理了？”第二市长约翰·皮需纳问，并紧张地用手敲着桌子，“他和此事有关吗？”

约翰·莱希纳摇摇头。

“我亲自审问他的。他没有罪。所以我今天早上把他狠狠地训斥了一顿，就放了。至少奥格斯堡人将不会那么快再来打扰我们。他们的肥水都流了。但是奥格斯堡的运输工看到雇佣兵在工地上捣乱……”

“雇佣兵，什么雇佣兵？”老奥古斯丁问道，“这件事越来越稀奇了。莱希纳，我请求你解释一下！”

约翰·莱希纳想了一下，是否把他和刽子手在工地的谈话也告诉这些议员大人。他决定先不说。事情已经很复杂了。他无可奈何地耸耸肩。

“显然有几个穷困潦倒的破烂货放火烧了大棚房，也是这些破烂货把麻风院工地给毁了。”

“那么是他们到处流窜，杀小孩，然后在他们的肩上刻上魔鬼标记。”老奥古斯丁插话说，不耐烦地用他的手杖敲打着樱桃木地板，“这是你想对我们说的话吗？莱希纳，你要振作起来！我们抓到了一个巫婆，她必须承认！”

“您没有理解我的意思。”法院记录官安慰着这个瞎眼的绅士，“这些雇佣兵很有可能放火烧了大棚房。但是我们孩子的死自然是和魔鬼、女巫有关。证据是明显的。我们在史泰茜琳那里找到了魔药；小孩子经常在她那里玩，有公民作证，她教巫术给那些孩子……我们现在所需的就是她的供词。你们和我一样知道得很清楚，按照《卡罗琳娜刑法典》，只有认了罪才能判刑。”

“你没必要给我解释卡尔大帝的法律规则和刑事法。我很清楚，”马蒂亚斯·奥古斯丁嘟囔着说，他的那双瞎眼睛望着远方，鼻翼翕动，好像闻到了远方的臭味，“我又闻到了烧女人的味，像七十年前一样。我也顺便告诉你们，曾有一个助理法官的太太被押上了火刑堆……”

瞎老头的脑袋像鹰一样飞快地转向莱希纳。莱希纳又看着文件，小声地说：“我太太三年前死了。您知道，每一个人都要怀疑，如果这是您想说的话。”

“如果我们做女巫水上测试呢？”救济院的院长威廉·哈登贝格突然插嘴说，“他们几年前在奥格斯堡曾经用过。把女巫婆的大拇指绑在脚趾上，然后把她扔在水里。如果她漂在水上，没有沉下去，就证明有魔鬼帮她，她是个巫婆。如果她沉下去，就证明她无罪，但是她也活不成了……”

“该死，哈登贝格，”奥古斯丁大声吼道，“您是耳聋还是傻？史泰茜琳现在昏迷不醒！她肯定会像石头一样沉下去！谁会相信我们的水上测验？选帝侯公使肯定不会！”

年轻的雅各布·施雷佛阁开口说：“为什么您认为雇佣兵杀了小孩的想法是错误的呢，奥古斯丁？小克拉拉失踪的时候，许多人亲眼看见有人从我家的窗户跳下来。这个人穿着血红色的马甲，帽子上插着羽毛，穿着打扮和大多数雇佣兵一样。而且这个人是个瘸子。”

“魔鬼！”面包师贝希托尔德大惊失色地喊道，显然昨天的醉意经过一场酣睡都消失了。他一边在胸前画着十字，一边说：“圣母马利亚，请你保佑我们！”

有几个议员也跟着一起画十字，小声地念诵着祷词。

“你们好好地用魔鬼给自己开脱吧！”雅各布·施雷佛阁朝这些人喊道，“魔鬼能解决一切问题。但是有一点我很清楚！”他站起来，生气地看了一眼在场的人。“我的克拉拉不是被长着羊腿的怪物带走的，而是被一个有血有肉的人抢走的。魔鬼不会被门挡住，魔鬼也不用跳窗户。他不戴那种雇佣兵的便宜帽子，而且也不和其他的雇佣兵聚在塞莫尔的客栈喝啤酒。”

“您怎么知道魔鬼在我的客栈里喝酒？”塞莫尔市长一下子跳了起来。他的脸变得通红，汗珠子也从额头上淌了下来。“这纯属谣言，您要负责任！”

“年轻的医生跟我说的。劫走克拉拉的那个人去过您客栈上面的会议室。”雅各布·施雷佛阁镇静地看着市长的眼睛说，“他在上面和什么人见了面。也许是和您？”

“这个福荣威泽，我要把他的狗嘴堵上，您的也一起堵上！”塞莫尔愤怒地用拳头砸着桌子，“我不允许别人给我的客栈造谣。”

“卡尔，你保持冷静，先坐下来。”老奥古斯丁的声音虽然很低，但是十分严厉。塞莫尔困惑不解地坐到位子上。

“现在你跟我们讲，”马蒂亚斯·奥古斯丁接着说，“有这么回事吗？”

市长卡尔·塞莫尔翻着眼珠，足足地喝了一大口酒。很显然他在掂量着词句。

“是真的吗？”第二市长约翰·皮需纳追着问道。救济院的院长威廉·哈登贝格也把脸转向这位德高望重的金星客栈的老板。“卡尔，跟我们讲实话！那些雇佣兵到过你的店吗？”

会议室里人声鼎沸。几个坐在后排的参议院议员已经开始嘀嘀咕咕地争论不休了。

“这是一个天大的谎言！”塞莫尔市长终于张口说话了。他头上的汗像小溪一样流到白衣领上。“也许有几个士兵模样的人到过我的金星，我无法验证他们是不是雇佣兵。但是他们中没有人上楼见任何人。”

“这不就解释清楚了吗？”马蒂亚斯·奥古斯丁说，“我们现在继续讨论重要的事情。”他的瞎眼睛望着记录官。“莱希纳，你有什么打算？”

约翰·莱希纳朝着左右两边不知所措的议员们看看。

“坦白地说，我不知道。桑迪策尔伯爵明天上午将到达这里。如果接生婆还不能讲话的话，愿上帝保佑。我恐怕……我们今夜都要祈祷。”

他站起来，收起羽毛笔和墨水瓶。其他人也慢慢地跟着站起来。

“我现在全力以赴准备迎接伯爵。你们每个人都要进贡，献力。至于女巫事件……我们只能抱希望。”

莱希纳没有和任何人打招呼，便急匆匆地向外走去。议员们三三两两地一边议论着，一边往外走。只有两位绅士坐在议会厅里没动。他们有要事商量。

魔鬼用他的骨头手慢慢地顺着玛格达莱娜的裙子往上摸，摸过她的乳房、她的脖子和她的尖下巴。当他的手摸到她的嘴唇时，她瞪着眼睛把头转向了一边。魔鬼笑着，又把她的头转过来。刽子手的女儿躺在地上，双手被绑着，嘴被一块脏麻布塞住了。她愤怒地瞪着眼睛，朝上看着眼前的男人。魔鬼向她做了个飞吻的手势。

“好，好，就这样。你这么厉害，以后我们俩会好好乐一乐。”

在他们身后的林中空地走出了一个人。是雇佣兵汉斯·霍恩莱特纳。他小心地停下来，咳嗽了一声。

“布劳恩施魏格，我们必须离开这里。克里斯托夫去城里了。城里人说明天伯爵要来，因为女巫婆的事。这样的话这里到处都是哨兵。让我们在这儿跟这个姑娘过把瘾，一走了之算了。死一个安德烈已经够了。”

“那笔钱呢，嗯？那笔钱怎么办？”

那个被称为布劳恩施魏格的魔鬼转过身。他的嘴角抽动了一下。看上去他好像控制不了自己的表情。

“你把钱忘了吧！那个财迷还欠我们一大笔钱呢！”

“让他妈的钱见鬼去吧。他昨天不是为破坏工地和烧大棚房给了我们二十五个古尔登吗？这已经够多的了。这里得不到什么钱了。”

第三个雇佣兵克里斯托夫·霍尔茨阿普费尔也走到他身边。长长的黑头发蓬乱地遮在他脸上，他偷偷地看着地上的玛格达莱娜。“汉斯说得对，布劳恩施魏格，我们走吧。根本没有什么钱，我们不是都找过了吗？整个工地都他妈的找过了！我们把每块石头都翻了一遍！明天伯爵的人就来了。”

“让我们走得远一点儿，”汉斯·霍恩莱特纳接过话说，“我宁可少要点钱也要保住脑袋。安德烈被杀了，这不是好兆头。但愿他该死的灵魂得到安宁！但是事前我们想乐一乐……”说完他弯腰俯向玛格达莱娜。当他的那张麻子脸靠近她的嘴时，她闻到了一股白酒和啤酒的臭味。他歪着嘴笑了笑。

“嘿，小情人，你是不是也感到很痒了？”

玛格达莱娜飞快地把头向前一伸，她的前额撞在他的鼻子上。鼻子像熟透的水果一样被撞得稀烂，血马上流了出来。

“你这个狗娘养的！”雇佣兵呻吟着捂住鼻子，向玛格达莱娜的肚子狠狠地踢了一脚。玛格达莱娜弯着腰，忍着痛。不能让他们听见她喊。现在还不能。

汉斯还想踢第二脚，魔鬼拉住了他。

“算了，你不要坏了她的模样。这样我们和她在一起就只剩一半的乐趣了，嗯？我向你们保证，我会教给你们连地狱里的魔鬼都觉得肮脏的招数……”

“布劳恩施魏格，你有病。”克里斯托夫•霍尔茨阿普费尔反感地摇着头说，“我们只是想和这个姑娘乐一乐。你在兰茨贝格干的肮脏勾当已经够了。”他转过身，不再看魔鬼。“这没什么。你发泄吧，然后让我们离开这儿。”

玛格达莱娜把身子蜷成一团，等待着下一次突击。

“现在还不能，”魔鬼嘟囔着说，“我们先要拿到钱。”

“他妈的，布劳恩施魏格！”汉斯•霍恩莱特纳一边说着，一边用手捂着鼻子止血，“没有什么钱！你那病脑壳还没听明白吗？”

魔鬼的嘴角抽动了一下；他把脑袋晃了一大圈，好像是以此来减轻压力。

“你不要再说我……有病，霍恩莱特纳。永远不要……”他的目光飞快地扫了一下，“现在我告诉你们，我们还要在这里待一夜。你们带着这个姑娘到一个安全的地方，我去给你们取钱，明天早上见。到时候，你们得到的金币多得都可以在上面拉屎。然后我们再一起享用这个姑娘。”

“还要待一夜？”汉斯•霍恩莱特纳问。魔鬼点点头。

“那你想怎么找钱呢？”

“这个交给我。你们只管看着这个姑娘。”

雇佣兵克里斯托夫•霍尔茨阿普费尔又走到近前。

“那我们藏在哪儿呢，啊？明天这一带都是哨兵！”

魔鬼笑了笑。

“我知道一个地方，那里很安全。在那里他们找不到你们。而且那里的风景很美。”

他告诉了他们那个地方后，便往城里去了。玛格达莱娜紧咬着嘴唇，眼泪流到了脸上。她费力地把脸转到一边，远远地避开雇佣兵。不能让他们看到她在流泪。

两个男人站在工地的边上看着工匠们干活。有几个瓦工和木工还向他们招招手。也许他们有些奇怪，这两个人到工地来干什么；但是他们没有一点怀疑。工地边上的两个人都是有威望的公民。很可能他们只是想了解一下施工的进展。

几天前被破坏的痕迹几乎不见了。麻风院的墙又盖起了很高，小教堂的地基上已经搭起了屋架。两个差役坐在工地中间的水井边，玩着骰子打发时间。法院记录官下了命令，工地要整天整夜地看守。他的命令总是要一丝不苟地来执行。工匠们还特意给差役盖了一个木棚，用来躲雨。灯笼挂在木棚外，旁边还放了两支标枪。

“你们真的都找遍了？”那个上了年纪的人问。

年轻的点着头说：“都找了，而且找了好多遍。我真不知道我们还要在哪找。但是肯定是在这里！”

对方耸耸肩说：“也许那个老抠门撒了个谎。也许他在临死前胡乱说了一气。只不过是一个老人的高烧梦呓，我们却进了圈套……”

他长叹了一口气，按住了腰。他必须弯下腰，过了一会儿疼痛减轻了。他转身想走。

“反正事情已经过去了。”

“过去了？”年轻人跑上来，粗鲁地抓住老人的肩，把他转过来，“什么叫过去了？我们可以继续找。雇佣兵的钱我还没全部付清。再加上几个古尔登他们还会把地抹平，然后像猪一样到处挖。钱就藏在这儿！我……我能闻到！”

“他妈的，事情过去了！”上了年纪的人反感地把年轻人的手从自己的肩上推开，“现在工地有哨兵监守。还有，你已经惹得满城风雨了。莱希纳知道你的雇佣兵。刽子手和那个福荣威泽在追踪他们。他们在到处打探。连神甫那里他们都去了！我们冒的风险太大了。这件事已经过去了，永远地过去了！”

“但是……”年轻人又拽住他。

上了年纪的人不甘心地摇摇头，又一次按住腰。他大声地呻吟起来。

“我现在有很多的事情要做。因为你的雇佣兵，明天伯爵和他的人马就进城了。这个案件有可能要处理很长时间。火刑堆又要烧起来，雄高要完蛋了。这些都是因为你，你这个该死的蠢货！我感到羞耻，为你，为我们的家族。现在放开我。我想走。”

上了年纪的人迈着步走开了，让年轻人一个人站在工地的污泥里。泥浆沾满了他擦得铮亮的皮靴。他不能就这么放弃！他要做给他看看。此时他的心里充满了怒火。

当几个工匠向他招手时，他也向他们招招手。但是他们看不见他那张因仇恨而变得僵硬的脸。

第十四章

星期一

1659年4月30日

下午两点

西蒙和安娜·玛丽亚·奎瑟跑过了母鸡胡同，直奔莱希门，又穿过了制革区。玛格达莱娜出事的消息让他跑得飞快，他自己都很奇怪。不一会儿他就把刽子手的妻子远远地甩在了后面。他的心跳得很快，嘴里有一股浓重的金属味。但是他仍然没有停下来，一直跑到了刽子手的家。太阳高照，几只燕雀在花园的苹果树上唧唧地唱着歌，远处传来了撑筏工的吆喝。除此之外，四周一片寂静。屋前的凳子上空无一人，屋门大敞。挂在苹果树下的秋千在风里荡来荡去。

"我的上帝，小孩子！"安娜·玛丽亚·奎瑟已经追上了西蒙，"不要小孩子也……"

话还没说完，她就跑进了屋里。西蒙跟在后面。在屋里他们看见两个五岁的小天使正坐在牛奶里。在他们身边躺着一只碎瓦罐。两个孩子从头到脚都是白的。到了近前西蒙才看到，旁边的面桶也翻倒在地。

“乔治，芭芭拉，你们在干什么？……”

安娜·玛丽亚·奎瑟本来想骂他俩一通，但是看到这对双胞胎安然无恙，她心里的一块石头落了地，忍不住大笑起来。很快她又镇静下来。

“快去上床睡觉，我不想再看见你们。看看你们都干了什么！”

双胞胎内疚地上楼去了。安娜·玛丽亚一边擦牛奶、收拾面粉，一边向西蒙简短地讲述着刚才发生的事。

“我回到家，看见他像块石头一样坐在凳子上。我问他怎么了，他只说玛格达莱娜不见了。魔鬼把她带走了，魔鬼，我的上帝……”她把碎瓦片扔到墙角，用手捂住嘴，泪水从眼里流了出来。她不得不坐下来。

“西蒙，告诉我，这都是怎么回事！”

医生看着她，很长时间没有说话。各种想法在他脑子里转个不停。他想跳起来行动，但是他不知道从何做起。玛格达莱娜在哪儿？刽子手在哪儿？他去找她了吗？他知道魔鬼把自己的女儿藏在哪儿吗？这个人抓玛格达莱娜干什么？

最后他说：“我……我不知道该怎么跟你说。但是我想，是那个杀小孩的人把玛格达莱娜抓走了。”

“噢，上帝！”安娜·玛丽亚·奎瑟把脸埋在手里，“这是为什么？为什么？他抓我的小姑娘干什么？”

“我想，他想以此来讹诈你丈夫。他想让我们不再跟踪他，让我们不再打搅他。”

刽子手的女人充满期望地看着他。“如果你们按他说的做，他就会放了玛格达莱娜吗？”

西蒙多么想点头称是，安慰她，并且对她说她女儿不久就会回来的。但是他不能。他站起来，向门口走去。

“他会放她回来吗？”安娜·奎瑟的声音充满哀求，她几乎是在大喊了。西蒙没有转身。

“我想不会。这个人有病，而且非常可恶。如果我们不及时找到她，他会杀了她。”

他匆匆地穿过花园走向城里。他身后传来双胞胎的哭声。他们刚才躲在楼梯上，偷听了他们的谈话。虽然他们还不懂，但是他们感觉到不幸的事情发生了。

西蒙一开始漫无目的地走在制革区的小胡同里，然后到了河边。他要整理一下自己的思路，哗哗流淌的莱希河会给他带来灵感。只有两种可能：要么他找到魔鬼关押玛格达莱娜的地方，要么他找出魔鬼的指使人。如果他能找到魔鬼的指使人，也许会把玛格达莱娜救出来，当然，前提条件是她还活着……

西蒙不由得打了一个冷战。一想到自己心爱的姑娘被割断脖子在河里漂流，他就无法思考。他不应该这么想。这完全没有任何意义。玛格达莱娜是魔鬼的人质，他不会这么快就把这个抵押品扔掉的。

西蒙不知道魔鬼能把玛格达莱娜藏到哪里。但是小孩子有可能告诉他谁是指使人。他们就在建筑工地上，只是具体在什么地方？

他妈的，在哪儿呢？

他决定再去找雅各布•施雷佛阁。这块地以前属于他父亲，也许他知道什么密室之类的地方。

半小时后，他又来到了市场。市场的摊位明显地少了；在下午这个时候，大多数市民已经买完了东西。农妇们把剩下的菜装进筐里，有的正在打发着小孩子，孩子和她们在市场待了一整天，变得不耐烦了。地上到处都是枯萎、腐烂的菜叶，分散在牛粪马粪之间。现在人们都急急忙忙地往家赶。明天是五月一日，对好多人来说现在就开始过节了。再说还要为过节做准备呢。和巴伐利亚的其他地方一样，雄高人也把明天当作夏天的开始来庆祝。今夜属于那些相爱的人。西蒙闭上眼睛。他本来打算和玛格达莱娜一起过五一节的。他感到喉咙里像是塞了什么东西。他想得越多，就越感到害怕。

突然，他想起来，今天夜里还有一个节要庆祝。他怎么会把这个忘了！四月三十日晚上是沃尔布加之夜！女巫婆要在森林里跳舞狂欢，与魔鬼交合。有不少人还会在窗户上贴符咒，在门前撒上盐，用来避邪。难道恐怖的谋杀与奇怪的标记真的和这个沃尔布加之夜有关吗？虽然西蒙有些怀疑，但他还是害怕有人会利用这个夜晚到地牢里去折磨所谓的女巫婆。时间太紧迫了。

他走过公爵府，进入农民巷，不一会儿就到了施雷佛阁家。楼上的阳台上站着一个女佣。她满脸疑惑地看着下面的西蒙。他和刽子手的女儿眉来眼去的事已经到处传开了。西蒙跟她打了个招呼，她没有回应，便转身去通报年轻的主人了。

不一会儿，雅各布•施雷佛阁亲自给他打开房门，请他进去。

“西蒙，您来我太高兴了！我希望您不再怀疑我了。您有克拉拉的消息吗？”

这位绅士是否值得信任？西蒙想了片刻。对于雅各布•施雷佛阁在这件事情中所起的作用，他仍然不太有把握，所以他决定只是简短地回答他的话。

“我们认为是雇佣兵杀了孩子，因为他们看见了不应该见的事情。但是我们不知道是什么事情。”

绅士点点头。

“我也是这么想的。但是议会不愿意相信你们。今天上午我们还开了会。那些大人们想一网打尽！一个巫婆和魔鬼更符合他们的想象，尤其是现在，时间那么紧迫。明天选帝侯公使就要来了。”

西蒙吓了一跳。

“明天就到了？那我们的时间比我想象的还要少。”

“还有，塞莫尔市长不承认雇佣兵曾在他的楼上与人见过面。”雅各布·施雷佛阁继续说道。

西蒙哈哈大笑起来。

“他在说谎！塞莫尔的女佣蕾舍儿亲口告诉我的，她还给我描述了雇佣兵的长相。他们就是到楼上去了嘛！”

“如果是蕾舍儿弄错了呢？”

西蒙摇摇头。

“这个没错。是市长在说谎。”他叹了口气，“我现在都不知道该信任谁……但是，我是因为另外一件事来找您的。我们猜到克拉拉和索菲可能会藏在哪里。”

“哪里？快告诉我，在哪里？我一定会全力以赴把她们找回来！”

“我们怀疑她们很有可能躲在麻风院的工地上。”

绅士不敢相信地眨眨眼。

“在工地上？”

西蒙点点头，在房间里不停地踱起步来。

“我们在那三个死去的孩子手指甲下面发现了黏土，是麻风院工地的那种黏土。很有可能这些孩子从他们隐藏的地方看到了不应该看到的事情，现在因为害怕不敢出来了。只是我们把工地都找遍了也没有找到。”

他又把头转向绅士。

“您可以想想，这些孩子会藏在哪里呢？您死去的父亲跟您讲起过什么吗？一个地洞、一个地下室什么的？那里从前盖过带地下室的房子吗？神甫提到，很早以前那里有一个异教徒时代的祭坛……”

雅各布·施雷佛阁坐到火炉旁边的椅子上，开始思考起来。最后他摇摇头。

“我真的不知道。这块地属于我们家已经好几代了。我想我曾祖父那辈就在那里放羊放牛了。据我所知，很久以前那里曾有过一座教堂，也有一个祭坛，或者什么类似的东西。但这都是很久以前的事了。在我打算建窑炉之前，我们从来没想过用这块地来干什么。”

突然，他眼睛一亮。

“市政档案里……那里肯定有图纸！”

“市政档案？”西蒙问道。

“对，每份合同、每项买卖，即使是捐赠，都要写进市政档案里。约翰·莱希纳当记录官后更是特别强调，每件事都要有条有理。我父亲把土地赠送给教会时，还特意准备了捐赠证明。如果我没记错的话，证明还附带了一张祖上传下来的图纸。”

西蒙感到自己的嘴发干。他觉得答案就在眼前。

“那这些……市政档案在哪里？”

绅士无可奈何地耸耸肩。

“能在哪里？当然在巴林大厦。在议会大厅旁边的档案室。莱希纳把所有跟城市有关的重要文件都存放在那里。您可以问问他，您是否能看一眼。”

西蒙点着头，向门口走去。出门前他又转回身。

“您帮了我很大的忙，谢谢！”

雅各布·施雷佛阁微笑着。

“您不要谢我。把我的克拉拉找回来，这是最好的答谢了。”说完，这位议员大人向宽敞的楼梯走去。“请原谅，我太太还病着呢，我要上楼去看看。”

突然，他停下脚步，好像在思考什么。

“还有一件事……”

西蒙满怀期望地看着他。

“是这样，我父亲活着的时候攒了很多钱，很多很多。您知道，在他临死前我们吵了一架。我一直以为他把他所有的财产都捐给了教会，但是我和神甫谈过……”

“他说什么？”西蒙紧接着问。

“教会只得到了那块土地。我在家里都找遍了，没有找到一分钱。”

西蒙几乎听不见他在说什么。他已经跑到了街上。

医生疾步走向巴林大厦。他很清楚，法院记录官根本不会让他看一眼市政档案。今天早晨在工地上，他已经明确地向西蒙和刽子手表示，他对他俩的怀疑不屑一顾。约翰·莱希纳希望城里能安定下来，不希望一个医生在他的档案里翻翻查查，因为说不定会查到一个秘密，一个让某位绅士掉脑袋的秘密。但是西蒙知道，他必须看见这个协议。问题是怎么才能……

两个拿标枪的哨兵歪歪斜斜地站在巴林大厦的门前，看着市场上的最后几个农妇收拾摊位、装东西。这两个哨兵是唯一在下午还有任务的人。西蒙知道，这个时候议员大人们都不在巴林大厦了。今天中午举行了议会。议员大人们早都回家去了，法院记录官现在在对面的公爵府。巴林大厦空无一人。他只需把两个哨兵支开。

他脸上带着微笑，走近他们俩。他认识其中的一个，曾经给这人看过病。

“嘿，乔治，你的咳嗽怎么样啦？我给你的椴树花茶有用吗？”

哨兵摇了摇头。为了证明，他还大声地咳嗽了几下。

“可惜没好，先生。反倒厉害了。现在我的胸脯也疼起来了。我已经念了三次《玫瑰经》，但是也没管用。”

西蒙皱着眉头，思考了片刻，眼睛突然亮了起来。

“我这里有一样东西，也许可以帮你。是一种从西印度带来的粉末……”他掏出了一只小袋子，焦虑地看着天上，“这种药必须在太阳照在头上的时候吃。现在已经有点晚了。”

哨兵乔治又咳嗽了一下，伸手抓住小袋子。

“我现在就吃，先生。多少钱？”

西蒙把药递给他。

“给你只要五个铜币。你必须把药粉泡在烧酒里喝下去，否则的话不起作用。你有烧酒吗？”

乔治开始犯嘀咕。医生知道，这时要帮他一把。就在此刻，哨兵的脸上放出光彩。

“我可以去搞点烧酒来。对面的酒馆里有。”

西蒙点着头，接过钱。

“乔治，这个主意不错。快去那里弄点儿，你马上就回来了。”

乔治跑向酒馆，第二个站岗的哨兵有些犹豫。西蒙沉思地看着这个人。

“你也咳嗽吗？你脸色苍白。胸口也疼吗？”

哨兵看着他那个刚刚消失在酒馆里的同事，犹豫一会儿，然后也点点头。

“那你也跟着他去，让他多打点儿烧酒，”西蒙说，“你们每人至少要泡一杯，最好是两杯。”

哨兵坚守职责的自觉性在和药酒做斗争。最后他还是跟在同事的屁股后面跑了。

医生不由得笑了起来。他已经跟刽子手学了一些东西。这么一小袋胶泥竟能派上用场！

医生又等了一会儿，小心地向四周看了一下。市场空荡荡的。他马上把大厦的门推开一条缝，溜了进去。

各种香料的味道和发霉的麻布味混在一起。阳光透过大窗户的栅栏一条一条地照射进来。大厅里已有些昏暗；墙边不规则地堆放着一层层的麻袋和箱子，看上去像一个正在睡觉的巨人，并投下巨大的阴影。一只箱子后面突然窜出来一只小老鼠，它伸着头看看，然后又缩了回去。

西蒙轻轻地爬上楼梯，到了上面，把耳朵贴在会议厅的门上。在确定没有任何动静后，他才小心地推开了门。房间里空荡荡的。大橡木桌上放着半瓶葡萄酒和几只水晶杯子，旁边的椅子摆得整整齐齐。在一个墙角立着一个巨大的壁炉，上面贴着绿色的瓷砖，有些瓷砖上还画着图案。西蒙用手摸了摸，壁炉还热着呢。看上去好像议员们只是为了休息片刻才离开会议厅的，他们随时都要回来。

西蒙轻轻地走在地板上，尽力不让它发出响声。在东边的墙上挂着一幅已经发黄了的油画，画上雄高的议员大人都围坐在大橡木桌前。他仔细地看着画上的人物。他第一眼便认出这是一幅比较老的画。画中人还戴着几十年前流行的白圆领，黑色的衣服笔挺，纽扣一直系到脖子上。他们脸上的胡子修得尖尖的，目光严峻，但很空洞。尽管如此，他还是认出了其中的一个人。坐在中间的那个气势逼人、微露笑容的议员大人应该是费迪南德•施雷佛阁。西蒙记得，老施雷佛阁曾经当过雄高的第一市长。他手里紧紧地攥着一份文件。紧挨着他的那个人西蒙觉得也认识，只是想了半天也对不上名字。但是他敢肯定，他最近在什么地方见过这个人，不过比画上的这个人老很多。

突然，外面的市场上传来了说笑声。显然是两个哨兵按照他的指示做了。他不由得咧嘴笑起来。他们极有可能把药泡得很足。

西蒙继续在会议厅里悄悄地走着。走过窗口的时候，他特意蹲下来，怕外面有人看见。他终于来到了档案室的门前，用手按了一下门把手。

门锁上了。

他小声地骂自己笨。他怎么会如此天真，认为这扇门是开着的呢？当然是法院记录官把它锁上了！这个房间是他的圣殿啊！

西蒙想转身走，但是他又仔细地想了想。约翰•莱希纳是一个可靠的人。他肯定会让四位市长进到这个房间，即使他碰巧不在的时候也能进来。每个市长都有一把钥匙吗？这不太可能。很可能是记录官在这里给市长们藏了一把钥匙。只是藏在哪里呢？

西蒙的目光扫过雕有涡卷形饰的松木顶棚，桌子，椅子，酒瓶……这里没有柜子和箱子。唯一的一件摆设就是那个大壁炉，一个巨大的怪物，至少有两大步宽，高达屋顶。西蒙走过去，仔细地打量着它。壁炉一半高的地方有一排瓷砖，上面画着农耕的场景。一个农民在耕地，两个农民在播种，上面有猪、牛，还有一个放鹅的小女孩……就在这排瓷砖的中间，有一块看上去和别的不一样。砖上面画的是一个戴着典型的宽边帽子、穿圆衣领的议员大人。他坐在一只夜壶上，一卷卷的羊皮纸卷从壶里冒出来。西蒙用手敲了敲这块瓷砖。

听上去是空的。

医生掏出他的匕首，伸到瓷砖缝里，轻轻地一撬，瓷砖就出来了，落在他的手上。后面露出一个小洞，里面有个东西在闪光。西蒙笑了笑。据他所知，这个壁炉是在老施雷佛阁当市长的时候盖的。在制陶业他被看成是真正的艺术家。现在西蒙看到的不仅是他的艺术，还有他的幽默。一个议员往文件里尿尿……当年任法院记录官的约翰•莱希纳的父亲是否在这幅画里看到了自己的影子？

医生把那枚铜钥匙拿了出来，把议员瓷砖又镶了进去，然后走到档案室的门前。他把钥匙插进锁里，拧了一下，门啪的一声向里面开了。

房间里散发着一股灰尘和旧羊皮纸的味。只有一扇朝向市场的、上了栅栏的小窗户，没有其他的门。午后的阳光从窗户照进来，灰尘在光柱中上下乱飞。房间几乎是空的。对面的墙边立着一张毫无修饰的小橡木桌子、一把瘸腿椅子。一只高达房顶的大橱柜占据了左边整整一面墙。无数的小抽屉里装满了纸张和文件。在大书架上立着许许多多的大厚书。桌子上也摆了几本书，旁边搁着零散的纸张、半瓶墨水、一支羽毛笔和一根烧尽了的蜡烛。

西蒙小声地叹了口气。这里是法院记录官的世界，对他来说肯定样样东西都有它的秩序。可是对西蒙来说这些只是一堆堆无从下手的羊皮纸卷、文件、大厚书。所谓的市政档案是一个装满纸条的大盒子。他怎么能在这里找到想要的地产图纸呢？

西蒙走到大橱柜前。现在他才看到抽屉上都画着字母。它们看上去杂乱无章，也许只有记录官和政议院的议员们才知道字母缩写是什么意思。RE，MO，ST，CON，PA，DOC……

在读到最后的缩写时西蒙停了一下。“文件”的拉丁文写法是“*Documentum*”。在这个抽屉里会有捐赠证明吗？他拉开了抽屉。里面装满了密封的信件。西蒙只看一眼，就证明开对了抽屉。所有的信件都盖着市政的密封公章，有位高权重的市民的亲笔签字。里面有遗嘱、贸易合同，也有捐赠证明——有赠钱赠物的，有赠送土地的，都是那些没有后代的公民捐赠的。还有一档文件，里面都是给教会赠送财产的证明。西蒙感到浑身发热，他马上就要达到目的了。雄高的教堂近几年得到了很多的捐赠，尤其是为了建新的圣塞巴斯蒂安墓地。每个感到自己离死亡不远，而且想在墓地墙边得到一块安息之地的人，都把自己的一部分财产捐给了教会。还有好多证明是关于捐赠贵重的十字架、圣像、猪、牛、土地等等。西蒙一个一个地翻看着，最后翻到了抽屉底儿。没有关于霍恩富希山坡那块土地的证明……

西蒙忍不住骂了起来。他知道，就在这里能找到问题的答案。他十分肯定！他生气地拿着抽屉，又走到大橱柜前，想把抽屉放回去，再重新拉开一只。在站起身的时候，他碰到了桌上的纸。纸张飞落到地上。西蒙连忙把它们捡起来。他突然怔了一下。他手里的一份文件有一页被撕坏了，好像是有人急急忙忙撕掉了一页。封印已经被破坏。他仔细地看了一眼。上面用拉丁文写着：

1658年城市公民费迪南德·施雷佛阁赠送给教会的礼物……

西蒙不由得打了一个冷战。捐赠证明！但是只有第一页，后面的几页都被干干净净地撕掉了。他看了一遍桌子上的文件，又在地上找了找。没有。显然，有人把这份文件从大橱柜里拿了出来，看完后把重要的部分（很可能是土地的平面图）拿走了。看上去这个人没有那么多的时间，还没来得及把文件放回抽屉。看来小偷只是急匆匆地把文件塞到桌子上的那堆纸下面……

……便匆匆地回到会议厅开会去了。

西蒙感到不寒而栗。如果有人偷了这份文件，那这个人肯定知道钥匙藏在壁炉里。约翰·莱希纳本人……还是四位市长里的一个人？刚才雅各布·施雷佛阁跟他讲了开会的事。

塞莫尔市长不承认雇佣兵在他的楼上与人见面了。

难道是第一市长本人与小孩子的事件有关？西蒙的心跳得很快。他想起来，几天前塞莫尔在自己的客栈里试探他，最后劝他不要管这件事。塞莫尔不也是一直表示反对建麻风院吗？如他所说的，完全是出于对城市的考虑？麻风病人待在一座商业城市的大门前可不是一件好事。会不会是塞莫尔故意拖延工地的施工，因为他想在工地上找那笔钱财呢？一笔他的好朋友、政议院的议员费迪南德·施雷佛阁在临死前告诉他的钱财？

西蒙的脑子在飞快地转着。魔鬼，死掉的孩子，女巫标记，被绑架的玛格达莱娜，还有不知去向的刽子手，作为一宗错综复杂谋杀案的牵线人的市长……所有的想法都冒了出来。他努力地整理着脑子里的想法，按重要性分类。现在最重要的是解救玛格达莱娜，但是他先要找到小孩躲藏的地方。然而有人抢先了一步，把土地的平面图偷走了！给他剩下的只是第一页，上面写着赠送的内容。西蒙有些绝望地看着手里写着拉丁文的纸片，快速地翻译着。

1658年9月4日费迪南德·施雷佛阁将土地赠送给雄高的教会。土地面积是200步 × 300步，额外加上两公顷森林和一口水井（已干枯）。

干枯了？

西蒙看着下面括弧里的字。

已干枯。

他用拳头打了一下自己的脑门。然后，他把这张纸揣进怀里，跑出了这个闷热的房间。他匆忙地把小门锁好，把钥匙放回到瓷砖后面的小洞里。几秒钟后他就到了巴林大厦的门口。两个哨兵都不见了，也许又去酒馆里取药了。他顾不上是否被人看见，急忙离开了巴林大厦，飞快地向市场跑去。

市场对面的一扇窗户后有个人正在观察他。当这个人觉得看够了的时候，他把窗帘拉上，又走到书桌前。在桌上除了一杯葡萄酒、一块冒着热气的烤肉外，还有一张羊皮纸。他的手在喝酒的时候不停地抖着，葡萄酒滴在羊皮纸上，像鲜红的血一样慢慢地散开。

剑子手躺在青苔地上，吸着烟斗，看着午后的最后一道阳光。他能听到远处工地上哨兵的谈笑。因为明天的五月节，工匠们中午的时候就回家了。现在两个哨兵在小教堂的墙上晃荡着，玩着骰子。偶尔还会传来笑声。两个哨兵曾有过比这更糟糕的任务。

从左边传来了新的响声。是树枝被折断的声音。奎瑟灭了烟斗，马上站了起来，一眨眼的工夫便躲到了树丛里。当西蒙从他身边走过时，他抓住了西蒙的脚脖子，西蒙一下子栽到地上。西蒙轻轻地叫了一声，坐起来，摸着腰里的匕首。剑子手的笑脸从树枝里露了出来。

“嘘！”

西蒙放下手里的匕首。

“噢，上帝，奎瑟，您可把我吓坏了！您这么长时间都到哪去了？我到处找您！您太太很为您担心，还有……”

剑子手把手放到嘴唇上，指了指工地。透过树枝可以隐约看见坐在墙上玩骰子的哨兵。西蒙压低了声音。

“还有，我现在知道小孩子藏在哪里了。藏在……”

“水井里。”雅各布•奎瑟接过话说。

西蒙惊得喘不上气来。

“您怎么……知道的？我是说……”

刽子手粗鲁地挥挥手打断他。

“你还记得我们第一次到工地的时候吗？在公路上有一辆牛车陷在坑里了。车上的木桶里装满了水。当时我没想什么。后来我才问自己，工地上不是有井吗，为什么还费这么大劲拉水呢？”

他指了指那口石头砌的、破旧的圆井。井口最上面的一些石头已经掉了下来，在井边形成天然的小台阶。在已经风化了的木井架上没有挂任何水桶、绳索之类的东西……西蒙咽了一口唾液。他们真傻！答案一直就在他们的眼皮底下。

他向刽子手快速地讲了他和雅各布•施雷佛阁的谈话，以及他在巴林大厦的市政档案里找到的东西。雅各布•奎瑟一边听着一边点头。

“肯定是在瑞典人到来之前，费迪南德•施雷佛阁把钱埋起来了。”他瓮声瓮气地说，“也许他把钱藏在井里了。不想，他和儿子吵了起来，就把这块地连同钱一起送给了教会。”

西蒙打断他的话，喊道：“我现在也想起了神甫在教堂对我说的话。施雷佛阁在临死前曾说，神甫用这块地将能做很多好事。但是我想，他指的是麻风院。现在我明白了，他指的是他的钱！”

“肯定是议会里的一个财迷得到了风声，”刽子手嘟囔道，“有可能是老施雷佛阁在喝醉酒的时候，或者在临死前对什么人讲了这件事。这个人绞尽脑汁，拖延施工，非要找到这笔钱不可。”

“显然是市长塞莫尔，”西蒙说，“他有进档案室的钥匙，所以能拿走土地的平面图。很有可能他现在也知道了这口枯井的秘密。”

“很可能，”雅各布·奎瑟气愤地说，“所以我们必须马上行动。这个谜的答案就在井下。也许在下面我也能找到有关我的小玛格达莱娜的线索……”

两人都沉默了片刻，没有讲话。周围一片寂静，只有小鸟在唧唧喳喳地叫着，偶尔传来一两声哨兵的笑声。西蒙意识到，自己因为激动竟然把玛格达莱娜忘了。他为自己感到羞愧。

“您认为……”他开始讲话，但是马上意识到自己的声音断了。

刽子手摇摇头。

“魔鬼把她劫走了，但是没有杀死她。他需要她做人质，让我把小孩藏身的地方告诉他。再说了，这也不是他的方式。他先要……玩乐一下，才会把人杀掉。他很喜欢玩。”

“听上去您好像很了解这个魔鬼。”西蒙说。

雅各布·奎瑟点点头。

“我想，我了解他。也可能我曾经见过他。”

西蒙很好奇。

“在哪儿？在这一带吗？您知道他是谁吗？如果是这样，您为什么不告诉议会，让他们把这个流氓抓起来？”

雅各布·奎瑟像轰苍蝇一样挥挥手。

“你变傻了，还是怎么了？不是在这儿！以前。很久以前……也许我搞错了。”

“那您说说！也许能帮我们！”

刽子手摇摇头。

“这没什么用。”他躺在青苔地上，抽着烟斗说，“还是先让我们休息一会儿吧。等天黑了再说。今夜会过得很长。”

说完，刽子手闭上眼睛。他看上去好像马上就睡着了。西蒙近乎嫉妒地看着他。这个人怎么能这样镇静呢！他自己是无法睡觉的。他不安地等着夜晚的降临。

索菲把头靠在潮湿的石头上，试图轻轻地、平缓地喘气。她知道她们俩待在这里的时间是有限的。空气太少了，每过一个小时，她就觉得又累了一些。每喘一口气，吸到的只是闷热和窒息。她已有好几天不能到外面去，只能在旁边的一个角落里大小便。粪便的臭味和食物腐烂的气味混杂在一起。

索菲看了看睡在旁边的克拉拉。她的呼吸变得越来越弱，看上去像一只躲在洞里、快要病死的小动物。她脸色惨白，双颊深深地陷了下去，眼睛下面有一圈阴影。她肩膀上和胸脯上的骨头都突了出来。索菲知道她的小朋友需要帮助。索菲四天前给她熬的药虽然让她安静下来睡觉，但是她的高烧并没有退掉。除此之外，克拉拉的右脚踝已经肿得比以前大出了三倍。索菲可以清清楚楚地看到皮肤下面在跳，在搏斗。一条小腿都变青了，一直到膝盖。她临时敷的药膏没起什么作用。

索菲已经三次爬到上面看情况，但是每次她都听到男人的声音。说笑声，喊叫声，脚步声……上面总是有事情，这些人让她不得安宁，昼夜不得安宁。不过上帝保佑，他们没有找到她们躲藏的地方。索菲在黑暗中看着四周。她们还有半支牛油蜡烛。为了节约，她从昨天中午起就没再点蜡烛。如果她在黑暗中熬不住了，她就爬到洞口，看着上面的天空。但是，不一会儿阳光又太刺眼了，她又得爬到下面来。

黑暗对克拉拉来说无所谓。她躺在那里昏昏沉沉地睡着。每次她醒来要水喝的时候，索菲就紧握着她的手，爱抚她，直到她再次入睡为止。有时索菲给她唱在街上学来的歌。有时她还会想起父母从前为她唱过的诗句。但那只是过去生活中破碎的片段，是与他们的笑声和慈祥的面容相连的回忆。

摇啊摇，小摇车，房上铺着砖，屋上盖着瓦，上帝看着我的小娃娃……

索菲感到自己的脸在唱歌的时候变湿了。无论如何，克拉拉的处境仍然很不错。她找到了一个爱她的家。但是这又有什么用呢？她们现在都憋在一个石洞里，离家里的亲人虽然近在咫尺，但又很远很远。

索菲的眼睛已经习惯了黑暗。并不是她能看见什么，而是她能分清昏暗和黑暗。在通道里走的时候，她不再到处磕脑袋，她能看到是左边还是右边有一条岔道。三天前，她有一次没有点蜡烛，在一个地方转错了弯儿，没走几步就撞到了墙上。她吓坏了，怕回不去了，心怦怦乱跳。她转着圈儿，两只手在黑暗中摸来摸去。最后她听到了克拉拉的呻吟，就朝着声音走去，这样才又回到了她们的地方。

经过这件事以后，她把自己的裙边撕了下来，和在洞里找到的毛线系在一起，把线一直拖到井口下。这样如果她再在下面走动的话，她光着脚可以感觉到粗糙的毛线。

就这样过了几天几夜。索菲给克拉拉喂饭，给她唱歌，在黑暗中瞪着眼睛，深深地陷进沉思中。有时候她爬到有光亮的地方，呼吸一下新鲜空气。她曾想过把克拉拉拖到井口底下，让她也呼吸一下空气，看看光亮。不过，首先，这个小姑娘虽然很瘦弱，但是她却抬不动她；其次，克拉拉仍然在睡梦中不停地呻吟、喊叫，这样很容易暴露她们的藏身之地。昨天晚上的大叫就差一点把她们暴露出来。所以她们必须在这个洞里待着，深深地待在地下。

索菲经常好奇，他们在森林玩耍时发现的这些地道从前是干什么用的。是为了躲藏吗？是大家聚会的地方吗？或者这根本不是由人建的，而是由小矮人和地精建的？她有时会听到窃窃的耳语，好像是这些可恶的小生灵在嘲笑她。但是仔细一听，却是风吹进洞里的回声。

现在又传出一种声音。这不是窃窃的耳语声，而是石头掉到深渊的声音，一块从井上面掉下来的石头……

索菲屏住呼吸，现在她听到有人在小声交谈。有人骂着。声音听上去不像以往那样从上面来，而是就在附近，是从井下传来的。

索菲凭直觉把毛线拽了回来，把线头攥在手里。也许她们再也找不到出口了。但眼下重要的是不能让她听到的这两个人找到她们。她把腿缩了回来，紧紧地贴在身上，一边握住克拉拉的手。她坐在那里静静地等着。

天黑下来的时候，刽子手站了起来，透过树枝看了看工地上的哨兵。

“我们得把他们绑起来，否则太危险了。”他小声地说。月光很亮，井正好在工地的中间，从四面八方都能看到。

“但是……您怎么对付他们？”西蒙结结巴巴地说，“他们毕竟是两个人啊。”

刽子手做了个鬼脸，朝他笑笑。

“我们也是两个人啊。”

西蒙叹了口气。“奎瑟，最好不要把我算进去。上次我就不行。我是个医生，不是强盗。弄不好我又坏事了。”

“你说得也许对。”雅各布·奎瑟说，他继续看着工地上的哨兵。他们在教堂的墙边已经点起一小堆篝火，正互相传递着一瓶烧酒。最后他转头对西蒙说：“那好吧，待在这儿不要动，我一会儿就回来。”

他从树丛中钻了出来，悄悄地爬进通往工地的一片高草地里。

“奎瑟，”西蒙在他身后小声地喊道，“您不要下手太重，啊？”

刽子手转过身，严峻地笑了一下。他从大衣下面抽出一根油光铮亮的松木棍子来。

“只让他们的脑袋嗡嗡响。如果他们继续这样喝下去的话，脑袋也会嗡嗡响。反正都一样。”

说完，他便匍匐前行，一直溜到昨晚西蒙藏身的木头堆前。在那里，刽子手捡起一块拳头大的石头，向教堂的墙扔去。石头嗒的一声打在了墙上。

西蒙看到，两个哨兵马上停止了喝酒，小声地互相交谈几句。然后一个哨兵站了起来，拿着剑向教堂的墙走去。二十几步后他的同伴就看不见他了。

刽子手像黑影一样扑向那个哨兵。西蒙听到闷闷的一击，一声短暂的呻吟，然后又是一片寂静。

西蒙在黑暗中只能看到刽子手的大致轮廓。雅各布·奎瑟蹲在墙后等着。第二个哨兵变得不安起来。等了一会儿，第二个哨兵先是小声，然后大声地喊着他的同伴。哨兵没听到任何回答，便站了起来，拿起他的标枪和灯笼，也小心地朝着小教堂的墙走去。当他走到树丛时，西蒙看见灯笼闪了一下，然后便灭了。不一会儿，刽子手从树丛里钻了出来，朝西蒙招招手。

"快，在他们醒过来之前，我们要把他们绑起来，把嘴塞上。"看到西蒙来了后，刽子手小声地说。他坏笑着，好像一个刚刚成功地做了一件坏事的小男孩。他从带来的一只麻袋里掏出了一根粗绳子。

"我敢肯定，他们没有认出我，"他说，"明天早上他们会向莱希纳报告，来了一队雇佣军，他们如何英勇奋战。也许我还应该再给他们几拳，好当证据。"

他扔给西蒙一段绳子，他们一起把两个昏迷不醒的哨兵绑起来。第一个挨刽子手打的哨兵的脑后流了点血。第二个哨兵的头上已经鼓起了一个大包。西蒙检查了一下两人的脉搏和呼吸。两人都活着。西蒙松了口气，才继续干活。

最后，他们把两个哨兵的嘴用麻布片堵上，并把他们拖到木头堆那儿。

"这样等他们醒过来，就不会看见咱们了。"雅各布·奎瑟说着，便向井边走去。西蒙犹豫了片刻。他跑到哨所，拿了两条厚被子，盖在两个昏迷不醒的哨兵身上。然后他才去追刽子手。这是自卫！如果哪一天上法庭的话，他这种仁慈的行为会为他减轻刑罚。

月亮已经升起来，把建筑工地笼罩在淡蓝色的月光中。哨兵的小篝火还闪着一点火光。四周一片寂静，就连小鸟都不再叫了。井口上有一个有些腐烂的木井架，从前用来挂链条和水桶。几块堆在一起的石头像是搭成的台阶，可以让人容易地爬过井边。雅各布·奎瑟举着火把，照着井口。

“这儿，新的刮痕，”他小声地说着，用手摸着井口的井架，“有些地方露了出来。”

他伸头向井下看看，点点头。

“小孩在这个井架上拴了条绳子，顺着绳子滑下去的。”

“如果他们在下面的话，那现在怎么没有绳子了？”西蒙问。

刽子手耸耸肩说：“也许索菲把绳子拿下去了，以免让人发现，等她们上来的时候再把绳子扔到井架上。不是件简单的事，但是相信索菲能做到。”

西蒙点点头。

“她那次到森林里找我，告诉我克拉拉的消息，可能就是这样上来的。”西蒙说着，低头向井下看看。井洞像夜晚一样漆黑。他向井下扔了几块石头，听见它们嗵嗵地落下去。

“你傻了吗？”刽子手骂道，“现在她们在下面肯定知道我们来了！”

西蒙结结巴巴地回答说：“我……我只是想知道井有多深。井越深，石头下落的时间就越长。从这个时间……”

“傻瓜，”刽子手打断他的话，“这口井最深不过十英尺，否则索菲根本不能把绳子扔上来，到森林里去找你。”

西蒙又一次为刽子手简单而惊人的逻辑判断惊奇不已。雅各布·奎瑟从麻袋里又掏出了一根绳子，系在井架上。

“我先下去，”他说，“如果我在下面发现什么，就晃一下灯笼，你要马上下来。”

西蒙点点头。刽子手用力拉拉绳子，来检查井架是否牢固。木井架虽然吱吱作响，但是仍然很结实。奎瑟把灯笼挂在腰上，两手攥住绳子，一点一点地向下滑。

下了几英尺后，他就被包围在一片黑暗中。只有一点灯光还能证明，有人拴在绳子上。灯光越降越深，突然不动了，然后开始晃来晃去。刽子手在用灯笼向西蒙招手。

西蒙深深地吸了一口气。他也把灯笼挂在自己的腰带上，两手抓住绳子，慢慢地向下滑。井下散发出一股潮湿的霉味。一些黏土渣从眼前的井壁掉下来。就像他们在小孩指甲下面发现的那种黏土……

往下滑了一段，他就意识到刽子手说得对。大概下到十英尺深，他就看到了井底。除了几个小水坑在灯笼的照射下闪闪发光外，井底很干。等西蒙完全到了下面后，他明白了为什么。在井底的一边有一个膝盖高的拱形洞口，让他想到小教堂的拱形门。看上去好像是人挖的。洞后面是一条通道。刽子手站在洞口看着他笑，并用灯笼指了指洞口。

“一个地圈，”他小声地说，“谁会想到？我不知道这一带也有这个。”

“什么东西？”西蒙问。

“地圈。也有人把它叫作矮人洞，或者地精洞。我在战争年代看到过很多。部队来的时候，农民就躲在里面。有时候他们一连几天都不出来。”刽子手用灯笼照着地道。

“这个洞是人挖的，”他继续说，“而且很老了，没人知道它是干什么用的。有人认为是用来藏身的。我祖父曾跟我讲过，死人的灵魂能在这里找到最后的安息之地。还有人说是小矮人建的。”

西蒙仔细地看着这个拱形洞口。它看上去真像一扇进小矮人洞的大门。

或者是进地狱的门……

西蒙咳嗽了一声说："神甫说，从前巫婆和巫师在这里聚会。这是异教徒过节欢聚的地方。也许这……和这个地圈有关？"

"不管是什么，"雅各布·奎瑟一边说着，一边弯下腿，弓着腰，"我们得从这里进去，走。"

西蒙闭上眼睛，很快地朝着井口上方布满阴云的天空念了一段祈祷文，然后才跟在刽子手后面爬进了地道。

在井上面，魔鬼伸着鼻子在风中闻着。他闻到了复仇和报应。他等了一会儿，也顺着绳子滑到井下。

进了洞口后，西蒙马上意识到前面的路很艰难。刚走了几步，地道便变窄了。如果继续往前走，必须侧身爬过去才行。西蒙感觉到尖尖的石块划在自己的脸上和身上。过了这一段，地道又变得宽一些。西蒙弯着腰，磕磕碰碰、一点一点地向前挪着，一只手拿着灯笼，一只手扶着潮湿的墙壁。他尽量不去想他的马甲和裤子会变成什么样子，反正他在黑暗中什么都看不见。

唯一能让他辨认出方向的，是刽子手拿着的灯笼。身材魁梧的雅各布·奎瑟费了很大的力气才从那个针眼似的小洞口挤了过去。一些黏土渣不时地从洞顶落下来，掉在他的衣领里。洞顶是拱形的，像矿工的隧道。每隔一定距离，墙上就有一个手掌大的黑色小坑，好像是从前用来点蜡烛或油灯的地方。这些小坑虽然可以让西蒙测量一下地道的长度，但是没过几分钟，他便失去了任何时间观念。

他头上是几吨重的石头和黏土。有一刻他想，如果头上的湿黏土突然塌下来的话，会是什么样子呢？他还能有知觉吗？大石块会一下子把他的脖子砸断，还是他要慢慢地死去？当他感到自己的心开始急剧地跳起来的时候，他努力想着美好的事情。他想玛格达莱娜，想她黑色的头发、微笑的眼睛、丰满的嘴唇……他清楚地看见她的面孔在自己的眼前晃着，似乎一伸手就可以抓住她。现在她的表情变了，她看上去好像在向他喊着什么。她的嘴无声地一张一合，她的眼睛充满恐惧。当她转过头向他走来时，他的白日梦像肥皂泡一样破裂了。地道突然转个弯，露出了一个一人高的大房间来。

前面的刽子手站直了身子，用灯笼四处照着。西蒙随便拍了拍身上的泥土，也四下张望起来。

这个房间近乎正方形，长、宽大概各有三步。墙上有些壁龛和阶梯，像书架一样。对面的墙有两个拱形洞口，通向两条陡峭的地道。在左边的墙角立着一架梯子，直通房顶上的一个洞。雅各布·奎瑟拿着灯笼打量着这架梯子。借着暗淡的灯光，西蒙能看到梯子的横梁已经变成绿色，有些腐烂，有两根完全烂掉了。西蒙在心里暗问，这架梯子还能载人吗?

“这梯子肯定很早就在了，”雅各布·奎瑟一边说着，一边敲打着木头，“也许一二百年了？鬼才知道它通向哪里。我想这都是该死的迷宫。我们应该喊小孩子出来，如果她们很聪明的话，她们就会回答、走出来，捉迷藏的游戏该结束了。”

“要是……别人听见我们的喊声呢？”西蒙害怕地问。

“呸，谁听得见？我们在这么深的地下，我们的喊声真要是能传到外面，我还高兴呢。”刽子手笑了笑，“也许我们还会被埋在这里，需要人救。这些看上去不是那么牢靠，尤其是地道门口的那个窄洞……”

“奎瑟，我请您不要用这个开玩笑。”

西蒙又感到千斤重的大石头和黏土压在头上。刽子手举着灯笼走到对面的洞口，朝着里面大喊。

“孩子，是我，雅各布·奎瑟！你们不要害怕！我们现在知道了谁要害你们。你们在我们这儿是安全的。快出来吧，好孩子！”

他的声音听上去很奇怪，空荡荡的，而且变得很轻，好像是被黏土吞没了一样。没有回答。奎瑟又试了一遍。

“孩子，你们听见了吗？现在没事了！我发誓我会安全地带你们出去。谁要动你们一根汗毛的话，我就把他的脖子拧断。”

仍然没有回答。不知在哪里有水滴下来。突然，刽子手用手猛烈地拍打着泥墙，一大块土从墙上掉了下来。

“他妈的，你们这帮小浑蛋，快点出来！否则我要打屁股了，让你们三天不能走路！”

“我想，用这种口气她们不会出来，”西蒙说，“您要……”

“嘘。”雅各布•奎瑟把手放到嘴上，示意西蒙不要出声，并指着对面的洞口。从那里传来了微弱的呻吟，声音很弱。西蒙闭上眼睛，想确定声音是从什么地方传来的。但是他听不出来。他无法确定是从上面还是从旁边传来的。声音听上去像幽灵在黏土里游荡。

刽子手看上去也犯了难。他瞧瞧上面，又看看旁边，然后无可奈何地说：“我们要分头找。我到上面，你沿着地道走。谁先找到她们，谁就大声喊。”

“如果我们找不到她们呢？”西蒙问，一想到又要在狭窄的地道里爬，他就感到难受。

“你数到五百，如果还找不到的话，就转身回来。我们还在这里碰头，再想别的办法。”

西蒙点点头。雅各布•奎瑟已经爬上了梯子。他庞大的身体把梯子压得吱吱响。他回过头，又看了西蒙一眼。

“啊呀，福荣威泽……”

西蒙满怀期望地看着他。

“什么？”

“你不要走丢了，否则我要到末日审判的时候才能找到你。”

刽子手诡秘地笑着，消失在屋顶的洞里。西蒙一开始还能听见他在上面，不一会儿，又寂静无声了。

医生叹了口气，走向对面的两个洞口。两个洞看上去一样大，一样黑。他要进哪一个？他想了一会儿，是否用计数歌谣来决定，但最后他凭直觉选择了右边的那个洞。

他举着灯笼往里照了照，地道只有齐腰深，很陡。地上很湿，也很滑。几条小溪顺着两侧往下流着。西蒙弯着膝盖蹲下去，一步一步地往前挪。他很快注意到，脚下的地面长满了滑溜溜的水草。他试图用手扶着墙作为支撑。但是因为右手里拿着灯笼，所以他的身子不停地靠向左边的墙。最后他支撑不住了。他要决定，是把灯笼扔下，用双手扶着墙，还是干脆坐在地上滑下去。他决定坐着滑下去。

西蒙顺着地道往下滑，地道越来越陡。还没滑几米，他就感到屁股底下的地面突然没有了。他在空中飞！还没来得及喊，他又掉到了地面上。摔在硬邦邦的黏土地上的时候，他的灯笼从手里飞了出去，骨碌碌地滚到一个角落里。在灯火熄灭之前，西蒙还看见了一个类似前面的石头房间。

黑暗一下子把他吞噬了。

四周一片漆黑，他感到自己就像撞在了墙上一样。惊恐过后，他开始跪着朝灯笼落地的方向移动。他用手摸着石头和土块，还摸进了一个小水坑，终于摸到了灯笼的还在发热的铜环。

他松了口气，在裤兜里寻找着火绒盒，想再把灯笼点着。

但是火绒盒不见了。

他开始拍打自己的裤兜，先拍左边的，然后拍右边的。他又在自己马甲的内兜找了一遍。没有。火绒盒肯定是从他的兜里掉出去了，要么是在摔倒的时候，要么是在爬进地道的时候。他跪在地上，一只手紧紧地攥着这只没用的灯笼，一只手在黑暗中漫无目标地摸索着，想找到火绒盒。不一会儿他碰到了对面的墙。他转过身，又摸了回去。他这样来回摸索了三次，决定放弃寻找。在这里他永远不会找到他的火绒盒。

西蒙努力让自己保持镇静。他的周围仍然是一片漆黑。他感觉自己就像被活着埋进墓地似的，呼吸变得急促起来。他先让自己在潮湿的墙壁上靠稳，然后开始喊起来。

“奎瑟！我滑倒了！我的灯笼灭了。您要来救我！”

四下一片寂静。

“奎瑟，该死的！这不是开玩笑！”

除了自己急促的呼吸和偶尔滴水落地的声音外，他什么都听不见。难道是下面的黏土把所有的声音都吞没了吗？

西蒙站起来，用手摸着墙，一步一步地挪着。没走几米，他的手摸空了。他找到了去上面的出口！他松了口气，用手在这个地方摸着。在他胸脯高的地方有一个一臂宽的洞口。他是从这里掉进来的。如果他能从这里再爬上去的话，他就应该碰到刽子手。虽然西蒙还没数到五百呢，他在下面也待了很长时间了。刽子手肯定已经回到原地了。

但是他为什么不回答他呢？

西蒙集中精力看着前面。他用牙叼着灯笼，纵身一跳，两手抓住洞口边缘。正要往里钻的时候，他才发现了什么。

这条地道微微向下倾斜。

这怎么可能呢？他不是从上面掉下来的吗？这条道应该是往上走才对呀！

或者这是另一条地道？

西蒙惊恐地意识到，他搞错了。正当他要退回去，重新找刚才的那个洞口时，他听到了一个声音。

有人在小声地哭泣。

他钻出了洞，到了前面往下倾斜的地道，声音离这里很近。

是小孩！下面是小孩！

“索菲！克拉拉！你们听见了吗？是我，我是西蒙！”他朝下面喊。

哭声停止了，却传来了索菲的声音。

“西蒙，真的是你吗？”

西蒙顿时感到轻松了好多。至少他找到了这两个孩子！也许刽子手已经在他们那里了？当然了！他在上面的房间里什么都没找到。然后他又到了下面，进了第二条地道。现在他在下面跟小孩子在一起呢！

“奎瑟也在你们那里吗？”他问。

“没有。”

“真的没在吗？你们要告诉我，孩子，现在不能闹着玩了！”

“我向圣母马利亚发誓，他不在！”索菲的声音从下面传上来，“噢，上帝，我真害怕！我听见了脚步声，我不能走开，因为克拉拉……”

她的话声又变成了哭声。

“索菲，你不用害怕，”西蒙试着安慰她，“那肯定是我们的脚步声。我们现在就把你们救出去。克拉拉怎么了？”

“她……她病了。她在发高烧，不能走路。”

这真是太妙了！西蒙想。灯笼灭了，我迷路了，刽子手不见了，现在我还要把一个孩子抬出去！有一会儿，他也想像索菲那样大哭一场，但是，他保持了镇静。

“索菲，我们……我们能把她救出去。不要怕，我现在就下去。”

他用牙叼着灯笼沿着地道滑下去，这次做好了摔跤的准备。他只滑了半米远，便一屁股坐到了一个冰冷的水坑里。

“西蒙？”

从左边传来了索菲的声音。他觉得自己在黑暗中看到了她的轮廓。有一个较黑的影子在慢慢地晃动。西蒙招招手。然后他才意识到，在黑暗中这个根本没用。

“我在这儿，索菲。克拉拉在哪儿？”他小声地问。

“她躺在我旁边。那些男人呢？”

“哪些男人？”西蒙一边说着，一边朝黑影爬去。他摸到一个铺满青苔和干草的石台阶。

“那些我在上面听到的人。他们还在吗？”

西蒙摸着台阶上来。台阶很长，很宽，像一张床。他摸到一个小孩的身体。冰凉的皮肤，小脚趾，腿上的破布。

“不在了，”他回答说，“他们……已经走了。你们可以出来了。”

索菲的影子现在离他很近。他伸手摸过去，碰到了裙子。一只手抓住了他，紧紧地抓住了他。

“噢，上帝，西蒙！我怕死了！”

西蒙抱着这个小身体，轻轻地抚摸着她。

“没事了。没事。我们现在只要……”

他身后传来了响声，一个东西正慢慢地挤进洞口。

“西蒙！”索菲喊起来，“那儿有个东西！我能看见。噢，上帝，我能看见！”

西蒙转过身。离他不远的一块地方比周围都黑。这块黑东西在靠近他们。

“你这里有灯吗？”西蒙大声吼道，“有蜡烛吗？或者别的东西？”

“我……有火绒和打火石。就在这儿……噢，天啊，西蒙！这是……什么东西？”

“索菲，火绒在哪儿？快说！”

索菲开始尖叫起来。西蒙给了她一记耳光。

“火绒在哪儿？”他又喊了一遍。

这记耳光很管用。索菲马上安静下来。她四下摸了摸，然后递给西蒙一条火绒和一块火石。西蒙从腰带上拿下匕首，在火石上猛力地划了几下。火石冒出火星。火绒开始着起来。火光很小，在他手里一闪一闪地跳着。正当他想用这个火种把灯笼重新点着时，他感到身后有股冷气袭来。阴影向他们扑下来。

在灯笼再次熄灭之前，西蒙在逐渐消失的光线中看到一只手打过来。然后他又被黑暗吞噬了。

剑子手又走过两个房间，还是没有找到小孩。那个与梯子相连的房间是空的，地上躺着破旧的碎瓦片和几只腐烂的木桶。在四个墙角都砌有很平整的石阶，上面可以坐人，好像能容纳上百人。从这个房间出去也有两条地道通往暗处。

雅各布·奎瑟不停地骂着。这个地圈真他妈的像个迷宫！很有可能地道直通教堂的围墙。也许神甫讲的那些闹鬼的故事是真的。到底在下面举行了什么样的秘仪呢？当男女老少在地下惊恐地听着侵略者的声音时，有多少野蛮的军队从上面走过？他们永远不会知道。

在通往左边地道的洞口上写了几个符号，雅各布·奎瑟猜不出是什么意思。一横，一条曲线，一个十字，看上去既像大自然的痕迹，也像是人画上去的。这里的洞口也很小，人要挤扁了才能过去。难道这真的和三十年前一个老接生婆跟他讲的故事有关吗？人们特意把出入口建得很小，为的是把身体上的坏东西——所有的疾病、所有的邪念都挤出去，留给大地母亲？

他挤过了这个狭窄的洞口，来到了下一个房间。这个房间比前面的几个都大，足有四步宽，剑子手可以在里面站直身子。一条狭窄的走廊从那里继续通向前方。在雅各布·奎瑟的头上还有一个洞，手指粗的浅黄色树根从洞里长出来，擦到了他的脸上。剑子手觉得在远远的高处看到了一点光亮。是月光吗？还是他的眼睛看错了？他试着计算一下他离井口有多远了。很有可能他正好在那棵大椴树下面。椴树自古以来就被认为是圣树。工地上的这棵老树肯定有几百年了。从前可以直接从椴树树干里下到这个灵魂安息之地吗？

雅各布·奎瑟试着拽了一下树根；树根摸上去很粗糙，也很沉。他想拽着树根到上面去看看，这树根是否真的是椴树的。犹豫了片刻，他还是决定横向运动。如果他在后面什么都找不到的话，他就转身回去。他一直默默地数着数。马上就要数到他和西蒙约定的五百了。

他弯下腰，爬进了下一条地道。这条地道比前面的几条都窄。黏土和石头不停地划着他的肩。他的嘴很干，嘴里一股尘土味。他感觉这条地道是漏斗形的。难道是死胡同？正当他想往回爬的时候，他借着灯光看见地道在前面又变宽了。他用力爬完了最后一段。他像一个刚被起开的酒瓶塞儿一样，砰的一下又到了一个房间。

这个房间很低，他在里面只能弯着腰，走两步就碰到了潮湿的黏土墙。没有第二个出口。显然这里是迷宫的尽头，他必须退回去。

当他转身走向那个小洞口时，他从眼角瞥见的一样东西把他的全部注意力都吸引了过去。

在房间左边的泥墙上，有人在胸脯高的地方写了什么。这不像刚才那个门洞上简单的线条和涂鸦。这次是题词，而且看上去是新刻的。

F. S. hic erat XII. Octobris, MDCXLVI. （F. S. 1646年10月12日至此。）

雅各布•奎瑟屏住了呼吸。

F. S. ……

这肯定是费迪南德•施雷佛阁的名字的缩写！1646年10月12日他曾来过这里，而且他希望后人知道这件事。

刽子手快速地往回推算着。1646年，是瑞典人占领雄高的那一年。城里的公民交了很大一笔赎金，才避免了把雄高烧成灰烬的灾难。但是接下来的两年里，雄高的郊区，比如阿尔滕施塔特、尼德侯芬、索延和霍恩富希等地，仍然没能躲开战火。奎瑟想了想。据他所知，雄高是在1646年11月向瑞典人投降的。如果老施雷佛阁在同一年的10月还来到这里的话，那肯定是有原因的。

他把他的钱藏在了迷宫。

雅各布·奎瑟的脑子飞快地转着。这个老头很有可能一直都知道有这个地圈，这是他家族的秘密。当瑞典人到来的时候，他想了起来，并把大笔的钱藏在了下面。现在刽子手也明白了为什么。

老头一直把这笔钱财藏在下面，很有可能是为了将来年头不好的时候再用！和儿子吵翻后，他决定把这块地和这笔钱一起捐给教会，但是却一字没提这笔钱；他只是做了暗示。施雷佛阁对神甫说什么了？

您用那块土地能做很多好事……

谁知道呢，也许他想跟神甫说，却突然咽气了。也许他想把这个秘密带进棺材里。再说了，谁都知道费迪南德·施雷佛阁性格古怪。但是有一个人肯定知道这个秘密，而且这个人孤注一掷，要找到这笔钱。建造麻风院让这个人的目的不能得逞，所以他找了雇佣兵来破坏工地，这样他就可以获得时间而不被暴露。

这个人也不惧三桩谋杀案，谋杀孩子……

雅各布·奎瑟想了想。这些孩子肯定看见了什么，看见了可以把那个人的身份泄露出去的东西。或许他们知道钱藏在哪儿，他逼迫他们告诉他这个秘密？

刽子手举着灯笼在地上找着。地上有一堆瓦砾，在一个墙角立着一把上了锈的小铁锹。奎瑟用手在碎瓦片中掏了几下，什么都没摸到。他拿起小铁锹开始挖起来。有一会儿，他好像听到了从远处传来的微弱声音，像是有人在喊。他停下来，仔细地听了片刻，但是什么都没听见。他又继续挖起来。铁锹碰在地上当当作响，和他急促的呼吸声一起回荡在房间里。他不停地挖着，直到碰到一块大石头，可仍然没有发现什么。连一片碎瓦、一个空盒子都没找到。难道是小孩子事先来过这里，把东西拿走了？

他又看了一眼墙上的题词。

F. S. 1646年10月12日至此……

他沉思了一下，然后走到墙边。刻字的那块墙皮的颜色看上去比较浅，有一米见方，而且只是随便地用黏土抹了一遍，以便使它和其他地方的区别不是那么明显。

刽子手拿起铁锹，用尽全力往题词上砸了下去。黏土层一下迸开了，后面露出一块红砖头。他又狠狠地敲了一下砖头。砖头碎了，露出了一个洞，只有拳头那么大。他又连着狠狠地敲了三下，洞口变大了，后面出现一个四周用墙围起来的壁龛。

在壁龛里放着一只瓦罐，它的口用蜡封了起来。刽子手用铁锹往瓦罐上砸了一下，它就碎了，金币和银币从壁龛涌了下来。钱币在灯火下闪闪发光，好像是昨天刚刚擦过一样。

雅各布•奎瑟找到了费迪南德•施雷佛阁的钱……

刽子手所见到的都是莱茵兰的银芬尼和金古尔登，全都完好无缺，而且分量十足。数量太多了，简直无法数。奎瑟估计有一百多枚钱币。用这些钱可以盖一座豪华的房屋，或者盖一座马棚，买几匹最好的骏马！活到现在，刽子手还从没一下子见过这么多钱呢。

他的两只手不停地抖着，他把钱币捡起来，叮叮当当地装进他的麻袋里。麻袋明显地变沉了。最后他用牙咬住麻袋，又从那个狭窄的洞口挤了出去，回到紧挨着的房间里。

雅各布•奎瑟费了好大劲才爬过来，他浑身大汗地站起来，拍了拍衣服上的土，决定回到第一个房间去。他满意地笑着。很可能小西蒙早就回去了，正在黑暗中惊恐地等着他呢。或许他已经找到了小孩子。他刚才不是听见有人在喊吗？不管怎么样他都会让这个年轻人喜出望外。

刽子手笑着走过那个从上面长出来的大树根。树根在一摇一摆地晃动着。

他愣了一下。

树根怎么会动呢？

从他刚才碰树根到现在已经过了好长时间了，但是树根仍然在微微地摆动着。下面没有风。要么是有人在上面的工地上走过，使树根震动起来，要么……

肯定是有人在下面摸了它。

还有别人从这走过吗？是谁呢？去哪里了？这个房间只有两个出口。他刚刚从其中一个钻出来，另一个通向死胡同。

当然，除了他头上的那个洞口。

刽子手悄悄地走近洞口，又朝上看了一眼。浅黄色的树根像手指一样划了一下他的脸。

就在这时，有一个很大的黑东西从上面像蝙蝠一样向他扑来。奎瑟本能地向旁边一躲，肩膀重重地撞在黏土上，不过他手里仍然紧紧地攥着灯笼。他急急忙忙地摸索着藏在腰间的那根木棍。他从眼角看到了一个身影，那人很灵巧地在地上滚了一下，又站起来。他穿了一件血红色的马甲，插着公鸡毛的帽子在跳的时候从头上落了下来。他的左手像骨头一样白，举着一支火把，右手攥着一把战刀。

魔鬼微笑着。

"跳得很好，刽子手。你真的认为这样就能从我的手里逃脱了吗？"

他一边说，一边指着奎瑟手里的木棍。此时，刽子手也站了起来，正等着抵御魔鬼的进攻，他魁梧的身体微微地前后晃动着。那根木棍在他的大手掌里看上去就像一个玩具。

"对付你，不需要太多，"他说，"等我跟你完事后，就连你母亲也认不出你。你有没有母亲还是另一回事呢。"

魔鬼继续笑着。刽子手在心里暗暗地骂着自己。你真是头畜生！你给这个雇佣兵指了一条找小孩的路！很明显，魔鬼会跟踪的。你像一头笨驴似的一步一步地进了圈套！

他试着用眼角的余光找到地道。魔鬼说得对。拿着棍子跟一个拿战刀的人搏斗，仅仅因为距离太远，他就没有任何希望。再说，眼前这个人是一个作战很有经验的雇佣兵。仅从他摇晃战刀的动作，雅各布·奎瑟就能看出，他至少和自己打个平手。虽然这个人有些瘸，但是一点儿都不受影响。也许这个缺陷只有在长途作战时才会有影响。总之，眼前这个人没有给他一点毫无恶意的印象，正相反，这个雇佣兵表现出了蠢蠢欲动的样子。

雅各布·奎瑟在脑子里快速地过了一下各种可能性。退回去是不行的。穿过狭窄的地道往井底跑他也逃不脱，没等跑到那里，他就会被魔鬼剁成碎块。他只剩下一线希望，就是西蒙及早发现他们的搏斗，跑过来帮他。他必须拖延时间。

"你过来呀，还是你只敢对付小孩和女人？"雅各布·奎瑟大声地喊道，目的是让西蒙听见。他又朝出口那边看了一眼。

魔鬼同情地抿了抿嘴唇。

"噢，你是想让人来帮你？"他问，"相信我，这些地道七岔八岔的，又很深，你的声音只能传到下一面墙那么远。我知道这些洞。在打仗的时候，我曾经用烟熏了几个这样的洞。等那些农民被熏得半死，从洞里踉跄地出来时，我就可以把他们一个接一个地杀了。至于那个医生嘛……"

他用手指了指那个一腿高的窄洞口。

"他只管来。一旦他的脑袋钻进来，我就像杀鸡一样，一刀给他砍下来。"

"我发誓，魔鬼，如果你敢动西蒙或者我的玛格达莱娜一根汗毛的话，我就折断你的每根骨头。"刽子手低声地说。

"噢，你当然会。这是你的职业嘛，对不对？"雇佣兵说，"但是你放心，你女儿我留着以后再说。只是……我当然不知道我的朋友们正在和她干什么。他们已经很长时间没有女人了，你知道吗？这让他们有些肆无忌惮。"

在雅各布·奎瑟的脑子里蹿起了红色的烟云。他顿时怒气上升，怒火万丈。

我要保持冷静。他想让我失去理智。

他深深地吸了几口气。怒火又退了回去，但是还没有完全消失。刽子手慢慢地向后退了几步。他想借说话的机会，用身体把出口挡住。如果西蒙真的从地道爬出来，魔鬼要先对付他才行。那么以后呢？一个干瘦的学子和一个拿着棍子的老头对付一个带武器的雇佣兵……他需要时间！他需要时间来思考！

“我……我认识你，”他说，“我们曾经见过面，从前在马格德堡。”

魔鬼的目光有些犹豫。他的脸看上去扭曲了，就像今天早上在雅各布·奎瑟的花园时一样。

“在马格德堡？你到马格德堡干什么去了？”他问道。

刽子手摇晃着木棍。

“我当过雇佣兵……像你一样。”他说。他的声音变得嘶哑。“我永远不会忘记这一天。1631年5月20日。我们跟随蒂利将军攻占了马格德堡城。老将军在早上还宣布所有的马格德堡人都获得自由……”

魔鬼点着头。

“对。看来你确确实实在场。这么说我们俩也有共同之处了，太好了。只可惜，我一点都不记得你了。”

然后他的眼睛一亮。

“你是……那个站在街上的人！在城墙边上的房子……现在我想起来了！”

刽子手闭了一会儿眼睛。记忆又回来了，刚才在花园时还是破碎、模糊不清的，现在已经出现了轮廓。

轰隆隆的炮声……墙上有一个缺口。哭喊着的女人和孩子们沿街跑着。有几个人跌倒了，雇佣兵们马上扑过去，用刀把他们砍成碎块。血像河一样在街道上流淌，跑在街上的人们尖叫着滑倒了。在街道左边的一座豪宅里传出了哭声和尖叫。房顶和第二层楼已经着了火。一个男人站在敞开的门前，手里攥着一个婴儿的腿，让他头朝下，像拎着一只被屠宰的羊羔。婴儿大声地哭喊着，他的喊声如此尖厉，竟然盖过了炮声、雇佣兵的笑声和噼里啪啦的着火声。地上，一个男人躺在血里。一个贵妇跪在雇佣兵的面前，拽着他的衣服。

“你的钱，他妈的，你的钱在哪里，你这个婊子，快说！”

那个女人只是摇头哭泣。婴儿继续哭喊着。那个男人举起挣扎着的婴儿，猛地朝门框上摔去。一下，两下，三下。哭声停止了。他又举起了战刀，那个女人也倒在了地上。雇佣兵朝对面的街上看了一眼。他的眼里闪着疯狂的凶光。他的嘴像抽筋似的抽动了一下，露出了一丝嘲讽。他举起手，挥了一挥。这只手是白色的、弯曲的骨头手，邀请其他人一起参加这场血腥的掠夺。然后他便消失在房子里了。

从楼上传来尖叫。你跑在他的后面，跳过了地上的男人、女人和婴儿，跃上着火的楼梯，进到左边的房间。雇佣兵站在一个少女面前。少女躺在一张餐桌上摔碎的餐具和酒杯之间，沾满血的裙子扯到了膝盖上。雇佣兵看着你笑了笑，招手让你过来。少女恐惧地瞪着空洞的大眼睛。你挥起战刀向这个人砍去。但是他躲开了，朝凉台跑去。你追了上去，他从三米高的凉台跳到了街上。落地的时候他摔了一跤，然后他一瘸一拐地走进了旁边的一条小巷。在彻底离开之前，他举起那只骨头手，好像是在示意，他有一天会用这只手把你钉住……

嗖的一声，雅各布•奎瑟的回忆被打断了。魔鬼的战刀直直地飞向他的脑袋。在最后的一刹那，刽子手跳到了旁边，但是砍下来的刀刮到了他的左肩膀，留下一阵隐痛。雅各布•奎瑟踉跄地靠在后墙上。在火把的照耀下，魔鬼那张充满了仇恨的脸变得歪曲，脸上的那条从耳朵到嘴角的长伤疤紧张地抽动着。

“刽子手，那个人是你！你把我的腿弄残了。因为你，我现在瘸着走路！我向你发誓，你的死将充满痛苦。至少要和你女儿一样痛苦！”

雇佣兵又回到了原地，站在屋子中间，等着他的对手下一次的疏忽。雅各布•奎瑟一边骂着，一边揉着肩上的伤。他满手是血。他急忙在大衣上擦了几下，然后又把注意力集中在雇佣兵身上。在灯笼的火光下他很难看清魔鬼。只有对手的火把能给刽子手一个指示，告诉他应该往哪里打。他向右虚晃了一下，然后从左边向魔鬼进攻。雇佣兵突然往边上一侧，错开了刽子手的进攻。在最后一刻刽子手举起木棍。木棍虽然没有按计划打在对手的脑后，但是重重地打在了肩上。魔鬼疼得尖叫一声，跳到了后面，也靠在了墙上。两人都气喘吁吁地面对面站着，背靠着墙，冷眼观察对方。

“刽子手，你很不错，”魔鬼喘了两口气说，“但是这个我知道。在马格德堡的时候，我就把你当成旗鼓相当的对手。很高兴和你决一死战。我听说，那些在西印度岛上的野人会把最强的敌人的脑子挖出来吃，这样他们也会得到他的力量。我想，我在你这儿也这样做。”

突然，他直接扑向刽子手，在空中挥舞着战刀，直刺刽子手的喉咙。刽子手凭本能向上举起木棍，把刀刃挡向一边。木棍裂了，但是没有断。

雅各布•奎瑟用胳膊肘朝着魔鬼的肚子狠狠地撞了一下，魔鬼吃了一惊，艰难地喘着气，急忙跑向对面的墙。现在两人调换了位子。灯笼和火把让这个房间笼罩在一片闪烁的红光中，两个人的身影投在墙上，像在跳舞。

雇佣兵用拿着刀的手捂着肚子，弯着身子，在那里几乎是淫荡地呻吟着。但是他的眼睛一直盯着刽子手不放。刽子手正好利用这个机会看看自己的伤。左胳膊上方的衣服上裂开了一道很宽的口子，血直往外冒，但是伤口看上去不是很深。奎瑟攥紧拳头，动着自己的胳膊，直到他感到了刺骨的疼痛。能感到疼是好事，这说明这只胳膊还能用。

雅各布•奎瑟到现在才有时间仔细地看对方的那只骨头手，在马格德堡的时候他就感到好奇。这只手看上去真是由一根根手指骨组成的，每根骨头都用铜线连着。手的内侧有一个金属环，里面插着燃烧的火把，微微地晃动着。刽子手猜想在这个环上也可以挂其他的东西。他在战争年代见过很多假肢，大多数都是木制的，而且很粗糙。像这样的机械骨头手他还从没见过。

魔鬼好像注意到了他的目光。

“你喜欢我的手，嗯？”他问，并晃晃那只手，火把跟着一起来回地晃动着，“我也喜欢。这是我自己的骨头，你知道吗？一颗子弹把我的左手腕打烂了。伤口感染变成坏疽，他们必须把我的左手锯掉。我让人用手上的骨头做了这个漂亮的纪念品。你看，它的功能一点儿都不差。”

他把手举起来，火把直接照在他苍白的脸上。刽子手想象着魔鬼刚才是怎样在房顶的通道里躲着的。现在他明白了：这个人仅靠着那只好手就把自己拉上去了！在这人的身体里蕴藏着多大的力量？他没有丝毫的机会。

西蒙到哪里去了？这个该死的家伙！

为了磨时间，他继续提问题。

“你们得到了任务，破坏建筑工地，对不对？但是小孩子看见了你们干坏事，所以他们都要被杀掉。”

魔鬼摇摇头。

“不完全是这样，刽子手。小孩子倒霉。我们得到任务，拿到第一笔钱的时候，他们正好躲在这里。那个财迷害怕被小孩子认出来。所以他又交代我们，不能让小孩说话。”

刽子手不露声色地打了个寒战。

小孩子认识那个指使人！他们知道谁是幕后人！

他们不敢回城里了，这一点儿都不奇怪。肯定是一个势力很大的人，一个他们认识的人，而且他们知道，城里人会相信他而不是他们。一个人的名誉要受到损害。

时间。他需要时间。

“大棚房着火纯粹是为了转移注意力，对吗？”他继续问，“你的朋友只放了一把小火，你借机溜进城里去抓克拉拉……”

魔鬼耸耸肩。

“否则我怎么能接近她呢？我事先打听过。那些男孩子很容易干掉；他们总是在外面玩闹，这些小鬼东西。那个红头发的小姑娘我早晚都会抓到。只是那个小克拉拉生病了，在到处打探的时候着凉了，这个小东西必须待在家里……”

他深表同情地摇摇头，然后才继续往下说。

“我总得想个办法，让施雷佛阁一家把他们的养女一个人留在家里。我知道，这个绅士在大棚房存着货。大棚房一着火，他就乖乖地带着仆人往下面跑。可惜那个小东西还是从我的手里跑掉了，但是，现在我就去抓她。当然……我先要干掉你。”

他举刀虚晃了一下，却站在原地不动，好像想以此来试探自己对手的弱点。

“那个女巫标记是怎么回事？”奎瑟又慢慢地问道，站在洞口前不动。他要让对方心情愉快。说话，说话，继续说话，一直说到西蒙到来。

魔鬼脸上露出疑惑的表情。

“女巫标记？什么他妈的女巫标记？刽子手你不要胡说八道。”

刽子手愣了一下，但是仍然不露声色。难道雇佣兵和这个标记一点儿关系都没有吗？难道他们这么长时间都在跟踪一个错误的线索吗？史泰茜琳真的给小孩子施了魔法吗？

难道接生婆欺骗了他？

雅各布·奎瑟继续追问下去。

“小孩子的肩上都有一个标记，也是女巫婆使用的一个标记。是你们画上去的吗？”

出现了短暂的沉默。过了一会儿，魔鬼开始尖声地大笑起来。

“现在我明白了！”他哼了一声说，“所以你们把女巫婆抓了起来！所以没人来抓我们！因为你们以为是魔法作怪！你们那些财迷真是一群蠢货！哈，烧了女巫婆，一切就好了。阿门。我再念三遍主祷文。这样的好事我们想还想不出来呢。”

刽子手想了想。他们在什么地方犯了错误。他感到马上就能找到答案了。像一幅拼图，就差那么一块，然后一切就吻合了。

只是缺哪一块呢？

然而，他现在还面临着别的问题。西蒙在哪里？难道在下面发生什么意外了吗？还是他走丢了？

“反正我要下地狱……”他又接着问，“你现在可以告诉我嘛，是谁指使你们干的？”

魔鬼大声地笑着。

“你想知道，是吗？其实我可以告诉你，但是……”他邪恶地笑着，好像突然有了一个有趣的想法，“你对拷问很在行，对吧？这不也是一种刑罚吗，你想找到答案，却找不到？你临死前还希望知道真相，却不能实现？这是我对你用的刑罚。现在去死吧。”

魔鬼大笑着虚晃了一下，接着又一下，突然就到了刽子手的眼前。奎瑟在最后一刹那用棍子挡住了砍下来的战刀。但是刀刃还是一点一点地逼近他的喉咙。他背靠着墙站着，除了抵挡魔鬼的压力，什么都干不了。眼前的这个人真是力大无穷。他的脸离奎瑟越来越近，刀刃也一厘米、一厘米地压下来。

刽子手能闻到对方的酒味。他看着他的眼睛，里面空荡荡的，像一个空壳。战争把这个雇佣兵的灵魂吸走了。也许他一直就是个疯子，战争又给他附上了其他的特征。雅各布·奎瑟看到的是仇恨和死亡，除此之外，便什么都没有了。

刀刃现在离他的喉咙只有一指宽。他必须想出个办法来。刽子手扔掉灯笼，用左手把雇佣兵的头使劲地往后推。

绝不能……放弃……玛格达莱娜……

他大喊一声，调动全身的力气把魔鬼甩到对面的墙上，魔鬼像摔坏的娃娃一样滑到了地上。

雇佣兵摇晃了几下，又站了起来；他手里拿着战刀和火把，准备重新进攻。雅各布·奎瑟的勇气降到了零点。这个人简直是不可战胜。他永远都会站起来。仇恨使他释放出常人没有的能量。

他的灯笼躺在墙角里。幸好还没有灭。

是他的福气吗？

刽子手突然心生一计。他怎么没早想到这一点？虽然有些冒险，但是，这是他的唯一希望。他伸手去捡地上还亮着的灯笼，眼睛不离魔鬼寸步。当他把灯笼拿到手里后，他微笑地看着对方。

"有点儿不公平吧？你拿着战刀，我只有一根木棍……"

魔鬼耸耸肩。

"人的一生都是不公平的。"

"我觉得不应该这样，"奎瑟说，"如果我们决斗，至少应该条件相当。"

说完，他一口气把灯笼吹灭了。

他的脸消失在黑暗中。他的对手现在看不见他了。紧接着他把灯笼准确无误地扔向魔鬼的骨头手。雇佣兵大叫起来。他没想到会遭到这样的袭击。他绝望地想把手撤开，但是太晚了。灯笼打中了白骨头手，打掉了铁环里的火把。火把扑哧一声掉在地上，熄灭了。

周围一片漆黑，刽子手感到自己好像掉进了沼泽湖底。他松了一口气。

然后他用尽全身的力量扑向魔鬼。

第十五章

星期一

1659年4月30日

沃尔布加之夜，夜里十一点

玛格达莱娜也是除了黑，什么都看不见。她的嘴被塞上了一块布，有一股霉味；她的手和脚被绳子绑得紧紧的，除了微微的刺痛，她几乎毫无感觉。头上的伤口还在疼，但是不再流血了。一块脏麻布蒙住了她的眼睛，使她无法辨清这两个男人把她带到了什么地方。一个雇佣兵像扛一只死牲口一样把她扛在肩上。她晃来晃去的，感到头晕恶心。

她唯一能记得的是她早上走出牛门，离开了城市。她之前在哪里？她好像在找什么东西……什么呢？

头又开始疼了。她感觉她的记忆就附在脑壳下面，但是每当她想把它从脑壳下面掏出来的时候，头就像被锤子砸似的疼起来。

她上次醒过来的时候，那个被她父亲叫作魔鬼的人正俯身看着她。他们好像在一个草棚里，有一股干草味。那个人把一块青苔放在她的头上止血，然后用他那只奇怪的手慢慢地理着她的裙子。她假装昏迷不醒，但能听到雇佣兵的每一句话。他弯下腰，对着她耳朵小声地说：

“睡吧，小玛格达莱娜。等我再回来的时候，你就要祈祷，这一切都是梦……睡吧，趁你还能睡的时候……”

她害怕得差点大叫起来，但是她还是忍住了，仍然假装昏迷。她紧紧地闭着眼睛。也许她能有机会逃掉？

当魔鬼用绳子把她绑起来，把她的嘴堵上，最后又把她的眼睛蒙上的时候，她的希望全都破灭了。很显然，他无论如何都不想让她醒过来时看见她被带到哪里。她在他肩上晃着，好像穿过了森林。她闻到了松树的味道，还听见了一只小猫头鹰在叫。现在几点了？寒冷的空气和猫头鹰的叫声让她觉得已经入夜。在她被劫走之前不还晨光明媚吗？难道她一整天都是昏迷不醒吗？

或者时间更长？

她感到一阵恐慌。她努力保持镇静，不发抖。不能让那个扛着她的人感觉她现在醒过来了。

最后，她被重重地扔到林地上。过了一会儿，传来了男人说话的声音，他们走过来了。

“这是那个姑娘，”魔鬼说，“把她带到我们约定的地方，在那里等我。”

有人用树枝或类似的东西把她的裙子挑起来。她一动不动。

“唔，你的姑娘看上去很馋人，”声音是直接从上面传来的，“刽子手的婊子，嗯？那个干柴棒医生的小情妇……哈，哈，和真正的男人干一次，她一定会很高兴！”

“你们不许碰她，明白吗？”魔鬼闷声说，“她是属于我的。她是我本人对她父亲的报复。”

“她父亲把安德烈打死了，”又有一个低沉的声音说，“我认识安德烈五年了，他够朋友……我也要和她乐一回。”

“对，”刚才说话的人又插嘴，“你反正要把她砍成两半。事先为什么不叫我们乐一回？我们也有权利跟刽子手那个狗杂种报仇！”

魔鬼用威胁的口气对他们说：“我说过，你们不许碰她。等我回来后，我们都要乐一回，我保证。但是在这之前，把手放得远一些！她也许知道点情况，看我能从她那里掏出什么来。我们最晚明天凌晨在约好的地方见。现在都给我好好的！”

咯吱，咯吱，走在林地中的脚步声越来越小，最后魔鬼消失了。

“一条疯狗，”一个雇佣兵嘟囔着说，“我真不明白，我为什么能忍受这么长时间。”

“因为你害怕，所以才忍着！”另一个人说，“因为你害怕，他也会像对待泽普•施泰特霍费尔或者马丁•兰茨贝格尔那样把你干掉！上帝啊，发发慈悲，怜悯他残酷的灵魂……我们大家都害怕！”

“呸，害怕，”第一个人喊道，“我告诉你我们干什么，汉斯。我们带上这个姑娘远走高飞。让布劳恩施魏格一个人去找他妈的什么钱财去吧！”

“如果他真的找到了，怎么办呢，啊？让我们再等到明天凌晨，我们又会损失什么？如果他不回来，更好。如果他真的带着钱来了，我们拿到该得的那份，然后就和他散伙。不管怎样，等到明天凌晨我就不再跟这个吸血鬼混了。”

“你说得对。”另一个人接着说。

然后他把仍然假装昏迷的玛格达莱娜扛在肩上，摇摇晃晃地走了。

现在，她一边在这个人的肩上摇晃着，一边绞尽脑汁地想着，在魔鬼把她打倒之前，到底发生了什么。她还记得她去了市场，为的是给西蒙和父亲买面包、啤酒。她还和一群孩子在街上讲了什么，但是具体内容她想不起来了。以后的事情更是零零星星的，她怎么都想不全了。明媚的阳光。街上嘀嘀咕咕的行人。一个被翻得底朝天的房间。

谁的房间呢？

头又疼起来了，这次疼得那么剧烈，玛格达莱娜还以为她要吐出来了。她把那股难闻的气味咽了回去，努力把注意力集中在路上。这两人带她去哪里？她觉得是在上山。她听见身下的人一边喘着粗气，一边骂。风也越来越大，他们应该离开了森林。最后她又听见了乌鸦叫。有一个东西在风里吱吱作响。慢慢地，她有所察觉了。

两个人停了下来，像卸一捆柴火一样把她放到地上。乌鸦就在她的附近叫。玛格达莱娜现在知道她在哪里了。

她能闻出来。

那个黑影向西蒙飞来，一下子捂住他的嘴。他挣扎着想反抗。他的匕首哪去了？真他妈的该死！刚才他还用它在火石上打火了呢，现在肯定丢在他够不到的地方。捂在他嘴上的手又狠狠地按了一下，他几乎喘不上气来。他身旁的索菲又尖叫起来。

突然，他在耳边听到了一个熟悉的声音。

"我的老天爷，不要叫！他就在附近！"

西蒙转过身，那只强壮的胳膊终于放开了他。

"奎瑟，是您!"他松了口气，喊道，"您为什么不说一声呢？"

"嘘……"

虽然很黑，但是西蒙仍能看见刽子手魁梧的身躯。他看上去有些奇怪地蹲在那里。

"我打……中他了，那个疯子。但是我想他……还没死。必须……安静……"

雅各布·奎瑟艰难地说着不完整的句子。西蒙感到，有温热的液体滴在自己的左胳膊上。刽子手受伤了；他在流血，而且伤口不小。

"您受伤了！我能帮什么忙吗？"他一边问，一边想摸摸伤口。但是刽子手把医生的手粗暴地推向一边。

“没有……时间。魔鬼……随时都会来。唔……”他向旁边指了指。

“发生了什么事？”西蒙小声地问。

“魔鬼跟踪了我们……我们这两头笨驴。我把……他的火灭了，便跑了。还用我的木棍打了他几下，这个狗杂种，该诅咒的东西！该下地狱……”刽子手的身体抖了一下。刚开始西蒙以为他是因为疼，后来才发现他是在笑。突然，刽子手又不出声了。

“索菲？”雅各布•奎瑟向黑暗中问。

小女孩一直没有说话。现在她的声音从西蒙旁边传来。

“什么？”

“小姑娘，这里还有别的出口吗？”

“还……还有一个地道，从这个房间出去，但是被堵上了。”西蒙觉得她的声音听上去和刚才不一样。现在她很镇静。他在雄高的街上认识的小孤女就是这样：一个至少有时无所畏惧的女首领。

“我们已经开始清理石块了，因为我们想知道，地道通到哪里，”她继续说，“但是我们还没干完……”

“那继续……搬，”刽子手说，“而且把灯点上，我的天。如果那个该死的狗杂种下来，我们再把灯灭了。”

西蒙在地上摸来摸去，终于找到了匕首、火石和火绒。不一会儿索菲的牛油蜡烛就被点着了。虽然只是个小蜡烛头，但在黑暗中待了这么长时间后，西蒙感觉像在白天似的。他在房间四下望了望。

这个房间跟前面的几个没有太大的区别。他能认出他从中掉出来的那个洞。在墙上有很多小洞，像石椅子一样；也有一些小坑，像是用来放蜡烛什么的。墙面还有小孩子画的炼金术符号。在一个像凳子一样的长长的洞里躺着克拉拉。小女孩呼吸急促，脸色苍白。西蒙把手放到她的额上摸了摸，额头火烫火烫的。

现在，他也能看到刽子手，后者靠在克拉拉身旁的石凳上。刽子手刚刚用牙从大衣上撕下了一块布，绑在自己宽阔的胸脯上。他的肩膀上也是红红的，湿乎乎的。他看到西蒙焦虑的目光时，只是笑了笑。

“你还是省着点眼泪吧，江湖医生。奎瑟还没死，已经有人尝试过了。”他指了指身后，“你还是帮索菲清理通道吧。”

西蒙四下看看。索菲不见了。他又看了一眼，才发现，在后面的墙洞中有一条通道，往里走不了几步便到了一堆石头前。索菲已经把一块石头搬到了旁边。一个拳头大的洞口露了出来，让人感到有空气在流动。这条地道通向哪儿？

他一边帮着索菲搬石头，一边对她说：“那个在下面跟我们打伏击的人也是跟踪你们的人，对吗？”

索菲点点头。

“他杀了其他的孩子，因为我们在上面的工地上看见了这些男人，”她小声地说，“现在他也想杀我们。”

“你们看到了什么？”

索菲在地道里停了下来，看着他。烛光很暗，他看不清她是否在哭。

“这里曾经是我们的秘密地点，”她继续说，“没有人知道。如果其他孩子袭击了我们的话，我们就在这里会面。我们在这里很安全。在那天晚上，我们爬上城墙，想在井里会面。”

“为什么？”西蒙问。

索菲不理他。

“我们在这里约好了。我们突然听到有人说话，就爬到了上面，看见一个人正在给四个男人钱。是一只小袋子。而且我们还听见了他的话。”

“他说了什么？”

“这些男人要把工地破坏掉。如果雄高的工匠再盖好的话，他们要再破坏，要一直这样干下去，直到他说够了为止。但是后来……”

她停下不说了。

“后来怎么样了？”西蒙问。

“后来，安东碰翻了一堆石头，他们发现了我们。然后我们就全跑了。我听见彼得在身后喊，可是我没停下来，一直跑到城墙。噢，上帝，我们应该帮他才对，我们把他一个人扔下了……”她又开始哭起来。西蒙理着她凌乱的头发，直到她又安静下来。

他的嘴很干，最后他问：“索菲，这很重要。那个给钱的人是谁？”

索菲无声地哭着。西蒙触到了她脸上的泪水。但是他仍然追问。

“那个人是谁？”

“我不知道。”

西蒙一开始以为听错了。渐渐地，他接受了这个事实。

“你……你不知道是谁？”

索菲无可奈何地耸耸肩。

“天黑了。我们只听到了声音。我在那些人中认出了魔鬼，因为他穿了一件血红的马甲，我们看见了他的骨头手。但是那个给钱的人我们没有认出来。”

西蒙差点儿笑出声来。

“那……那这些都白费了。所有的谋杀，你们的躲藏……你们根本没看出那个人是谁！他只是以为你们看见了他！这一切根本没必要发生。这么多血，都白流了……”

索菲点点头。

“我想，这些都是一场噩梦，会过去的。可是当我在城里看到魔鬼，而且小安东也死了以后，我知道他会追捕我们，不管我们看见了什么。于是我就躲到这里来了。我来的时候，克拉拉已经在这里了。魔鬼差一点抓住她。”

说着，她又哭了起来。西蒙试着想象这个十二岁的小女孩近几天所经历的事情，但是他无法想象。他不知怎么办好，只是用手拍拍她的脸颊。

“索菲，事情过去了。我们救你们出去。一切都会解释清楚的。我们只要……”

他还想说下去，但是一股呛鼻的气味钻进来，他不得不停下来。

是烟味。而且越来越大。

现在，从他们头上的什么地方传来了说话声。声音听上去嘶哑、尖厉。

“刽子手，你听见我了吗？我还没死！你呢？我在上面点了一小堆火。用你灯笼里的油和几块湿木头弄出的烟很大，是不是？”他们头上的人假装地咳嗽了几下，“现在我只要等着，直到你们一个个像耗子一样从洞里钻出来。当然了，你们也可以待在下面憋死。由你们自己选择吧。”

雅各布·奎瑟已经来到他们身边。从他大衣上撕下来的脏布条紧紧地绑在他的身体上。西蒙看不见血了。刽子手把手指放在嘴前。

“你知道吗，小刽子手？”声音又传来了，但是好像离他们很近，“我考虑过了。我现在决定到下面来找你们。有烟就有烟吧，我不能放过你……”

“你们快点，”奎瑟命令说，“我去迎战。西蒙，你要抱着克拉拉。如果你们不能马上把地道打通，如果这是一个死胡同的话，你们就跟上我。”

“可是魔鬼呢？……”西蒙问。

刽子手已经进了一个与这个房间相连的地道口。

“我把他再送回地狱去，永远不让他回来。”

说完，他就消失在地道里了。

玛格达莱娜躺在地上，无法动弹。她的眼睛仍然蒙着布，嘴里塞着麻布，她几乎无法喘气。一股腐烂味钻进她的鼻子。什么东西在有节奏地吱吱作响。她知道，这是吊人用的铁链。她父亲在这方面很注意，经常给铁链上点儿油，但是经受了几个月的风雪和雨水，再好的铁链也会生锈。

这一带有名的强盗头子——乔治·布兰德纳的尸体残骸被留在了上面给乌鸦吃。今年一月底，选帝侯的执行吏终于把这伙强盗一网打尽。强盗们在阿默河谷的山洞里搭起了窝，筑起了墙，把自己和女人、孩子都围在里面，足足抗拒了三天才投降。强盗和执行吏讲好了条件，放了他们的家人，他们自己毫无反抗地被送交法官。那些年纪轻的强盗（还都是些孩子）被砍掉了右手，驱逐出境。四个强盗头子被吊在雄高的绞刑架上吊死了。没有多少人来观看，因为太冷了，大雪深过了膝盖。因此他们死得比较有尊严。没有人扔烂水果什么的，只有几个人随便地喊了几声。玛格达莱娜的父亲让这些人按顺序上梯子，把绞刑套一个一个地套在他们的脖子上，然后把梯子拿开了。强盗们挣扎了一会儿，往裤子里尿了一泡尿，便咽了气。其中三个人的尸体可以被家人解下来，带回家去。只有布兰德纳的尸体被留在铁链上，用来威慑人。如今已经过去三个月。最初因为寒冷，他的尸体保存得很好。现在他的右腿烂掉了，剩下的残骸也看不出人样来了。

强盗头子至少在临死的时候看到了很好的风光。绞刑架位于城北的山坡上，天气好的时候，从那里可以看见阿尔卑斯山的大部分山脉。它正好位于田野和森林之间，所有路过的人都能看见雄高城如何对待强盗。强盗头子的残骸是对那些干坏事之人的最好威慑。

玛格达莱娜感到风吹着她的裙子。她听到不远处有男人说笑。他们好像在喝酒、玩骰子，但是玛格达莱娜听不清他们在谈什么。她在心里骂着。这个地方选得太好了。即使几小时后，选帝侯公使带着他的人进城，那些士兵们也不会到这里来。绞刑架是一个被诅咒的地方，很久以前就在这里吊人了。这里经常出现吊死鬼的魂，地上铺满了他们的尸骨。如果不是不得已，人人都避开这个地方。

虽然从很远就能看到这个地方，但是这里仍然是很好的藏身之地。如果谁在几米以下的木桩那儿躲着，他敢保证，自己不会马上被人发现。

玛格达莱娜用力搓着两只手，企图把绳子解开。她这样做有多长时间了？一个小时？两个小时？小鸟已经开始叫了。天快亮了。但是现在到底是几点？她完全失去了概念。

慢慢地，她发现绳子不是那么紧了，松了好多。她小心地向旁边挪了挪，直到感到身下有块石头为止。石头硌在她的肋骨上，钻心地疼。她换了一下姿势，让石头正好硌在手腕下，然后她开始磨起来。一会儿她就觉得，麻绳在一点一点地断裂。如果她继续用力磨，绳子就会断，她的手就解开了。

然后怎么办？

因为眼睛被蒙上，她看不见这两个人。但是她是被扛着来这里的，她能意识到其中至少有一个人很强壮。另外，他们肯定有武器，而且动作很快。她怎么能逃脱呢？

就在她快要把绳子磨断的时候，说话声突然停了。有人向她走过来。她马上又假装昏迷不醒。脚步声在她身边停了下来，哗的一声，一股冷水浇到她的脸上。她咳嗽着，呼呼地喘着气。

“小姑娘，我赢了你。玩骰子……”一个低沉的声音在她头上说，有人踢了她一脚，“快醒醒，让我们都快乐一回。如果你很乖的话，我们可能在布劳恩施魏格回来之前就把你放了。但是在这之前，你也要好好地待克里斯多夫……”

“快点儿，汉斯，”第二个声音从远处喊，听上去有些口齿不清，“天快亮了，那个混账马上就回来了。我们打他一顿，就跑！”

“对，小姑娘。”汉斯说着，弯下身朝着她耳边低声说。他闻上去有股烧酒味。玛格达莱娜知道，他已经喝醉了。“今天是你走运。我们要和布劳恩施魏格算账，这个吸血鬼。这样他就不能把你切成碎片了。然后我们带着钱走人。但是事先我们得照顾照顾你，这可和你那个骨瘦如柴的医生舔你不一样……”

他把手伸到她的裙子下。

与此同时，玛格达莱娜把最后一根麻绳解开了。她未经思考就抬起右腿向雇佣兵的肚子撞去。他痛苦地号叫了一声，便一头倒在了地上。

“你这个臭婊子……”

她撕下眼睛上的布，掏出了嘴里的东西。黎明已经来临。虽然天还黑着，但是在雾中她能看见雇佣兵蜷成一团躺在地上。玛格达莱娜揉了揉眼睛。她的眼睛被蒙得太久了，一时还适应不了光亮。她像一只被逼急了的动物，警惕地望着自己的周围。

在她的头上是绞刑架。她看到乔治·布兰德纳的尸体残骸在风中来回地摆动着。离她二十步远的地方燃烧着一小堆篝火，从那里站起了一个人，他正向她走来。那人走起来虽然有些不稳，但是速度很快。

“汉斯，等着！我来拿住这个婊子！”

她刚想跑，就感到脑后挨了一击。一定是地上的那个人又站了起来，用一根树枝或者类似的东西打了她。疼痛像箭一样蹿到脑门前。有那么片刻，她觉得自己瞎了，接着视力又恢复了。她向前绊了一下，滑倒了，紧接着她感到自己从山坡上滚了下去。树枝和荆棘刮着她的头发。她的嘴吃到了好多泥土和草。然后她又站起身来，跌跌撞撞地跑到树林中。她身后传来喊声，飞快的脚步越来越近。

当她在低矮树丛的掩护下朝着雾气腾腾的田野跑去时，她感到昨天的记忆又找回来了。

一切都清清楚楚，历历在目。

虽然害怕，她还是忍着疼痛，不由得大笑起来。两个追逐者紧紧地跟在她的身后，她在逃命。她一边笑，一边哭。问题的答案是那么简单。可惜，她可能没有机会对人讲了。

烟越来越大，西蒙不停地咳嗽。一团团的烟从地道里钻进来，把索菲笼罩在里面。她正和西蒙在洞口一块一块地搬着石头。他们把湿布系在了嘴上，但是这管不了什么事。西蒙的眼睛被熏得直流泪，他要不住地停下来擦脸，那么多宝贵的时间就这样浪费了。他不时地看看对面的克拉拉；因为高烧惊厥，她躺在石台阶上翻来覆去地折腾着。对这个生病的小女孩来说，这烟如同地狱一样。

刽子手已经走了很长时间。他们除了自己的咳嗽和喘气声外，什么都听不见。最初洞口只有拳头大，现在变得更大了。西蒙越来越不耐烦地看着它。这个瘦小的十二岁的小女孩也许能钻过去，但是他自己无论如何都不行。当他终于把一块大石头推到旁边时，这个费了好大力气才扒开的洞口又塌了。一切都得从头开始。最后洞口终于足够宽了，他带着克拉拉出去也没有问题。从对面流来了新鲜空气。西蒙深深地吸了几口，然后急忙到对面去抱克拉拉。

小女孩轻得像一捆干柴，但是他仍然很难把她从洞里弄出去。

“我在前面走，看看这条道是不是通的，”看到这样下去不行时，他有气无力地对索菲说，“等我爬过去后，我在前面拽克拉拉，你在后面推。我们要把她抬起来一点，免得石头刮伤她的身体。你听明白了吗？”

索菲点点头。她的眼睛在蓬乱的头发和蒙嘴布之间看上去就像一条黑线。西蒙再次惊叹她的镇静。但是这也可能是一种震骇。这个小女孩在最近的几天里经历的可怕事情太多了。

西蒙的肩刚好能挤过他们扒开的洞口。这个地方早晚还会再坍塌的。医生心里祈祷着不要再扒洞了。他咬紧牙关。他还有什么选择？身后是火，是烟，还有一个疯狂的雇佣兵。与此相比，一个坍塌的洞口根本不算什么危险。

他用灯笼在前面照着，直到他感觉地道又变宽了。他照了一下周围。地道从这里确实变宽了，而且很高，他可以弯着腰在里面走。每隔一定距离，能见到墙上有熏黑的小坑。走了几步，地道又转了弯儿，再远就看不见了。他感到新鲜的空气扑面而来。

西蒙急忙转回去，来到洞口。

“你现在可以把克拉拉推上来。”他朝着索菲喊。

洞的另一边传来吭哧吭哧的喘气声和摩擦声。不一会儿克拉拉的头就钻了出来。小女孩肚子朝下，苍白的脸转向了一边。她仍然昏迷不醒，看上去对周围的一切一无所知。西蒙理了理她因出汗而湿透了的头发。

这也许是上帝对这个孩子的恩赐。她将觉得这一切都是一场噩梦。

他终于抓住了克拉拉的肩，轻轻地把她拽了过来。虽然他十分小心，但是她的裙子仍然挂到了尖石上，撕开了，肩膀露了出来。

在她的右肩胛骨上跳出了那个标记。西蒙是第一次从上面往下看这个标记。

西蒙的头一下子晕了。烟和恐惧突然都消失了，他的眼里只有这标记。所有在大学里学过的炼金术符号都从脑子里冒了出来。

水，土，气，火，铜，铅，氨，灰，黄金，银，钴，锡，镁，水银，硝，盐，硫磺，牛黄，矾，赤铁……

赤铁。难道就这么简单吗？他们所有的人都被一个想法拴住了，没再往其他方面想？难道这一切都是一个误解吗？

他没有时间再多想了。他的头上传来了一阵危险的吱吱声，土块直往下掉。他急忙抓住克拉拉的肩膀，一下子把她整个人拽过来。

“快点，索菲！”他朝着洞对面大声吼着，那面的烟越来越大，“地道要塌了！”

过了一会儿，索菲的脑袋也在洞口露了出来。有一瞬间，他也想在索菲的肩上看一眼，但是一块大石头正好落在了他的身边，他决定还是先干别的事吧。他帮着索菲爬出了洞。当她自己能站着走路时，他把克拉拉扛在肩上，弯着腰，急急忙忙地往前走。

他再次转身往后面看，发现在暗淡的烛光下地道里充满了浓烟。轰的一声，地道的顶塌下来了。

雅各布·奎瑟钻进了通往上面的通道，艰难地忍受着烟尘。他把眼睛紧紧地闭上，一方面是因为他在黑暗中什么都看不见，另一方面也可以防止烟钻进眼睛里。他偶尔眯着眼睛四下看的时候，看到的是通道尽头微弱的火光。浓烟让他无法呼吸。他用自己粗壮的胳膊支撑着，一点一点地往上爬。最后他终于摸到了地道出口的边缘。他大喊一声，跃出地道，进到了房间，紧接着滚向一边，然后睁开了眼睛。

雅各布·奎瑟眨眨眼，看到他的右侧有一个膝盖高的洞和一条继续往上的通道。刚才和魔鬼搏斗完后，他是从这个通道滑到下面去的。火好像是来自它的上面。眼前这个房间里也充满了浓烟。

雅各布·奎瑟的眼睛又开始流泪。他用被烟熏黑的手摸了摸脸。正当他想到右边的小地道看一看时，上面传来了响声。

是轻轻的摩擦声。

什么东西在从通道里往下滑。他觉得听到了急促的呼吸声。

刽子手紧紧地靠在通道旁边，举起了他的木棍。摩擦声越来越近，下滑的声音也越来越大。在闪烁的火光中，他看到有个东西从上面飞了下来。雅各布·奎瑟大叫一声，跳了过去，举棍便打。

等他认出这只是一架梯子时，已经太晚了。

就在此时，他听到身后嗖嗖作响。他向边上躲了一下，但是刀刃已经穿过了大衣袖子，砍在他左前臂上。他感到一阵疼痛。他倒在地上，觉得有一个像只大鸟的东西正朝自己飞来。

当刽子手再次站起身来时，他透过满眼的泪水看到一个巨大的阴影在对面的墙壁上跳舞。火光让魔鬼的身影变大了一倍多，他的上身分散在整个房顶。看上去，他正伸着长手指抓刽子手。

刽子手眨着眼睛，终于找出了站在阴影中间的雇佣兵。烟很浓，他只能隐约看到魔鬼的位置。当魔鬼把火把举过头顶时，他才看得更清楚些。

魔鬼的脸被从头上流下来的血染得红红的。他的眼睛反射着火把的火光，闪闪发亮，他的牙齿像野兽一样泛着白光。

“我……还……在……刽子手，”他小声地说，“现在，只有你和我……”

刽子手半蹲下来，做好攻击的准备，手里紧紧地握着木棍。他的左胳膊疼得难以忍受，但是，他仍然不露声色。

“你把我女儿带到哪去了？”他怒吼道，“快吐出来，不然我要像打疯狗一样把你打死！”

魔鬼大笑起来。当他像打招呼一样举起骨头手时，雅各布·奎瑟看到那只手缺了两根手指。但是火把仍然插在掌骨的铁环里。

“你想……知道吗……小刽子手？一个好地方……刽子手的婊子待在那里最合适……也许乌鸦早把她的眼睛叼出来了……”

刽子手威胁地举起木棍，愤怒地说：“我要把你像耗子一样用脚踩死……”

魔鬼的嘴上露出一丝微笑。

“这就好，”他嘟囔着说，“你和我一样……杀人是我们的职业……我们俩比……你想象的……还要相像。”

“我们都是垃圾。”雅各布·奎瑟小声地说。

话音还没落，他就跳进浓烟里，直扑魔鬼。

玛格达莱娜不再回头张望，一直往山坡下跑。树枝抽打着她的脸，荆棘刮着她的腿，撕坏了她的裙子。她能听到身后的雇佣兵在喘气。刚开始那两个人还偶尔喊上几句，但是不久这种赛跑就变成了一种无声的追猎了。他们像狗一样追逐，把野兽降住的时候，狗才会停下来。

玛格达莱娜冒着风险往后面看了一眼。两个人离她只有二十步远。他们现在离绞刑架约有四百米远，周围的树木不是很多，树丛也没有了。在她前面是宽广的田野。这里无处藏身。她只能寄希望于莱希河陡岸的森林。等她到了松树和白桦树林后，她也许能找到一个躲藏的地方。但是跑到那里的路还很长。看上去，这两个人很快就会追上来了。

玛格达莱娜一边跑着，一边焦急地左右望着，想看看是否已有农民在田野里播种了。但是这么早，田野里连一个人影都看不见。离她越来越近的霍恩富希山坡上也没有一个行人。即便有行人又怎么样呢？一个单身女人，被两个拿着武器的男人追着——哪个农民或者商人会为了刽子手的女儿冒生命危险呢？他们很可能两眼发直，瞪着前方，把牛车赶得更快。

玛格达莱娜已经习惯了奔跑。从小她就经常光着脚走远路，到邻近村庄的接生婆那里去。她经常因为高兴而在泥泞或尘土飞扬的道路上奔跑，直到她喘不上气、肺开始疼的时候才停下来。她有耐力，也练过体力，现在又找到了她的节奏。只是身后的两个人好像不想放弃。他们好像经常追捕人似的，而且他们显得很享受。他们速度均匀，目标明确，一直往前跑。

玛格达莱娜穿过了公路，朝着莱希河陡岸的松林跑去。森林不再是田野后面的一条狭窄的绿色缎带。玛格达莱娜不敢肯定她能否跑到那里。她的嘴里有一股铁和血的味道。

在奔跑的途中，她的想法像一群小精灵，一个个地都跳了出来。她又想起来了。她现在知道，她曾经在哪里见过小孩子肩上的那个女巫标记。昨天进到接生婆的屋子里时，地上的碎瓦片引起了她的注意。这些是史泰茜琳架子上的那些瓶瓶罐罐的碎片。在这些瓶子、罐子里装的都是一个接生婆天天要用的东西：止血用的苔藓，止痛药草，还有磨碎的矿石粉末，用来配在药水里给孕妇和病人喝。在几块碎片上写着炼金术的符号。伟大的帕拉切尔苏斯就曾经使用过这些符号，它们也是接生婆常用的符号。

在一块碎片上，玛格达莱娜看到了那个女巫标记。

一开始她有些奇怪。这个标记怎么会出现在接生婆的屋子里？她真的是巫婆吗？但是，当玛格达莱娜把这块碎片拿在手里翻来覆去地看的时候，她把这个标记倒过来了。

突然，这个女巫标记变得没有任何危险了。

赤铁。也叫血石。

血石粉末在孕妇生产时用来止血，是一种没有任何危害的小药，一些德高望重的医生也很看重这种粉末，不过玛格达莱娜很怀疑它的作用。尽管害怕，她仍然不由得笑了起来。这个女巫标记只是一个倒过来的赤铁符号！

玛格达莱娜想起了西蒙给她讲述小孩肩上有这个符号时说的话。医生和她父亲一直把它看成女巫标记。但是如果倒过来看它，它就变成了一个很普通的炼金术符号……

难道是小孩子自己用接骨木汁画在肩上的吗？他们不是总在史泰茜琳这里玩吗？索菲、彼得和其他的孩子肯定在罐子上看见了这个符号。但是他们为什么要这样做呢？也许是接生婆给他们画上去的？但是这更没有道理。她为什么要把赤铁符号画在小孩的肩上？这么说确实是小孩子自己……

这些想法在玛格达莱娜的脑子里转着，森林离她越来越近了。刚才在黎明时，森林看上去还像一条深绿色的缎带，现在已是白桦树、松树和榉木相间的一片实实在在的树林，而且离她很近了。玛格达莱娜径直朝森林跑去。她身后的两个人已经追上来了，离她只有十步远。她能听到他们呼呼地直喘气。他们越来越近了。有一个人一边跑着，还一边像疯子一样发出笑声。

“刽子手的婊子，我喜欢你跑的样子。我喜欢先追我的鹿，然后再把它吃掉……”

“我们马上就要抓住你了，小姑娘。没有人能从我们手里跑掉！”

玛格达莱娜还差一点就到陡岸的森林了。一片沼泽草甸挡在了她和森林之间。她的脚马上陷进了软软的湿泥里。在白桦树和柳树之间是无数的小水坑和积雪融化后变成的小河塘。她能听到莱希河在远处咆哮。

刽子手的女儿试着在一个个长着青草的小土包上跳着往前跑。有两个小土包间隔较宽，她一失足，掉进了泥沼里。她绝望地想把腿从泥沼里拔出来。

她陷在里面动不了！

她身后的男人赶到了。当看到猎物不能动时，他们高兴得狂叫起来。他们笑着围着玛格达莱娜转，想找到一条干路来取他们的猎物。玛格达莱娜的两只手使劲地抓住一个小土包上的草，刺溜一声，她把腿拔了出来，自由了。前面有一个雇佣兵向她跳过来。在最后的一刹那，她向边上一闪，那个人啪的一声掉进了泥沼里。不等他站起来，玛格达莱娜就利用这两个男人之间的空隙，拔腿向森林里跑去。

她跑进了昏暗的森林后才发现，她在这里没有地方躲藏。树太高了，而且间隔很远；树下几乎没有她可以藏身的矮树丛。尽管毫无意义，她仍然不停地跑着；后面的两个男人又追上来了。用不了多久追猎就会结束了。河水的咆哮声越来越响。陡岸应该就在她的前面。逃生就要结束了……

突然，她的左脚踩空了。她马上跳了回来，正好看到小碎石子骨碌碌地滚向深渊。她把一根柳树枝推开，看到一个垂直向下、直通河岸的陡坡。

就在她努力站稳脚跟的同时，一个雇佣兵突然从柳树枝里冒了出来，出现在她的侧面。玛格达莱娜不能再多想，纵身跳了下去。她滚过了岩石、土块，努力想抓住冒出来的草根，一连翻滚了好几次。不一会儿，她就感到眼前发黑。等她终于睁开眼睛的时候，她发现自己趴在一丛榛子树上，这丛长在河岸不远处的榛子树大大地减缓了她的下降力。

她忍着疼痛，弯着身子在榛子树上待了一会儿。然后她小心地回头朝上面望了望。她能看到高高在上的那两个人。他们好像正在找一个合适的地方下来。有一个人已经开始把一根绳子系在树上。

玛格达莱娜从榛子树丛上下来，又咚咚地向仅隔几米的河岸跑去。

莱希河在这里转弯，水流湍急。河中间形成了白色的旋涡，长在岸边的幼小树木被翻滚的白浪卷进了河流。虽然已是四月底，但是河水仍然涨得很高，把岸边的白桦树都淹没了。有十几根被砍倒的大树干交错地堆在一起，堵在白桦树之间。莱希河愤怒地冲撞着遇到的障碍物。几根树干改变了方向，用不了很长时间河水就会把它们冲走。

有一只小船在那些树干之间摇晃。

玛格达莱娜简直不敢相信自己的运气。这只烂木船肯定是从河流上游冲下来的。现在它被夹在这些树干之间，在旋涡里转来转去。刽子手的女儿仔细地看了看，发现上面竟然还有两支船桨。

她向四周看了一下。一个雇佣兵已经沿着绳子下来了，过不了多久他就能赶到她这里。另一个好像还在上面寻找下来的路。玛格达莱娜看看眼前的树干，然后念了一段祷文，脱了鞋，跳上了一根树干。

她脚下的木头摇摇晃晃，但是她保持住了平衡。玛格达莱娜小心地在树干上走着，又跳到了第二根树干上。大树干打了个滚，向右边漂去。刽子手的女儿很灵巧地在树干上跳跃着，没有失去平衡。她再一次回头，看见那个沿绳子下来的雇佣兵已经站到了河岸，正在犹豫不决。当他看见那只小船时，他也开始慢慢靠近树干。

这一眼让玛格达莱娜差点失去了平衡。她在滑溜溜的木头上跌了一跤，险些掉进急流里。现在她一脚踩着一根树干，下面是翻滚的河水。她知道：如果现在掉下去的话，她将像石磨上的一粒米，被巨大的树干碾得粉碎。

她小心地继续向前挪动。她身后的雇佣兵也爬过了几根树干。玛格达莱娜能看见他的脸——紧张，但是聚精会神。她认出这是那个叫汉斯的雇佣兵，那个想最先强奸她的人。无疑，这个人充满了恐惧——对死亡的恐惧；但是想回去的话，已经来不及了。

她轻巧地跳到一根靠着小船的树干上。快要靠近小船时，她听到身后传来了一声惨叫。她转回头，看见雇佣兵像一个吊在绳子上跳舞的小丑。他看上去似乎在空中停了一会儿，然后身子一栽，便掉进了急流里。树干吱吱地挤过去。玛格达莱娜好像看见一个脑袋冒上来一下，然后雇佣兵汉斯便消失得无影无踪了。

陡岸上面的那个雇佣兵仍然犹豫不决地望着下面的急流。过了一阵，他转身消失在树林里。

玛格达莱娜最后一跃，抓住了船沿。她紧紧抓住小船，把自己拽了进去。船里很湿，船底进了水。但是谢天谢地，这只船没有漏。她的神经完全崩溃了，她全身颤抖着，不由得小声哭了起来。

她在早晨的阳光中终于感到有些温暖了，便坐了起来，抓着船桨，顺流向金绍方向划去。

当他们身后的地道塌下来的时候，西蒙用自己的身体把克拉拉遮在下面，然后开始祈祷。他听到吱的一声，像是什么东西断了。接着土块从他的左右扑扑地掉下来。有几块土疙瘩还砸到他的背上。土块雨点般地掉了一阵后，便停住了。一切又恢复了宁静。

奇怪的是蜡烛并没有熄灭。西蒙仍然紧紧地把它攥在右手里。他小心地跪下去，用蜡烛照着地道。尘土和烟形成的云雾散得很慢，只能看到蜡烛所照到的地方。

索菲蜷着身子躺在他的后方，身上满是土和泥疙瘩，灰尘像一层棕色的面粉一样把她盖住了。西蒙看见她的身体在轻微地抖动，看上去她还活着。在小女孩的身后，除了石头和黑暗以外，什么都没有。西蒙严峻地点着头。回去的路显然被切断了，但是至少不再有烟钻进来了。

“索菲？上帝保佑，你没事吧？”他小声地朝着她的方向说。

小女孩摇摇头，站起来。除了脸色惨白，她看上去一切正常。

“地道……它塌了。”她喃喃地说着。

医生小心地向上看了看。他们头顶的墙面看上去很结实，没有支架，是抹得平平的、结实的黏土，微微向上的拱形更加强了顶部的牢固性。西蒙曾在一本关于采矿的书里见过类似的建筑。建这个地道的人真是他们行业里的大师。他们用了多长时间才把这座迷宫建好？几年？几十年？刚才的塌方有可能是因为潮湿，黏土受侵蚀，变得松软。不知道从什么地方流进来了水，不然这个地道仍然会保存完好。

西蒙不停地为这个设计惊叹。人为什么费这么大力气建一座显然毫无用处的迷宫呢？把它当成逃生的地下城堡是不可行的，刚才的火已经证明了这一点。在上面房间里点了火的人应该十分有把握，下面的人要么会像老鼠一样，被熏得往上涌，要么待在下面被烟熏死。

除非还有地道通往外面……

西蒙抓住索菲的手。

“我们必须往前走，不能等地道再塌下来。肯定有条地道能通到外面。”

索菲瞪着惊恐的大眼睛看着他。她看上去好像有点麻木，被惊住了。

“索菲，你听见我说话了吗？”

没有反应。

“索菲！”

他给了她一记很响的耳光。小女孩慢慢地醒过来。

“什么……什么……”

“我们必须从这里出去。你振作一下。你拿着蜡烛，在前面走。小心，别让蜡烛灭了。”他目光紧紧地盯着她，然后继续说：“我抱着克拉拉，跟在你后面走。听明白了吗？”

索菲点点头，然后向前走去。

地道先是拐了个弯儿，然后变得笔直。一开始他们没有注意到，走着走着，地道就开始往上升，而且变得又宽又高。最后他们可以弯着腰在里面跑。西蒙把克拉拉背在背上，她的两只胳膊在他的肩上来回地摇摆着。她是那么地轻，西蒙简直感觉不到重量。

突然，西蒙感到前面冲来一股气流。他深深地吸了一口。这是新鲜的空气，闻上去像森林、树木汁液和春天。他还从没感受过空气是如此地宝贵。

过了不久这条地道就进了一条死胡同。

西蒙简直不敢相信。他从索菲的手里拿过蜡烛，惊慌地四下照着。没有通道，连个洞都没有。

他找了好长时间才找到了一条通往上面的窄通道。

在五步远的上方，一道光线从外面透过一条小细缝照下来。有一块石板盖在上面，对他们来说真是可望而不可及。即使西蒙把索菲扛在肩上，小女孩也够不到它，更不要说把这块石板举起来了。

他们被困在了下面。

西蒙轻轻地把昏迷不醒的克拉拉放在地上，自己坐在她的旁边。在今天他不止一次地想大哭一场，或者至少大喊一声。

“索菲，我想我们在这里出不去了……”

索菲紧挨着他坐下，把脑袋放在他的腿上。她的手紧紧地抠着西蒙的腿。她在颤抖。

西蒙突然又想起了那个标记。他拽了一下索菲的裙子，她的肩膀露了出来。

在她的右肩上露出了那个女巫标记。

他沉默了好长时间。

“你们自己把这个符号画上去的，对吗？”他问，“赤铁，一种很平常的药粉……你们肯定是在史泰茜琳那里看见过这个符号，然后用接骨木果汁把它画在肩上。这些都是闹着玩的……”

索菲点点头，然后她把脑袋深深地埋在西蒙的腿里。

“接骨木果汁！”西蒙继续说，“我们怎么这么傻！哪个魔鬼会用小孩子喝的果汁画他的标记呢？但是索菲，为什么？你们为什么要画这个标记？”

索菲的身体抽动起来。她仍然把头埋在西蒙的腿里，哭了一会儿才说话。

“不管在哪里，他们每次见到我们都打我们、踢我们、咬我们、骂我们，还嘲笑我们！”

“谁？”西蒙不解地问。

“其他的孩子呗！因为我们是孤儿，因为我们没有家了！所以他们就对我们拳打脚踢的！”

“但是你们为什么要画这个符号呢？”

索菲把头抬起来看着他。

“我们在玛尔塔的架子上看见了这个符号，它写在一只罐子上，看上去……像魔法。我们想，如果我们都带着这个符号，就像有了一个护身符，就不再有人敢碰我们了。”

“一个护身符，”西蒙嘟囔着说，“一场愚蠢的孩子闹剧，仅此而已……”

“玛尔塔曾给我们讲过护身符，”索菲继续说道，“她说有一种符号可以对抗死亡、疾病和灾害。但是她没告诉我们是什么符号。她说，别人会说她是个巫婆……”

“噢，上帝……”西蒙小声地说，“这样的事情正好发生了。”

“所以我们到了我们躲藏的地方，互相把那个符号画了上去，我们还发誓永远待在一起。我们要互相帮助，蔑视其他的孩子。”

“然后你们就听见了那些男人说话……”

索菲点点头。

“魔法没有起作用。那些人发现了我们，我们没有互相帮助。我们都逃跑了，他们把彼得像狗一样地打死了……”

她又开始哭起来。西蒙抚慰着她，直到她又安静下来，偶尔抽泣两下。

她身边的克拉拉在睡梦中微微地喘着气。西蒙用手摸了摸她的额头，仍然很热。他不敢肯定克拉拉是否还能活上几小时。小女孩需要一张温暖的床，用冷敷和椴树花茶来退烧。腿上的伤也得医治。

西蒙先是很小心地，然后声音越来越大地向外喊起来。他喊了很多次，没有得到回应后，便放弃了呼喊，又坐到了潮湿的地上。哨兵到哪去了？他们还是被绑着躺在地上吗？或者他们已经被解救了？也许他们已经跑进城里，去报告被袭击的事情了。如果他们被魔鬼杀了呢？今天是五月一日。城里人们在跳舞，在欢笑。很有可能要等到明天或后天才会有人到这里来。到那时候克拉拉早就死于高烧了。

为了驱散这些可怕的想法，西蒙又开始问索菲一些细节。他不断地想起他或刽子手发现的很多细节，此时它们突然都有了意义。

“我们在彼得兜里发现的硫磺粉也属于你们的戏法了？”

索菲点点头。

“是我们从玛尔塔的一只罐子里拿的。我们想如果女巫婆用硫磺粉施法术，对我们来说也没有坏处。彼得把他的兜装得满满的，他还说，自己会臭气熏天……”

“你们偷走了接生婆的风茄，对吧？”西蒙又接着问，“因为你们的戏法也需要这个东西。”

“我在玛尔塔那里找到的，”索菲承认道，“她曾给我讲过风茄的神奇妙用，而且我相信，如果我把它放在牛奶里泡三天的话，肯定会长出一个小人来保护我们……可是除了发臭，什么都没有。我把剩下的那一点给克拉拉熬成药喝了。”

医生看了一眼那个昏迷不醒的小女孩。她经过索菲的休克疗法竟然还能活着，简直是个奇迹。也许风茄也起了有益的作用。至少克拉拉连着睡了好几天，她的身体有足够的时间进行康复。

他把头又转向索菲。

“你们没有去找法院记录官或者其他的议员报告你们所看见的事，是因为你们害怕被怀疑与巫术有关。”

索菲点着头。

“彼得出事的时候，我们本来想去的。我对上帝发誓，我们本来想十点的钟声敲过就去找莱希纳，把一切都告诉他。但是你们在莱希河发现了彼得，看见了那个标记。接着就一片混乱，大家都说跟魔法巫术有关……”

她绝望地看着西蒙。

“我们想，没有人会相信我们。他们也会把我们当成巫婆，跟玛尔塔一起烧成灰！我们真的很害怕！”

西蒙理着她的脏头发。

“没事了，索菲。没事了……”

他看了一眼身旁还在燃烧的牛油蜡烛。过不了半小时它就会燃尽，然后他们就只有从上面石板缝透过的光线了。他在考虑是否用自己的衣服给克拉拉肿了的脚踝做冷敷和包扎，但是又放弃了这个想法。在下面小水坑里的积水太脏了。也许用它冷敷还会让小女孩的病情加重。与行业里的很多医生的观点不同，西蒙认为环境肮脏会导致感染。他看到过太多的士兵在不干净的绷带中丧命。

突然，他怔了一下，开始集中精力听起来。远处有人在说话。声音是从上面传来的。西蒙跳了起来。有人在建筑工地上！索菲也停下不哭了。他们一起仔细地听着，想分辨出是谁的声音。但是声音太小了。

西蒙简短地考虑了一下所面临的风险。很有可能是雇佣兵在上面，也许是魔鬼本人……也许那个疯子已经把刽子手打死了，自己又从井底爬了上去。但是，如果没有人把他们救出去，克拉拉在下面肯定是活不长了。他犹豫了片刻，然后把手放在嘴边，做成喇叭状，声嘶力竭地朝上面喊起来。

“救命啊！我们在下面！有人吗？”

上面的声音消失了。那些人走了吗？西蒙又扯着嗓子喊起来，索菲也跟着大声地喊。

“救命啊！有人吗？”他们一起喊着。

突然传来了嗵嗵的脚步声。几个人就在他们的头上讲话。那块石板吱的一声被推到了一边，一束强光照在了西蒙和索菲的脸上。上面露出一个人的脸。西蒙不停地眨着眼睛。在黑暗中待了这么长时间后，阳光变得很刺眼。他终于认出了那张脸是谁的。

是绅士雅各布•施雷佛阁。

当议员认出自己的女儿在下面时，他喊了起来。他的声音听上去有些哽咽。

“我的上帝，克拉拉！你还活着！托圣母马利亚的福！”

他转过身。

“快点，拿绳子来！我们得把他们拽上来！”

不一会儿，一根绳子就放了下来。西蒙把克拉拉绑在绳子上，给了上面一个信号，让他们拽。接着是索菲。他最后一个被拽了上去。

到了上面，西蒙朝四周望望。他需要时间看清自己在什么地方。在他的周围是新垒起来的小教堂的地基墙。地道在一块风化了的石板下，正好位于中间。工匠们肯定是用了老地基面铺地了。医生又往底下看了看。很有可能，在这个地方很早就有一座教堂或祭坛之类的建筑，它与底下的地道相连。在工地干活的工匠显然没有注意到这块石板。

医生打了一个冷战。一条通往地狱的古老通道……在下面魔鬼亲自等着那些可怜的罪人。

他看见昨夜的那两个哨兵远远地坐在墙头上。一个人头上扎了一条绷带，有些茫然地用手揉着脑袋。另一个虽然眼睛肿得很高，但仍然很警觉地看着四周。

西蒙不由得笑了一下。刽子手虽然下手较重，但是两个人都不会留下任何伤残。他真是他这个行业里的大师。

雅各布·施雷佛阁此时正忙着照顾自己的养女，一面往她的嘴里滴着水，一面擦洗她的额头。当这位年轻的议员看到西蒙的目光时，他马上开始讲话，手里仍然不停地忙活着。

“您昨天下午在我那里询问图纸后，我就变得不安起来。一整夜我都翻来覆去地睡不着。早上我先去了您那里，然后去了刽子手家。你们两个都没找到后，我就来到了工地。”

他指了指那两个仍然坐在墙上的哨兵。

“我在木头堆后面发现了他们。他们被绑了起来，嘴里还塞了东西。西蒙，您能向我透露这是怎么回事吗？”

西蒙简短地向他讲了他们怎么发现了水井的秘密，讲了下面的地圈、刽子手和雇佣兵的搏斗以及他们怎么通过那条地道逃出来，还讲了孩子们在一星期前的那个夜晚都看见了什么。但是他没讲有人怀疑老施雷佛阁的钱有可能藏在下面，也没讲雅各布·奎瑟把哨兵打伤的事。绅士应该会猜想，是魔鬼先把两个哨兵绑了起来，然后才下到井下的。

雅各布·施雷佛阁张着嘴听着，只是偶尔提一两个问题，或者照料他的养女。

“这么说是孩子自己把那个女巫标记画上去的，为了吓唬其他的孩子……”他最后总结说。

他抚摸着仍在昏睡的克拉拉的额头。她现在的呼吸比刚才明显地平稳了好些。“我的上帝，克拉拉，你为什么不把这个告诉我呢？我本来是可以帮助你们的！”

他把谴责的目光投向索菲，然后说：“如果你们不是那么顽固，小安东和约翰内斯·施特拉塞尔可能还不会死呢！你们都想些什么，你们这些臭孩子？一个疯子在到处流窜，你们却继续胡闹！”

“我们不要责怪这些孩子，”西蒙插话说，“他们还小，他们害怕。重要的是我们要抓到凶手。他们中的两个人绑架了玛格达莱娜！他们的头领和刽子手还在下面的地圈里搏斗呢！”

他朝井的方向看了看。烟从下面冒上来。下面正在演着什么戏？雅各布·奎瑟死了吗？西蒙尽量不去想。他又把头转向议员。

“谁能是指使人呢？对谁来说不建麻风院是如此重要？竟然不惜谋杀孩子！”

他愤怒地摇着头，然后便陷入沉思。

“他们破坏工地，除掉知情人，连孩子也不放过？这个我根本无法想象……”

一阵剧烈的咳嗽把他们吓了一跳。他们马上四下张望。

一个黑乎乎的人影从井里拽着绳子爬了上来。哨兵们抓起武器，朝着水井跑来。他们惊恐地紧紧攥着手里的标枪。从井里上来的人看上去简直就是魔鬼的化身。他从头到脚都蒙上了一层漆黑的烟灰，只有眼白是白色的。衣服上有好些地方要么被烧坏了，要么沾满了血。这个鬼的牙间还叼着一根油光铮亮的木棍，他把木棍吐到了地上。

“真他妈的见鬼！你们连自己的刽子手都不认识了吗？快给我拿水来，要不我就被烧死了！”

哨兵们吓得直往后退。西蒙急忙跑向井边。

“奎瑟，您还活着！我以为，魔鬼……噢，上帝，我太高兴了！”

刽子手跳出井沿。

“不要废话。狗杂种终于到了他该去的地方。但是我的玛格达莱娜还在几个割喉人的手里呢。”

他一瘸一拐地走到一只水桶前，开始洗起脸来。一会儿，刽子手的脸又露了出来。他朝雅各布·施雷佛阁和孩子看了一眼，肯定地点点头。

“你把她们救了出来，干得很好，”他瓮声瓮气地说，“现在和议员大人一起回雄高。我们在我家见。我得去找我女儿。”说完，他抓起了那根木棍，急匆匆地往霍恩富希的山上跑去。

“你知道她在哪里吗？”西蒙在他身后喊。

刽子手点点头，动作细微得让人难以察觉。

“他告诉了我。在最后。每个人最后都要说话的……”

西蒙松了口气。

“哨兵呢？”已经跑上了霍恩富希公路的刽子手又追问一句，“你们不想把他们带上，当……帮手吗？”

最后的一句只是跟自己说的。刽子手在下一个转弯处就消失得无影无踪了。他非常非常地愤怒。

玛格达莱娜踉跄地走在通往雄高的路上。她全身都湿透了，衣服也变得破烂不堪，冷得浑身直抖。她的头仍然很疼。直到现在她才意识到自己一夜都没有合眼，而且饥渴难耐。她不时地四下望着，看看第二个雇佣兵是否追上来了。但是公路上空无一人。连一个赶车的农民、一个能带上她一段路的人都没有。她已经看到骄傲地坐落在山顶的雄高城，它被城墙围着。右边是绞刑架山，上面空无一人。快了，她马上就要到家了。

突然，她眼前跳出了一个黑点，它正一点点地向她靠近，一点点地变大。一个人正步履蹒跚地向她这边赶来。

她眨了眨眼睛，认出来这个人是她父亲。

尽管很艰难，最后的几米路雅各布·奎瑟仍然是跑着过来的，他的肋间挨了一刀，伤口很深，但不是很危险，左后臂也受了伤。他流了很多血，在下面的迷宫里又把脚崴了一下。除此之外，他感到一切很好。刽子手在战争年代受过的伤比这些严重多了。

他一下子把女儿搂在怀里，拍拍她的头。

“玛格达莱娜，你是怎么搞的？”他近乎温柔地小声说，“让一个雇佣兵给抓住了……”

“我永远不会再做这样的事了，父亲。我向你保证。”她回答说。

他们很长时间紧紧地拥抱在一起，没有说话。然后她望着父亲的眼睛。

“父亲，你……”

“什么，玛格达莱娜？”

“和汉斯·奎瑟——施泰因加登的刽子手结婚的事，你知道……你再考虑一下吗？”

雅各布·奎瑟先沉默了一下，然后他笑了笑。

“我再考虑一下。但是现在我们先回家去。”

他把自己强壮的手臂搭在女儿的肩上，两人并肩迈步走向被生活唤醒的雄高城。太阳正好从东方升起。

第十六章

星期二

1659年5月1日

晚上六点

法院记录官约翰·莱希纳从市政厅的窗户望着外面热闹的市场。从教堂传来的六点的钟声回荡在城市上空。黄昏已经降临了。在市场的周围摆了好几只三条腿的篝火盆，里面点起了火，小孩子们围着它们跳着蹦着。年轻的小伙子在巴林大厦前立起了一根五月柱，柱上扎满了彩色的缎带，还挂了一只用树叶编成的花环。有几个艺人站在刚刚搭好、还散发着松油味的舞台上，调试着琴弦。市场上到处都是煮肉和烤肉的香味。

莱希纳的目光掠过为庆祝五月节摆好的一排排桌子。到处都坐着身穿节日盛装的公民，人们喝着塞莫尔市长捐赠的五月啤酒，又唱又笑，但是记录官本人无论如何都没有一点过节的心情。

那个该死的接生婆到现在仍然昏迷不醒，选帝侯公使今天晚上就要到了。约翰·莱希纳正在为面临的事情发愁。审问，拷问，探听，怀疑……如果史泰茜琳承认了，一切就都结束了。开庭审判女巫婆，然后用火把她烧成灰烬。我的上帝，她差一点就过去了！火刑对她是一种解脱，对她、对这个城市都是一种解脱。

约翰·莱希纳翻看着几十年前追捕女巫的卷宗。他把卷宗从旁边的档案室里拿了出来。一共逮捕了八十个人，无数次的拷打审问……六十三个女人被烧成灰烬！大规模地追捕女巫是在助理法官接手这件事后才开始的，最后连公爵也亲自过问。之后的一切便势不可挡。莱希纳知道，追捕女巫是一场闷火，如果不及时熄灭的话，会蔓延到整个社会。现在也许已经太晚了。

门吱的一声开了。雅各布·施雷佛阁走了进来，脸红红的，声音有些颤抖。

"莱希纳，我们必须谈谈。我的女儿找到了！"

莱希纳站起来。"她还活着？"

雅各布·施雷佛阁点点头。

"我很为您高兴。她是在哪儿找到的？"

"在麻风院的工地，"议员喘着粗气说，"但是，不仅仅是这些……"

他向莱希纳讲了西蒙告诉他的事情经过。还没讲几句，莱希纳就不得不坐下。眼前这位年轻绅士给他讲的故事简直是太不可信了。

当雅各布·施雷佛阁讲完的时候，莱希纳直摇头。

"即便这是真的，也没有人相信我们，"他说，"尤其是选帝侯公使本人更不会相信。"

"但是如果政议院的人都站在我们这边，"绅士插话说，"如果我们一致同意释放史泰茜琳，伯爵也会同意。他不可能不顾我们的意见一意孤行吧。我们是自由的公民，这清清楚楚地写在城市的法律里。这是公爵当年亲自签写的！"

"但是议会永远不会同意我们的决定，"莱希纳顾虑地说，"塞莫尔、奥古斯丁、霍尔茨侯伏——他们都确信史泰茜琳有罪。"

“除非我们找出真正的指使人。”

法院记录官大笑起来。

“别想了！如果他真是城里一个有权有势的人，他会毫不费力地把这件事隐瞒下去。”

雅各布·施雷佛阁把头埋在两只手里，不停地揉着太阳穴。

“这么说，史泰茜琳没救了……”

“除非您牺牲您的孩子，”法院记录官漫不经心地说，“让孩子在伯爵面前讲女巫标记是怎么来的，他可能会让人放了接生婆。但是小孩子呢？他们试图施魔法。我想，伯爵不会那么轻易就放过他们。”

两个人都好久没有说话。

“接生婆，还是您的孩子？这个由您决定。”莱希纳说。

然后他走到窗户前。突然，从北面传来了号角声。法院记录官把头伸了出去，想看清号角声是从哪里传来的。他眨着眼睛，不一会儿就找到了目标。

“是伯爵大人，”他朝着仍然呆呆地坐在桌子前的议员说，“看来您要马上做决定了。”

在侯府门前玩耍的小孩子们最先看见了伯爵的到来。选帝侯公使是从阿尔滕施塔特的公路上来的。他坐在一辆由四匹马拉着的豪华马车里；在他的两边各有六个骑兵，他们身穿胸甲，骑在马上，头盔掀开，佩有手枪和重剑。最前面的士兵拿着一只号角，他吹着号角，宣布伯爵的到来。马车后面又跟着一辆车，上面坐着仆人，装着箱柜，里面是伯爵大人常用的东西。

城门在这个时候已经关上了，但是马上又打开了。马蹄嗒嗒地踩在石砖地上；为庆祝节日聚在市场上的市民们听到号角声，都跑了过来，观看大人物的到来，既怀着敬仰，又持有怀疑。这么高贵的大人很少来雄高这样的小城。公爵曾经常光顾这里，但这已是很久以前的事了。现在每逢有贵族光顾雄高，都是一个受欢迎的、打破日常生活的热闹场面。同时每个公民都知道，伯爵和士兵要把他们仅有的一点积蓄吃光。在战争年代雇佣军曾多次像蚂蟥一样洗劫城市。也许这位大人不会待那么久……

一会儿，人们就让出了一条小道，伯爵的一队人马慢慢地向市场走去。人们小声议论着，指着嵌有银饰的柜子，那里面可能装着伯爵宝贵的家私。十二个骑兵的眼睛直直地看着前方。伯爵本人因为被马车上的红色缎子窗帘挡在里面，谁都看不见。

到了市场，马车停在了巴林大厦前。黄昏已经降临了，但是火盆里的篝火烧得正旺，周围的人都能看到一个穿着绿色衣服的人从马车上下来。伯爵的右侧挂着一把装饰剑；他的胡子精心修剪过，理得很整齐的长发闪着丝绸般的光泽，长长的高筒皮靴也擦得铮亮。他朝人群中望了一眼，然后径直走向巴林大厦。议员们已经恭候在大厦的门口了。只有少数人有时间换上合适的衣服。有的人衬衣露在外面，有的把纽扣扣歪了，有的还在理着蓬乱的头发。

塞莫尔市长走向选帝侯公使，犹犹豫豫地伸出手迎接他。

“阁下，我们非常热切地盼望着您的到来，”他小声地、结结巴巴地说，“您与五月节一同到来，真是太好了。能和您一起庆祝夏季的到来，雄高人很骄傲，而且……”

伯爵不耐烦地挥了一下手，打断了他的话，然后觉得很无聊地用目光扫了一下粗劣的桌子、五月柱、小篝火堆和舞台。他显然经历过比这规模大很多的庆祝会。

“我也很高兴，现在又见到了我的雄高城，”他说，“虽然是因为一件很悲哀的事情……女巫婆承认了吗？”

“是这样，在上次的审问中她使用诡计让自己昏迷过去。”法院记录官上前说道。他刚好和雅各布·施雷佛阁从巴林大厦的门出来。“但是我们十分肯定，她明天早上会醒过来的。然后我们又能继续审问了。”

伯爵不赞成地摇摇头。

“你们自己知道，拷问要得到慕尼黑的允许才行。你们没有任何权力在得到许可之前就进行拷问。”他伸着手指半威胁、半戏谑地说。

“阁下，我们只是想加快办案的进程，所以……”法院记录官接过话说，但是马上被伯爵打断了。

“不能加快！先要有许可！我可不想得罪慕尼黑的大人们！等我了解一下事情的经过后，我马上派信使到慕尼黑。不过明天……”他抬头看了看星光闪烁的天空，“明天我想先去打猎。天气看上去不错。然后我再管女巫婆的事。”

伯爵微笑着。

“她不会飞走吧，嗯？”

塞莫尔市长马上摇摇头。约翰·莱希纳的脸立刻白了起来，他在心里快速地计算着城市的开销有多大。如果伯爵要等慕尼黑的许可的话，这些士兵至少要待上一个月，也许还要长……这意味着一个月的吃住，加上审问、怀疑、窥探！这样肯定就不只有一个女巫婆了……

“阁下……”他又开始说话。但是桑迪策尔伯爵已经转向他的士兵了。

“卸鞍！”他喊道，“然后你们就快乐地玩吧！我们今天过节。让我们共同迎接夏天的到来。我看见篝火已经点上了。让我们希望，几星期后这里还要点上更大的火，把这个城市的妖魔鬼怪都统统烧尽！”

他鼓着掌，看着舞台。

“音乐，奏起来！”

艺人们有些紧张地奏起了一首乡村舞曲。刚开始，有人还有些犹豫，但是很快便找到舞伴跳起来。庆祝开始了。女巫婆、魔法和谋杀都被忘得一干二净。但是约翰·莱希纳知道，所有这些将在今后的几天内把城市推向深渊。

剑子手跪在史泰茜琳的身边，给她换着头上的绷带。虽然消了肿，但是乔治·里格用石头打到的地方仍然有一个紫色的大包。幸运的是高烧已经退了。雅各布·奎瑟满意地点着头。他今天上午用椴树花、刺柏果和接骨木果配的药看来很管用。

“玛尔塔，你能听见我说话吗？”他小声地说，并用手摸着她的脸颊。她睁开了眼睛，愣愣地看着他。她的手和脚都肿得很高，身上沾满了血迹，只盖着一条脏毛毯。

“那些孩子是……无辜的，”她费力地说道，“我现在知道是怎么回事了。他们……”

“嘘，”剑子手把手放在她干裂的嘴唇上，示意她不要出声，“不要说太多，玛尔塔。我们知道了。”

接生婆惊奇地看着他。

“他们在我那里看到了那个符号？”

雅各布·奎瑟嗯了一声。接生婆坐了起来。

“索菲和彼得对我的药草总是很感兴趣，尤其是那些神奇的东西。他们什么都想知道。我有一次给索菲看了一只风茄。但是我对上帝发誓，只是让她看看，没别的！我知道可能发生什么，流言会传得飞快。但是索菲总是问东问西的，她可能很仔细地看了罐子上的那些符号……”

“赤铁，也叫血石。我知道……”剑子手打断了她。

“但这没什么危险啊，”史泰茜琳开始哭了起来，“我把这个红药粉兑在酒里，给那些流血的女人喝，这根本没什么危险啊。噢，上帝……”

“我知道，玛尔塔，我知道。”

“是小孩们自己把那个符号画上去的！我跟那些谋杀案根本没关系，圣母马利亚！我和这些没关系！”

她大声地哭起来，身体剧烈地抽动着。

“玛尔塔，”雅各布·奎瑟不住地安慰她，“听我说。我们知道是谁杀死了孩子。我们只是不知道是谁指使的。但是我能找出来，然后我就能救你出去。”

“可是我忍受不了疼痛和恐惧了，”她抽泣着说，“你还要拷问我！”

刽子手摇摇头。

“伯爵刚才到了，”他说，“他想先等慕尼黑的许可，然后再审问你。这会等很长时间。在这之前你是安全的。”

“那以后呢？”玛尔塔·史泰茜琳问。

刽子手沉默了一会儿。他几乎是无助地抚了一下她的肩，然后走了出去。他知道如果不再发生什么奇迹的话，死刑判决只是走形式。即使他找到了真正的指使人，接生婆的命运也已经定了。玛尔塔·史泰茜琳最晚几个星期后就要被烧死，而他——雅各布·奎瑟，将要把她押上火刑堆。

当西蒙来到市场时，人们的兴致正达到高潮。他刚才在家休息了几个小时，现在他想见到玛格达莱娜。他用目光在广场上的人群中到处搜寻着她。

一对对情侣手挽着手在五月柱下跳着舞。葡萄酒杯和啤酒杯都斟得满满的。已经喝醉了的士兵避开篝火，追在尖声叫喊的女孩子后面。伯爵坐在议员的桌上，显然情绪也很兴奋。约翰·莱希纳好像正在给他讲着笑话。记录官知道如何让这些达官显贵高兴。有好吃的，好玩的。就连神甫也坐在一边，安安静静地喝着他的红酒。

西蒙向舞台那边看了看。艺人正在演奏一曲节奏越来越快的兰德勒舞曲，已有一些人笑着倒在地上了。女人的尖叫、男人低沉的笑声、音乐、酒杯的撞击声，这些音响合成了一种独特的奏鸣曲，直直冲向星光闪烁的夜空。

当西蒙今天早上从地圈爬上来的时候，他曾想过，一切不会再像从前那样了。但是他搞错了。生活一如既往，至少在短时间内。

雅各布•施雷佛阁把克拉拉带回了家，暂时也把索菲带了回去。议会决定明天再审问这两个小孩。在这之前西蒙必须和这位年轻的绅士一起商量，他们要向议员们说什么？说实话吗？他们会不会把小孩子送上刀刃？玩魔法的小孩会像成人一样被送上火刑堆。西蒙从以前的案例中知道这个。很有可能伯爵会一直地问，直到孩子告诉他接生婆是女巫为止。再加上其他更多的女巫婆……

“喂，干什么呢？想跳舞吗？”

西蒙吓了一跳，从沉思中惊醒过来。玛格达莱娜正站在他面前，看着他微笑。除了头上扎了一条绷带外，她看上去完好无缺，一切正常。医生不由得笑了起来。今天早上刽子手的女儿还被两个雇佣兵追捕，死里逃生。她经历了两个夜晚的恐惧和昏迷，但是现在，她仍然要求他和她一起跳舞。她看上去真是坚不可摧。和她父亲一样，西蒙想着。

“玛格达莱娜，你应该好好休息，”他说，“还有，人们……”他指了指周围的桌子，一些女佣已经开始嘀嘀咕咕了，并不时地用手指着他俩。

“啊呀，这些人，”玛格达莱娜打断他，“我管这些人干什么？”

她抓住他的胳膊，拽着他到了舞台前面的舞场。他们紧紧地靠在一起，跳了一支慢舞。西蒙察觉到，其他的舞伴们都避开了他们，但是他无所谓。他看着玛格达莱娜的黑眼睛，好像掉进去了一样。他周围的一切变成了一个以他们两人为中心的光的海洋。担心和恐惧都离他远远的，他只看见了她微笑的双眼。慢慢地，他把嘴贴近了她的嘴唇。

突然，他从眼角隐约地看见一个人影。他父亲正朝他走来。伯尼法茨•福荣威泽一把抓住他的肩膀，把他拉过来。

“你怎么敢？”他痛斥道，“你没看见人们都张大了嘴？医生和刽子手的婊子！……开什么玩笑！”

西蒙挣脱了他的手。

“父亲，我请求你……”他企图安慰他。

“不要废话，”他父亲向他吼道，把他拽出了舞场，连看都不看玛格达莱娜一眼，“我命令你……”

西蒙突然感到有一股黑浪向自己袭来。昨天的疲劳，对死亡的恐惧和对玛格达莱娜的担心。他猛地把他父亲推向一边，他父亲差点跌倒。与此同时音乐停了，所以周围的人都听到了他的话。

“你没权力命令我！你不能！”因为跳舞，他还有些喘不过来气，“你是什么人？一个见风使舵的、小小的随军医生！清肠胃、闻尿液，除了这些你还会干什么！”

一个巴掌重重地打在了他的脸上。他父亲脸色惨白地站在他眼前，又举起了手。西蒙感到自己有些太过分了。还没等他道歉，伯尼法茨•福荣威泽就转身走了，消失在黑夜中。

“父亲！”西蒙朝他的身后喊。但是音乐又响起来了。一对对的人又跳起了舞。西蒙把目光转向玛格达莱娜，她看着他直摇头。

“你真不应该这么做，”她说，“他毕竟是你父亲。要是我父亲，早把你的脑袋拧下来了。”

“难道这里每个人都可以对我指手画脚吗？”西蒙嘟囔着说。刚才在他和玛格达莱娜之间产生的火花马上熄灭了。他转身走了，把玛格达莱娜一个人留在舞场上。他现在需要一杯啤酒。

在去啤酒屋的路上，他正好路过议员大人的桌子。在欢乐的联盟中坐着那些绅士：塞莫尔、霍尔茨侯伏、奥古斯丁和皮需纳。伯爵去看他的士兵了。这些绅士终于有时间谈论明后天和下星期的事了。他们焦虑地把头聚在一起。记录官莱希纳像一块岩石一样坐在他们中间，思考着自己的问题。

西蒙停住了脚步，从他站着的地方暗中观察着这一切。

他想起了什么。

四个绅士。记录官。桌子……

因为跳舞，他的头现在很热。昨天夜里的疲劳还残留在骨子里。他在家里已经喝了两大杯啤酒。他现在想清醒一下，等他想起来再说。

但是，他有种感觉，剩下的最后一块马赛克已经拼到了画里。

他们根本就没好好地听。

西蒙犹豫不决地转过身。他看见神甫一个人远远地坐在后面，看着人们跳舞。作为神职人员的代表，他很看不惯这种异教徒的狂欢。但是很明显，他也在享受着这个温暖的夜晚、闪耀的火光和欢快的舞曲。西蒙朝他走过去，没有问就在他身边坐了下来。神甫很惊奇地看着他。

“我的孩子，你现在不是来告解的吧？”他问道，“当然……像我刚才看见的，你还真需要告解一下。”

西蒙摇摇头。

“不，神父，”他说，“我是向您打听事来的。我想，我上次没有好好地听。”

他们交谈了一会儿后，西蒙又站了起来，沉思地走回舞场。他又走过了议员的桌子。他猛然停了下来。

现在有一个位子空了。

他不再犹豫，马上朝着市场边上的一座房子奔去。欢笑和音乐声变得越来越小。他听够了。

他现在必须马上行动。

男人坐在丝绒面的高背椅子上，眼睛望着窗外。在他面前的桌子上放着一碗核桃和一瓶水。其他的东西他都不能吃了。他喘气艰难，肚子疼痛难忍。窗帘只拉开了一条缝，他可以透过这条缝观看市场上的热闹场面。但是他的眼睛看得不太清楚了；篝火和跳舞的人们混在一起，成了一幅轮廓模糊的画面。他的耳朵仍然很灵，所以他能听到身后的脚步声，尽管进来的人努力想不出声。

“我在这里已经等你很久了，西蒙·福荣威泽，”他说，并没有回头，“你是一个好奇的小万事通。我当初就反对你和你父亲获得公民权利，我是有道理的。你给我们的城市只能带来混乱。”

“混乱？”西蒙不再努力不出声了。他一边说着，一边快步走到桌子前。“是谁给这个城市带来了混乱？是谁指使雇佣兵杀小孩？是谁让人点火烧大棚房？是谁让雄高的人又产生仇恨和恐惧？是谁让火刑堆在雄高将重新燃烧？”

西蒙越说越气愤。最后他一步走到了高背椅前，一下子把椅子转过来。他看着老头的瞎眼睛，老头几乎是充满同情地摇着头。

“西蒙，西蒙，”马蒂亚斯·奥古斯丁说，“你到现在还没明白。发生的一切都是因为你和那个可悲的刽子手在里面掺和。你要相信我，我也不想再见到焚烧女巫。我小时候看到的火刑堆太多了。我只是想得到那笔钱，它是属于我的。其他的事情都是你们造成的。”

“那笔钱，都是那笔该死的钱。”西蒙嘟囔着说，他一屁股坐到老头身边的椅子上。他太累了。他几乎是神情恍惚地继续往下说。

“神甫当时在教堂里给了我一个很重要的暗示，但是我没有好好地听。他知道您是最后一个和老施雷佛阁讲话的人。他还告诉我，您和他的交情很深。”西蒙摇摇头，然后继续说：“我在教堂告解时曾问过他，是否还有人对这块土地感兴趣。您在施雷佛阁死后不久曾打听过这块地，他把这件事忘了，一直到今天。刚才在五月节上他又想起了这件事。”

老绅士紧紧地咬着自己毫无血色的嘴唇。

“这个老傻瓜。我提出给他很多钱，可是不行，他非要建这座麻风院……其实这块地是属于我的，只属于我！费迪南德应该把它赠送给我。这是我对这个老吝啬鬼最起码的期望！最起码的要求！”

他拿起桌上的一颗核桃，很熟练地把它磕碎。破碎的核桃壳在桌子上蹦跳起来。

“费迪南德和我从小就认识。我们一起上文法学校，小时候一起玩玻璃球，后来又爱上了同一个姑娘。他就像我的哥哥……”

“议会大厅里的画上你们俩坐在议员中间。一幅亲密同盟的画面。”西蒙打断他说，“我把这个都忘了，今天晚上看见您和其他议员坐在一起时，我才又想了起来。在画上您手里拿着一张羊皮纸，我在想，上面写着什么呢？”

马蒂亚斯·奥古斯丁又把目光转向窗外的篝火。他好像在看着远方。

“费迪南德和我当时都是市长。他需要钱，很急。他的作坊当时面临着破产。我借给了他钱，金额很大。画上的纸是期票。画师希望我在手里拿一份文件，所以我就把期票拿在了手里，没有让人看出是什么。是费迪南德借债的永久见证……”老头说着大笑起来。

“这张期票现在在哪里？”西蒙问。

“我把它烧了。我们当时爱上了同一个女人。伊丽莎白，一个天使般的红发姑娘。头脑有些简单，但是美丽无比。费迪南德向我发誓，决不再碰她一根指头，我就把期票烧了。我最后娶了这个女人。是一个错误……”他遗憾地摇摇头，“她给我生了一个愚蠢无用的儿子，她在月子里就死了。”

“您儿子乔治。”西蒙插嘴说。

马蒂亚斯·奥古斯丁点了一下头，然后继续说下去。他的手指干瘦，骨节突出，不停地颤抖着。

“那笔钱是属于我的！费迪南德临死前对我讲了，那笔钱藏在工地的下面。他还说我将永远找不到它。他想报复我！为伊丽莎白！”

西蒙沿着桌子走了一圈。他的脑子里很乱，他把所有的想法重新组织在一起。一切都有了意义。他停下来，用手指着马蒂亚斯·奥古斯丁。

“您亲自把捐赠证明的图纸从市政府偷了出来，”他喊道，“我真傻！

我以为只有莱希纳和四个市长知道壁炉后面的密洞。可是您呢？……”

老头微笑着。

“费迪南德当初盖壁炉时，让人建了那个密洞。他向我讲了这件事。一块瓷砖上画了一个往文件上尿尿的法院记录官！他一直因为他的讽刺和幽默而出名。”

“可是您拿到了图纸……”西蒙问。

“我没有看明白，”奥古斯丁打断他说，“我把图纸翻过来倒过去地看，但是我看不出东西藏到了哪里！”

“所以您让人破坏工地，以便您有更多的时间寻找，”西蒙又接过话说，“不想小孩子偷听到了你们的谈话，您把他们看成危险的知情人，所以要把他们杀掉。您知道吗，他们根本就没有看清谁是谁？所有的谋杀都是没必要的。”

马蒂亚斯·奥古斯丁又愤怒地砸碎了一颗核桃。

“这都是乔治，这个愚蠢的家伙。他继承了他母亲的脑子，从我这儿一点儿都没继承。他只需要给雇佣兵破坏工地的钱。但是连这个他都傻得干不好！让人听见不说，还命令把小孩子除掉。他好像根本不知道，这会带来多大的麻烦！”

绅士似乎忘记了西蒙。他大骂起来，不再管医生。

“我告诉他，不要再干了！他要告诉那个魔鬼，已经够了。小孩子又能张扬什么？谁会相信他们？可是谋杀并没有停止。现在倒好，孩子死了，伯爵到城里来搜查巫婆，我们仍然没有得到那笔钱！只是一场彻头彻尾的失败！我让乔治留在慕尼黑就好了，他把一切都毁了！”

“您为什么要找到那笔钱呢？”西蒙不相信地问，“您很富有。您为什么要冒这么多的风险找这笔钱呢？”

老头突然捂住肚子，身子向前弯着。一股疼痛传遍了他的全身。停了一会儿他才又开始说话。

“你……不理解，”他费力地喘着气，“我的身体是一块烂肉。我会活着腐烂掉。不久蠕虫就会把我吃光。但是这些……这些都……不重要。”

他不得已又停了下来，等着疼痛过去后才又说话。

“最重要的是这个家族，是名誉，”他说，“奥格斯堡的货代差点把我毁了。该死的斯瓦比亚人！用不了多久，这座房子就被毁了。我需要这笔钱！现在用我的名声还能借到钱，但是不久这个也要结束了。我需要……这笔钱。”

他的声音变成了呻吟，他的手指用力抠着桌面。绞痛又回来了。西蒙恐惧地看着这个老头，他浑身哆嗦，脑袋左右晃着，瞎眼珠来回地打着转儿，唾液也从嘴角流了出来。这种疼痛很难让人想象。医生猜想，也许是大肠上系了个疙瘩，也许是一种扩散在整个腹腔的溃疡。马蒂亚斯·奥古斯丁不会活多长时间了。

就在这时西蒙从眼角瞥见有东西在动。他刚想转身，不想脑后重重地挨了一击。他一头栽倒在地上；他在恍惚中看到年轻的乔治·奥古斯丁手里拿着蜡烛台，正想打第二下。

“乔治，不要打！”他父亲呻吟着从后面喊道，“你会把事情弄得更糟！”然后西蒙看到一股黑浪向自己涌来。他不知道是蜡烛台又打在了他的头上，还是他事先已经失去了知觉。

当他再次醒来的时候，他感到胸、手和脚都被缚住了。他的头砰砰地跳着疼。他的右眼睁不开了；他想可能是流的血干了，粘在了那里。他坐在先前坐的椅子上，但是他不能动弹。他朝身下看了看，看见自己被一条窗帘绳从头到脚紧紧地绑在椅子上。西蒙想大声喊叫，可是除了呜呜声他什么都喊不出来。他的嘴被塞住了。

乔治·奥古斯丁奸笑着出现在他面前。他用重剑在医生的衣服上划来划去，几颗铜纽扣掉了下来。西蒙心里暗暗地骂着。当看见马蒂亚斯·奥古斯丁离开五月节庆祝会后，西蒙一点都没想到他的儿子径直地赶到了奥古斯丁的家。这个年轻的绅士肯定是暗地里跟踪了他。现在他洒满香水、理得整齐的头正好对着西蒙的脸。乔治·奥古斯丁看着西蒙的眼睛。

“这是一个错误，”他斥责道，“一个他妈的天大的错误，江湖医生！你真应该闭住狗嘴，去睡你那该死的刽子手的婊子才对。外面的节日多好啊。可是你非要找麻烦……”

他用重剑刮着西蒙的下巴。西蒙能听到身后老奥古斯丁在呻吟。他转过头，看到老头躺在桌子旁边的地上。他的手紧紧地抠着樱桃木地板，全身抽筋似的颤抖着。乔治只短短地看了他父亲一眼，然后又把头转向西蒙。

“我父亲不会打搅我们了，”他很随便地说，“我已经很了解这个病。疼起来无法忍受，但是到了一定程度后疼痛又会停止的。等不再疼的时候，他就像一只空壳。他精疲力竭，根本不能干什么。他会睡着，等他再醒来的时候，你已经剩不下什么了。”

他把重剑慢慢地划到西蒙的喉咙上。西蒙努力想喊叫，但是嘴里的布反而滑到了嗓子眼儿，他被憋得喘不上气。费了很大的劲，他才慢慢地平静下来。

“你知道吗，”年轻的奥古斯丁小声地说，又把身子弯向西蒙，昂贵的香水味扑鼻而来，“刚开始我看见你去找我父亲时，我还大骂了一场。我想这一切都完了。但是现在又有了新的希望，一个……意想不到的机会。”

他走到生着火的壁炉前，拿起火钳。火钳的尖已烧得通红。他把火钳靠近西蒙的脸，西蒙感到火热火热的。他自鸣得意地笑了笑，然后继续往下说。

“当我在地牢里看到刽子手行刑时，我发现自己觉得折磨人很好玩。人的尖叫，冒着热气的皮肉，哀求的目光……只是那个女巫婆并不完全合我的意，但是你……”

他迅速地把火钳拿到下面，使劲地按到西蒙的马裤上。火钳烫坏了布料，烫在西蒙的大腿上，吱吱地响。眼泪从西蒙的眼里流了出来。他大声地号起来，但是因为嘴里塞了东西，只能发出噗噗的响声。他无助地在椅子上来回地摇晃着。奥古斯丁终于把火钳拿开了，冷笑着看着他。

"很漂亮的马裤……或者这是新流行的时髦裤子，叫什么来着，莱茵伯爵裤？真可惜。你虽然喜欢吹牛，但至少懂得打扮。像你这样跑跑颠颠的乡巴佬怎么会买到这样的服装，对我来说还真是个谜。现在玩笑开够了……"

他拿了一把高背椅过来，把椅背对着西蒙，倒坐在上面。

"刚才只是让你尝尝疼的滋味，真正的疼还在后面呢。除非……"他用火钳指着西蒙的胸脯，"除非你告诉我，那笔钱藏在哪里。最好马上讲出来。你早晚都要对我说的。"

西蒙拼命地摇着头。即便他想，他也不知道钱藏在哪里。虽然奎瑟今天白天提到了几次，但是他自己根本不知道。

奥古斯丁把他的摇头看成是拒绝。他表示遗憾，起身又走向壁炉。

"真可惜，"他说，"现在这漂亮的上衣也要跟着受罪。江湖医生，你的裁缝是谁？肯定不在雄高，对吗？"

年轻的奥古斯丁把火钳插到火里，在那里等着火钳再次烧红。西蒙能听到外面的音乐和笑闹。欢笑的人们离这里仅有几步远，但是人们所见到的只是一扇灯火明亮的窗户和一个背对着窗户坐在椅子上的人。无疑，没有人会打搅乔治·奥古斯丁。仆人和女佣都去了市场，也许放假到明天。很可能到半夜时才会有人进这座大房子。

老奥古斯丁躺在西蒙身后的地板上来回地翻滚，不停地呻吟着。绞痛好像不是那么剧烈了，但是他仍然不能站起来干涉。西蒙向上帝祈祷，不要让老头昏迷过去。马蒂亚斯·奥古斯丁是他唯一的希望。也许他能让他疯狂的儿子再冷静下来。因为西蒙已经意识到，乔治有些不正常。

"我父亲一直把我看成窝囊废。"年轻的绅士一边在火里转着火钳，一边说。他做梦一般地看着壁炉的火。“他从没信任过我。他把我送走了，送到了慕尼黑……但是破坏工地是我的主意。我在塞莫尔的客栈里把雇佣兵雇来了。我给了市长一大笔钱，让他不要走漏风声。他让我从后门进去，这个胖财迷。他还以为我找雇佣兵是为了破坏麻风院，因为这座麻风院对生意很不利。好像我关心什么生意似的！”

他大声地笑了起来，然后拿起红彤彤的火钳，又走向西蒙。

“现在要让我父亲看看，我并不是他所想象的那个窝囊废。等我在你这里完事后，你那个刽子手的婊子根本认不出来你是谁了。也许我可以把她弄到手，那个小婊子。”

“乔治……你看……”

老奥古斯丁还真的又站了起来。他急促地喘着气，用手扶着桌子，像是要说什么。但是疼痛又让他倒了下去。

“父亲，你现在不能再对我指手画脚了，”乔治·奥古斯丁一面小声地说着，一面向西蒙走去，“再过几个星期，一切就完了。到时候我坐在这里做生意。你将成为一堆烂肉，但是我们的房子、我们的名声将继续留存下去。用那笔钱我再买几辆新车、几匹壮马，然后我们就可以向奥格斯堡人吹进军号了。”

老头绝望地指着他儿子身后的门口。

“乔治，你后面……”

年轻的绅士先是很惊奇，然后非常恐慌地看着他父亲，老头正用瘦瘦的手指指着门口。等他转过身时，已经太晚了。

刽子手像蝙蝠一样飞向乔治，只用一拳就把乔治·奥古斯丁打倒在地。红彤彤的火钳飞到了地板上。乔治·奥古斯丁躺在地上，不知所措地看着这个巨人，这个人正弯下腰，用两只手把他拽起来。

“折磨人是我的事，窝囊废。”刽子手说。然后他用自己的脑袋往乔治的脑袋上撞了一下，乔治一下子像一堆烂泥似的瘫坐在了椅子上。血从他的鼻子里流了出来。他头向前一栽，就不省人事地躺在了地上。

刽子手连看都不看乔治一眼，急忙走到西蒙身旁，西蒙仍然不停地在椅子上挣扎着。刽子手一下子把西蒙嘴里的布拽了出来。

“奎瑟！”医生咳嗽着说，“您真是老天派来的。您怎么知道……”

“我到市场上去了，本来是想给玛格达莱娜的勇气浇冷水的，”刽子手生气地说，“本以为会在调情的时候抓到你们，不想却听说你们吵了嘴。你运气很好，她仍然喜欢你，而且看到你进了奥古斯丁的房子。她告诉了我你在哪里。看见你不出来了，我就跟着进来了。”

刽子手指了指西蒙左裤腿上的洞，深红色的、烧焦了的肉露了出来。

“这是怎么回事？”

西蒙往下看了一眼。当他看见伤口时，疼痛又回来了。

“这个狗杂种用火钳烫的。他差点儿把我活活烧死。”

“现在你至少知道不久史泰茜琳会是什么样了，”刽子手粗声粗气地说，“他又是怎么回事？”

他指着地上的老奥古斯丁，老头此时已经恢复原状，两眼充满仇恨地坐在高背椅里。

“他就是我们找了很长时间的指使人。”西蒙一边说着，一边简单地用布包扎着自己的伤口。他向刽子手讲了刚才发生的事情。

“尊敬的马蒂亚斯·奥古斯丁，”当西蒙讲完后，雅各布·奎瑟看着老头生气地说，“您难道还没看够火刑堆吗？我外祖父当年点了那么多还不够吗？难道尖叫的女人还太少吗？”

“上帝为我作证，我并没有希望这样，”马蒂亚斯·奥古斯丁说，“我想要的是钱。”

“您他妈该死的钱，”刽子手说，“上面沾满了血。我可不想要。拿去，你吃了我都不管！”

他从大衣里掏出了一只很脏的小麻袋来，反感地把它扔到桌子上。麻袋摔开了，金币、银币一下子滚了出来，叮叮当当地滚到了地上。

老头先是张着嘴看，然后扑到桌子上，把所有的钱都拢到自己跟前。

“我的宝贝，我的钱，”他用力地喘着气说，“我将带着尊严死去。我的房子将永远存在。”说着，他开始数起钱来。

“把所有的钱都给了您这样的老财迷，其实很可惜，”雅各布·奎瑟愤怒地说，“我想，我是否应该把钱再拿回来。”

马蒂亚斯·奥古斯丁不再数钱，惊恐地看着他，手指在不停地颤抖。

“这个你可不敢，刽子手。”他用痛斥的口气说。

“为什么不敢？”奎瑟说，“没有人会发现。难道您想在议会上控告我，我抢了费迪南德·施雷佛阁留给您的钱不成？这笔本应该属于教会，却被您用非法手段抢过来的钱？”

马蒂亚斯·奥古斯丁怀疑地看着他。

“你想要什么，刽子手？”他问，“你不是一点都不在乎这钱吗？你有什么打算？”

雅各布·奎瑟把自己魁梧的身躯伸向桌子，直接面对着老头没了牙齿的嘴。

“难道您猜不出来吗？”他低声地说，“您要让议会和伯爵都相信没有巫婆。这一切都是小孩子用接骨木果汁和自编的魔法咒语演出的一场闹剧。您让他们把接生婆放了，停止调查。如果您帮我，我就把这该死的钱给您。”

马蒂亚斯·奥古斯丁摇着头，大笑起来。

“即便我想帮你，又有谁会相信我呢？有人死了，大棚房被烧了，雇佣兵到工地上……”

“破坏工地是一些公民表示抗议，不愿意建麻风院。只是一件不可避免的琐事……”西蒙听出刽子手的意思时，马上插嘴说。“大棚房是奥格斯堡人点火烧的，”他接着说，“但是为了不影响两座城市的关系，最好不要再追究了。至于死了的孩子嘛……”

“彼得·格里默尔是掉到河里的，一场意外事故，这个医生可以作证，”雅各布·奎瑟故意说，“其他的孩子嘛……是这样，战争才结束不久嘛，这一带时常有土匪、强盗出现。再说了，谁又会关心几个孤儿的命呢，如果这个谎言能拯救一个城市的话？”

“拯救……城市？”马蒂亚斯·奥古斯丁惊奇地问。

“当然，”西蒙又插嘴说，“如果伯爵不相信您的话，他就要继续寻找女巫婆，直到半个雄高都被烧成灰烬为止。您记得您小时候的女巫事件吧，几十个女人都被送上了火刑堆。如果历史不再重演，议会肯定会支持您，即使吞下几个谎言也无所谓。只有您可以凭着您的威望说服议员和伯爵。您要利用自己的威望！我敢肯定，必要时，您有足够的计谋和手段来威胁他们。”

马蒂亚斯·奥古斯丁仍然摇着头。

“你们的计划行不通。发生的事情太多了……”

“您别忘了那笔钱，”刽子手打断他说，“别忘了那笔钱，别忘了您的名声。如果我们在外面向人们讲，您和您儿子干了这些烂事，很可能没有人相信我们。我们自己也知道，我们没有证据。但是谁知道，不管什么事，总会露出一点马脚……我很了解这些人。他们会嘀嘀咕咕地议论，那些达官显贵和富贵太太们也时不时地来拜访我，要点爱情药水、治疣的药膏什么的，很容易进入话题……”

“住嘴！不要说了！”马蒂亚斯·奥古斯丁喊道，“你们让我服了。我会竭尽全力，但是我不能向你们许下任何诺言。”

“我们也不许诺。”刽子手一边说，一边快速地把桌上的钱币装进了自己的大衣里。老头还想进行反抗，但是刽子手的眼光又让他把话吞了回去。

“后天开过议员大会后到我家里来，”雅各布·奎瑟说，“我想，您儿子肯定需要一瓶山金车。”说着，他近乎同情地看了一眼蜷着身子躺在地上的、昏迷不醒的乔治·奥古斯丁。在他的黑色鬈发周围有一摊变干了的血迹。然后刽子手又把头转向他父亲。

“也许在我的柜子里还有一瓶药酒能帮您止痛。您要相信，我们这些贫穷的理发师和土医生有时要比那些上过学的医生多知道一点秘密。”

他走到门口，举着麻袋招招手。

“如果议员大会开得好，这个麻袋就会更换主人。如果不好，我就把它扔进莱希河。这个您不用怀疑。”

西蒙紧紧地跟着他走到外面。门还没有关上，他便听到老头在屋里又呻吟起来。绞痛又开始了。

两天后召开的议员大会是雄高有史以来最奇怪的一次。马蒂亚斯·奥古斯丁在开会的前一天，跟每一个政议院的成员都谈了一次话，每个人都有把柄攥在他手里。他要么通过威胁、要么通过奉承、要么通过劝说，总之，用尽了各种手段，把每个人都拉拢到自己这边。当他最后把法院记录官约翰·莱希纳也说服了以后，便没有任何阻力来实现他们的计划了。

等第二天伯爵走进议会大厅时，等待他的是一群发过誓的、开明的公民，人人都在赌咒，这一带没有女巫作怪。议会方面的调查清清楚楚地表明：所谓的女巫标记只是一场小孩子的闹剧，大棚房失火是一群奥格斯堡人为了复仇干的，躲在雄高森林里的来路不明的流氓痞子把两个孩子杀了。这些事情虽然很悲惨，但是没有必要变得歇斯底里。

幸运的是，在5月3日的早上，伯爵的士兵在森林里抓到了雇佣兵克里斯托夫·霍尔茨阿普费尔。刽子手的女儿玛格达莱娜马上认出这是劫持她的人；就在当晚，这个已经疯了的雇佣兵在地牢下面承认，自己纯属出于邪恶杀了两个小孩。

奇怪的是，根本没有动刑，他就招认了一切。但是有一点是肯定的：刽子手同他女儿的劫持人在地牢里单独待了一会儿，他一定拿出刑具给雇佣兵看了。总之，罪犯同意了书面的供词，并用左手签了字。他的右手像一块湿乎乎的红抹布一样吊在胳膊上，因为还有一根筋连着，所以才没有掉下来。

伯爵进行了几次蹩脚的尝试，想让史泰茜琳承认施过魔法。但是因为她至今也没有承认过，如果他想拷问的话，必须有慕尼黑的许可才行。四位市长和法院记录官都向他表示，他们不会支持他。

最后有决定性影响的还是马蒂亚斯·奥古斯丁。他在全体议会成员面前有声有色地讲了1589年的那次女巫事件。选帝侯公使也不希望事情发展到上一次的那种状态。

所以在1659年5月4日中午，选帝侯公使沃尔夫·迪特里希·冯·桑迪策尔伯爵的一队人马又离开了雄高，回到他在提尔郝普腾的庄园，他要从那里继续操纵雄高的命运。当身着胸甲的骑兵们出了城门后，雄高的公民们长时间地向他们挥手告别。吵闹的孩子和汪汪叫的狗一直跟着马车跑到阿尔滕施塔特。公民们的意见是一致的：能从近处看一眼这样高贵的大人是一件好事；但更好的是，又能看到他们离去。

刽子手走到地牢，让哨兵把门打开。玛尔塔·史泰茜琳躺在潮湿的草垛上，睡在自己的粪便旁边。她呼吸平稳，头上的大包已经消了肿。雅各布·奎瑟弯下身，抚摸了一下她的脸颊。他的脸上露出一丝微笑。他还记得这个女人如何帮他把自己的孩子接生到世上。他记得流的血、大人和孩子的喊叫和哭声。他寻思着，真奇怪，人在出生时，会伸手伸脚来抗拒，可是人要离开这个世界的时候，也要反抗。

玛尔塔·史泰茜琳睁开眼睛。她用了好长时间，才从梦中又回到地牢里。“什么事，奎瑟？”她问，“你又要给我用刑吗？”

刽子手微笑着摇头说：“不是。玛尔塔，我们现在回家。”

“回家？”

接生婆坐了起来。她眨眨眼，好像是在检查自己是不是在做梦。雅各布·奎瑟点着头。

“对，回家。玛格达莱娜把你的房子清理了一下，年轻的施雷佛阁捐赠了一大笔钱，用来买一张新床、餐具什么的。足够你重新开始生活。来，我帮你起来。”

“但是为什么……”

“现在不要问了。先回家。我过后讲给你听。”

他扶着她的肩，帮她站了起来。她的脚仍然肿得很高。玛尔塔·史泰茜琳靠着他，一瘸一拐地朝着敞开的监狱门走去。阳光从外面照了进来。这是5月5日的早上，一个温暖的日子。小鸟在唧唧喳喳地叫着，从市场传来了女佣和贵太太讨价还价的声音；风从田野里带来夏天的气息和花草的香味。如果把眼睛闭上，竟然能听到莱希河哗哗流淌的声音。接生婆站在门口，让阳光照在自己的脸上。

“回家。”她小声地说。

雅各布·奎瑟想扶她一下，但是她摇了摇头，自己走了出去。她自己一瘸一拐地沿着小巷走向自己的房子，在下一个拐弯处便消失得无影无踪了。

“刽子手也是人的朋友，谁会想到？”

声音是从另一个方向传来的。雅各布·奎瑟转过身，四下看了一眼，原来是法院记录官正摇摇晃晃地向他走来。他穿着外出的大衣，帽檐向上翻着，右手还拿了一根拐杖。刽子手默默地向他点头问好，然后想走开。

“让我们一起散散步怎么样，奎瑟？”约翰·莱希纳问，“太阳这么好，我觉得我们应该好好地谈谈。你一年拿多少工资？十个古尔登？十二个古尔登？我觉得你的工资太低了。”

“没问题，今年我已经挣得很多了。”刽子手没有抬头，一边瓮声瓮气地说着，一边往烟斗里装烟。烟斗看上去要比眼前的这个人有趣多了。约翰·莱希纳停下来，玩弄着手里的拐杖。两人都沉默不语。

“您知道，对吗？”雅各布·奎瑟先开口问，“您早就知道了。”

“我一直以城市为重，”莱希纳说，“其他的东西都不重要。在我看来这是最简单的办法。”

“最简单……”

法院记录官继续玩弄着手里的拐杖。看上去他好像在手把上找缺口似的。

“我知道老施雷佛阁欠马蒂亚斯·奥古斯丁一大笔钱。而且我也知道，身为制陶业的行家，他的遗产肯定要比遗嘱中列出来的要多得多，”他一边说着，一边看着太阳，“另外，我很了解老头的那种任性的幽默。当图纸在档案室里丢失后，我就很清楚，有人对这块地感兴趣。最初我怀疑是年轻的施雷佛阁，但是他进不了档案室……最后我想起来，费迪南德·施雷佛阁肯定向他的朋友奥古斯丁讲了那块瓷砖的秘密。从那时起一切就都清楚了。现在我很高兴，一切都还很幸运地朝好的方向发展了。”

“您包庇了奥古斯丁。”雅各布·奎瑟愤怒地说，同时深深地吸了一口烟。

“如我所说的，都是为了这个城市着想。我无法解释那个符号。再说……谁又会相信我呢？奥古斯丁在雄高是个有权有势的家族。接生婆的死看上去能解决一切问题。”

他微笑地看着刽子手。

“你真的不想散散步吗？”

刽子手沉默地摇摇头。

“那我祝愿你今天愉快，上帝保佑你。”

然后他手里摇晃着拐杖，向莱希门方向走去。每个见到他的公民都友好地脱下帽子，向他问好。在他拐进一个胡同之前，雅各布·奎瑟觉得又看见他举起拐杖，好像是从远处再次向他问好一样。

刽子手朝地上吐了一口痰。烟草一下子变得不香了。

尾声

在1659年7月的一个星期天，刽子手和医生一起坐在刽子手家门前的椅子上。刚出炉的面包的香味从屋里飘了出来。安娜•玛丽亚•奎瑟正在准备午饭。卤汁兔肉配大麦粒饭和芜菁，是她丈夫最喜欢的饭菜。双胞胎乔治和芭芭拉正跟他们的大姐姐在外面的花园里玩耍。玛格达莱娜头上套了一条新洗的床单，装成莱希河里的幽灵，在开满鲜花的草地上跑来跑去。小孩子跑在她前面，一边叫着，一边笑着，进屋里找妈妈来掩护。

雅各布•奎瑟看着眼前的情景，吸着烟斗陷入沉思。他享受着夏天的温暖，只干一些必要的事情。街上的垃圾一星期要清理一次，有时候还要解剖一匹死马什么的，或者有人需要一点止痛的药膏……过去的两个月里他挣了那么多的钱，所以他现在也可以懒惰一些。仅为执行雇佣兵克里斯托夫•霍尔茨阿普费尔的死刑，政府就付了他十个古尔登。那个在伯爵到来后不久就被抓住的死囚，在众人的一片掌声中被架到大轮子上。在城外，刽子手先用马车把他的胳膊和腿拉断，然后把他绑在大轮子上，立在了绞刑架旁边。克里斯托夫•霍尔茨阿普费尔活着叫了两天；雅各布•奎瑟最后看不下去，用铁环把他勒死了。

那个在工地上丧了命的安德烈•皮克霍费尔的尸体也挂在了他同伙的旁边。同样，那个死后仍然被人们称为“魔鬼”的克里斯蒂安•布劳恩施魏格，他的尸体也被从地圈里拽了上来，然后人们把地圈彻底地堵死了。每个见了他的人都要在胸前画上三遍十字。他的尸体已被烧焦，只有小孩子那么大，他的嘴唇被烧掉了，头皮也被烧得皱在一起，所以他的牙齿全部露在外面，像是在笑。他左边的骨头手在全身的黑肉中闪着白光，人们都说这只手在绞刑架上仍然在招手。两个星期后魔鬼的尸体只剩下骨头和干皮；但是议会仍然让尸体挂在那里，用来威慑人，直到骨头一根一根地掉下来为止。

第四个雇佣兵——汉斯•霍恩莱特纳一直没有找到。也许莱希河把他冲到了奥格斯堡，在那里喂了鱼。但是这对雅各布•奎瑟来说已经无所谓了。他在上两个月一共挣了二十多个古尔登。这足够生活一段时间了。

西蒙抿着安娜•玛丽亚为他沏好的咖啡。咖啡味道很浓，喝起来很苦，但是解除了他的疲劳。昨天夜里很紧张。雄高现在高烧蔓延。虽然不是很严重，但是人们都要那种从西印度进口来的药粉。从去年开始，西蒙经常为病人开这剂药。就连他父亲现在也开始相信这剂药的功效了。

西蒙看了一眼刽子手。他不想向自己的朋友和师傅隐瞒刚得知的新闻。

“我今天早上去了奥古斯丁那儿。”他故意很随便地说了一下。

“他怎么样？”雅各布•奎瑟问，“那个花花公子在干什么？自从他父亲上个月去世后，我就没听到他的消息。看来真像人们说的，他是全心全意地做起生意来了。”

“他……病了。”

“也是夏季高烧吗?上帝保佑,他又出汗又打战,已经很长时间了。”

西蒙摇摇头。

“他病得很严重。我看到了他身上的红斑,它们正慢慢地扩散。好多地方都失去了知觉。我想……他得的是麻风病。他肯定是在上一次去威尼斯的时候被传染上的。”

“麻风病?”

刽子手沉默了一会儿,然后大声地笑了起来。

“奥古斯丁得了麻风病!谁会想到?现在他肯定很高兴,麻风院马上就要建好了。这家伙先是破坏麻风院,然后自己不得不搬进去住……谁说得准,上帝是公平的!”

西蒙也不由得笑了起来,但是马上又觉得良心上过不去。乔治·奥古斯丁人很坏,是个疯子,杀死了小孩,还用火钳折磨了他。西蒙大腿上的伤疤仍然在疼。尽管如此,他还是不希望自己最厌恶的敌人得上这种病。乔治·奥古斯丁将活活地腐烂掉。

为了不再想这些,西蒙决定换个话题。

“玛格达莱娜和施泰因加登的刽子手订婚的事……”他先开口说。

“这又怎么了?”雅各布·奎瑟瓮声瓮气地说。

“您真的认真考虑了?”

刽子手吸了口烟,停了一会儿才说:“我把这门婚事辞掉了。这丫头性格太倔犟,不配嫁给他。”

西蒙的脸上露出了满意的笑容,好像心里的疙瘩终于被解开了。

“奎瑟,我对您……”

“不要说话!”刽子手打断他,“否则我还要再考虑考虑。”

说完,他站起身向门口走去,并回过身,朝西蒙招手,示意他要跟着来。

西蒙跟着他进了充满面包香味的屋子,走进了旁边的小房间。西蒙满怀敬意地看着高达屋顶的大橱柜。他心里想着，这是一只宝柜，里面装满了上几个世纪的医学知识……

年轻的医生马上有一种冲动，要打开柜子，在那些大厚书里翻看。在往大橱柜走的时候，他差点被屋子中间的一只小箱子绊倒。这只箱子是樱桃木做的，上了漆，擦得很亮，上边还加了银饰和一把看上去很结实的锁，锁上插着钥匙。

“把箱子打开，”刽子手对他说，“这是给你的。”

“可是……”西蒙插嘴说。

“把这看成是对你的奖赏，你出了很大的力，”雅各布·奎瑟接过话说，“为了救我女儿，为了救把我的孩子接生到世上的那个女人，你帮了我很大的忙。”

西蒙跪在地上，砰的一声打开了箱子。

箱子里面全是书，有十多本。

都是最新出版的。有斯库尔特图斯的《外伤治疗原理》，瑞士人雅各布·鲁夫[①]写的《接生婆手册》，安布鲁瓦兹·帕雷的译成德文的全部医书，乔治·巴帝希[②]的《眼科学》，一本带有彩图的、皮面的帕拉切尔苏斯的《外科大全》……

西蒙在箱子里翻着，看着。他眼前的财宝比在地圈里发现的还要多。

“奎瑟，”他结结巴巴地说，“我怎样来感谢您？这太多了！这……要花上一大笔财产！”

刽子手耸耸肩。

“多一个金币，少一个金币，反正那个老奥古斯丁发现不了。”

“您把……”

“我想，费迪南德·施雷佛阁也愿意这样，”雅各布·奎瑟说，“教会和

---

① 雅各布·鲁夫（1505—1558），瑞士外科医生、作家。

② 乔治·巴帝希（1535—1607），德国医生，擅长治疗眼科疾病。

这些财迷要这么多钱干什么？和埋在地下一样，都是放在那里接灰。现在都拿走看去吧，免得我后悔。”

西蒙满意地笑着，把书都捡起来，又装到箱子里，上了锁。

“您随时都可以跟我借几本看。如果我可以和玛格达莱娜……”

“你这个臭家伙，马上给我滚蛋！”

刽子手轻轻地拍了一下西蒙的后脑勺，西蒙差点摔倒在门槛上。他跑到外面，沿着莱希河，穿过制革区，跑进城里，跑过铺了石砖的硬币街，跑进了又窄又臭的胡同，他一口气跑到了自己的家门口。

他今天要读很多的书。

后记

我不知道是在什么时候第一次听到了奎瑟这两个字。可能是在我五六岁的时候，祖母第一次很仔细地察看着我的脸。至今为止，二十多个奎瑟的直系和非直系后代都分享过她这种沉思般的审视。我当时不知道奎瑟这两个字是好是坏。它听上去像是指某种性格、某种很少见的头发颜色，或者是一个我还不懂的形容词。

在我们家，如果提到奎瑟的话，指的只是一些外表的特征，如鹰钩鼻子、黑黑的浓眉、田径运动员似的身材、浓密的汗毛，但是也有我们家人的音乐和艺术天才，以及有些近乎于神经质的敏感性格——比如很少与人来往，容易酗酒，还有某种无法形容的阴沉的忧郁。祖母的一个表弟热衷于研究家谱，他遗留下来的关于奎瑟的描写是这样的："弯曲的指甲（如动物的爪子）"和"感伤，但是有时也很凶狠"。总之，让人感到不是那么亲切。无奈，人来到世上时，不能选择自己的家……

也是祖母的这位表弟让我很久以后开始关注刽子手这个课题。我那时二十岁出头。有一天，我在家里的桌子上发现了一大摞发黄了的纸张。纸的边角已经有些破烂，纸上用打字机密密麻麻地打满了字。弗里茨·奎瑟汇总了所有关于我们家族的历史事件。里面有黑白照片，上面拍了刑具和奎瑟的行刑宝剑（这把宝剑在20世纪70年代在雄高市博物馆被盗，至今没有再出现）；有一本二百年前的师傅级资格证书，上面的名字是我的曾祖父约翰·米夏埃尔·奎瑟——雄高的最后一名刽子手；有用打字机抄写下来的报纸文章；还有一卷一米多长的、手写的家谱。我听说过，我祖先约克·阿普利尔有一本魔法书，现在珍藏在巴伐利亚的国家图书馆里。我也知道，奎瑟家族是巴伐利亚有名的刽子手世家之一。仅在1589年雄高的女巫事件中，就有六十多个人被我这个血腥的祖先处死。

从那以后，我们家族的历史便再没让我安宁。弗里茨·奎瑟几年前去世后，他的太太丽塔让我进入了他的神圣领地：一间很小的工作间，关于刽子手的文件夹和书籍堆到了房顶。在这个小房间里堆着整箱的家谱、教会记录，有些还是16世纪的存档。在墙上挂着已经发黄了的照片和先祖的画像。弗里茨·奎瑟把亲戚的名字、职业、生卒日期都记录在索引卡上，有几千多张……

有一张卡上写着我的名字，还有一张上面写着我一年前出生的儿子的名字，是丽塔在她丈夫去世后填上去的。

这是这股线的终端。

在看到这一切的时候，我虽然感到有些可怕，但同时也有了一种归属感，就好像是我被一个大集体容纳了。研究家谱在近几年越来越热门了。也许是因为我们大家都想在越来越复杂的世界上找到一个易于管理的家吧。我们不再在大家庭里成长。人感到自己越来越被异化，可以被代替，生命短暂。研究家谱赋予他一种永生的感觉。个人死了，但是家族却永生。

我现在也给我七岁的儿子讲一些我那些奇怪祖先的事情。当然，我放弃了那些血腥的细节。(对他来说，他们好像是一些骑士，这总比刽子手听上去好些。)在他的房间墙上贴了一张由死去的亲属照片拼成的画。高祖父母，曾祖父母，他们的婶婶、叔叔、侄儿、侄女……有时候在晚上，他想知道这些人的故事，我就把我所知道的讲给他听。美好的故事，悲哀的故事，可怕的故事。对他来说，家是一个安全、可靠的地方，是一条把他跟所有爱他的人和他所爱之人连接起来的纽带。我曾听说过，在这个世界上转七个弯后，每个人和另一人之间都沾亲带故。总之，这种想象让人觉得很受安慰。

这本书是一本小说，不是科学性的论文。我努力尽量忠于事实。可是由于情节的关系，我必须把事情简单化。即使在那个黑暗的时代，也需要一些官方文件才能用酷刑审问犯人，而且雄高也不会容忍一个像约翰·莱希纳这样的事事处于主导地位的法院记录官。在处理城市事宜上，确实是由市议会议员和市长们来做决定，而不是选帝侯的代理。

在雄高附近没有那个所谓的地圈，但是在巴伐利亚的很多地方都有这样的建筑。它的用途至今仍然是个谜。

与医生西蒙·福荣威泽这个人物相反，约翰·雅各布·奎瑟在历史上确有其人——他的太太安娜·玛丽亚·奎瑟及他的孩子玛格达莱娜、乔治和芭芭拉也是如此。很多奎瑟家的人都被认为学识渊博，是远近有名的大夫。可能是由于这个原因，那些上过大学的医生们经常倒插一杠，向官方控告他们。我的一位先祖曾在一封信里痛心疾首地抱怨，他被禁止参加医学考试，否则他能毫不费力地证明，他比那些有学位的医生好得多!

这本书里关于执行死刑的描写，完全符合最新的科学事实。我的先祖是否真的为受他拷打的接生婆着想，连我也有疑问。但是在我的想象中他应该是这样的。他毕竟是我的高祖父，常言道，不能让自己的家沾上污点。

很多人都为写这本书尽心尽力。在这里我仅选出几位作为代表，向他们致以深深的谢意：为我收集了大量资料的雄高市的地方志管理员赫尔穆特·施米德鲍尔；雄高市博物馆的弗朗茨·格伦德纳；德国医药历史博物馆的克丽斯塔·哈布里希教授；丽塔·奎瑟友好地把她丈夫遗留的档案全部转交给我；我哥哥马力安是第一位校对者和鼓励者；我父亲是医药和拉丁文顾问；还有（虽然是在最后，但并非不重要）我太太卡特琳，她每天晚上都鼓足勇气一页页地阅读我所写的东西，并在我实现青春梦想的同时，不辞辛苦地挣钱养家糊口。

奥利弗·珀奇，2007年5月